荣获

新闻出版总署优秀畅销书奖

全国优秀古籍图书普及读物奖

第十七届山西省优秀图书一等奖

第二届山西出版政府奖

山西出版集团2008年度十种好书

全套藏书累计销售500万册

诸子百家卷

《诗经》《尚书》《礼记》《楚辞》《论语·大学·中庸》《孟子》
《老子》《庄子》《荀子》《韩非子》《孙子兵法·尉缭子·鬼谷子》
《墨子》《周易》《山海经》《吕氏春秋》《三十六计》

名家选集卷

《三曹诗集》《陶渊明集》《王勃集》《王维集》《孟浩然集》
《高适集》《岑参集》《李白集》《杜甫集》《白居易集》
《刘禹锡集》《元稹集》《李商隐集》《李贺集》《杜牧集》
《韩愈集》《柳宗元集》《李煜集》《欧阳修集》《王安石集》
《苏轼集》《黄庭坚集》《柳永集》《秦观集》《周邦彦集》
《李清照集》《辛弃疾集》《陆游集》《范成大集》《杨万里集》
《姜夔集》《文天祥集》《元好问集》《唐寅集》《张岱集》
《三袁集》《李贽集》《傅山集》《纳兰性德集》《袁枚集》
《郑板桥集》《龚自珍集》

史著选集卷

《左传》《国语》《战国策》《史记》《汉书》《后汉书》《三国志》
《资治通鉴》

综合选集卷

《唐诗三百首》《宋词三百首》《元曲三百首》《千家诗》《古文观止》
《汉魏六朝小赋骈文选》《唐宋八大家文选》《明清小品文选》

笔记杂著卷

《蒙学六种——三字经·百家姓·千字文·增广贤文·幼学琼林·格言联璧》
《颜氏家训·朱子家训》《世说新语》《金刚经·坛经·心经·地藏经》
《曾国藩家书》《菜根谭·小窗幽记·幽梦影》《浮生六记》《闲情偶寄》
《近思录》《徐霞客游记》《古代书信精选》

戏曲小说卷

《元杂剧精选》《西厢记》《牡丹亭》《长生殿》《桃花扇》《今古奇观》
《三国演义》《水浒传》《西游记》《红楼梦》《聊斋志异》《儒林外史》
《封神演义》《话本小说选》《文言小说选》

元杂剧精选

中国家庭基本藏书　戏曲小说卷

〔元〕关汉卿等 著　王薇 评注

山西出版集团
三晋出版社

博学工作室

说部菁华
曲苑妙裁

黄竹三题

·山西师范大学黄竹三教授为《中国家庭基本藏书》题词

前言

王国维在其《宋元戏曲史·序》中说："凡一代有一代之文学：楚之骚，汉之赋，六代之骈语，唐之诗，宋之词，元之曲，皆所谓一代之文学，而后世莫能继焉者也。"可是，"后世莫能继"的元曲，在其成熟之前却经历了长期的酝酿。

元曲包括杂剧和散曲两大部分，而又以杂剧为主要者。作为一种歌剧，它是一种综合性的艺术形式，既要有文学性的成分，又要有音乐、舞蹈、动作、对话的成分，因为要通过言语、对话、歌唱等形式把一件事情从头到尾在舞台上表演，所以其体裁必须为"代言体"。元杂剧所具备的这些要素，正是在历史的长河中不断汇集起来的。

元杂剧的诞生，表明纯粹意义上的戏剧的黄金时代的来临。元杂剧以其基本固定不变的艺术形式和表现特征，走完了约一百年的历程。其特征如下：

1. 一剧四折加楔子

"折"是针对唱词中的套曲而言的，每一个套曲为一折。而一个套曲又是由同一宫调中的多支曲调连缀而成的。一剧一般由四折组成，但也有例外，如《赵氏孤儿》即为五折。四折之外，还可加"楔子"。楔子本来是指插在木器的榫子缝里的小木片，用以增强牢固度。杂剧中借此名称，指加在第一折前或插在两折之间的片段，起介绍人物、剧情，密切前后折剧情的作用。楔子是对一剧四折所造成的限制的有效补救。每一折由一人独唱，主唱者即剧中主角"旦"或"末"。也有全剧四折由一人主唱到底的，如白朴的《梧桐雨》和马致远的《汉宫秋》。

2. 宾白

宾白即台词，是歌唱(抒情)之外的重要部分。它对情节的穿插、照应，演员的表演，至关重要。没有宾白的戏剧是不可想象的。元杂剧中的好多宾白都极有特色，对人物形象的塑造起着举足轻重的作用。如《窦娥冤》中对张驴儿无赖、恶棍形象的刻画，就是靠宾白来完成的。又如《老生儿》一剧，其妙处全在宾白，是以宾白取胜的代表作。

3. 科泛

除了歌唱、宾白之外，表演也是元杂剧不可或缺的一项内容。而对表演的提示就叫"科泛"(简称"科")。"科泛"虽然很简略，往往仅数字，如"哭科"、"旦作见科"、"末拈香科"等，但对剧情的发展、人物的塑造、演出的效果，都很重要。

4. 角色

元杂剧的角色，以末和旦为主。末又有正末、副末、外末、冲末、二末、小末之分；旦除正旦之外，又有老旦、大旦、小旦、旦徕、色旦、搽旦、外旦、贴旦等。次要角色还有净、丑、外，此外尚有以年龄为特征的孛老、卜儿、徕儿，以地位职业为特征的孤、细酸、伴哥、禾旦、曳刺、邦老等。

5. 砌末

砌末是表演时所用的道具。从金银财宝到诏书，从行李包裹到春社中的羊酒纸钱，凡是剧情所需的道具，均可用砌末代替。

6. 舞台演出

舞台是元杂剧演出的场所。当时的舞台，有临时搭起来的简易舞台，也有固定的舞台(即勾栏或屋棚)，还有建筑极牢固而工巧的舞台，如至今仍保存在山西洪洞县明应王庙内的壁画所记载的那样。由现有资料和对实际情形的分析可知，临时的舞台一般是搭在较大的乡村，演出之后即拆掉，如《水浒传》第104回就记载着这样的情形："王庆闯到定山堡，那里有五六百人家。那戏台却在堡东麦地上。”而固定的勾栏则是人口众多、经济繁荣的大中型城市所特有的。至于建筑牢固的舞台，则无论是城市还是乡村，都曾有过。山西南部现存的许多元代戏台即是明证。

元杂剧从金末元初正式形成到元末衰落，共走过了约一百年的历程。在这百年中，杂剧作品的总数和作者人数，一直没有定论。元代钟嗣成的《录鬼簿》共记载了160多位作家的458种杂剧名目。因其著录之时距元朝灭亡尚有38年之久，因而这个数目不完全。明初朱权的《太和正音谱》则著录了566种杂剧名目（其中有一部分为明人之作）。近人傅惜华的《元代杂剧全目》共著录剧目737种，除去元明间无名氏的187种，得元人剧目为550种。随着研究的不断深入和新材料的发现，这一数字又有新的变化。隋树森在《元曲选外编·编校说明》中说：“根据极不完备的统计，在元代不到一百年的时期中，有姓名可考的杂剧作家，就有一百余人，见于书面记载的杂剧名目，也有六七百种。应该说，这些数目还远远不能说明当时杂剧繁荣的实际情况。如果包括姓名不可考的‘书会才人’以及数量众多的民间艺人在内，当时的杂剧作家比现在知道的当在两倍、三倍以上，而作品的数量，少说也在千种以上。非常可惜的是，这些植根于民间的文学瑰宝，在长期的历史时期中，由于受到封建统治者和封建文人的歧视，没有得到及时的记录和妥善的保存，大部分已经散失了。”（中华书局1959年版）应该说，隋先生的估计还是客观而中允的。

在这些存目中，全剧流传至今的，共有156种，有名有姓的作者51人。在这些作者中，除李直夫为女真族外，其余均为汉族人。他们有的是落魄的文人，如关汉卿、白朴；有的是民间艺人，如红字公、花李郎；还有的是官员，如李时中、马致远；而萧德祥则是医生。他们中有人一生独自创作几十种，如关汉卿共创作杂剧六十余种；有的数人合作一剧：“元贞书会李时中、马致远、花李郎、红字公，四高贤合捻《黄粱梦》。”（《录鬼簿》李时中条）至于一生只创作一种杂剧者，为数也不少。

夏伯和在《青楼集》中将元代杂剧分成“闺怨杂剧”、“驾头杂剧”、“绿林杂剧”、“贴旦杂剧”和“花旦杂剧”，似乎不太全面。而朱权则在《太和正音谱》中将杂剧分成以下十二科：神仙道化、林泉丘壑、披袍秉笏、忠臣烈士、孝义廉节、叱奸骂谗、逐臣孤子、钹刀赶棒、风花雪月、悲欢离合、烟花粉黛、神头鬼面。这个分类，基本上囊括了元杂剧的题材。而若是从题材的来源分类，又可分为历史剧和现实剧；若是用西方悲喜剧的理论，则又可分成喜剧、悲剧和悲喜剧。

从现存的作品看，元杂剧全面地反映了元代的社会现实。黑暗的政治、种族的歧视、知识分子的受压迫、贪官污吏的充斥以及冤狱遍地、高利贷普及、买卖婚姻、流氓恶棍横行、人民的生存权没有丝毫保障等等，在元杂剧中均有程度不同的表现。至于对统治者、官吏的冷嘲热讽，指责痛骂，就更比比皆是了。这些杂剧在当时是广大人民群众苦难生活中的希望，鼓舞着他们在艰难中勇敢地生活下去，使他们在苦难的生存中能够品尝到精神上的点滴甘露；对后世而言，它们是元代人民在异族铁骑蹂躏下艰难生存和蒙古统治者残暴统治的一面镜子，是研究元代历史、文化、政治、经济等极富价值的参考资料。

郑振铎先生则这样概括元剧的成绩："元剧的最好的地方，乃在能够联结了民间的质朴的风格与文士们的隽美的文笔。所以大多数的文辞，都是很自然、很真切、很质劲，却又是很美丽的。他们明白如话，却又不是粗鄙不通的。他们畅丽隽永，却又句句妇孺皆懂。他们如素描的画幅，水墨的山水，决不用典故，即用也用的是民间所悉知，诗文上所决不用的《贩茶船》、《海神庙》一类的民间典故。这正是民间作品与文士的手笔刚刚接触时代的最好产品，正是杂剧的黄金时代。……总之，元剧的好处，在其曲辞的直率自然，而其题材与结构，虽多雷同、落套，却是深深的投合于当时人民的爱好的。在中国戏曲史上，元一代乃是一个伟大的时代。"(《插图本中国文学史》第3册第681页)

取得如此丰功伟绩的元杂剧，就其创作阶段而言，可分为前后两个时期。前期从金末至大德末年(约1234—1307)，《录鬼簿》卷上所载"前辈已死名公才人"56人，均属于这一时期。其特点有：①作家均为北方人。②作品已很纯熟，各种题材的作品相继产生，除一本四折加楔子的体制外，一本五折的《赵氏孤儿》、多本连演一个故事的《西厢记》也产生。③产生了关汉卿、白朴、马致远、王实甫等大家。④大都、平阳、东平、彰德、真定等城市成为杂剧演出的中心。

后期是指从大德末年到元代灭亡(1307—1368)这一时期，其特点是：①南方城市随着经济的相对繁荣，文化也迅速发展。约从大德末年开始，杂剧南移，杂剧的中心从大都转向杭州。②相对于前期而言，作家减少，从目前掌握的资料看，有姓名可考者二十多人，有作品流传下来者十余人，其籍贯为南方人(如杨梓、萧德祥、沈和甫)或流寓南方的北方人(如郑光祖、宫天挺、乔吉)。③作品成就普遍没有前期高。④艺术上向曲词华丽、情节离奇发展，渐渐脱离人民，让位于形式上较杂剧更自由的南戏。

此次精选，共得十个剧本（著名的《西厢记》另外单行，故不入选），以明人臧懋循所编《元曲选》为底本，参校其他明清刊本，择善而从。因为是供一般读者阅读使用，所以未出校勘记。每剧之前，有"剧情梗概及主要人物简介"，一剧之中，每折之后有注释，主要解释疑难字词、难懂的方言俗语及典故。每剧之后有一新评，新评中有对剧作者的简单介绍，有对人物形象的分析，有对剧情的解剖，因人而异，因剧而异，不一而足。其目的是帮助读者更好地理解全剧，欣赏全剧。

为了便于读者更好地使用此书，书末附有"元杂剧研究主要文献"及"《元杂剧精选》名言警句"（正文中用着重号标出）。

由于评注者水平所限，错讹及不当之处在所难免，诚望专家学者批评指正。

评注者
2008年8月

元杂剧的兴起和衰落（代序）

徐扶明

一

早在元末时期，罗宗信就在《中原音韵序》中说："世之共称唐诗、宋词、大元乐府，诚哉！"明代叶子奇《草木子》，息机子《古今杂剧选序》，臧懋循《元曲选序》，也一再提出相同的说法。把唐诗、宋词、元杂剧相提并论，同等重视，确实是有见识的。因为，封建统治阶级及其帮闲，一贯把小说、戏曲视为"不登大雅之堂"的"小道"玩意儿，甚至是"诲淫诲盗"的东西，极为歧视，一再禁毁。元朝廷就曾禁止民间"教习杂戏(《元史·刑法志》)，"禁戏文、杂剧、评话等项"(《农田余话》)。《元史·艺文志》和《四库提要》，都不收元曲。连《红楼梦》中薛宝钗与兄弟姊妹偷看《西厢》、《元人百种》(即《元曲选》)，被"大人知道了，打的打，骂的骂，烧的烧"。诚然，在我国文学史上，每一个时期，都有一种文学艺术，呈现了蓬勃的发展，取得了卓越的成就，产生了重要的影响，可以作为那个时期文学艺术的主要代表。唐诗、宋词、元杂剧，莫不如此。过去，一般用“元曲”称元杂剧，显然是不恰当的，因为，所谓“元曲”，应当包括元代流行的小令、散套、北曲杂剧、南曲戏文，也就是包括散曲和剧曲两大类，前两种属于散曲，后两种属于剧曲。

杂剧之名，并非始于元代，而是在晚唐时期就已经有过的。李德裕《李文饶集》，曾提到“杂剧丈夫二人”，本是成都府下“音乐伎巧”辖内承应人。所谓“杂剧丈夫”，即是扮演杂剧的演员。但在这篇记载里，却没有记载具体情况，是否就是当时人所说的“杂戏”（包括参军戏、音乐、歌舞、杂技），无从核实。后世有人说是：“后唐庄宗自傅粉墨”，“所演多是杂剧，非如近日戏文也。杂剧，自唐宋金元迄明，皆有之，唐所谓优伶杂剧，妆服套数，观《苏中郎》、《踏摇娘》二事，可见”（《庄岳委谈》）。这把唐代参军戏和歌舞小戏，都称为杂剧。

到宋代，杂剧之名，才渐渐为人们所熟知。根据《梦粱录》、《东京梦华录》诸书记载，当时有滑稽杂剧、杖头傀儡小杂剧、哑杂剧、目连救母杂剧、温州杂剧、相扑杂剧等等。可知，把各种戏曲、杂技，都称为杂剧，对杂剧这个名称，用得很杂。因此，有人说，宋杂剧即是“杂戏”。但从当时多数人的记载看来，宋杂剧主要是指滑稽短剧，如《三十六髻》、《折十钱》之类，但也包括傀儡戏和歌舞小戏。根据《三朝北盟会编》引《宣和乙巳奉使行程》、楼钥《北行日录》，可以知道，金朝也有杂剧。这种杂剧，又叫作“院本”，意思即是“行院”用的唱本。所谓行院，原指倡伎、优伶住的地方，一般作为艺人的通称。因此，《辍耕录》说是：“金有院本、杂剧、诸宫调。院本、杂剧，其实一也。”金杂剧，早期与宋杂剧相近，晚期有了新的发展。中华人民共和国成立后发现的金代墓葬中的戏俑和戏台模型，提供了有关金杂剧晚期情况的新材料，留待后文再谈。

及至元代，杂剧成为北曲杂剧的专名。这个专名的确定，大概最迟是在元代初年。胡祗遹的《紫山大全集·赠宋氏序》说：“近代教坊院本之外，再变而为杂剧。”此人生于一二二七年（南宋宝庆三年、即金正大四年），卒于一二九三年（元世祖至元三十年）。这里的杂剧，即是专指北曲杂剧。《辍耕录》云，“金季国初”（即金末元初），“传奇犹宋戏曲之变，世传谓之杂剧”。据此，杂剧成为北曲杂剧的专名，则应在金代末年。何为杂剧？《紫山大全集·赠宋氏序》又说：“既谓之杂，上则朝廷君臣政治之得失，下则闾里市井父子兄弟夫妇朋友之厚薄，以至医药卜筮释道商贾之人情物性，殊方异域风俗语言之不同，无一物不得其情，不穷其态。”这种解释，抓住一个“杂”字，望文生义，说得很笼统。因为，一切文学艺术，都应多方面地反映社会生活，不独元杂剧如此。其实，元杂剧，无论在内容和形式上，都与前代杂剧显然不同。离开元杂剧本身具有的特点，那就难以辨清它的真面目。因为，每一事物各有特性，忽视这种特性，就无从考察各种事物的区别。

总而言之，宋、金、元三个朝代，都有杂剧，都沿用这个名称，而且元杂剧曾吸收宋金杂剧的养料，壮大自己，但它们在内容和形式上，毕竟各自具有特点，不是一个东西，标志着我国戏曲艺术初期几个重要的发展阶段。

二

朱权《太和正音谱》，说元代关汉卿“初为杂剧之始”。无可否认，关汉卿对元杂剧的兴盛和发展，曾有过杰出的贡献，但说他始创元杂剧，这是不符合事实的。因为，关汉卿是元代初期的杂剧作家，到这时，元杂剧已渐兴盛起来了，而在这之前，还应该有个萌芽成长的过程，决不会突然一下子兴盛起来。世界上一切事物，都有着萌芽、成长、兴盛、衰落的发展规律。由于史籍缺乏记载，元杂剧萌芽时期的历史，至今还是个空白。这里，我们试作初步探索。

刘祁《归潜志》指出：金朝北方民间流行的俗谣俚曲，“如所谓〔源土令〕之类”，能“见其真情”，“荡人血气”。这类俗谣俚曲，有些为北杂剧所吸收。仇远《金渊集》：“吴下老伶燕中回，能以北腔歌〔落梅〕。”〔落梅〕，即〔落梅风〕，原名〔寿阳曲〕，系山西寿阳地区流行的俚曲。后为北杂剧所吸收，属双调。〔呆骨朵〕，也是金朝北方地区流行的俚曲。“骨朵”就是“杖头大者”的意思，所以此曲亦名〔灵寿杖〕。后为北杂剧所吸收，属正宫，也入中吕。再看元代燕南芝庵《唱论》：“凡唱曲有地所，东平唱〔木兰花慢〕，大名唱〔摸鱼子〕，南京（即今开封）唱〔生查子〕，彰德唱〔木斛沙〕，陕西唱〔阳关三叠〕、〔黑漆弩〕。”可知，当时我国北方地区，都广泛地传唱着民间俚曲。其实，在金朝统治北方地区的时期，这类民间俚曲，就已经很流行了。根据《元遗山诗集》记载，元好问曾与散曲家杜仁杰（善夫）、麻革、李献甫，集在一起，弹唱〔穆护沙〕、〔绿腰催〕。〔穆护沙〕即彰德所唱的〔木斛沙〕，〔绿腰催〕即〔六幺催〕。这类民间俚曲，先后被诸宫调、散曲、北杂剧所吸收。就今所知，北杂剧吸收了〔黑漆弩〕、〔穆护沙〕、〔六幺序〕、〔木兰花〕诸曲。

在金朝统治北方地区的时期，兄弟民族的歌曲、音乐和舞蹈，曾经广泛地交流。《金童玉女》杂剧："女直家多会歌舞。"女直即女真族。《金史·世宗本纪》，就有唱女真歌的记载。北杂剧所用的女真曲，有〔风流体〕、〔阿那忽〕、〔也不罗〕、〔倘兀歹〕、〔忽都白〕等等。周德清《中原音韵》指出："且如女真风流体等乐章，皆以女真人音声歌之。"还有，〔阿忽令〕、〔者剌古〕之类的曲调，也是北方兄弟民族的曲调。朱栋《元宫调》："二弦声里实清商，只许知音仔细详。阿忽令教诸伎唱，北来腔调莫相忘。"〔阿忽令〕亦名〔阿姑令〕，北杂剧有此曲，属双调。根据《三朝北盟会编》、《辍耕录》和《虎头牌》、《哭存孝》诸剧，〔者剌古〕亦名〔者归〕，即〔鹧鸪曲〕。北杂剧有此曲，属黄钟。北杂剧所吸收的兄弟民族的俚曲，有些早在宋代就已在北方地区流传。《独醒杂志》记载：宣和末，在汴梁，"街巷鄙人多歌番曲，名曰〔异国朝〕、〔四国朝〕、〔六国朝〕、〔蛮牌序〕、〔蓬蓬花〕等，其言至俚"。北杂剧有〔六国朝〕曲，属大石调。所以，《南词叙录》说是："今之北曲，盖辽金北鄙杀伐之音，壮伟狠戾，武夫马上之歌，流入中原，遂为民间之日用。"这把北曲都说成是辽金时期北方兄弟民族之曲，未免过分，但北杂剧确曾吸收了当时北方兄弟民族的某些音乐歌舞，却是无可否认的事实。

如上所述，都可证实，在金朝时期，生活在我国北方地区的各个民族，流传着多种多样的俗谣俚曲，富有民族色彩和地方特色。北杂剧初起，就是以这些俗谣俚曲，作为坚实的基础，使其具有"刚劲豪健"的基调。当时南方地区的戏文，正同北杂剧一样，也是在浙江温州地区流传的"村坊小曲"、"里巷歌谣"的基础上发展起来的，其特点是"纡徐绵邈，流丽婉转"（《南词叙录》）。可见，这正是我国戏曲剧种起源于民间俚曲小唱的共同规律。

然而，北杂剧的曲调组合，用的是联套。在这方面，它曾受过金代诸宫调的一定影响。诸宫调，又叫作"诸般宫调"，就是联合不同宫调的曲子，组成一套又一套，形成有机的整体。从现存的金代董解元的《西厢记》诸宫调来看：它共有一百八十八段，用了十五个宫调，用曲一百六十九支。有一曲一尾为一套，也有二曲或多曲一尾为一套。歌唱时，唱完一个宫调的曲子，就改唱另一个宫调的曲子。唱词与说白相间，说唱一个比较长的完整故事。如果北杂剧联套是二曲各用二次，加上尾声，即可与《董西厢》的二曲加尾训任式相同。北杂剧的二曲循环间用，称为"子母调"，好像子不离母，如《冤家债主》第二折：正宫〔端正好〕、〔滚绣球〕、〔倘秀才〕、〔滚绣球〕、〔倘秀才〕、〔滚绣球〕、〔倘秀才〕、〔滚绣球〕、〔倘秀才〕、〔塞鸿秋〕、〔随煞〕。这本是宋代"缠达"(说唱艺术)使用的,《董西厢》也有这种格式,如〔哈哈令〕、〔瑞莲儿〕两曲循环间用。诸如此类,不一一列举。《庄岳委谈》说:元人杂剧,"金人词说之变也"。这里"词说",即指诸宫调。

其实,北杂剧联套形式,并非与金代诸宫调一模一样,而是有着不同之处。(1)诸宫调,唱完一个宫调的曲子,立即改唱另一个宫调的曲子,频换宫调,又常换韵,而北杂剧一折一个宫调,一韵到底,一般是四折四个宫调。(2)诸宫调,每个套曲用曲子很少,大都在五支曲子以下,所以套曲短得很,而北杂剧的每个套曲,一般用曲子十余支,多则二十余支。但也有很短的,只有三支曲子,这是个别的。(3)诸宫调用的曲子,常为全阕,并且大都有后叠,甚至一曲包含着三叠、四叠,而北杂剧用的曲子,相当于词的半阕,如要续用,就采用"幺篇"的格式。(4)诸宫调,每一宫调的首曲,无一定的规矩,而北杂剧,每一宫调的首曲,都有一定的规矩,如〔仙吕宫〕第一支曲子必为〔点绛唇〕,〔南吕宫〕第一支曲子必为〔一枝花〕。(5)诸宫调用第三人称,而北杂剧用第一人称。所以,北杂剧联套,比诸宫调严整雄肆。这就在于,诸宫调是说唱艺术,通过第三者的叙述,介绍情节,刻画人物,描绘景色,而且每个套曲之间,又可由说书人加以表白,衔接前后情节,因此,在唱的部分,可以常用短的套曲,频繁变换宫调,也不至于影响故事情节脱节。北杂剧则是戏曲艺术,必须通过剧中人物自己抒发感情变化,因此,剧中人物所唱的套曲,就要有严密的连贯性,而不适于频换宫调,并且根据不同剧情,套曲应当有长有短,而不能常用短套。由此说来,北杂剧联套当然不能全盘照搬诸宫调的联套形式。

宋代流行的唱赚,对北杂剧联套的形式,也有一定的影响。从现存的《圆社市语》赚词的一个套曲看来,它由〔紫苏丸〕、〔缕缕金〕、〔好女儿〕、〔大夫娘〕、〔好孩儿〕、〔赚〕、〔越恁好〕、〔鹘打兔〕、〔尾声〕九曲组成,以咏蹴球一事。这九支曲子,除〔好女儿〕不见于后来曲谱外,其余都属于〔中吕宫〕,全套均用"齐微"韵。这种联套形式,具有比较严密的连贯性,适于集中地描绘环境氛围,抒发人物感情。由此可以推知,北杂剧一折用同一宫调的曲子,一韵到底,正与唱赚相同。但唱赚是否连用几个套曲,因缺乏史料,无从断定。它也是说唱艺术,用第三人称。

所以,北杂剧的联套形式,与诸宫调、唱赚的联套形式,有所相同,又有所不同。应该肯定,北杂剧吸收了诸宫调和唱赚两种说唱艺术联套的优点，创造成自己独特的联套形式。

北杂剧毕竟不是说唱艺术，而是戏曲剧种，所以，它还需要从别的文学艺术吸收养料，形成自身的杂剧体制。金代流行的院本（即金杂剧），对北杂剧形成戏曲剧种，确曾有过一定的影响。金院本，早期都是短剧，《辍耕录》记载其名目，共有六百九十种，可惜都失传了。只有孤本元明杂剧《蔡顺奉母》里，保存着《双斗医》院本；朱有燉《花月神仙会》里，保存着《献香添寿》院本；《金瓶梅》里，保存着《请王勃》院本。这都是滑稽短剧，以净为主，注重发科调笑。但它们是从金代流传下来的呢，还是后人仿作呢，尚难断定。即使是后人仿作的，也可以大略地窥见早期金院本体制的特点。至于后期金院本，从一九五八年在山西侯马发现的金代墓葬中的戏台模型和五个戏俑，可以看出，在五个脚色中，以红袍秉笏者（可能是末角）为主，净角退居次要地位，戏台设置相当完备，戏曲妆扮也大有改进，因此，已是相当成熟的戏曲艺术了。那么，北杂剧到底受到它的哪些影响呢？

简单说来，主要是：(1) 北杂剧继承金院本戏台演出形式，由上、下场门出入，进一步奠定了我国戏曲独特的上下场的连场形式。(2) 北杂剧在金院本脚色分行的基础上，扩充为末、旦、外、净、杂，特别是旦、末两行分得更细，以正末、正旦同居于主唱地位，而净角仍保持着发科打诨的特色。(3) 北杂剧发展了金院本某些表演技术，如武行的筋斗，花面脚色的打诨等等，提高了演出质量。(4) 金戏俑的面部化妆和戏剧服饰，与北杂剧大同小异，甚至有完全一样的。如金戏俑右起第一人，白粉抹鼻作三角形，与北杂剧净角的粉鼻相似。金戏俑居中的红袍秉笏者，与山西洪洞明应王庙元代戏剧壁画正中红袍秉笏者，其服饰大同小异。当然，北杂剧比金院本有更多的新创造，也就有了更大的发展。

从上面所说的几个主要方面，大致可以找出一条线索：北杂剧以金代北方地区民间流行的俗谣俚曲为基础，吸收诸宫调、唱赚联套的优点，又向金院本吸收戏台演出的经验，进一步丰富提高，形成戏曲剧种，而又具有自身的特性。当然，北杂剧在萌芽成长过程中，曾多方面吸收养料，如宋代流传下来的叫卖调、某些词调，特别是民间杂技、歌舞，如抢背、舞判、天魔舞、竹马儿、变阵子、出队子等等，借以充实自身艺术形式。由此可见，北杂剧是汲取当时多种文学艺术之长，融合成一个有机整体，艺术地再现生活。所以，它是综合性的戏曲艺术。这就绝不是某一个人始创的，也不是短时期所能形成的。无可否认，北杂剧是当时我国各种民族艺术的结晶，是我国多民族大家庭共同享有的精神财富。

有人根据《庄家不识勾阑》中的"前截儿院本调风月，背后幺末敷演刘耍和"，认为"元代杂剧的初起，很可能有'幺末'的称呼"；"贾仲明《续录鬼簿》的'幺末'，是使用了较古的名称"。可是，也有人把《庄家不识勾阑》中的"幺末"，解释为"院本后段的名称"，就是说，院本前段演《调风月》，后段演《刘耍和》。我们认为，所谓幺末，可能是滑稽脚色的通称。在《玉镜台》、《金钱记》、《㑳梅香》诸剧里，都有"妆幺"。可见，妆幺是元代俗语。据《南词叙录》解释，妆幺，"犹做模样也，古云作态"。《通俗编》云："妆幺，犹今人所谓妆腔。"那么，《庄家不识勾阑》中的"幺末敷演刘耍和"，就是用滑稽脚色扮演剧中刘耍和，与高文秀的《黑旋风敷衍刘耍和》，其意思相近。我们知道，刘耍和是金代末年教坊中人，艺人红字李二和花李郎，都是他的女婿。无论由黑大汉李逵或其他滑稽脚色扮演这个人物，都可引人发笑。而《续录鬼簿》所用的幺末，则是由脚色引申为剧本意思。因为，《蓝采和》杂剧提到"幺麽院本"，幺麽即幺末。这类幺麽院本，大概是喜剧一类，后来幺末又引申为一般剧本的名称。我们对幺末的解释，也未必恰当，有待于大家共同商榷。至于北杂剧初起，到底叫作啥，因目前还缺乏可靠的材料，一时难以确定。所谓北杂剧，即北曲杂剧的简称，流行在元代，便称为元杂剧。

三

元杂剧的兴盛，大约在元代元贞、大德年间（一二九五年——一三〇七年）。贾仲明《续录鬼簿》"一时人物出元贞"。著名的杂剧作家，如关汉卿、王实甫、白朴、马致远等等，都在这个时期从事杂剧创作活动。为什么到这时元杂剧兴盛起来了呢？有一种说法："蒙古人的爱好歌舞癖和强制推行俗语文，这两件事对于助成杂剧的盛行，大概具有重大的关系。"（《元人杂剧序说》）这里"蒙古人"，指的是元朝蒙古族统治者。事实又是怎样的呢？元朝蒙古族统治者确实爱好音乐、歌舞和杂剧，追求享乐，并且大力提倡演出《尸谏灵公》、《伊尹扶汤》之类宣扬封建道德的戏，借以维护封建统治。另一方面，他们又规定"诸妄撰词曲，诬人以犯上恶言者，处死"（《元史·刑法志》），并且制定种种严酷的法令，压制、迫害戏曲艺人。这到底是摧残元杂剧呢，还是助成元杂剧兴盛呢？结论应该是前者，而不是后者。至于元杂剧语言，源于当时人民群众的方言俗语，与元朝蒙古族统治者强制推行俗语文，根本没有重大关系。简言之，元杂剧的兴盛，决不应归功于元朝蒙古族统治者。

那么，元杂剧兴盛的真正原因，究竟是什么呢？概括说来，主要有六点，试分述之。

在元代，蒙古族统治者推行民族歧视政策，对蒙古人、色目人、汉人、南人，无论在政治上、经济上，或者在文化教育上，都给以不平等的待遇。这是为了要有利于维护他们的黑暗统治。中央朝廷和地方官衙的重要官职，都由蒙古人、色目人担任，而汉人、南人被排斥在外，至多只能做到州县次职和小吏。那些高官大吏，只会枉法贪污，残害人民，“根连株逮，动辄至于千百，系累满途，囹圄成市”。当时苛捐杂税，异常繁重，“科敛则务求羡余，输纳则暗加折耗”，“暴敛急征，使农民不得安于田里”。元朝廷为了压制汉人、南人的反抗，对汉人、南人的武器和马匹，一律没收，严禁私藏。蒙古人殴打汉人，汉人不得还报，即使无故被其打死，只不过征点烧埋银（安葬费）而已，甚至不了了之。而汉人、南人打死蒙古人、色目人，则处以死刑，甚至杀戮全家。蒙古贵族和权豪势要大放高利贷，称为羊羔利，如羊出羔，“息累数倍”，迫使人民群众“卖田业，鬻妻子，有不能给者”。蒙古统治者还大力提倡程朱理学、喇嘛教（藏传佛教）和全真教（道教），从思想上腐蚀人民群众。残酷的剥削和沉重的压迫，使人民群众过着极为痛苦的生活，“衣不蔽体，食不充口”，“四境饥荒，万姓逃亡”。所以，在元代，民族矛盾和阶级矛盾异常尖锐，正所谓“荒荒百姓遭涂炭，见如今地乱天翻”。人民群众自然要求文学艺术揭露当时政治的腐败和社会的黑暗，反映他们的斗争生活和美好愿望。正是在这种情形下，有一批杂剧作家写的剧作，如《窦娥冤》、《陈州粜米》等等，在不同程度上适应了人民群众的要求，也就会受到广大观众的欢迎和支持。

在元代初期，农业和手工业的生产，经过长期战争的破坏而日渐恢复，同时，交通的畅达，又促使中外贸易日渐增多，因此，城市经济渐渐繁荣起来，各地都有大小勾阑演出杂剧。比如，大都（即今北京）是元代京城，“城市既大而富，商人众多，商业工艺之民，大多数制造丝、武器与鞍鞯以及各种商品”；“每日商旅及外侨往来者，难以数计，故均应接不暇”；“彼处营业之妓女，娼好者达两万人”（《马可·波罗游记》）。这里“妓女”，实际上包括歌伎在内。《青楼集》记载著名女演员一百多人，其中注明在大都的，就将近四十人。中等城市，也很热闹。如真定路（即今石家庄），“南门曰阳和，左右挟二瓦市，优肆倡门，酒垆茶灶，豪商大贾，并集于此”（葛逻禄乃贤《河朔访古记》）。显然，当时城市经济的繁荣，为元杂剧的兴盛和发展，准备了物质基础和群众基础。

北杂剧在金代民间经过长期酝酿，形成戏曲剧种，到元代，又不断吸收新鲜血液。比如，元代盛行的货郎儿、词话之类的伎艺，都被杂剧吸收过来。货郎儿，乃是元代社火之一（《雍熙乐府·元夜套》）。民间常聚集大众唱货郎儿，元朝廷曾下令禁止（《元典章》）。这种说唱艺术，原是从山东货郎太平歌加以提高而成的。在《货郎旦》杂剧第四折，还保存着说唱货郎儿的雏形，一人主唱，曲白并用，从头到尾，都用〔货郎儿〕曲调，每首一韵。词话更为当时群众所喜爱，元朝廷曾一再下令禁止城市坊镇演唱（《元史·刑法志》、《元典章》、《通制条格》）。这种说唱艺术，乃是以七言或十言诗赞为主。在元杂剧剧本中，就常有整段的七言或十言（间用五言、八言、九言）诗赞体的唱词，或者用“诗云”、“词云”、“诉词云”、“断云”。从《元曲选》看来，一百种杂剧剧本中，有词话的，计九十二种，占百分之九十以上。有的元杂剧剧本，还引用词话的原文。如《救风尘》第三折：“那唱词话的有两句留文，‘咱也曾武陵溪畔曾相认，今日佯推不认人’。”正由于杂剧不断地吸收新鲜血液，丰富了艺术形式，所以，才能提高反映生活的表现力。况且，它把当时群众喜爱的民间艺术的表现手段，多方面地吸收过来，也就可以进一步扩大群众基础。

在元代，北杂剧，作为一种新兴的戏曲剧种，较之宋金杂剧和早期南戏，更显得成熟得多，标志着我国戏曲艺术进入一个新的发展阶段。大家知道，宋金杂剧，多为滑稽短剧，主要是通过对白的打诨，间或带点歌唱，对现实生活投以嘲讽。早期南戏，为我国戏曲的形成，奠定了初步基础，却又不可避免地存在着局限，如《张协状元》，在戏曲体制上，比宋金杂剧完备，但篇幅冗长，结构松散，科诨过多，又常采用另支歌曲的拼凑方式，忽视人物个性的刻画，因此，显得比较粗糙。而元杂剧在多方面地吸收前代文学艺术养料的基础上，创造性地加以丰富，所以，无论在艺术结构、人物塑造、联套形式、曲白相生、戏曲语言等等方面，都有了显著的提高，形成比较严谨、完美的艺术整体。这种崭新的戏曲剧种，出现在当时舞台上，当然会使得观众耳目一新，也就会受到观众的欢迎。

在元代，很多剧作家，往往集居在大中城市里，特别是大都（早期）和杭州（中期和晚期），更是他们集中的地方。在他们之中，多数是生活比较贫困的普通知识分子，包括一些不得志的下级官吏。由于他们社会地位低，受过种种挫折，和当时社会下层群众和戏曲艺人，有着比较密切的联系。显然，这是新型的剧作家。他们有个集体组织，叫作“书会”。当时有御京（亦作玉京，可能指大都）书会、武林书会（或作古杭书会），此外，《桃源景》杂剧提到保定有书会，《香囊怨》杂剧提到汴梁有书会，等等。可知，书会是地区性的组织。凡参加书会的人，被称为“书会才人”或“书会先生”。在他们之中，有文学修养较高的文人，也有一些舞台经验丰富的艺人，各献所长，以补所短，共同切磋，相互促进，使杂剧创作能够不断得到提高。书会与书会之间，竞编新戏，所谓“近目翻腾，别是风味”，“这番书会要夺魁名”（《张协状元》）。各个剧团也常常要求书会创作新的剧本，招徕观众。“若逢对棚，怎生来妆点的排场盛”，“依着这书会恩官求些好本令”（《蓝采和》）。剧团与剧团之间，互相展开竞赛，因此，上演剧目就日益增多了。这些新编的剧本，又可以得到出版的机会，广泛流传。现存的元刊本《古今杂剧》，每一种都标着“大都新编关目”，或者“古杭新刊的本”。

作为戏曲艺术说来，剧本诚然是“一剧之本”，但戏曲毕竟是由文学、舞蹈、音乐等等方面所组成的综合性的艺术，而以演员的表演为中心。只有通过演员的精彩表演，才能使剧本中各色人物，活跃在舞台上，吸引观众，感染观众。元杂剧初期以至中期，涌现了不少著名的艺人，在表演艺术上各有成就。比如，珠帘秀，“杂剧为当今独步”；翠荷秀，“杂剧为当时所推”；喜春景，“艺绝一时”；王金带，“色艺无双”；等等（《青楼集》）。他们的表演艺术，受到观众的赞赏和欢迎。所谓“占排场曾使万人喝采”，“当场敷演人钦敬”。山西洪洞明应王庙绘有元代“大行散乐忠都秀在此作场”的壁画，这说明，当时著名艺人的演出，在人们心中留下了深刻的印象。正是经过众多艺人的努力，使得元杂剧在人民群众中日益扩大了影响。

缩结说来，元代社会的政治斗争，城市经济的繁荣，各种民间文学艺术提供丰富的养料，戏曲艺术形式进一步发展，很多剧作家和艺人共同努力，以及广大观众的支持，都是促成元杂剧兴盛的因素。所以，元杂剧的兴盛，正是那个历史时期的社会条件和文化条件的产物，是当时群众智慧创造的成果。

四

从元末到明代，北杂剧越来越趋向衰落。按其衰落过程，大致可以分为三个阶段。元末是初衰阶段，明初是再衰阶段，明代中期是最后衰亡阶段。

元末时期、北杂剧剧本也不算少，但好的作品却越来越少了。朱凯、王晔等人，他们的作品都没有明显的成就。杨梓的《豫让吞炭》、范康的《竹叶舟》之类，更是末流的作品。明初时期，贵族朱权、朱有燉和一批围绕着他们的文人，垄断了剧坛，写来写去，没有什么好作品，甚至于表现出更坏的创作倾向。到明代嘉靖年间，北杂剧愈益处于苟延残喘的局面。何良俊家的北杂剧女班，成为绝响。马四娘的北杂剧女班，也是昙花一现。《金瓶梅》里的戏曲演出，常常是南戏海盐腔，而北杂剧少得很。再到万历年间，北杂剧终于被南戏系统的昆曲所代替。沈德符《顾曲杂言》说道："自吴人重南曲，皆祖昆山魏良辅，而北词几废。"王骥德《曲律》也指出："迩年以来，燕赵之歌童舞女，咸弃其捍拨，而效南声，而北词几废。"顾起元《客座赘语》说得更清楚："南都万历以前，公侯与缙绅及富家，凡有宴会、小集多用散乐，或三四人或多人唱大套北曲"；"若大席，则用教坊打院本，乃北曲大四套者"；"后乃变为南唱……大会则用南戏"；"至院本北曲，不啻吹篪击缶，甚且厌而唾之"。有些人对北杂剧的衰落，发出无可奈何的感慨。艺人顿仁说是："供筵所唱皆是时曲（南戏），此等词（北杂剧）并无人问及"（《四友斋丛说》）。直到清初，周在俊写《金陵怀古》，还说道："顿老琵琶奉武皇，流传南内北音亡，如何近日人情异，悦耳吴音学太仓（指昆曲）。"这种种感叹，毕竟挽救不了北杂剧衰落的命运。由此可知，北杂剧的衰落，乃是经历了相当长的由渐变到突变的过程，而不是像有些人所说，元朝统治覆灭了，北杂剧就死亡了。

人们不禁要问：为什么在元代盛极一时的北杂剧，到明代终于一落千丈地衰落了呢？这绝不是偶然的，而是有着种种的原因。概括说来，主要有五点，试分述之。

元末时期，民族矛盾和阶级矛盾愈趋激烈，人民群众由小规模的分散的反抗，发展到大规模的集体的起义。可是，很多杂剧作家，却脱离现实，脱离斗争，闭门写作，选材狭窄，写来写去，不外是文人、隐士、佳人、妓女的平庸生活，而且模仿盛行，内容雷同，如《扬州梦》、《金钱记》、《玉壶春》、《云窗梦》之类。它们大都丧失掉元杂剧原来具有的生活气息和斗争精神，成为空洞无聊的作品，至多不过是发点个人感慨罢了。及至明代初期，出现了比较稳定的政治局面，但人民群众反封建的斗争，此起彼伏，前仆后继，绵绵不断。可是，北杂剧创作，更变本加厉地表现出脱离现实的不良倾向。以贵族朱权、朱有燉为首的一批剧作家，把杂剧作为宣扬封建道德和消遣享乐的工具。比如，朱有燉的《诚斋乐府》，就露骨地宣扬封建礼教，仇视农民起义。这类杂剧剧本，当然深合封建统治阶级以及帮闲们的胃口，而决不会受到广大人民群众的欢迎。

从孤本元明杂剧所收的一百多个剧本来看，明代教坊演出的本子，其数量颇不少。这类杂剧剧本，多为神仙道化、庆喜祝寿的东西，如《金母献蟠桃》、《天真祝万寿》之类，替封建统治阶级歌功颂德，粉饰昇平，内容空虚陈腐，甚至是很荒诞的。其特点是：(1) 出场人物多，神仙一大串，动辄数十人。(2) 歌舞和武打场面多，接二连三地献舞献乐，不厌其烦。(3) 大合唱多，特别是全剧结尾，常用队子合唱收场。因此，看起来，排场很大，显得很热闹，实际上只在形式上玩花样。这使我们想到，清代乾隆年间，那些“奉旨承应”的“词臣”，如张照之流，编写了不少“承应戏”，如《群仙赴会》、《百花献寿》之类（见《升平署月令承应戏》）。明代宫廷戏与清代宫廷戏，实质上是一脉相承，具有相同的特点，都是一样的货色。沈德符《顾曲杂言》指出：“《三星下界》、《天官赐福》种种喜庆传奇，皆系供奉御前，呼嵩献寿，但宜教坊及钟鼓司肄习之，并勋戚、贵珰辈赞赏之耳。”因此，更使得北杂剧成为贵族们及其奴才自我陶醉的玩意儿。事实证明，北杂剧进入明代宫廷，便走进了死胡同。

这个时期，很多剧作家，在杂剧创作上，一味雕琢辞藻，过分讲求音律，形式主义倾向很严重。比如，《扬州梦》、《周公摄政》之类的剧作，堆砌华丽文辞，饾饤经书典故，满纸虚言，内容空洞。什么“恰便似碔砆石待价，斗筲器矜夸。现如今洞庭湖撑翻了范蠡船，东陵门锄荒了邵平瓜。想当日楚屈原假惺惺醉倒步兵厨，晋谢安黑喽喽盹睡在葫芦架”（《金钱记》）。试想，当时广大观众，对这种典故连串的唱词，能够听得懂吗？什么“自商君无道，暴殄天物，害虐烝民，为天下逋逃主萃渊薮，绥厥士女，惟其士女，篚厥玄黄”（《周公摄政》）。这真是僻奥晦涩，佶屈聱牙，只不过是四书五经的翻版，算不得戏曲语言。又如，王九思写北杂剧剧本，被别人批评为不合音律，就聘请名曲家指导，闭门三年学按琵琶、三弦，但他写成《游春记》，还被别人指责为失声走韵。显然，他们一味雕琢辞藻，过分强调音律，就会造成内容从属于形式，而不是形式为内容服务，也就束缚了内容，影响了剧作反映生活，阻碍了北杂剧的发展。

北杂剧，作为一定历史时期的产物，在艺术形式上，较之前代戏曲艺术，确实有了显著的发展，但又不可避免地要受到历史条件的限制，存在着局限性。如北曲联套、一人主唱之类，就是如此。有些剧作家和艺人，对元杂剧的体制，曾做过一些改革尝试，如采用南北合套，试行分唱、合唱，等等。可是，直到元末时期，不少剧作家写杂剧剧本，仍然墨守成规，缺乏创新。王骥德《曲律》说是："终元之世，沿守惟谨，无敢逾越。"即使在元末明初时期，有些杂剧剧本，在艺术形式上有所打破，但其思想内容却是很糟的。如《升仙梦》采用南北合套，旦末互唱，却宣扬了封建毒素。朱有燉的《蟠桃会》、《仙官庆寿》、《牡丹园》、《仗义疏财》诸剧，采用了分唱、双唱、合唱，而其思想内容都很陈腐，甚至反动。所以，这类杂剧剧本，只不过是用形式上点点滴滴的"革新"，粉饰其陈腐、反动的内容，蛊惑观众。

再者，大约从元末时期开始，北杂剧创作，出现了散套化的风气。到明代，更为严重。这类杂剧剧本，各折之间，缺少连贯，可以单独存在，如同散套，但却又四折并在一起，由一种角色主唱，好像杂剧。比如，《月下老问世间配偶》，有四个套曲，分写夫妻在春、夏、秋、冬四季的生活状况，可以分拆开来，但由旦角主唱，联成一本。又如《渔樵闲话》四折，写渔、樵、农、牧四人，集在一起饮酒，歌唱自己的清闲生活。每一折写集会一次，内容重复，没有一点故事情节，简直是四个散套拼起来的，而由正末扮渔人张愚，主唱四个套曲，像是杂剧。这类剧作，根本不是场上之曲，只适于清唱。据《阅世编》记载，明初时期，中州诸王府始创弦索清唱，摘唱北杂剧散套，渐流传到江南。从此，社会上又盛行弹唱北杂剧散套。《四友斋丛说》提到，嘉靖年间，大江以北的士大夫家，"闺壸女人皆晓音律"，善于"清弹"、"单唱"，连行院亦复如此。在《金瓶梅》里，西门庆家的女人，行院的歌伎，常常弹唱杂剧散套。明代《雍熙乐府》、《词林摘艳》，摘选元明之曲，即是供清唱之用。《金瓶梅》中所唱的曲子，大都见于这两部曲选。这正是当时社会风气的反映。魏良辅《南词引正》说："清唱，俗语谓之冷板凳，不比戏场借锣鼓之势，全要闲雅整齐，清俊温润。"正因为如此，清唱最注重音律，要求好听。这就会造成北杂剧越来越脱离舞台，脱离广大观众，成为供少数人消遣的"清曲"。

总之，从元末到明代，北杂剧所表现的倾向，就是：脱离现实，脱离群众，剧作内容陈腐，只讲究辞藻、音律，墨守成规，而不积极努力改革。这都注定北杂剧必然要衰落了。

随着社会向前发展，当时观众必然会要求戏曲艺术创造崭新的艺术形式，更为广阔地反映新的现实生活和历史事件，让他们更能得到多方面的思想教育和艺术享受。而北杂剧保守、衰弱，远远不能适应当时人民群众的新要求。因此，北杂剧拖到万历年间，终于不得不停锣息鼓，退出了历史舞台。昆曲在江南小曲和南戏的基础上，又吸收北杂剧的长处，并且不断吸收其他文学艺术的养料，以大型的传奇形式和丰富多彩的表演艺术，更为广阔地反映新的现实生活和历史事件，陆续出现了一些比较好的新戏，如《浣纱记》、《鸣凤记》、《牡丹亭》等，适应了当时群众的新要求，也就能够迅速发展，代替了北杂剧。这是历史发展的必然趋势。

一个戏曲剧种，只有密切联系现实，联系群众，不断革新，不断提高，才能受到人民群众的欢迎，日益兴盛起来；反之，脱离现实，脱离群众，保守因袭，故步自封，越来越成为少数人的娱乐品，也就必然要衰落了。北杂剧兴衰的历史经验，值得注意。

徐扶明（1921—1995），湖北浠水人。1941年入浙江大学中文系。1949年起先后在江苏教育学院、华东戏曲研究院、上海市文物局、上海市戏曲学校工作，主要从事古典戏曲小说研究。

主要著作有：《元代杂剧艺术》、《元明清戏曲探索》、《牡丹亭研究资料考释》、《红楼梦与戏曲比较研究》等。

以上“代序”选自《元代杂剧艺术》第一章，略有删节。

目录

感天动地窦娥冤

关汉卿 撰

苦命的窦娥三岁丧母，七岁时生活拮据的父亲窦天章，一则为了上京赶考，二则因借了蔡婆婆的高利贷无法偿还，只好将窦娥送给蔡婆婆做童养媳，自己上朝应举。十五岁时，窦娥结婚成亲，孰料不到二年，丈夫又撒手人寰。寡居的婆媳俩靠利息相依为命。蔡婆婆在一次催讨债务的过程中，差点被居心叵测的赛卢医勒死。救下蔡婆婆的是无赖张驴儿父子。凭借这一点，张驴儿父子强行住进蔡婆婆家，要分别娶她们婆媳。由于窦娥的坚决反对，事情暂时搁下来。贼心不死的张驴儿一计不成，再生一计，他从赛卢医处买来毒药，想毒死蔡婆婆，强占窦娥为妻。可是，阴差阳错，张驴儿的父亲反被毒死。于是，张驴儿在窦娥坚决不顺从他的情形之下，将窦娥以"药死公公"为由告到官衙。审判案件的官员昏庸之至，竟将窦娥屈打成招。临刑前，窦娥许下三桩誓愿：血飞白练、六月飞雪、大旱三年，其后桩桩应验。窦娥死后三年，官拜参知政事的窦天章，前来当地体察滥官污吏，窦娥的冤魂将真情向父亲诉说，于是真正的凶手受到严惩。

剧中主要人物（人名之后括注者为剧中角色名）：

窦娥（正旦）：三岁丧母，七岁失父，十五岁成亲，十七岁丧偶，二十岁时冤死。短暂的一生中，苦难无处不在。她临刑前的三桩誓愿成为后世文学作品中常用的典故。

蔡婆婆（卜儿）：高利贷经营者，窦娥的婆母。正是她的软弱招致了窦娥的杀身之祸。

张驴儿（副净）：居无定所的无赖。因有恩于蔡婆婆，便生非分之想，妄想强娶窦娥为妻。窦娥不从，他便设计陷害，致使窦娥被冤枉而死。

窦天章（冲末）：窦娥之父。与女儿分别后，上京应试，一举及第，官拜参知政事。由于蔡婆婆迁走他乡，再未与女儿取得联系。窦娥屈死三年之后，他到当地体察民情，为女儿平冤昭雪。

赛卢医(净)：庸医一个，企图为谋财而勒死蔡婆婆，未果。

桃杌(净)：楚州太守，昏庸之至，在没有证据的情形下，仅凭张驴儿的一面之词，竟将窦娥问成死刑。

楔　子

（卜儿蔡婆上[1]，诗云）花有重开日，人无再少年。不须长富贵，安乐是神仙[2]。老身蔡婆婆是也，楚州人氏，嫡亲三口儿家属。不幸夫主亡逝已过，止有一个孩儿，年长八岁，俺娘儿两个，过其日月。家中颇有些钱财。这里一个窦秀才，从去年问我借了二十两银子，如今本利该银四十两。我数次索取，那窦秀才只说贫难，没得还我。他有一个女儿，今年七岁，生得可喜，长得可爱，我有心看上他，与我家做个媳妇，就准了这四十两银子[3]，岂不两得其便。他说今日好日辰，亲送女儿到我家来。老身且不索钱去，专在家中等候，这早晚窦秀才敢待来也[4]。（冲末扮窦天章引正旦扮端云上[5]，诗云）读尽缥缃万卷书，可怜贫杀马相如；汉庭一日承恩召，不说当垆说《子虚》[6]。小生姓窦，名天章，祖贯长安京兆人也。幼习儒业，饱有文章；争奈时运不通，功名未遂。不幸浑家亡化已过[7]，撇下这个女孩儿，小字端云，从三岁上亡了他母亲，如今孩儿七岁了也。小生一贫如洗，流落在这楚州居住。此间一个蔡婆婆，他家广有钱物。小生因无盘缠，曾借了他二十两银子，到今本利该对还他四十两。他数次问小生索取，教我把甚么还他。谁想蔡婆婆常常着人来说，要小生女孩儿做他儿媳妇。况如今春榜动[8]，选场开，正待上朝取应，又苦盘缠缺少。小生出于无奈，只得将女孩儿端云送与蔡婆婆做儿媳妇去。（做叹科[9]，云）嗨！这个那里是做媳妇？分明是卖与他一般。就准了他那先借的四十两银子，分外但得些少东西"[10]，勾小生应举之费[11]，便也过望了[12]。说话之间，早来到他家门首。婆婆在家么？（卜儿上，云）秀才，请家里坐，老身等候多时也。（做相见科，窦天章云）小生今日一径的将女孩儿送来与婆婆[13]，怎敢说做媳妇，只与婆婆早晚使用。小生目下就要上朝进取功名去，留下女孩儿在此，只望婆婆看觑则个[14]。（卜儿云）这等，你是我亲家了。你本利少我四十两银子，兀的是借钱的文书[15]，还了你；再送与你十两银子做盘缠。亲家，你休嫌轻少。（窦天章做谢科，云）多谢了婆婆。先少你许多银子，都不要我还了；今又送我盘缠，此恩异日必当重报。婆婆，女孩儿早晚呆痴[16]，看小生薄面，看觑女孩儿咱[17]。（卜儿云）亲家，这不消你嘱付，令爱到我家，就做亲女儿一般看承他，你只管放心的去。（窦天章云）婆婆，端云孩儿该打呵，看小生面则骂几句；当骂呵，则处分几句[18]。孩儿，你也不比在我跟前，我是你亲爷，将就的你；你如今在这里，早晚若顽劣呵[19]，你只讨那打骂吃。儿呀[20]！我也是出于无奈。(做悲科)(唱)

【仙吕·赏花时】我也只为无计营生四壁贫，因此上割舍得亲儿在两处分。从今日远践洛阳尘[21]，又不知归期定准，则落的无语暗消魂。(下)

(卜儿云) 窦秀才留下他这女孩儿与我做媳妇儿，他一径上举去了。(正旦做悲科，云) 爹爹，你直下的撇了我孩儿去也[22]！(卜儿云) 媳妇儿，你在我家，我是亲婆，你是亲媳妇，只当自家骨肉一般。你不要啼哭，跟着老身前后执料去来[23]。(同下)

注释

[1] 卜儿：元杂剧角色名，一般扮演老妇人。

[2] “花有”四句：这是元杂剧中常见的上场诗。

[3] 准：抵偿、抵消。

[4] 这早晚：这会儿。　敢待：可能要。

[5] 冲末：元杂剧角色名，元剧中扮演正面人物的男演员，一般均称“末”。“冲”有开始之意，冲末在剧中最先登场，但扮演的是次要男角色。　正旦：元杂剧角色名，通常扮演女主角。

[6] “读尽缥缃”四句：缥缃（piāoxiāng），缥是青白色的绸子，缃是浅黄色的绸子，古时用这两种绸子包书或作书袋，因而借指书籍。马相如，司马相如，成都人，西汉著名文学家。传说他曾借弹琴获得卓文君的芳心，卓文君背着父母跟他回到成都，夫妻以卖酒为生。卓文君当垆，司马相如打杂。汉武帝读了他写的《子虚赋》，欣赏他的文才，召他入朝做官。

[7] 浑家：本来是指全家，后来专指妻子。

[8] 春榜：封建社会的科举考试一般在春、秋二季举行，“春榜动”指春季举行的考试就要到了。

[9] 科：也作科范、科泛。戏剧术语，舞台表演时的提示语，也叫“介”。

[10] 分外：另外。　些少：少许。

[11] 勾：同“够”。

[12] 过望：超过期望值，满足。

[13] 一径：径直，直接。

[14] 看觑（qù）：照看、照顾。

[15] 兀的：指示词，“这”的意思。

[16] 呆痴：不晓事。

[17] 咱：又作“者”，用于句尾，表示命令或希望之意。

[18] 处分：教导、吩咐。

[19] 顽劣：不听话，淘气。

[20] 呀（huò 入声）：表示惊叹的叹词，意同“哟”。

[21] 远践洛阳尘：踏上前往洛阳（京城）的遥远征程。

[22] 直下的：真狠心。

[23] 执料：执掌、料理家务。

第一折

(净扮赛卢医上[1],诗云) 行医有斟酌,下药依《本草》;死的医不活,活的医死了。自家姓卢,人道我一手好医,都叫做赛卢医。在这山阳县南门开着生药局。在城有个蔡婆婆,我问他借了十两银子,本利该还他二十两。数次来讨这银子,我又无的还他。若不来便罢,若来呵,我自有个主意。我且在这药铺中坐下,看有甚么人来。(卜儿上,云) 老身蔡婆婆。我一向搬在山阳县居住,尽也静办[2]。自十三年前窦天章秀才留下端云孩儿与我做儿媳妇,改了他小名,叫做窦娥。自成亲之后,不上二年,不想我这孩儿害弱症死了。媳妇儿守寡,又早三个年头,服孝将除了也。我和媳妇儿说知,我往城外赛卢医家索钱去也。(做行科,云) 蓦过隅头[3],转过屋角,早来到他家门首。赛卢医在家么?(卢医云) 婆婆,家里来。(卜儿云) 我这两个银子长远了,你还了我罢。(卢医云) 婆婆,我家里无银子,你跟我庄上去取银子还你。(卜儿云) 我跟你去。(做行科)(卢医云) 来到此处,东也无人,西也无人,这里不下手,等甚么?我随身带的有绳子。兀那婆婆[4],谁唤你哩?(卜儿云) 在那里?(做勒卜儿科。孛老同副净张驴儿冲上[5],赛卢医慌走下,孛老救卜儿科。张驴儿云) 爹,是个婆婆,争些勒杀了[6]。(孛老云) 兀那婆婆,你是那里人氏?姓甚名谁?因甚着这个人将你勒死?(卜儿云) 老身姓蔡,在城人氏,止有个寡媳妇儿,相守过日。因为赛卢医少我二十两银子,今日与他取讨。谁想他赚我到无人去处[7],要勒死我,赖这银子。若不是遇着老的和哥哥呵,那得老身性命来?(张驴儿云) 爹,你听的他说么?他家还有个媳妇哩。救了他性命,他少不得要谢我,不若你要这婆子,我要他媳妇儿,何等两便?你和他说去。(孛老云) 兀那婆婆,你无丈夫,我无浑家,你肯与我做个老婆,意下如何?(卜儿云) 是何言语!待我回家,多备些钱钞相谢。(张驴儿云) 你敢是不肯[8],故意将钱钞哄我?赛卢医的绳子还在,我仍旧勒死了你罢。(做拿绳科)(卜儿云) 哥哥,待我慢慢地寻思咱。(张驴儿云) 你寻思些甚么?你随我老子,我便要你媳妇儿。(卜儿背云) 我不依他,他又勒杀我。罢罢罢,你爷儿两个随我到家中去来。(同下)(正旦上,云) 妾身姓窦,小字端云,祖居楚州人氏。我三岁上亡了母亲,七岁上离了父亲,俺父亲将我嫁与蔡婆婆为儿媳妇,改名窦娥。至十七岁与夫成亲,不幸丈夫亡化,可早三年光景,我今二十岁也。这南门外有个赛卢医,他少俺婆婆银子,本利该二十两,数次索取不还,今日俺婆婆亲自索取去了。窦娥也,你这命好苦也呵!(唱)

【仙吕·点绛唇】满腹闲愁,数年禁受[9],天知否?天若是知我情由,怕不待和天瘦[10]。

【混江龙】则问那黄昏白昼，两般儿忘餐废寝几时休？大都来昨宵梦里[11]，和着这今日心头。地久天长难过遣，旧愁新怅几时休？则这业眼苦[12]，双眉皱，越觉的情怀冗冗，心绪悠悠。

（云）似这等忧愁，不知几时是了也呵！（唱）

【油葫芦】莫不是八字儿该载着一世忧，谁似我无尽头！须知道人心不似水长流。我从三岁母亲身亡后，到七岁与父分离久，嫁的个同住人，他可又拔着短筹[13]；撇的俺婆妇每都把空房守，端的个有谁问，有谁偢[14]？

【天下乐】莫不是前世里烧香不到头，今也波生招祸尤[15]，劝今人早将来世修。我将这婆侍养，我将这服孝守，我言词须应口。

（云）婆婆索钱去了，怎生这早晚不见回来？（卜儿同孛老、张驴儿上）（卜儿云）你爷儿两个且在门首，等我先进去。（张驴儿云）奶奶，你先进去，就说女婿在门首哩。（卜儿见正旦科）（正旦云）奶奶回来了，你吃饭么？（卜儿做哭科，云）孩儿也，你教我怎生说波！（正旦唱）

【一半儿】为甚么泪漫漫不住点儿流？莫不是为索债与人家惹争斗？我这里连忙迎接慌问候，他那里要说缘由。（卜儿云）羞人答答的，教我怎生说波！（正旦唱）则见他一半儿徘徊一半儿丑。

（云）婆婆，你为甚么烦恼啼哭那？（卜儿云）我问赛卢医讨银子去，他赚我到无人去处，行起凶来，要勒死我。亏了一个张老并他儿子张驴儿，救得我性命。那张老就要我招他做丈夫，因这等烦恼。（正旦云）婆婆，这个怕不中么？你再寻思咱：俺家里又不是没有饭吃，没有衣穿，又不是少欠钱债，被人催逼不过；况你年纪高大，六十以外的人，怎生又招丈夫那？（卜儿云）孩儿也，你说的岂不是？但是我的性命全亏他这爷儿两个救的，我也曾说道，待我到家，多将些钱物酬谢你救命之恩。不知他怎生知道我家里有个媳妇儿，道我婆媳妇又没老公，他爷儿两个又没老婆，正是天缘天对。若不随顺他，依旧要勒死我。那时节我就慌张了，莫说自己许了他，连你也许了他。儿也，这也是出于无奈。（正旦云）婆婆，你听我说波。（唱）

【后庭花】遇时辰我替你忧，拜家堂我替你愁[16]；梳着个霜雪般白鬏髻[17]，怎将这云霞般锦帕兜[18]。怪不的女大不中留，你如今六旬左右，可不道到中年万事休！旧恩爱一笔勾，新夫妻两意投，枉教人笑破口。

（卜儿云）我的性命都是他爷儿两个救的，事到如今，也顾不得别人笑话了。（正旦唱）

【青哥儿】你虽然是得他得他营救，须不是笋条笋条年幼，刬的便巧画蛾眉成配偶[19]。想当初你夫主遗留，替你图谋[20]，置下田畴[21]，早晚羹粥，寒暑衣裘；满望你鳏寡孤独，无捱无靠，母子每到白头。公公也，则落得干生受[22]。

（卜儿云）孩儿也，他如今只待过门，喜事匆匆的，教我怎生回得他去？（正旦唱）

【寄生草】你道他匆匆喜，我替你倒细细愁：愁则愁兴阑珊咽不下交欢酒[23]，愁则愁眼昏腾扭不上同心扣[24]，愁则愁意朦胧睡不稳芙蓉褥。你待要笙歌引至画堂前，我道这姻缘敢落在他人后。

（卜儿云）孩儿也，再不要说我了，他爷儿两个都在门首等候，事已至此，不若连你也招了女婿罢。（正旦云）婆婆，你要招你自招，我并然不要女婿。（卜儿云）那个是要女婿的？争奈他爷儿两个自家捱过门来，教我如何是好？（张驴儿云）我们今日招过门去也。帽儿光光，今日做个新郎；袖儿窄窄，今日做个娇客[25]。好女婿，好女婿，不枉了，不枉了。（同孛老入拜科）（正旦做不礼科[26]，云）兀那厮，靠后！（唱）

【赚煞】我想这妇人每休信那男儿口，婆婆也，怕没的贞心儿自守，到今日招着个村老子，领着个半死囚。（张驴儿做嘴脸科，云）你看我爷儿两个这等身段，尽也选得女婿过。你不要错过了好时辰，我和你早些儿拜堂罢。（正旦不礼科，唱）则被你坑杀人燕侣莺俦[27]。婆婆也，你岂不知羞！俺公公撞府冲州[28]，阘阘的铜斗儿家缘百事有[29]。想着俺公公置就，怎忍教张驴儿情受[30]？（张驴儿做扯正旦拜科，正旦推跌科，唱）兀的不是俺没丈夫的妇女下场头[31]。（下）

（卜儿云）你老人家不要恼懆[32]，难道你有活命之恩，我岂不思量报你？只是我那媳妇儿气性最不好惹的，既是他不肯招你儿子，教我怎好招你老人家？我如今拚的好酒好饭养你爷儿两个在家，待我慢慢的劝化俺媳妇儿；待他有个回心转意，再作区处。（张驴儿云）这歪剌骨[33]，便是黄花女儿，刚刚扯的一把，也不消这等使性，平空的推了我一交，我肯干罢！就当面赌个誓与你：我今生今世不要他做老婆，我也不算好男子！（词云）美妇人我见过万千向外，不似这小妮子生得十分憃赖[34]；我救了你老性命死里重生，怎割舍得不肯把肉身陪待？（同下）

注释

[1]净：元杂剧角色名，通常扮演奸诈之徒或滑稽者。　赛卢医：古代名医扁鹊因住于卢地，史称“卢医”。“赛卢医”反其义，是庸医的意思。

[2]尽也静办：倒也清静。

[3]蓦过隅头：即跨过墙角。

[4]兀那：那。“兀”为发语词。

[5] 孛老：元杂剧角色名，通常扮演老头。 副净：元杂剧角色名，通常扮演次要的奸诈、滑稽者。
[6] 争些勒杀：差点勒死。
[7] 赚：哄骗。
[8] 敢是：大概是。
[9] 禁受：忍受。
[10] "天若是"二句：老天若有知我受苦的情由，恐怕也会和我一样消瘦的。
[11] 大都来：大概。
[12] 业眼：犹言该死的眼。
[13] 短筹：小数目的筹，此处指短命。
[14] 偢（chǒu）：同"瞅"，理睬。
[15] 波：唱腔中的衬字，无义。
[16] 拜家堂：礼拜财神或灶神。
[17] 鬏髻（díjī）：古代妇女的一种发式。
[18] 锦帕：新娘用的盖头。
[19] 刬（chǎn）的：怎的。 蛾眉：形容女子之眉如蛾般弯曲细长。
[20] 图谋：筹划。
[21] 田畴：田地。
[22] 干生受：白辛苦。
[23] 兴阑珊：无兴致。 交欢酒：结婚时夫妻互相敬对方的酒。
[24] 眼昏腾：眼睛昏花。
[25] 娇客：新郎的代称。"帽儿光光"以下四句是赞贺新郎的祝词。
[26] 不礼：这里是不予理睬之意。
[27] 坑杀人：害死人。 燕侣莺俦（chóu）：喻夫妻。
[28] 撞府冲州：指周游四方。
[29] 挣揣（zhèngchuài）：奋斗、争取。 铜斗儿家缘：稳固可靠的家产。
[30] 情受：承受、继承。
[31] 下场头：结局，结果。
[32] 恼懆（cǎo）：烦恼不安。
[33] 歪剌骨：旧时辱骂妇女的话，有泼辣、不正派之意。
[34] 惫赖：调皮，可爱。

第二折

（赛卢医上，诗云）小子太医出身[1]，也不知道医死多人，何尝怕人告发，关了一日店门？在城有个蔡家婆子，刚少的他二十两花银，屡屡亲来索取，争些捻断脊筋[2]。也是我一时智短，将他赚到荒村，撞见两个不识姓名男子，一声嚷道："浪荡乾坤，怎敢行凶撒泼，擅自勒死平民！"吓得我丢了绳索，放开脚步飞奔。虽然一夜无事，终觉失精落魂；方知人命关天关地，如何看做壁上灰尘。从今改过行业，要得灭罪修因[3]，将以前医死的性命，一个个都与他一卷超度的经文[4]。小子赛卢医的便是。只为要赖蔡婆婆二十两银子，赚他到荒僻去处，正待勒死他，谁想遇见两个汉子，救了他去。若是再来讨债时节，教我怎生见他？常言道的好："三十六计，走为上计。"喜得我是孤身，又无家小连累；不若收拾了细软行李，打个包儿，悄悄的躲到别处，另做营生，岂不干净？(张驴儿上，云) 自家张驴儿，可奈那窦娥百般的不肯随顺我；如今那老婆子害病，我讨服毒药，与他吃了，药死那老婆子，这小妮子好歹做我的老婆。(做行科，云) 且住，城里人耳目广，口舌多，倘见我讨毒药，可不嚷出事来？我前日看见南门外有个药铺，此处冷静，正好讨药。(做到科，叫云) 太医哥哥，我来讨药的。(赛卢医云) 你讨甚么药？(张驴儿云) 我讨服毒药。(赛卢医云) 谁敢合毒药与你[5]？这厮好大胆也。(张驴儿云) 你真个不肯与我药么？(赛卢医云) 我不与你，你就怎地我？(张驴儿做拖卢云) 好呀，前日谋死蔡婆婆的，不是你来？你说我不认的你哩？我拖你见官去。(赛卢医做慌科，云) 大哥，你放我，有药有药。(做与药科，张驴儿云) 既然有了药，且饶你罢。正是：得放手时须放手，得饶人处且饶人。(下) (赛卢医云) 可不悔气！刚刚讨药的这人，就是救那婆子的。我今日与了他这服毒药去了，以后事发，越越要连累我[6]；趁早儿关上药铺，到涿州卖老鼠药去也。(下)(卜儿上，做病伏几科)(孛老同张驴儿上，云) 老汉自到蔡婆婆家来，本望做个接脚[7]，却被他媳妇坚执不从。那婆婆一向收留俺爷儿两个在家同住，只说好事不在忙，等慢慢里劝转他媳妇，谁想那婆婆又害起病来。孩儿，你可曾算我两个的八字，红鸾天喜几时到命哩[8]？(张驴儿云) 要看什么天喜到命！只赌本事，做得去自去做。(孛老云) 孩儿也，蔡婆婆害病好几日了，我与你去问病波。(做见卜儿问科，云) 婆婆，你今日病体如何？(卜儿云) 我身子十分不快哩。(孛老云) 你可想些甚么吃？(卜儿云) 我思量些羊肚儿汤吃。(孛老云) 孩儿，你对窦娥说，做些羊肚儿汤与婆婆吃。(张驴儿向古门云[9]) 窦娥，婆婆想羊肚儿汤吃，快安排将来。(正旦持汤上，云) 妾身窦娥是也。有俺婆婆不快，想羊肚汤吃，我亲自安排了与婆婆吃去。婆婆也，我这寡妇人家，凡事也要避些嫌疑，怎好收留那张驴儿父子两个？非亲非眷的，一家儿同住，岂不惹外人谈议？婆婆也，你莫要背地里许了他亲事，连我也累做不清不洁的。我想这妇人心好难保也呵。(唱)

【南吕·一枝花】他则待一生鸳帐眠，那里肯半夜空房睡；他本是张郎妇，又做了李郎妻。有一等妇女每相随，并不说家克计[10]，则打听些闲是非；说一会不明白打凤的机关[11]，使了些调虚嚣捞龙的见识[12]。

【梁州第七】这一个似卓氏般当垆涤器[13]，这一个似孟光般举案齐眉[14]；说的来藏头盖脚多伶俐，道着难晓，做出才知。旧恩忘却，新爱偏宜；坟头上土脉犹湿，架儿上又换新衣。那里有奔丧处哭倒长城[15]，那里有浣纱时甘投大水[16]，那里有上山来便化顽石[17]。可悲可耻，妇人家直恁的无仁义[18]，多淫奔，少志气，亏杀前人在那里，更休说本性难移。

（云）婆婆，羊肚儿汤做成了，你吃些儿波。（张驴儿云）等我拿去。（做接尝科，云）这里面少些盐醋，你去取来。（正旦下）（张驴儿放药科）（正旦上，云）这不是盐醋？（张驴儿云）你倾下些。（正旦唱）

【隔尾】你说道少盐欠醋无滋味，加料添椒才脆美。但愿娘亲早痊济[19]，饮羹汤一杯，胜甘露灌体，得一个身子平安倒大来喜[20]。

（孛老云）孩儿，羊肚汤有了不曾？（张驴儿云）汤有了，你拿过去。（孛老将汤云）婆婆，你吃些汤儿。（卜儿云）有累你。（做呕科，云）我如今打呕，不要这汤吃了，你老人家吃罢。（孛老云）这汤特做来与你吃的，便不要吃，也吃一口儿。（卜儿云）我不吃了，你老人家请吃。（孛老吃科）（正旦唱）

【贺新郎】一个道你请吃，一个道婆先吃，这言语听也难听，我可是气也不气！想他家与咱家有甚的亲和戚？怎不记旧日夫妻情意，也曾有百纵千随。婆婆也，你莫不为黄金浮世宝[21]，白发故人稀；因此上把旧恩情，全不比新知契[22]。则待要百年同墓穴，那里肯千里送寒衣[23]。

（孛老云）我吃下这汤去，怎觉昏昏沉沉的起来？（做倒科）（卜儿慌科，云）你老人家放精神着，你扎挣着些儿[24]。（做哭科，云）兀的不是死了也！（正旦唱）

【斗虾蟆】空悲戚，没理会，人生死，是轮回。感着这般病疾，值着这般时势；可是风寒暑湿，或是饥饱劳役；各人证候自知[25]，人命关天关地；别人怎生替得？寿数非干今世，相守三朝五夕，说甚一家一计。又无羊酒段匹，又无花红财礼；把手为活过日，撒手如同休弃；不是窦娥忤逆[26]，生怕旁人论议。不如听咱劝你，认个自家悔气，割舍的一具棺材停置，几件布帛收拾，出了咱家门里，送入他家坟地。这不是你那从小儿年纪指脚的夫妻[27]，我其实不关亲，无半点恓惶泪。休得要心如醉，意似痴，便这等嗟嗟怨怨，哭哭啼啼。

（张驴儿云）好也啰！你把我老子药死了，更待干罢！（卜儿云）孩儿，这事怎了也？（正旦云）我有什么药在那里，都是他要盐醋时，自家倾在汤儿里的。（唱）

【隔尾】这厮搬调咱老母收留你[28]，自药死亲爷待要唬吓谁？（张驴儿云）我家的老子，倒说是我做儿子的药死了，人也不信。（做叫科，云）四邻八舍听着：窦娥药杀我家老子哩。（卜儿云）罢么，你不要大惊小怪的，吓杀我也。（张驴儿云）你可怕么？（卜儿云）可知怕哩。（张驴儿云）你要饶么？（卜儿云）可知要饶哩。（张驴儿云）你教窦娥随顺了我，叫我三声嫡嫡亲亲的丈夫，我便饶了他。（卜儿云）孩儿也，你随顺了他罢。（正旦云）婆婆，你怎说这般言语？（唱）我一马难将两鞍鞴。想男儿在日，曾两年匹配，却教我改嫁别人，其实做不得。

（张驴儿云）窦娥，你药杀了俺老子，你要官休？要私休？（正旦云）怎生是官休？怎生是私休？（张驴儿云）你要官休呵，拖你到官司，把你三推六问[29]，你这等瘦弱身子，当不过拷打，怕你不招认药死我老子的罪犯！你要私休呵，你早些与我做了老婆，倒也便宜了你。（正旦云）我又不曾药死你老子，情愿和你见官去来。（张驴儿拖正旦卜儿下）（净扮孤引祗候上[30]，诗云）我做官人胜别人，告状来的要金银；若是上司当刷卷[31]，在家推病不出门。下官楚州太守桃杌是也。今早升厅坐衙，左右，喝撺厢[32]。（祗候吆喝科）（张驴儿拖正旦、卜儿上，云）告状，告状。（祗候云）拿过来。（做跪见，孤亦跪科，云）请起。（祗候云）相公，他是告状的，怎生跪着他？（孤云）你不知道，但来告状的，就是我衣食父母。（祗候吆喝科，孤云）那个是原告？那个是被告？从实说来。（张驴儿云）小人是原告张驴儿，告这媳妇儿，唤做窦娥，合毒药下在羊肚汤儿里，药死了俺的老子。这个唤做蔡婆婆，就是俺的后母。望大人与小人做主咱。（孤云）是那一个下的毒药？（正旦云）不干小妇人事。（卜儿云）也不干老妇人事。（张驴儿云）也不干我事。（孤云）都不是，敢是我下的毒药来？（正旦云）我婆婆也不是他后母，他自姓张，我家姓蔡。我婆婆因为与赛卢医索钱，被他赚到郊外勒死；我婆婆却得他爷儿两个救了性命，因此我婆婆收留他爷儿两个在家，养膳终身，报他的恩德。谁知他两个倒起不良之心，冒认婆婆做了接脚，要逼勒小妇人做他媳妇。小妇人元是有丈夫的[33]，服孝未满，坚执不从。适值我婆婆患病，着小妇人安排羊肚汤儿吃。不知张驴儿那里讨得毒药在身，接过汤来，只说少些盐醋，支转小妇人，暗地倾下毒药。也是天幸，我婆婆忽然呕吐，不要汤吃，让与他老子吃，才吃的几口，便死了。与小妇人并无干涉，只望大人高抬明镜，替小妇人做主咱。（唱）

【牧羊关】大人你明如镜，清似水，照妾身肝胆虚实。那羹本五味俱全，除了外百事不知。他推道尝滋味，吃下去便昏迷。不是妾讼庭上胡支对，大人也，却教我平白地说甚的？

（张驴儿云）大人详情[34]：他自姓蔡，我自姓张，他婆婆不招俺父亲接脚，他养我父子两个在家做甚么？这媳妇年纪儿虽小，极是个赖骨顽皮[35]，不怕打的。（孤云）人是贱虫，不打不招。左右，与我选大棍子打着。（祗候打正旦，三次喷水科）（正旦唱）

【骂玉郎】这无情棍棒教我捱不的。婆婆也，须是你自做下，怨他谁！劝普天下前婚后嫁婆娘每，都看取我这般傍州例[36]。

【感皇恩】呀！是谁人唱叫扬疾[37]，不由我不魄散魂飞。恰消停[38]，才苏醒，又昏迷。捱千般打拷，万种凌逼，一杖下，一道血，一层皮。

【采茶歌】打的我肉都飞，血淋漓，腹中冤枉有谁知！则我这小妇人毒药来从何处也？天那！怎么的覆盆不照太阳晖[39]！

（孤云）你招也不招？（正旦云）委的不是小妇人下毒药来[40]。（孤云）既然不是你，与我打那婆子。（正旦忙云）住住住，休打我婆婆，情愿我招了罢。是我药死公公来。（孤云）既然招了，着他画了伏状[41]，将枷来枷上，下在死囚牢里去。到来日判个斩字，押付市曹典刑[42]。（卜儿哭科，云）窦娥孩儿，这都是我送了你性命，兀的不痛杀我也！（正旦唱）

【黄钟尾】我做了个衔冤负屈没头鬼，怎肯便放了你好色荒淫漏面贼[43]！想人心不可欺，冤枉事天地知，争到头，竞到底，到如今待怎的？情愿认药杀公公，与了招罪。婆婆也，我怕把你来便打的，打的来恁的。我若是不死呵，如何救得你？（随祗候押下）

（张驴儿做叩头科，云）谢青天老爷做主！明日杀了窦娥，才与小人的老子报的冤。（卜儿哭科，云）明日市曹中杀窦娥孩儿也，兀的不痛杀我也！（孤云）张驴儿，蔡婆婆，都取保状，着随衙听候。左右，打散堂鼓，将马来回私宅去也。（同下）

注释

[1] 太医：本是皇帝御用医生的官名，后代指一般医生。

[2] 捻断脊筋：拧断脊梁骨。

[3] 灭罪修因：修行以消弭罪行。

[4] 超度的经文：佛教徒认为，活人替死者念经消罪，可以使死者早日进入轮回超生。

[5] 合：这里是“卖”之意。

[6] 越越：越发、更加。

[7] 接脚：指寡妇所招的后夫。

[8] “红鸾”句：婚姻喜事什么时候才能降临命中？红鸾是喜星，主婚姻。

[9] 古门：古代戏台上的上下场门。

[10] 说家克计：交谈持家的办法。

[11] 打凤的机关：欺骗人的伎俩。

[12] 调虚嚣（xiāo）：胡说八道。 捞龙的见识：坑蒙拐骗的主意。

[13] 卓氏般当垆涤器：见“楔子”注［6］“马相如”。

[14] 孟光般举案齐眉：东汉时梁鸿和孟光夫妻相敬如宾。每当送上饭时，孟光不敢在梁鸿面前仰视，而将托盘举起（“举案齐眉”）。

[15] 奔丧处哭倒长城：秦始皇时，范杞梁被抓差修长城，其妻孟姜女给他送寒衣，到长城时范已死，孟姜女便在长城下恸哭，长城被哭倒了一截。

[16] 浣纱时甘投大水：春秋时，楚国的伍子胥在逃难的路上十分饥饿，一个在江边漂纱的女子送给

他饭吃。伍子胥临行时叮咛女子：若有追兵赶来，不要泄漏他的去向。女子见伍子胥不信任她，便投江自尽。

[17] 上山来便化顽石：传说古代有一个人外出，长期不归，其妻每日登山眺望，日久天长，竟化成一块岩石，后来人们称这石头为“望夫石”。

[18] 直恁（rèn）的：竟如此。

[19] 痊济：痊愈，身体康复。

[20] 倒大来：非常。

[21] 黄金浮世宝：谓黄金是虚浮人世的宝贝。

[22] 知契：知己。

[23] “则待要百年同墓穴”二句：百年同墓穴指夫妻死后同葬。千里送寒衣指孟姜女不辞千里给丈夫送衣服。

[24] 扎挣：勉强支撑。

[25] 证候：即“症候”，病势。

[26] 忤（wǔ）逆：违背，不顺从。

[27] 指脚的夫妻：原配夫妇。

[28] 搬调：指搬弄、调唆。

[29] 三推六问：极言讯问次数之多。

[30] 孤：指官员。　祗（zhī）候：指衙役。

[31] 刷卷：元代官府设肃政廉访使，负责考察各级衙门处理的案件，叫作“刷卷”。

[32] 喝撺（cuān）厢：旧社会官吏审问案件时，为威慑受审问者，故意让衙役分立两旁，大声吆喝。

[33] 元：同“原”。

[34] 详情：推断事情真相。

[35] 赖骨顽皮：刁钻蛮横。

[36] 傍（páng）州例：指其他地方的案例。傍，通“旁”。元代官府审案，除依据法律外，还可据已判过的案件类推。

[37] 唱叫扬疾：高声叫喊。

[38] 消停：暂停。

[39] 覆盆不照太阳晖：扣着的盆子里面，阳光射不进去。此处比喻衙门的暗无天日。

[40] 委的：真的。

[41] 伏状：承认罪行的供词。

[42] 押付市曹典刑：押到街市上依法处决。

[43] 漏面贼：指曾经犯罪且脸上被刺字的奸贼。

第三折

（外扮监斩官上[1]，云）下官监斩官是也。今日处决犯人，着做公的把住巷口[2]，休放往来人闲走。（净扮公人，鼓三通，锣三下科。刽子磨旗[3]、提刀、押正旦带枷上，刽子云）行动些[4]，行动些，监斩官去法场上多时了。（正旦唱）

【正宫·端正好】没来由犯王法，不提防遭刑宪，叫声屈动地惊天。顷刻间游魂先赴森罗殿，怎不将天地也生埋怨。

【滚绣球】有日月朝暮悬，有鬼神掌着生死权。天地也，只合把清浊分辨，可怎生糊突了盗跖颜渊[5]：为善的受贫穷更命短，造恶的享富贵又寿延。天地也，做得个怕硬欺软，却元来也这般顺水推船。地也，你不分好歹何为地？天也，你错勘贤愚枉做天！哎，只落得两泪涟涟。

(刽子云) 快行动些，误了时辰也。(正旦唱)

【倘秀才】则被这枷纽的我左侧右偏，人拥的我前合后偃。我窦娥向哥哥行有句言[6]。(刽子云) 你有甚么话说？(正旦唱) 前街里去心怀恨，后街里，去死无冤，休推辞路远。

(刽子云) 你如今到法场上面，有甚么亲眷要见的，可教他过来，见你一面也好。(正旦唱)

【叨叨令】可怜我孤身只影无亲眷，则落的吞声忍气空嗟怨。(刽子云) 难道你爷娘家也没的？(正旦云) 止有个爹爹，十三年前上朝取应去了，至今杳无音信。(唱) 早已是十年多不睹爹爹面。(刽子云) 你适才要我往后街里去，是什么主意？(正旦唱) 怕则怕前街里被我婆婆见。(刽子云) 你的性命也顾不得，怕他见怎的？(正旦云) 俺婆婆若见我披枷带锁赴法场餐刀去呵，(唱) 枉将他气杀也么哥[7]，枉将他气杀也么哥。告哥哥，临危好与人行方便。

(卜儿哭上科，云) 天那，兀的不是我媳妇儿！(刽子云) 婆子靠后。(正旦云) 既是俺婆婆来了，叫他来，待我嘱付他几句话咱。(刽子云) 那婆子，近前来，你媳妇要嘱付你话哩。(卜儿云) 孩儿，痛杀我也！(正旦云) 婆婆，那张驴儿把毒药放在羊肚儿汤里，实指望药死了你，要霸占我为妻。不想婆婆让与他老子吃，倒把他老子药死了。我怕连累婆婆，屈招了药死公公，今日赴法场典刑。婆婆，此后遇着冬时年节，月一十五，有瀽不了的浆水饭[8]，瀽半碗儿与我吃，烧不了的纸钱，与窦娥烧一陌儿[9]，则是看你死的孩儿面上。(唱)

【快活三】念窦娥葫芦提当罪愆[10]，念窦娥身首不完全，念窦娥从前已往干家缘[11]；婆婆也，你只看窦娥少爷无娘面。

【鲍老儿】念窦娥伏侍婆婆这几年，遇时节将碗凉浆奠；你去那受刑法尸骸上烈些纸钱[12]，只当把你亡化的孩儿荐。(卜儿哭科，云) 孩儿放心，这个老身都记得。天那，兀的不痛杀我也！(正旦唱) 婆婆也，再也不要啼啼哭哭，烦烦恼恼，怨气冲天。这都是我做窦娥的没时没运，不明不暗，负屈衔冤。

(刽子做喝科，云) 兀那婆子靠后，时辰到了也。(正旦跪科) (刽子开枷科) (正旦云）窦娥告监斩大人，有一事肯依窦娥，便死而无怨。（监斩官云）你有什么事？你说。（正旦云）要一领净席，等我窦娥站立；又要丈二白练，挂在旗枪上[13]。若是我窦娥委实冤枉，刀过处头落，一腔热血休半点儿沾在地下，都飞在白练上者。（监斩官云）这个就依你，打甚么不紧[14]。（刽子做取席，站科，又取白练挂旗上科）（正旦唱）

【耍孩儿】不是我窦娥罚下这等无头愿，委实的冤情不浅。若没些儿灵圣与世人传，也不见得湛湛青天。我不要半星热血红尘洒，都只在八尺旗枪素练悬。等他四下里皆瞧见，这就是咱苌弘化碧，望帝啼鹃[15]。

（刽子云）你还有甚的说话，此时不对监斩大人说，几时说那？（正旦再跪科，云）大人，如今是三伏天道，若窦娥委实冤枉，身死之后，天降三尺瑞雪，遮掩了窦娥尸首。（监斩官云）这等三伏天道，你便有冲天的怨气，也召不得一片雪来，可不胡说！（正旦唱）

【二煞】你道是暑气暄，不是那下雪天；岂不闻飞霜六月因邹衍[16]；若果有一腔怨气喷如火，定要感的六出冰花滚似锦，免着我尸骸现；要什么素车白马，断送出古陌荒阡[17]？

（正旦再跪科，云）大人，我窦娥死的委实冤枉，从今以后，着这楚州亢旱三年[18]。（监斩官云）打嘴！那有这等说话！（正旦唱）

【一煞】你道是天公不可期，人心不可怜，不知皇天也肯从人愿。做甚么三年不见甘霖降[19]，也只为东海曾经孝妇冤[20]。如今轮到你山阳县。这都是官吏每无心正法，使百姓有口难言。

（刽子做磨旗科，云）怎么这一会儿天色阴了也？（内做风科，刽子云）好冷风也！（正旦唱）

【煞尾】浮云为我阴，悲风为我旋，三桩儿誓愿明题遍。（做哭科，云）婆婆也，直等待雪飞六月，亢旱三年啊，（唱）那其间才把你个屈死的冤魂这窦娥显。

（刽子做开刀，正旦倒科）（监斩官惊云）呀，真个下雪了，有这等异事！（刽子云）我也道平日杀人，满地都是鲜血，这个窦娥的血，都飞在那丈二白练上，并无半点落地，委实奇怪。（监斩官云）这死罪必有冤枉。早两桩儿应验了，不知亢旱三年的说话[21]，准也不准？且看后来如何。左右，也不必等待雪晴，便与我抬他尸首，还了那蔡婆婆去罢。（众应科，抬尸下）

注释

[1] 外：元杂剧角色名，通常扮演年长的次要人物。

[2] 着：叫，让。　做公的：公差。

［3］磨旗：招摇旗帜。

［4］行动些：快点儿。

［5］糊突了盗跖颜渊：分不清谁是强盗，谁是圣贤。跖即柳下跖，春秋时期奴隶起义领袖，后被统治者诬为大盗，称盗跖。颜渊是孔子的学生，为历代统治者所称颂。

［6］哥哥行（háng）：哥哥您跟前。这是对刽子手的尊称。

［7］也么哥：宋元口语，用于语尾作助词，表声无义。

［8］瀽（jiǎn）：泼、倒。

［9］一陌儿：一百张纸为一陌。

［10］葫芦提：糊里糊涂。　当罪愆（qiān）：抵当罪责。

［11］干家缘：指操持、料理家务事。

［12］烈些纸钱：烧些纸钱。

［13］旗枪：旗杆。

［14］打甚么不紧：没什么关系。

［15］“苌弘化碧”二句：苌弘是春秋时人，传说他冤死后，鲜血化成碧玉。　望帝啼鹃，传说杜宇在蜀为王，号望帝，死后化成子规（杜鹃），蜀人闻子规鸣，认为是望帝的声音。

［16］飞霜六月因邹衍：《文选》江淹《诣建平王上书》李善注引《淮南子》：“邹衍尽忠于燕惠王，惠王信谗而系之。邹子仰天而哭，正夏而天为之降霜。”

［17］古陌荒阡：荒凉的田野。

［18］亢（kàng）旱：干旱至极。

［19］甘霖：及时雨。

［20］东海曾经孝妇冤：汉代东海的寡妇周青，对婆婆很孝敬。婆婆年老，不愿拖累周青，便自缢。周青的小姑告她杀死婆婆，周青被处斩。临刑时周青发誓：若是冤枉，血顺着旗杆向上流。行刑后，果如其言。周青冤死后，东海一带三年不下雨。

［21］亢旱三年的说话：即“亢旱三年的话”。

第四折

(窦天章冠带引丑张千祗从上[1]，诗云）独立空堂思黯然，高峰月出满林烟；非关有事人难睡，自是惊魂夜不眠。老夫窦天章是也。自离了我那端云孩儿，可早十六年光景。老夫自到京师，一举及第，官拜参知政事。只因老夫廉能清正，节操坚刚，谢圣恩可怜，加老夫两淮提刑肃政廉访使之职，随处审囚刷卷，体察滥官污吏，容老夫先斩后奏。老夫一喜一悲：喜呵，老夫身居台省，职掌刑名，势剑金牌[2]，威权万里；悲呵，有端云孩儿，七岁上与了蔡婆婆为儿媳妇，老夫自得官之后，使人往楚州问蔡婆婆家，他邻里街坊道，自当年蔡婆婆不知搬在那里去了，至今音信皆无。老夫为端云孩儿，啼哭的眼目昏花，忧愁的须发斑白。今日来到这淮南地面，不知这楚州为何三年不雨？老夫今在这州厅安歇。张千，说与那州中大小属官，今日免参，明日早见。(张千向古门云）一应大小属官，今日免参，明日早见。(窦天章云）张千，说与那六房吏典[3]，但有合刷照文卷[4]，都将来，待老夫灯下看几宗波。(张千送文卷科，窦天章云) 张千，你与我掌上灯，你每都辛苦了，自去歇息罢。我唤你便来，不唤你休来。(张千点灯，同祗从下，窦天章云) 我将这文卷看几宗咱。一起犯人窦娥，将毒药致死公公。我才看头一宗文卷，就与老夫同姓。这药死公公的罪名，犯在十恶不赦[5]，俺同姓之人，也有不畏法度的。这是问结了的文书，不看他罢。我将这文卷压在底下，别看一宗咱。(做打呵欠科，云) 不觉的一阵昏沉上来，皆因老夫年纪高大，鞍马劳困之故。待我搭伏定书案[6]，歇息些儿咱。(做睡科，魂旦上，唱)

【双调·新水令】我每日哭啼啼守住望乡台[7]，急煎煎把仇人等待[8]，慢腾腾昏地里走，足律律旋风中来[9]，刚被这雾锁云埋，撺掇的鬼魂快[10]。

(魂旦望科，云) 门神户尉不放我进去。我是廉访使窦天章女孩儿，因我屈死，父亲不知，特来托一梦与他咱。(唱)

【沉醉东风】我是那提刑的女孩，须不比现世的妖怪，怎不容我到灯影前，却拦截在门桯外[11]？(做叫科，云) 我那爷爷呵，(唱) 枉自有势剑金牌，把俺这屈死三年的腐骨骸，怎脱离无边苦海！

(做入见哭科，窦天章亦哭科，云) 端云孩儿，你在那里来？(魂旦虚下) (窦天章做醒科，云) 好是奇怪也！老夫才合眼去，梦见端云孩儿，恰便似来我跟前一般，如今在那里？我且再看这文卷咱。(魂旦上做弄灯科) (窦天章云) 奇怪，我正要看文卷，怎生这灯忽明忽灭的！张千也睡着了，我自己剔灯咱。(做剔灯，魂旦翻文卷科，窦天章云) 我剔的这灯明了也，再看几宗文卷。一起犯人窦娥，药死公公。(做疑怪科，云) 这一宗文卷，我为头看过[12]，压在文卷底下，怎生又在这上头？这几时问结了的，还压在底下，我别看一宗文卷波。(魂旦再弄灯科，窦天章云) 怎么，这灯又是半明半暗的，我再剔这灯咱。(做剔灯，魂旦再翻文卷科，窦天章云) 我剔的这灯明了，我另拿一宗文卷看咱。一起犯人窦娥，药死公公。呸！好是奇怪！我才将这文书分明压在底下，刚剔了这灯，怎生又翻在面上？莫不是楚州后厅里有鬼么？便无鬼呵，这桩事必有冤枉。将这文卷再压在底下，待我另看一宗如何。(魂旦又弄灯科，窦天章云) 怎生这灯又不明了？敢有鬼弄这灯？我再剔一剔去。(做剔灯科，魂旦上，做撞见科，窦天章举剑击桌科，云) 呸！我说有鬼！兀那鬼魂，老夫是朝廷钦差带牌走马肃政廉访使[13]，你向前来，一剑挥之两段。张千，亏你也睡的着，快起来，有鬼有鬼！兀的不吓杀老夫也。(魂旦唱)

【乔牌儿】则见他疑心儿胡乱猜，听了我这哭声儿转惊骇。哎，你个窦天章直恁的威风大，且受你孩儿窦娥这一拜。

(窦天章云) 兀那鬼魂，你道窦天章是你父亲，受你孩儿窦娥拜，你敢错认了也？我的女儿叫做端云，七岁上与了蔡婆婆为儿媳妇。你是窦娥，名字差了，怎生是我女孩儿？（魂旦云）父亲，你将我与了蔡婆婆家，改名做窦娥了也。（窦天章云）你便是端云孩儿？我不问你别的，这药死公公，是你不是？（魂旦云）是你孩儿来。（窦天章云）噤声[14]！你这小妮子，老夫为你啼哭的眼也花了，忧愁的头也白了，你刬地犯下十恶大罪，受了典刑。我今日官居台省，职掌刑名，来此两淮审囚刷卷，体察滥官污吏。你是我亲生之女，老夫将你治不的，怎治他人？我当初将你嫁与他家呵，要你三从四德：三从者，在家从父，出嫁从夫，夫死从子；四德者，事公姑，敬夫主，和妯娌，睦街坊。今三从四德全无，刬地犯了十恶大罪。我窦家三辈无犯法之男，五世无再婚之女，到今日被你辱没祖宗世德，又连累我的清名。你快与我细吐真情，不要虚言支对。若说的有半厘差错，牒发你城隍祠内[15]，着你永世不得人身，罚在阴山，永为饿鬼。（魂旦云）父亲停嗔息怒，暂罢狼虎之威，听你孩儿慢慢的说一遍咱。我三岁上亡了母亲，七岁上离了父亲，你将我送与蔡婆婆做儿媳妇。至十七岁与夫配合，才得两年，不幸儿夫亡化，和俺婆婆守寡。这山阳县南门外有个赛卢医，他少俺婆婆二十两银子。俺婆婆去取讨，被他赚到郊外，要将婆婆勒死。不想撞见张驴儿父子两个，救了俺婆婆性命。那张驴儿知道我家有个守寡的媳妇，便道："你婆儿媳妇既无丈夫，不若招我父子两个。"俺婆婆初也不肯，那张驴儿道："你若不肯，我依旧勒死你。"俺婆婆惧怕，不得已含糊许了。只得将他父子两个领到家中，养他过世。有张驴儿数次调戏你女孩儿，我坚执不从。那一日俺婆婆身子不快，想羊肚儿汤吃，你孩儿安排了汤。适值张驴儿父子两个问病，道："将汤来我尝一尝。"说："汤便好，只少些盐醋。"赚的我去取盐醋，他就暗地里下了毒药，实指望药杀俺婆婆，要强逼我成亲。不想俺婆婆偶然发呕，不要汤吃，却让与老张吃，随即七窍流血药死了。张驴儿便道："窦娥药死了俺老子，你要官休？要私休？"我便道："怎生是官休？怎生是私休？"他道："要官休，告到官司，你与俺老子偿命；若私休，你便与我做老婆。"你孩儿便道："好马不鞴双鞍，烈女不更二夫。我至死不与你做媳妇，我情愿和你见官去。"他将你孩儿拖到官中，受尽三推六问，吊拷绷扒[16]，便打死孩儿，也不肯认。怎当州官见你孩儿不认，便要拷打俺婆婆；我怕婆婆年老，受刑不起，只得屈认了。因此押赴法场，将我典刑。你孩儿对天发下三桩誓愿：第一桩，要丈二白练挂在旗枪上，若系冤枉，刀过头落，一腔热血休滴在地下，都飞在白练上；第二桩，现今三伏天道，下三尺瑞雪，遮掩你孩儿尸首；第三桩，着他楚州大旱三年。果然血飞上白练，六月下雪，三年不雨，都是为你孩儿来。（诗云）不告官司只告天，心中怨气口难言；防他老母遭刑宪，情愿无辞认罪愆[17]。三尺琼花骸骨掩[18]，一腔鲜血练旗悬；岂独霜飞邹衍屈，今朝方表窦娥冤。（唱）

【雁儿落】你看这文卷曾道来不道来，则我这冤枉要忍耐如何耐？我不肯顺他人，倒着我赴法场；我不肯辱祖上，倒把我残生坏。

【得胜令】呀，今日个搭伏定摄魂台[19]，一灵儿怨哀哀[20]。父亲也，你现掌着刑名事，亲蒙圣主差。端详这文册，那厮乱纲常当合败。便万剐了乔才[21]，还道报冤仇不畅怀。

（窦天章做泣科，云）哎！我屈死的儿也，则被你痛杀我也！我且问你：这楚州三年不雨，可真个是为你来？（魂旦云）是为你孩儿来。（窦天章云）有这等事！到来朝我与你做主。（诗云）白头亲苦痛哀哉，屈杀了你个青春女孩；只恐怕天明了你且回去，到来日我将文卷改正明白。（魂旦暂下）（窦天章云）呀，天色明了也。张千，我昨日看几宗文卷，中间有一鬼魂来诉冤枉。我唤你好几次，你再也不应，直恁的好睡那。（张千云）我小人两个鼻子孔一夜不曾闭，并不听见女鬼诉什么冤状，也不曾听见相公呼唤。（窦天章做叱科，云）嘫[22]！今早升厅坐衙，张千，喝撺厢者。（张千做吆喝科，云）在衙人马平安，抬书案。（禀云）州官见。（外扮州官入参科）（张千云）该房吏典见。（丑扮吏入参见科）（窦天章问云）你这楚州一郡，三年不雨，是为着何来？（州官云）这个是天道亢旱，楚州百姓之灾，小官等不知其罪。（窦天章做怒科，云）你等不知罪么！那山阳县有用毒药谋死公公犯妇窦娥，他问斩之时，曾发愿道："若是果有冤枉，着你楚州三年不雨，寸草不生。"可有这件事来？（州官云）这罪是前升任桃州守问成的，现有文卷。（窦天章云）这等糊突的官[23]，也着他升去！你是继他任的，三年之中，可曾祭这冤妇么？（州官云）此犯系十恶大罪，元不曾有祠，所以不曾祭得。（窦天章云）昔日汉朝有一孝妇守寡，其姑自缢身死[24]，其姑女告孝妇杀姑[25]，东海太守将孝妇斩了。只为一妇含冤，致令三年不雨。后于公治狱，仿佛见孝妇抱卷哭于厅前，于公将文卷改正，亲祭孝妇之墓，天乃大雨。今日你楚州大旱，岂不正与此事相类？张千，分付该房佥牌下山阳县[26]，着拘张驴儿、赛卢医、蔡婆婆一起人犯，火速解审，毋得违误片刻者[27]。（张千云）理会得。（下）（丑扮解子押张驴儿、蔡婆婆，同张千上，禀云）山阳县解到审犯听点。（窦天章云）张驴儿。（张驴儿云）有。（窦天章云）蔡婆婆。（蔡婆婆云）有。（窦天章云）怎么赛卢医是紧要人犯不到？（解子云）赛卢医三年前在逃，一面着广捕批缉拿去了[28]，待获日解审[29]。（窦天章云）张驴儿，那蔡婆婆是你的后母么？（张驴儿云）母亲好冒认的？委实是。（窦天章云）这药死你父亲的毒药，卷上不见有合药的人，是那个的毒药？（张驴儿云）是窦娥自合就的毒药。（窦天章云）这毒药必有一个卖药的医铺，想窦娥是个少年寡妇，那里讨这药来？张驴儿，敢是你合的毒药么？（张驴儿云）若是小人合的毒药，不药别人，倒药死自家老子？（窦天章云）我那屈死的儿哝，这一节是紧要公案，你不自来折辩[30]，怎得一个明白，你如今冤魂却在那里？（魂旦上，云）张驴儿，这药不是你合的，是那个合的？（张驴儿做怕科，云）有鬼有鬼，撮盐入水，太上老君，急急如律令，敕[31]。（魂旦云）张驴儿，你当日下毒药在羊肚儿汤里，本意药死俺婆婆，要逼勒我做浑家。不想俺婆婆不吃，让与你

父亲吃，被药死了，你今日还敢赖哩！（唱）

【川拨棹】猛见了你这吃敲材[32]，我只问你这毒药从何处来？你本意待暗里栽排[33]，要逼勒我和谐[34]，倒把你亲爷毒害，怎教咱替你耽罪责[35]！

（魂旦做打张驴儿科）（张驴儿做避科，云）太上老君，急急如律令，敕。大人说这毒药必有个卖药的医铺，若寻得这卖药的人来，和小人折对[36]，死也无词。（丑扮解子解赛卢医上，云）山阳县续解到犯人一名赛卢医。（张千喝云）当面[37]。（窦天章云）你三年前要勒死蔡婆婆，赖他银子，这事怎么说？（赛卢医叩头科，云）小的要赖蔡婆婆银子的情是有的，当被两个汉子救了，那婆婆并不曾死。（窦天章云）这两个汉子，你认的他叫做什么名姓？（赛卢医云）小的认便认得，慌忙之际，可不曾问的他名姓。（窦天章云）现有一个在阶下，你去认来。（赛卢医做下认科，云）这个是蔡婆婆。（指张驴儿云）想必这毒药事发了。（上云）是这一个，容小的诉禀：当日要勒死蔡婆婆时，正遇见他爷儿两个，救了那婆婆去。过得几日，他到小的铺中，讨服毒药。小的是念佛吃斋人，不敢做昧心的事，说道："铺中只有官料药[38]，并无什么毒药。"他就睁着眼道："你昨日在郊外要勒死蔡婆婆，我拖你见官去。"小的一生最怕的是见官，只得将一服毒药与了他去。小的见他生相是个恶的，一定拿这药去药死了人，久后败露，必然连累，小的一向逃在涿州地方，卖些老鼠药。刚刚是老鼠被药杀了好几个，药死人的药，其实再也不曾合。（魂旦唱）

【七弟兄】你只为赖财，放乖，要当灾，（带云）这毒药呵，（唱）原来是你赛卢医出卖，张驴儿买，没来由填做我犯由牌[39]，到今日官去衙门在。

（窦天章云）带那蔡婆婆上来。我看你也六十外人了，家中又是有钱钞的，如何又嫁了老张，做出这等事来？（蔡婆婆云）老妇人因为他爷儿两个救了我的性命，收留他在家养膳过世。那张驴儿常说要将他老子接脚进来，老妇人并不曾许他。（窦天章云）这等说，你那媳妇就不该认做药死公公了。（魂旦云）当日问官要打俺婆婆，我怕他年老受刑不起，因此咱认做药死公公[40]，委实是屈招个[41]。（唱）

【梅花酒】你道是咱不该，这招状供写的明白。本一点孝顺的心怀，倒做了惹祸的胚胎。我只道官吏每还复勘，怎将咱屈斩首在长街！第一要素旗枪鲜血洒，第二要三尺雪将死尸埋，第三要三年旱示天灾，咱誓愿委实大。

【收江南】呀，这的是衙门从古向南开，就中无个不冤哉。痛杀我娇姿弱体闭泉台[42]，早三年以外，则落的悠悠流恨似长淮。

（窦天章云）端云儿也，你这冤枉，我已尽知，你且回去。待我将这一起人犯并原问官吏，另行定罪，改日做个水陆道场[43]，超度你生天便了[44]。（魂旦拜科，唱）

【鸳鸯煞尾】从今后把金牌势剑从头摆，将滥官污吏都杀坏，与天子分忧，万民除害。（云）我可忘了一件，爹爹，俺婆婆年纪高大，无人侍养，你可收恤家中，替你孩儿尽养生送死之礼，我便九泉之下，可也瞑目。(窦天章云) 好孝顺的儿也。(魂旦唱) 嘱付你爹爹，收养我奶奶，可怜他无妇无儿，谁管顾年衰迈。再将那文卷舒开，(带云) 爹爹，也把我窦娥名下，(唱) 屈死的于伏罪名儿改[45]。(下)

(窦天章云) 唤那蔡婆婆上来。你可认的我么？(蔡婆婆云) 老妇人眼花了，不认的。(窦天章云) 我便是窦天章。适才的鬼魂，便是我屈死的女孩儿端云。你这一行人，听我下断：张驴儿毒杀亲爷，奸占寡妇，合拟凌迟[46]，押付市曹中，钉上木驴[47]，剐一百二十刀处死。升任州守桃杌，并该房吏典，刑名违错，各杖一百，永不叙用。赛卢医不合赖钱，勒死平民；又不合修合毒药，致伤人命，发烟瘴地面[48]，永远充军[49]。蔡婆婆我家收养，窦娥罪改正明白。(词云) 莫道我念亡女与他灭罪消愆，也只可怜见楚州郡大旱三年。昔于公曾表白东海孝妇，果然是感召得灵雨如泉。岂可便推诿道天灾代有，竟不想人之意感应通天。今日个将文卷重行改正，方显的王家法不使民冤。

题目　秉鉴持衡廉访法
正名　感天动地窦娥冤

注释

[1] 丑：元杂剧角色名，通常扮演语言幽默、行动滑稽、心地善良的人物，有时也扮演奸诈刁恶、悭吝卑鄙的人物。

[2]势剑：尚方宝剑，皇帝发给官员可以先斩后奏的剑。　金牌：元代皇帝发给官员证明其职务的凭证。

[3] 六房吏典：指吏、户、礼、兵、刑、工六个部门的官吏。

[4] 合刷照文卷：该复核的案卷。

[5]犯在十恶不赦：所犯之罪属十种不可赦免的罪。元代刑律规定的这十大罪行是：不孝、不睦、谋反、谋叛、大逆、恶逆、不义、内乱、不道、大不敬。

[6] 搭伏定书案：趴伏在书案上。

[7]望乡台：封建迷信认为，人死之后魂魄到了阴间，阴间有“望乡台”，魂魄可在此望见阳世的故乡。

[8] 急煎煎：焦急万分。

[9] 足律律：快速旋转。

[10] 撺掇（cuānduō）：极力怂恿、催迫。

[11] 门桯（tīng）：门槛。

[12] 为头：刚才、先前。

[13] 带牌走马：带着皇帝赐给的“金牌”走访各地。

[14] 噤声：住口。

[15] 牒（dié）发：随着公文一起解送。

[16] 吊拷：吊起来拷打。　绷扒：用绳索捆紧。

[17] 罪愆（qiān）：罪责。
[18] 琼花：指雪花。
[19] 摄魂台：迷信说法中勾取人的灵魂的地方。
[20] 一灵儿：旧指人死后不灭的灵魂。
[21] 万剐（guǎ）：一种酷刑，把罪犯身上的肉一片一片割下来。　乔才：无赖，恶棍。
[22] 㖔（tuì）：呵斥之词。
[23] 糊突：糊涂。
[24] 其姑：她的婆婆。
[25] 其姑女：她的婆婆的女儿（即小姑子）。
[26] 佥牌：签牌，签发命令。
[27] 违误：违背耽误。
[28] 着广捕批缉拿：教四处通缉，捉拿犯人。
[29] 获日解审：捕获时解来受审。
[30] 折辩：辩白、分辩、对证。
[31] “有鬼有鬼”数句：这几句是道士装神弄鬼时念的咒语。撮盐入水，成语，即刻消失之意。太上老君，道教所尊崇的偶像。如律令，公文结尾例行用语，命令接受文书的人按律办事。敕（chì），命令。
[32] 吃敲材：骂人的话，意如“该打的”。
[33] 栽排：安排。
[34] 和谐：指配成夫妻。
[35] 耽罪责：承担罪行。
[36] 折对：对证。
[37] 当面：当面见官。元剧中公差一喝“当面”，犯人便下跪，因而“当面”又是“下跪”的代词。
[38] 官料药：官吏允许出售的药材。
[39] 没来由：没理由。　犯由牌：写着犯人罪状的木牌。
[40] 喒（zán）：同“咱”。
[41] 个：语尾助词，无实义。
[42] 闭泉台：埋葬在黄泉。
[43] 水陆道场：旧时为给鬼魂求福，设斋念经，供奉水陆众生。
[44] 超度生天：帮助堕入地狱的鬼魂离开苦海。
[45] 干伏：屈招。
[46] 凌迟：古代一种酷刑，即“剐”。
[47] 木驴：钉有铁刺的木桩，行剐刑时，先把犯人绑在桩上，游街示众。
[48] 烟瘴地面：有烟瘴的地方。南方的深山老林常蒸发湿热的雾气，致人生病。
[49] 充军：即流放。

新评

关汉卿，号己斋叟，大都（今北京）人。约生于金末，卒于元成宗大德元年（1297）之后。元钟嗣成《录鬼簿》说他曾任“太医院尹”（有的版本又作“太医院户”）。对照《元史》和《金史》有关官职、户籍的记载，可推测出关汉卿可能是属于太医院户籍的杂剧作家。

关汉卿是元代前期杂剧创作的核心人物，是当时杂剧创作团体“玉京书会”的首领，明朱权《太和正音谱》甚至推称关汉卿为“杂剧之祖”。他一生致力于杂剧的创作，共写过杂剧六十多种。

社会地位的低下，使关汉卿有机会体验下层人民的甘苦；生活道路的不平坦，锻造出他这“蒸不烂，煮不熟，捶不扁，炒不爆，响当当一粒铜豌豆”(关汉卿《不伏老》散曲)。他还长期在歌场戏院中生活，甚至“躬践排场，面傅粉墨，以为我家生活，偶倡优而不辞”(臧晋叔《元曲选·序》)，这样，他又获取了丰富的舞台经验。据有关典籍记载，关汉卿与当时杂剧作家杨显之、费君祥，散曲作家王和卿以及著名女艺人珠帘秀等，都有交往，且建立起深厚的友谊。这说明关汉卿是植根于肥沃的戏剧土壤，全身心地浇灌杂剧这朵奇葩，因而才获得“驱梨园领袖，总编修帅首，捻杂剧班头”(贾仲明《录鬼簿续编》)的美称。

令人遗憾的是，关汉卿六十多种杂剧，现仅存十八种。它们是:《感天动地窦娥冤》、《包待制智斩鲁斋郎》、《赵盼儿风月救风尘》、《望江亭中秋切鲙》、《钱大尹智宠谢天香》、《杜蕊娘智赏金线池》、《关大王独赴单刀会》、《温太真玉镜台》、《钱大尹智勘绯衣梦》、《状元堂陈母教子》、《包待制三勘蝴蝶梦》、《邓夫人苦痛哭存孝》、《关张双赴西蜀梦》、《闺怨佳人拜月亭》、《诈妮子调风月》、《刘夫人庆赏五侯宴》、《尉迟恭单鞭夺槊》、《山神庙裴度还带》(其中后三种研究界有不同的看法)。仅凭这些占关氏全部剧作三分之一不到的作品，我们仍然能够感觉到关汉卿杂剧题材之广泛、种类形式之多样化、人物形象之栩栩如生以及强烈的现实主义艺术手法。

关汉卿还是一位出色的散曲作家，今存套曲十多套，小令约四十首。

关汉卿的《窦娥冤》是伟大的悲剧作品，王国维在《宋元戏曲史》中认为将此剧“列之于世界大悲剧中亦无愧色”。

元代黑暗腐朽的社会现实，是这部悲剧的社会根源。高利贷的逼迫，使窦天章无力偿还蔡婆婆的钱，只好将女儿端云(即幼年窦娥)以抵债的形式送给蔡婆婆；还是高利贷，使赛卢医歹心萌发，差点勒死蔡婆婆。元朝统治者的腐朽，滋长了张驴儿、赛卢医之类恶棍无赖的嚣张气焰；而楚州太守桃杌的昏庸，也正是元朝官吏的真实写照。窦娥的无辜受戮，只是当时无赖横行、吏治腐败、冤狱遍地的形象概括，是下层人民奋力抗争而不果的艺术再现。

悲剧主人翁窦娥在其短暂的二十年的生命历程中，不幸与苦难紧紧陪伴着她：三岁丧母，七岁失父；在蔡婆婆家做童养媳的岁月剧中虽未交代，但其艰辛可想而知；十五岁成亲，不到两年，丈夫病逝；守寡三年之后，一场横祸飞来——仅仅二十岁便命丧黄泉。也正是在悲苦压得人喘不过气来的情况下，窦娥临终前发出三桩誓愿，向“青天”讨一个“说法”！这既是作者的匠心独运，也是悲剧发展的最高境界。

赵盼儿风月救风尘

关汉卿　撰

风尘女子宋引章被纨绔子弟周舍的甜言蜜语所蒙蔽，一心一意要嫁周舍，而对真正爱她的秀才安秀实一口回绝。宋引章的结拜姐妹赵盼儿聪明伶俐，机智漂亮，她早已看透了周舍的伎俩，可宋引章全然听不进她的劝告。宋引章与周舍结婚不久，周舍的丑恶嘴脸便全部暴露出来，宋引章一天没有三顿好吃，倒有三顿好打。无奈之下，她写信向母亲和赵盼儿求救。赵盼儿投周舍之所好，将自己打扮得花枝招展，带着礼品，找到周舍门上，口口声声要嫁周舍。周舍被赵盼儿所迷惑，将宋引章一纸休书休掉。宋引章拿到休书之后，赵盼儿也一走了之。气急败坏的周舍赔了夫人又折兵，一怒之下，告到官府。早有准备的赵盼儿暗中指使安秀实，反告周舍强夺其妻，并在法庭上为安作证。最后宋引章与安秀实终成眷属，周舍则被杖责六十，免去官宦子弟的特权。

剧中主要人物：

赵盼儿（正旦）：智勇双全、侠肝义胆的风尘女子，为朋友两肋插刀，救人救到底。

宋引章（外旦）：赵盼儿的结拜姐妹，也为风尘女子。她为自己的轻率和天真付出了惨痛的代价。不过好事多磨，最终与爱她的安秀才结为夫妇。

周舍（冲末）：纨绔子弟，口蜜腹剑。目的达到后，翻脸不认人。剧中的他虽时时“魔高一尺”，但赵盼儿又处处“道高一丈”，所以最终成为赵盼儿的手下败将。

安秀实（外）：老实巴交的秀才，一心喜欢宋引章，但却被周舍先拔头筹。因赵盼儿无私协助，与心爱的人终成伉俪。

李氏（卜儿）：宋引章的假母，妓院中的老鸨。

第一折

(冲末扮周舍上)(诗云)酒肉场中三十载,花星整照二十年;一生不识柴米价,只少花钱共酒钱。自家郑州人氏,周同知的孩儿周舍是也。自小上花台做子弟[1]。这汴梁城中,有一歌者,乃是宋引章。他一心待嫁我,我一心待娶他,争奈他妈儿不肯。我今做买卖回来,今日特到他家去,一来去望妈儿,二来就题这门亲事,多少是好。(下)(卜儿同外旦上[2],云)老身汴梁人氏,自身姓李,夫主姓宋,早年亡化已过。止有这个女孩儿,叫做宋引章。俺孩儿拆白道字[3],顶真续麻[4],无般不晓,无般不会。有郑州周舍,与孩儿作伴多年,一个要娶,一个要嫁,只是老身谎彻梢虚[5],怎么便肯。引章,那周舍亲事,不是我百般板障[6],只怕你久后自家受苦。(外旦云)奶奶,不妨事,我一心则待要嫁他。(卜儿云)随你随你。(周舍上,云)自家周舍,来此正是他门首,只索进去。(做见科)(外旦云)周舍,你来了也。(周舍云)我一径的来问亲事,母亲如何?(外旦云)母亲许了亲事也。(周舍云)我见母亲去。(卜儿做见科)(周舍云)母亲,我一径的来问这亲事哩。(卜儿云)今日好日辰,我许了你,则休欺负俺孩儿。(周舍云)我并不敢欺负大姐。母亲,把你那姊妹弟兄,都请下者,我便收拾来也。(卜儿云)大姐,你在家执料[7],我去请那一辈儿老姊妹去来。(周舍诗云)数载间费尽精神,到今朝才许成亲。(外旦云)这都是天缘注定,(卜儿云)也还有不测风云。(同下)(外扮安秀实上,诗云)刘蕡下第千年恨[8],范丹守志一生贫[9];料得苍天如有意,断然不负读书人。小生姓安,名秀实,洛阳人氏。自幼颇习儒业,学成满腹文章,只是一生不能忘情花酒。到此汴梁,有一歌者宋引章,和小生作伴。当初他要嫁我来,如今却嫁了周舍。他有个八拜交的姐姐,是赵盼儿,我去央他劝一劝,有何不可?赵大姐在家么?(正旦扮赵盼儿上,云)妾身赵盼儿是也。听的有人叫门,我开门看咱。(见科,云)我道是谁,原来是妹夫。你那里来?(安秀实云)我一径的来相烦你。当初姨姨引章要嫁我来[10],如今却要嫁周舍,我央及你劝他一劝。(正旦云)当初这亲事不许你来?如今又要嫁别人,端的姻缘事非同容易也呵。(唱)

【仙吕·点绛唇】妓女追陪,觅钱一世,临收计,怎做的百纵千随,知重咱风流婿。

【混江龙】我想这姻缘匹配,少一时一刻强难为。如何可意?怎的相知?怕不便脚搭着脑杓成事早[11],怎知他手拍着胸脯悔后迟!寻前程,觅下稍[12],恰便是黑海也似难寻觅。料的来,人心不问,天理难欺。

【油葫芦】姻缘簿全凭我共你,谁不待拣个称意的?他每都拣来拣去百千回，待嫁一个老实的，又怕尽世儿难成对；待嫁一个聪俊的，又怕半路里轻抛弃。遮莫向狗溺处藏[13]，遮莫向牛屎里堆，忽地便吃了一个合扑地[14]，那时节睁着眼怨他谁！

【天下乐】我想这先嫁的还不曾过几日，早折的容也波仪瘦似鬼。只教你难分说，难告诉，空泪垂。我看了些觅前程俏女娘，见了些铁心肠男子辈，便一生里孤眠，我也直甚颓。

（云）妹夫，我可也待嫁个客人，有个比喻。（安秀实云）喻将何比？（正旦唱）

【那吒令】待妆个老实学三从四德，争奈是匪妓都三心二意，端的是那里是三梢末尾[15]？俺虽居在柳陌中花街内，可是那件儿便宜？

【鹊踏枝】俺不是卖查梨[16]，他可也逞刀锥[17]。一个个败坏人伦，乔做胡为。（云）但来两三遭，不问那厮要钱，他便道："这弟子敲镘儿哩[18]。"（唱）但见俺有些儿不伶俐[19]，便说是女娘家要哄骗东西。

【寄生草】他每有人爱为娼妓，有人爱作次妻。干家的干落得淘闲气，买虚的看取些羊羔利，嫁人的早中了拖刀计。他正是：南头做了北头开，东行不见西行例。

（云）妹夫，你且坐一坐，我去劝他。劝的省时，你休欢喜，劝不省时，休烦恼。（安秀实云）我不坐了，且回家去等信罢。大姐留心者。（下）（正旦做行科，见外旦云）妹子，你那里人情去[20]？（外旦云）我不人情去，我待嫁人哩。（正旦云）我正来与你保亲。（外旦云）你保谁？（正旦云）我保安秀才。（外旦云）我嫁了安秀才呵，一对儿好打莲花落[21]。（正旦云）你待嫁谁？（外旦云）我嫁周舍。（正旦云）你如今嫁人，莫不还早哩？（外旦云）有甚么早不早？今日也大姐，明日也大姐，出了一包儿脓[22]。我嫁了，做一个张郎家妇，李郎家妻，立个妇名，我做鬼也风流的。（正旦唱）

【村里迓鼓】你也合三思而行，再思可矣。你如今年纪小哩，我与你慢慢的别寻个姻配。你可便宜，只守着铜斗儿家缘家计[23]，也是你歹姐姐把衷肠话劝妹妹，我怕你受不过男儿气息。

（云）妹子，那做丈夫的做不的子弟，做子弟的做不的丈夫。（外旦云）你说我听咱。（正旦唱）

【元和令】做丈夫的便做不的子弟，他终不解其意。那做子弟的他影儿里会虚脾[24]，那做丈夫的忒老实。（外旦云）那周舍，穿着一架子衣服，可也堪爱哩。（正旦唱）那厮虽穿着几件蛇螂皮[25]，人伦事晓得甚的？

（云）妹子，你为甚么就要嫁他？（外旦云）则为他知重您妹子[26]，因此要嫁他。（正旦云）他怎么知重你？（外旦云）一年四季，夏天我好的一觉晌睡，他替你妹子打着扇；冬天替你妹子温的铺盖儿暖了，着你妹子歇息；但你妹子那里人情去，穿的那一套衣服，戴的那一副头面[27]，替你妹子提领系，整钗镮。只为他这等知重你妹子，因此上一心要嫁他。（正旦云）你原来为这般呵。（唱）

【上马娇】我听的说就里，你原来为这的，倒引的我忍不住笑微微。你道是暑月间扇子扇着你睡，冬月间着炭火煨，那愁他寒色透重衣。

【游四门】吃饭处，把匙头挑了筋共皮；出门去，提领系，整衣袂，戴插头面整梳篦。衠一味是虚脾[28]，女娘每不省越着迷。

【胜葫芦】你道这子弟情肠甜似蜜，但娶到他家里，多无半载周年相弃掷。早努牙突嘴，拳椎脚踢，打的你哭啼啼。

【幺篇】恁时节船到江心补漏迟，烦恼怨他谁，事要前思免后悔。我也劝你不得，有朝一日，准备着搭救你块望夫石。

（云）妹子，久以后你受苦呵，休来告我。（外旦云）我便有那该死的罪，我也不来央告你。（周舍上，云）小的每，把这礼物摆的好看些。（正旦云）来的敢是周舍？那厮不言语便罢，他若但言，着他吃我几嘴好的。（周舍云）那壁姨姨，敢是赵盼儿么？（正旦云）然也。（周舍云）请姨姨吃些茶饭波。（正旦云）你请我，家里饿皮脸也揭了锅儿底，窨子里秋月，不曾见这等食。（周舍云）央及姨姨，保门亲事。（正旦云）你着我保谁？（周舍云）保宋引章。（正旦云）你着我保宋引章那些儿？保他那针指油面，刺绣铺房，大裁小剪，生儿长女？（周舍云）这歪刺骨好歹嘴也[29]。我已成了事，不索央你。（正旦云）我去罢。（做出门科）（安秀实上，云）姨姨，劝的引章如何？（正旦云）不济事了也。（安秀实云）这等呵，我上朝求官应举去罢。（正旦云）你且休去，我有用你处哩。（安秀实云）依着姨姨说，我且在客店中安下，看你怎么发付我。（下）（正旦唱）

【赚煞】这妮子是狐魅人女妖精，缠郎君天魔祟。则他那裤儿里休猜做有腿，吐下鲜红血则当做苏木水[30]。耳边休采那等闲食，那的是最容易剜眼睛嫌的，则除是亲近着他便欢喜。（带云）着他疾省呵，（唱）哎，你个双郎子弟安排下金冠霞帔[31]。（带云）一个夫人来到手儿里了，（唱）却则为三千张茶引[32]，嫁了冯魁。（下）

（周舍云）辞了母亲，着大姐上轿，回咱郑州去来。（诗云）才出娼家门，便作良家妇。（外旦诗云）只怕吃了良家亏，还想娼家做。（同下）

注释

［1］花台：指妓院等场所。　子弟：指嫖客。

［2］外旦：元杂剧角色名，通常扮演次要的女子。

［3］拆白道字：宋元时代流行的一种文字游戏，即把某个字拆开，变成一句话。

［4］顶真续麻：宋元时代流行的一种文字游戏，上句的最后一个字，就是下句的第一个字。

［5］谎彻梢虚：指用各种方式搪塞、虚与委蛇。

［6］板障：本意指屏风，引申为阻碍。

［7］执料：把持，料理。

［8］刘蕡（fén）下第：指考试落第。刘蕡是唐代进士，他在举贤良对策时，力劝皇帝诛杀奸臣。考官顾虑得罪宦官，不敢录用他，因此落第。

［9］范丹：东汉人。他辞官回乡，卖卜为生，一生穷困。

［10］姨姨：这里是嫖客对妓女的客气称呼。

［11］脚搭着脑杓：人在疾步行走时，脚跟如同搭着后脑勺一样。形容动作迅疾。

［12］下稍：指事情的结局。

［13］遮莫：不论。

［14］合扑地：宋元俗语，指俯面倒地。

［15］三梢末尾：三梢本指头梢、脚梢和手梢，即头发、脚趾和手指，这里喻结局、归宿。

［16］卖查梨：查梨是一种形似梨而味道酸涩的果子。卖查梨指以次充好。

［17］逞刀锥：比喻商人追逐微小的利润。

［18］敲镘儿：指敲诈钱财。镘儿，指钱。古时制钱的正面叫“字”，反面叫“镘”。

［19］不伶俐：不利索，不精神。

［20］人情：指社交应酬。

［21］打莲花落（lào）：行乞要饭。莲花落是一种曲调名，乞丐向人乞讨时经常唱此曲。

［22］今日也大姐，明日也大姐，出了一包儿脓：“大姐”谐音“大疖”，疖子最终要出脓血，故而说“出了一包儿脓”（这是与嫖客发生两性关系的隐语）。

［23］铜斗儿家缘家计：指家道富有。

［24］虚脾：虚情假意。

［25］虼螂（gèlánɡ）皮：比喻坏人披着美丽的外衣。虼螂是一种昆虫，喜欢吃动物的尸体和粪便。

［26］知重：尊重。

［27］头面：指钗环等首饰。

［28］衠（zhǔn）：真、全。

［29］歪剌骨：宋元时代对妇女的蔑称。

［30］苏木：一种树木，茎和皮可以熬成红色的颜料。

［31］双郎：指双渐，北宋人。他与庐州妓女苏小卿相恋，但在赴汴京应举期间，财大气粗的茶商冯魁将苏小卿买走。苏小卿心有不甘，题诗于金山寺，表达了对双渐的怀念。双渐中进士后，到临川做官，看见苏小卿的题诗，把她赎回，两人终成眷属。这里是借双渐代指安秀实。

［32］茶引：古时茶叶实行专卖。依照重量缴纳茶税后，由官方发给凭照（即茶引），可以运销茶叶。引是古代缴纳茶叶、盐等税费的重量单位。

第二折

(周舍同外旦上，云) 自家周舍是也。我骑马一世，驴背上失了一脚[1]。我为娶这妇人呵，整整磨了半截舌头，才成得事。如今着这妇人上了轿，我骑了马，离了汴京，来到郑州。让他轿子在头里走[2]，怕那一般的舍人说[3]："周舍娶了宋引章。" 被人笑话。则见那轿子一晃一晃的，我向前打那抬轿的小厮，道："你这等欺我！" 举起鞭子就打。问他道："你走便走，晃怎么？" 那小厮道："不于我事，奶奶在里边，不知做甚么？" 我揭起轿帘一看，则见他精赤条条的，在里面打筋斗。来到家中，我说："你套一床被我盖。" 我到房里，只见被子倒高似床。我便叫："那妇人在那里？" 则听的被子里答应道："周舍，我在被子里面哩。" 我道："在被子里面做甚么？" 他道："我套绵子，把我翻在里头了。" 我拿起棍来，恰待要打，他道："周舍，打我不打紧[4]，休打了隔壁王婆婆。" 我道："好也，把邻舍都翻在被里面。" (外旦云) 我那里有这等事？(周舍云) 我也说不得这许多。兀那贱人，我手里有打杀的，无有买休卖休的[5]。且等我吃酒去回来，慢慢的打你。(下) (外旦云) 不信好人言，必有恓惶事。当初赵家姐姐劝我不听，果然进的门来，打了我五十杀威棒，朝打暮骂，怕不死在他手里。我这隔壁有个王货郎，他如今去汴梁做买卖，我写一封书稍将去[6]，着俺母亲和赵家姐姐来救我。若来迟了，我无那活的人也。天那，只被你打杀我也。(下)(卜儿哭上，云) 自家宋引章的母亲便是。有我女孩儿从嫁了周舍，昨日王货郎寄信来，上写着道："从到他家，进门打了五十杀威棒。如今朝打暮骂，看看至死，可急急央赵家姐姐来救我。" 我拿着书去与赵家姐姐说知，怎生救他去？引章孩儿，则被你痛杀我也。(下)(正旦上，云) 自家赵盼儿。我想这门衣饭，几时是了也呵。(唱)

【商调 · 集贤宾】咱这几年来待嫁人心事有，听的道谁揭债，谁买休。他每待强巴劫深宅大院[7]，怎知道摧折了舞榭歌楼？一个个眼张狂似漏了网的游鱼，一个个嘴卢都似跌了弹的斑鸠。御园中可不道是栽路柳，好人家怎容这等娼优。他每初时间有些实意，临老也没回头。

【逍遥乐】那一个不因循成就，那一个不顷刻前程，那一个不等闲间罢手。他每一做一个水上浮沤[8]。和爷娘结下不断见的冤仇[9]，恰便似日月参辰和卯酉[10]，正中那男儿机彀[11]。他使那千般贞烈，万种恩情，到如今一笔都勾。

(卜儿上，云) 这是他门首，我索过去。(做见科，云) 大姐，烦恼杀我也。(正旦云) 奶奶，你为甚么这般啼哭？(卜儿云) 好教大姐知道，引章不听你劝，嫁了周舍。

进门去打了五十杀威棒，如今打的看看至死，不久身亡。姐姐，怎生是好？（正旦云）呀，引章吃打了也。（唱）

【金菊香】想当日他暗成公事，只怕不相投。我当初作念你的言词，今日都应口。则你那去时，恰便似去秋。他本是薄幸的班头[12]，还说道有恩爱结绸缪。

【醋葫芦】你铺排着鸳衾和凤帱，指望效天长共地久；蓦入门知滋味便合休。几番家眼睁睁，打干净待离了我这手；（带云）赵盼儿，（唱）你做的个见死不救，可不羞杀这桃园中杀白马，宰乌牛[13]？

（云）既然是这般呵，谁着你嫁他来？（卜儿云）大姐，周舍说誓来。（正旦唱）

【幺篇】那一个不噔可可道横死亡[14]，那一个不实丕丕拔了短筹[15]，则你这亚仙子母老实头[16]，普天下爱女娘的子弟口，（带云）奶奶，不则周舍说谎也。（唱）那一个不指皇天各般说咒？恰似秋风过耳早休休！

（卜儿云）姐姐，怎生搭救引章孩儿？（正旦云）奶奶，我有两个压被的银子[17]，咱两个拿着买休去来。（卜儿云）他说来："则有打死的，无有买休卖休的。"（正旦寻思科，做与卜耳语科，云）则除是这般。（卜儿云）可是中也不中？（正旦云）不妨事，将书来我看。（卜递书科，正旦念云）"引章拜上姐姐并奶奶：当初不信好人之言，果有恓惶之事。进得他门，便打我五十杀威棒。如今朝打暮骂，禁持不过[18]。你来的早，还得见我；来得迟呵，不能勾见我面了！只此拜上。"妹子也，当初谁教你做这事来！（唱）

【幺篇】想当初有忧呵同共忧，有愁呵一处愁。他道是残生早晚丧荒丘，做了个游街野巷村务酒；你道是百年之后，（云）妹子也，你不道来："这个也大姐，那个也大姐，出了一包脓；不如嫁个张郎妇，李郎妻，（唱）立一个妇名儿，做鬼也风流？"

（云）奶奶，那寄书的人去了不曾？（卜儿云）还不曾去哩。（正旦云）我写一封书寄与引章去。（做写科）（唱）

【后庭花】我将这知心书亲自修，教他把天机休泄漏。传示与休莽戆收心的女[19]，拜上你浑身疼的歹事头。（带云）引章，我怎的劝你来？（唱）你好没来由，遭他毒手，无情的棍棒抽，赤津津鲜血流，逐朝家如暴囚[20]，怕不将性命丢！况家乡隔郑州，有谁人相睬瞅，空这般出尽丑。

（卜儿哭科，云）我那女孩儿那里打熬得过！大姐，你可怎生的救他一救？（正旦云）奶奶，放心。（唱）

【柳叶儿】则教你怎生消受，我索合再做个机谋。把这云鬟蝉鬓妆梳就，

(带云) 还再穿上些锦绣衣服,(唱) 珊瑚钩,芙蓉扣,扭捏的身子儿别样娇柔。

【双雁儿】我着这粉脸儿搭救你女骷髅,割舍的一不做二不休,拚了个由他咒也波咒。不是我说大口,怎出得我这烟月手[21]!

(卜儿云) 姐姐,到那里子细着[22]。(哭科,云) 孩儿,则被你烦恼杀了我也!(正旦唱)

【浪里来煞】你收拾了心上忧,你展放了眉间皱,我直着花叶不损觅归秋。那厮爱女娘的心,见的便以驴共狗,卖弄他玲珑剔透。(云) 我到那里,三言两句,肯写休书,万事俱休。若是不肯写休书,我将他掐一掐,拈一拈,搂一搂,抱一抱,着那厮通身酥,遍体麻。将他鼻凹儿抹上一块砂糖,着那厮舔又舔不着,吃又吃不着。赚得那厮写了休书,引章将的休书来淹的撇了[23]。我这里出了门儿。(唱) 可不是一场风月,我着那汉一时休?(下)

注释

[1] 骑马一世,驴背上失了一脚:宋元时俗语,指内行人犯了低级错误。

[2] 头里:前面。

[3] 舍人:本为官名。宋元时称官宦人家的子弟为舍人,义同"少爷"。

[4] 不打紧:不要紧。

[5] 买休卖休:元代法律术语。《元史·刑法志·二》载:"诸夫妇不相睦,卖休买休者,禁之。"当时,在买卖妇女的非法交易中,卖方借"休妻"为名,实则是卖妻;买方以娶被休之妇女为名,实则是买妻。

[6] 稍:同"捎"。

[7] 巴劫:巴结。

[8] 水上浮沤(ōu):水上的泡沫,不久即会破灭。

[9] 不厮见:不相见。

[10] 日月参辰和卯酉:比喻相互对立的双方。日和月不会同在一起;参星和辰(商)星不会同时出现;十二地支中的卯和酉相互冲克(这是古代星相家的迷信说法)。

[11] 机彀(gòu):圈套。

[12] 薄幸:无情无义。 班头:为首的,首屈一指的。

[13] 桃园中杀白马,宰乌牛:借用三国时刘备、关羽、张飞三人在桃园中杀白马乌牛祭天地结义的传说,比喻赵盼儿和宋引章是八拜之交的姐妹。

[14] 嗲(shěn)可可:凄惨而恐怖的样子。

[15] 实丕丕:很真实。 拔了短筹:指半途抛弃。

[16] 亚仙:即李亚仙。唐代白行简《李娃传》载:妓女李娃与贵公子郑生相爱,郑生金钱用尽,被鸨母赶出,沦落为乞丐。后得李娃暗中帮助,考取功名,双双团圆。李娃在元明戏剧中被改为李亚仙。

[17] 压被的银子:私房钱。

[18] 禁持不过:忍受不了迫害。

[19] 莽戆(zhuàng):即莽撞,举止粗率,行事不慎。

[20] 逐朝家：每天。
[21] 烟月手：指嫖客与妓女之间斗智斗勇。
[22] 子细：即仔细。
[23] 淹的：突然。

第三折

(周舍同店小二上，诗云) 万事分已定，浮生空自忙；无非花共酒，恼乱我心肠。店小二，我着你开着这个客店，我那里希罕你那房钱养家。不问官妓私科子[1]，只等有好的来你客店里，你便来叫我。(小二云) 我知道，只是你脚头乱，一时间那里寻你去？(周舍云) 你来粉房里寻我[2]。(小二云) 粉房里没有呵？(周舍云) 赌房里来寻。(小二云) 赌房里没有呵？(周舍云) 牢房里来寻。(下)(丑扮小闲挑笼上)(诗云) 钉靴雨伞为活计，偷寒送暖作营生；不是闲人闲不得，及至得了闲时又闲不成。自家张小闲的便是。平生做不的买卖，止是与歌者姐姐每叫些人，两头往来，传消寄信都是我。这里有个大姐赵盼儿，着我收拾两箱子衣服行李，往郑州去。都收拾停当了，请姐姐上马。(正旦上，云) 小闲，我这等打扮，可冲动得那厮么？(小闲做倒科)(正旦云) 你做甚么哩？(小闲云) 休道冲动那厮，这一会儿连小闲也酥倒了。(正旦唱)

【正宫·端正好】则为他满怀愁、心间闷，做的个进退无门。那婆娘家一涌性无思忖[3]，我可也强打入迷魂阵。

【滚绣球】我这里微微的把气喷，输个姓因[4]，怎不教那厮背槽抛粪[5]。更做道普天下无他这等郎君，想着容易情忒献勤，几番家待要不问，第一来我则是可怜见无主娘亲，第二来是我惯曾为旅偏怜客，第三来也是我自己贪杯惜醉人。到那里呵也索费些精神。

(云) 说话之间，早来到郑州地方了。小闲，接了马者。且在柳阴下歇一歇咱。(小闲云) 我知道。(正旦云) 小闲，咱闲口论闲话：这好人家好举止，恶人家恶家法。(小闲云) 姐姐，你说我听。(正旦唱)

【倘秀才】县君的则是县君[6]，妓人的则是妓人。怕不扭捏着身子蓦入他门，怎禁他使数的到支分[7]，背地里暗忍。

【滚绣球】那好人家将粉扑儿浅淡匀，那里像咱干茨腊手抢着粉[8]；好人家将那篦梳儿慢慢地铺鬓[9]，那里像咱解了那襻胸带下颏上勒一道深痕。好人家知个远近，觑个向顺，衠一味良人家风韵；那里像咱们恰便似空房中锁定个猢孙：有那千般不实乔躯老，有万种虚嚣歹议论[10]，断不了风尘。

(小闲云) 这里一个客店,姐姐好住下罢。(正旦云) 叫店家来。(店小二见科)(正旦云) 小二哥,你打扫一间干净房儿,放下行李。你与我请将周舍来,说我在这里久等多时也。(小二云) 我知道。(做行叫科,云) 小哥在那里?(周舍上,云) 店小二,有甚么事?(小二云) 店里有个好女子请你哩。(周舍云) 咱和你就去来。(做见科,云) 是好一个科子也。(正旦云) 周舍,你来了也。(唱)

【幺篇】俺那妹子儿有见闻[11],可有福分,抬举的个丈夫俊上添俊[12],年纪儿恰正青春。(周舍云) 我那里曾见你来?我在客火里,你弹着一架筝,我不与了你个褐色䌷段儿?(正旦云) 小的,你可见来?(小闲云) 不曾见他有甚么褐色䌷段儿。(周舍云) 哦,早起客火杭州散了,赶到陕西客火里吃酒,我不与了大姐一分饭来?(正旦云) 小的每,你可见来?(小闲云) 我不曾见。(正旦唱) 你则是忒现新,忒忘昏[13],更做道你眼钝。那唱词话的有两句留文:"咱也曾武陵溪畔曾相识,今日佯推不认人。"我为你断梦劳魂。

(周舍云) 我想起来了,你敢是赵盼儿么?(正旦云) 然也。(周舍云) 你是赵盼儿,好好,当初破亲也是你来。小二,关了店门,则打这小闲。(小闲云) 你休要打我,俺姐姐将着锦绣衣服,一房一卧来嫁你,你倒打我?(正旦云) 周舍,你坐下,你听我说。你在南京时[14],人说你周舍名字,说的我耳满鼻满的,则是不曾见你。后得见你呵,害的我不茶不饭,只是思想着你。听的你娶了宋引章,教我如何不恼?周舍,我待嫁你,你却着我保亲!(唱)

【倘秀才】我当初倚大呵妆儇主婚[15],怎知我嫉妒呵特故里破亲?你这厮外相儿通疏就里村[16]。你今日结婚姻,咱就肯罢论。

(云) 我好意将着车辆鞍马奁房来寻你,你划地将我打骂[17]。小闲,拦回车儿,咱家去来。(周舍云) 早知姐姐来嫁我,我怎肯打舅舅?(正旦云) 你真个不知道?你既不知,你休出店门,只守着我坐下。(周舍云) 休说一两日,就是一两年,您儿也坐的将去。(外旦上,云) 周舍两三日不家去,我寻到这店门首,我试看咱。原来是赵盼儿和周舍坐哩。兀那老弟子不识羞,直赶到这里来。周舍,你再不要来家,等你来时,我拿一把刀子,你拿一把刀子,和你一递一刀子戳哩。(下)(周舍取棍科,云) 我和你抢生吃哩[18]。不是奶奶在这里,我打杀你。(正旦唱)

【脱布衫】我更是的不待饶人,我为甚不敢明闻?肋底下插柴自稳,怎见你便打他一顿?

【小梁州】可不道一夜夫妻百夜恩,你可便息怒停嗔,你村时节背地里使些村,对着我合思忖:那一个双同叔打杀俏红裙?

【幺篇】则见他恶哏哏[19]，摸按着无情棍，便有火性的不似你个郎君。(云) 你拿着偌粗的棍棒，倘或打杀他呵，可怎了？(周舍云) 丈夫打杀老婆，不该偿命。(正旦云) 这等说，谁敢嫁你？(背唱) 我假意儿瞒，虚科儿喷[20]，着这厮有家难奔。妹子也，你试看咱风月救风尘。

(云) 周舍，你好道儿[21]。你这里坐着，点的你媳妇来骂我这一场。小闲，拦回车儿，咱回去来。(周舍云) 好奶奶，请坐。我不知道他来。我若知道他来，我就该死。(正旦云) 你真个不曾使他来？这妮子不贤惠。打一棒快毬子[22]，你舍的宋引章，我一发嫁你。(周舍云) 我到家里就休了他。(背云) 且慢着，那个妇人是我平日间打怕的，若与了一纸休书，那妇人就一道烟去了。这婆娘他若是不嫁我呵，可不弄的尖担两头脱？休的造次，把这婆娘摇撼的实着。(向旦云) 奶奶，您孩儿肚肠是驴马的见识，我今家去把媳妇休了呵，奶奶你把肉吊窗儿放下来可不嫁我[23]，做的个尖担两头脱。奶奶，你说下个誓着。(正旦云) 周舍，你真个要我赌咒？你若休了媳妇，我不嫁你呵，我着堂子里马踏杀，灯草打折朕儿骨[24]。你逼的我赌这般重咒哩。(周舍云) 小二，将酒来。(正旦云) 休买酒，我车儿上有十瓶酒哩。(周舍云) 还要买羊。(正旦云) 休买羊，我车上有个熟羊哩。(周舍云) 好好好，待我买红去。(正旦云) 休买红，我箱子里有一对大红罗。周舍，你争甚么那[25]？你的便是我的，我的就是你的。(唱)

【二煞】则这紧的到头终是紧，亲的原来只是亲。凭着我花朵儿身躯，笋条儿年纪，为这锦片儿前程，倒赔了几锭儿花银。拚着个十米九糠[26]，问甚么两妇三妻，受了些万苦千辛，我着人头上气忍，不枉了一世做郎君。

【黄钟尾】你穷杀呵甘心守分捱贫困，你富呵休笑我饱暖生淫惹议论。你心中觑个意顺，但休了你这眼下人[27]，不要你钱财使半文，早是我走将来自上门。家业家私，待你六亲；肥马轻裘，待你一身；倒贴了奁房和你为眷姻。(云) 我若还嫁了你，我不比那宋引章，针指油面，刺绣铺房，大裁小剪，都不晓得一些儿的。(唱) 我将你写了的休书正了本。(同下)

注释

[1] 私科子：即暗娼。

[2] 粉房：这里是指妓院。

[3] 一涌性：一时感情冲动。

[4] 输个姓因：传递信息。姓因是“信音”的同音假借字，即信息。

[5] 背槽抛粪：原指牲畜既在食槽里吃饲料，又在食槽里大小便，弄脏食槽，比喻翻脸不留情。

[6] 县君：封建时代丈夫做官后，妻子所得到的相应封赠。

[7] 使数：仆人和杂役。

[8] 干茨（cí）腊：干枯。茨腊，语助词。　抢（qiāng）：用力敷搽。

[9] 铺鬓（bìn）：梳理鬓发。

[10] 虚嚣：虚假。

[11] 见闻：见识。

[12] 抬举：这里是照看、照料之意。

[13] 忒现新，忒忘昏：太新鲜，太糊涂。

[14] 南京：当时指汴梁（今河南开封）。

[15] 妆儇（xuān）：装假。

[16] 外相儿通疏就里村：外表聪明，内心愚笨。村，粗野，愚笨。

[17] 刬（chǎn）地：无端，平白地。

[18] 抢生吃：本意是不等食物熟就去抢着吃，比喻性子急躁。这里是反其意而用之，意为我不跟你性急，咱们慢慢来。

[19] 恶哏哏（hěn）：恶狠狠。

[20] 虚科儿：虚与委蛇。

[21] 道儿：计谋。

[22] 打一棒快毬子：指尽快解决问题。宋元时流行毬戏，“打一棒快毬子”就是当时打毬的术语。

[23] 肉吊窗放下来：指闭上眼睛不理睬人。肉吊窗，指眼皮。

[24] 堂子里马踏杀，灯草打折肷（qiǎn）儿骨：这是演员表演时插科打诨的话，比喻不可能发生的事。堂子指妓院，妓院里没有马，所以不可能被马踏死。肷儿骨是肋骨与胯骨间的骨头，灯草极轻极软，不可能将肷儿骨打折。

[25] 那（nuò）：语尾词。

[26] 十米九糠：宋元时俗语，比喻利小弊大。

[27] 眼下人：这里是指宋引章。

第四折

（外旦上，云）这些时周舍敢待来也[1]。（周舍上，见科）（外旦云）周舍，你要吃甚么茶饭？（周舍做怒科，云）好也，将纸笔来，写与你一纸休书，你快走。（外旦接休书不走科，云）我有甚么不是，你休了我？（周舍云）你还在这里？你快走。（外旦云）你真个休了我？你当初要我时怎么样说来？你这负心汉，害天灾的，你要去，我偏不去。（周舍推出门科）（外旦云）我出的这门来。周舍，你好痴也。赵盼儿姐姐，你好强也。我将着这休书，直至店中寻姐姐去来。（下）（周舍云）这贱人去了，我到店中娶那妇人去。（做到店科，叫云）店小二，恰才来的那妇人在那里？（小二云）你刚出门，他也上马去了。（周舍云）倒着他道儿了。将马来，我赶将他去。（小二云）马揣驹了[2]。（周舍云）鞁骡子[3]。（小二云）骡子漏蹄[4]。（周舍云）这等，我步行赶将他去。（小二云）我也赶他去。（同下）（旦同外旦上）（外旦云）若不是姐姐，

我怎能勾出的这门也！(正旦云) 走走走。(唱)

【双调 · 新水令】笑吟吟案板似写着休书，则俺这脱空的故人何处？卖弄他能爱女有权术，怎禁那得胜葫芦说到有九千句。

(云) 引章，你将那休书来与我看咱。(外旦付休书) (正旦换科，云) 引章，你再要嫁人时，全凭这一张纸是个照证[5]，你收好者。(外旦接科) (周舍赶上，喝云) 贱人，那里去？宋引章，你是我的老婆，如何逃走？(外旦云) 周舍，你与了我休书，赶出我来了。(周舍云) 休书上手模印五个指头[6]，那里四个指头的是休书？(外旦展看，周夺咬碎科) (外旦云) 姐姐，周舍咬了我的休书也。(旦上救科) (周舍云) 你也是我的老婆。(正旦云) 我怎么是你的老婆？(周舍云) 你吃了我的酒来。(正旦云) 我车上有十瓶好酒，怎么是你的？(周舍云) 你可受我的羊来。(正旦云) 我自有一只熟羊，怎么是你的？(周舍云) 你受我的红定来。(正旦云) 我自有大红罗，怎么是你的？(唱)

【乔牌儿】酒和羊，车上物，大红罗，自将去，你一心淫滥无是处，要将人白赖取。

(周舍云) 你曾说过誓嫁我来。(正旦唱)

【庆东原】俺须是卖空虚，凭着那说来的言咒誓为活路。(带云) 怕你不信呵。(唱) 遍花街请到娼家女，那一个不对着明香宝烛，那一个不指着皇天后土，那一个不赌着鬼戮神诛？若信这咒盟言，早死的绝门户。

(云) 引章妹子，你跟将他去。(外旦怕科，云) 姐姐，跟了他去，就是死。(正旦唱)

【落梅风】则为你无思虑忒模糊，(周舍云) 休书已毁了，你不跟我去待怎么？(外旦怕科) (正旦云) 妹子，休慌，莫怕，咬碎的是假休书。(唱) 我特故抄与你个休书题目，我跟前见放着这亲模。(周舍夺科) (正旦唱) 使有九头牛也拽不出去。

(周扯二旦科，云) 明有王法，我和你告官去来。(同下)(外扮孤引张千上)(诗云) 声名德化九重闻，良夜家家不闭门；雨后有人耕绿野，月明无犬吠花村。小官郑州守李公弼是也。今日升起早衙，断理些公事。张千，喝撺厢[7]。(张千云) 理会的。(周舍同二旦、卜儿上)(周叫云) 冤屈也！(孤云) 告甚么事？(周舍云) 大人可怜见，混赖我媳妇。(孤云) 谁混赖你的媳妇？(周舍云) 是赵盼儿设计混赖我媳妇宋引章。(孤云) 那妇人怎么说？(正旦云) 宋引章是有丈夫的，被周舍强占为妻。昨日又与了休书，怎么是小妇人混赖他的？(唱)

【雁儿落】这厮心狠毒，这厮家豪富，衠一味虚肚肠，不踏着实途路。

【得胜令】宋引章有亲夫，他强占作家属。淫乱心情歹，凶顽胆气粗，无徒[8]，到处里胡为做。现放着休书，望恩官明鉴取。

（安秀实上，云）适才赵盼儿使人来说："宋引章已有休书了，你快告官去，便好取他[9]。"这里是衙门首，不免高叫道：冤屈也！（孤云）衙门外谁闹？拿过来。（张千拿入科，云）告人当面[10]。（孤云）你告谁来？（安秀实云）我安秀实，聘下宋引章，被郑州周舍强夺为妻，乞大人做主咱。（孤云）谁是保亲？（安秀实云）是赵盼儿。（孤云）赵盼儿，你说宋引章原有丈夫，是谁？（正旦云）正是这安秀才。（唱）

【沽美酒】他幼年间便习儒，腹隐着九经书。又是俺共里同村一处居，接受了钗环财物，明是个良人妇。

（孤云）赵盼儿，我问你，这保亲的委是你么[11]？（正旦云）是小妇人。（唱）

【太平令】现放着保亲的堪为凭据，怎当他抢亲的百计亏图。那里是明婚正娶，公然的伤风败俗。今日个诉与太府做主，可怜见断他夫妻完聚。

（孤云）周舍，那宋引章明明有丈夫的，你怎生还赖是你的妻子？若不看你父亲面上，送你有司问罪。您一行人听我下断：周舍杖六十，与民一体当差[12]，宋引章仍归安秀才为妻，赵盼儿等宁家住坐。（词云）只为老虔婆爱贿贪钱，赵盼儿细说根原；呆周舍不安本业，安秀才夫妇团圆。（众叩谢科）（正旦唱）

【收尾】刘恩官一一说缘故，分剖开贪夫怨女；面糊盆再休说死生交，风月所重谐燕莺侣。

题目　安秀才花柳成花烛

正名　赵盼儿风月救风尘

注释

[1] 敢待：大概。

[2] 马揣驹了：马怀孕了。

[3] 鞁（bèi）：将鞍辔等放在骡马身上，准备出发。

[4] 漏蹄：牲口蹄子所得的一种病。

[5] 照证：凭证。

[6] 手模：手印。

[7] 喝撺厢：旧时官吏审问案件时，为使受审者受到威慑，故意让衙役分立两旁，大声吆喝。

[8] 无徒：无赖之徒，二流子。

[9] 取：同"娶"。

[10] 当面：衙役让犯人面对官员下跪的命令语。

[11] 委：确实。

［12］与民一体当差：旧时官员及其子弟享有不纳税、不出徭役等特权，犯罪之后，则取消这种特权，故名。

简评

《赵盼儿风月救风尘》为我们塑造了一位侠肝义胆，足智多谋的妓女形象——赵盼儿。作者关汉卿在赵盼儿的身上，寄寓了自己的理想。

首先，赵盼儿有丰富的社会经验。当得知宋引章一心一意要嫁富家子弟周舍时，她极力劝阻，认为周舍是纨绔子弟，表面的甜言蜜语根本不可靠。可是宋引章被所谓的爱情冲昏了头脑，不顾赵盼儿的忠告，一意孤行。结果一如赵盼儿所料，宋引章在婚后吃尽苦头。

其次，赵盼儿为朋友两肋插刀的义举是建立在知己知彼、多谋善断之基础上的。她一看宋引章的求救信，便有了搭救她的好主意，随后即紧锣密鼓，有板有眼地展开营救活动。面对狡猾的对手周舍，赵盼儿处处高出一筹：她预先准备下喜酒、熟羊、大红罗，为的是后来的理直气壮；宋引章拿到休书后，她用早已准备好的赝品"调包"，也是早已预料到周舍会"咬碎休书"；至于提前安排安秀实到衙门申冤，更见她之深思熟虑和对国家有关法律法规的熟悉。

再次，作为主角，剧作家用多种艺术手法塑造赵盼儿这一形象。剧中有限的人物中，目光短浅的卜儿李氏，单纯天真的宋引章，老实巴交的安秀实，都从各自的角度衬托了赵盼儿的丰采；而风月场上的老手、狡诈的周舍愈是诡计多端，愈发对比出赵盼儿的技高一筹。

关汉卿全力塑造赵盼儿这一熠熠生辉的女性形象，固然是出于元杂剧一人主唱的形式要求，但对下层民众的关注，对沦落风尘的女子的关怀，也是作者主观方面的原因。

望江亭中秋切鲙

关汉卿　撰

寡居的谭记儿，聪明美丽。在清安观道姑白姑姑的撮合下，谭记儿与白姑姑之侄儿白士中结为夫妇。不料这件事触怒了一个人，他就是权豪势要杨衙内，因为他也看上了谭记儿。于是杨衙内在圣人（皇帝）面前诬告白士中“贪花恋酒，不理公事”，并得到势剑金牌，要取白士中首级复命。已到潭州赴任的白士中在得到这一消息之后，手足无措，一筹莫展。倒是谭记儿当机立断，想好了应对之策。她化装成切鲙（kuài，即将鱼细切）的张二嫂，来到杨衙内的船上，借献鲜鱼为名，将杨衙内灌醉，盗走了势剑金牌。杨衙内酒醒之后，强作精神来到潭州府衙，被白士中抢白一顿。谭记儿又当厅告杨衙内“在半江心里欺骗我来”，杨衙内反而成了被告。最后的结局是：杨衙内问成杂犯，杖八十削职归田；白士中照旧供职，赐夫妻偕老团圆。

剧中主要人物：

谭记儿（正旦）：本为学士李希颜的夫人，寡居之后，与清安观主白姑姑相识。白姑姑将自己的侄儿白士中介绍给谭记儿，逼迫他们成亲。谭记儿在得到白士中爱的保证后，与白结为夫妇。之后，为对付欲加害于己的杨衙内，她化装成渔妇，智取势剑金牌，使杨衙内的诡计不能得逞。挽救了丈夫，也挽救了自己。

白士中（正末）：在前往潭州为理途中，看望姑姑，不期与谭记儿结为夫妻。

杨衙内（净）：权豪势要之人。因为自己看上的谭记儿被白士中抢先一步娶为妻，于是设法加害白士中。结果是偷鸡不成蚀把米，反为白士中、谭记儿夫妇算计，落了个“杂犯”的下场。

白姑姑（旦儿）：白士中姑母，清安观住持。

张千、李稍：杨衙内的随从人员。

第一折

（旦儿扮白姑姑上，云）贫道乃白姑姑是也。从幼年间便舍俗出家，在这清安观里做着个住持[1]。此处有一女人，乃是谭记儿，生的模样过人。不幸夫主亡逝已过，他在家中守寡，无男无女，逐朝每日到俺这观里来与贫姑攀话[2]。贫姑有一个侄儿，是白士中。数年不见，音信皆无，也不知他得官也未？使我心中好生记念。今日无事，且闭上这门者。（正末扮白士中上[3]）（诗云）昨日金门去上书，今朝墨绶已悬鱼。谁家美女颜如玉，彩球偏爱掷贫儒。小官白士中，前往潭州为理，路打清安观经过。观中有我的姑娘[4]，是白姑姑，在此做住持。小官今日与白姑姑相见一面，便索赴任。来到门首，无人报复，我自过去。（做见科，云）姑姑，您侄儿除授潭州为理，一径的来望姑姑。（姑姑云）白士中孩儿也，喜得美除！我恰才道罢，孩儿果然来了也。孩儿，你媳妇儿好么？（白士中云）不瞒姑姑说，您媳妇儿亡逝已过了也。（姑姑云）侄儿，这里有个女人，乃是谭记儿；大有颜色，逐朝每日在我这观里与我攀话。等他来时，我圆成与你做个夫人，意下如何？（白士中云）姑姑，莫非不中么？（姑姑云）不妨事，都在我身上。你壁衣后头躲者，我咳嗽为号，你便出来。（白士中云）谨依来命。（下）（姑姑云）这早晚谭夫人敢待来也？（正旦扮谭记儿上，云）妾身乃学士李希颜的夫人，姓谭，小字记儿。不幸夫主亡化，过了三年光景。我寡居无事，每日只在清安观和白姑姑攀些闲话。我想做妇人的没了丈夫，身无所主，好苦人也呵！（唱）

【仙吕·点绛唇】我则为锦帐春阑，绣衾香散；深闺晚，粉谢脂残，到的这日暮愁无限！

【混江龙】我为甚一声长叹，玉容寂寞泪阑干。则这花枝里外，竹影中间，气吁的片片飞花纷似雨，泪洒的珊珊翠竹染成斑。我想着香闺少女，但生的嫩色娇颜，都只爱朝云暮雨，那个肯凤只鸾单？这愁烦恰便似海来深，可兀的无边岸[5]；怎守得三贞九烈，敢早着了镄懒帮闲。

（云）可早来到也。这观门首无人报复，我自过去。（做见姑姑科，云）姑姑万福。（姑姑云）夫人请坐。（正旦云）我每日定害姑姑，多承雅意。妾身有心跟的姑姑出家，不知姑姑意下何如？（姑姑云）夫人，你那里出得家？这出家无过草衣木食，熬枯受淡，那白日也还闲可，到晚来独自一个，好生孤恓。夫人只不如早早嫁一个丈夫去好。（正旦唱）

【村里迓鼓】怎如得您这出家儿清静，到大来一身散诞[6]。自从俺儿夫亡后，再没个相随相伴。俺也曾把世味亲尝，人情识破，怕甚么尘缘羁绊？俺如今罢扫了蛾眉，净洗了粉脸，卸下了云鬟；姑姑也，待甘心捱您这粗茶淡饭。

（姑姑云）夫人，你平日是享用惯的，且莫说别来，只那一顿素斋，怕你也熬不过哩。（正旦唱）

【元和令】则您那素斋食刚一餐，怎知我粗米饭也曾惯。俺从今把心猿意马紧牢拴，将繁华不挂眼。（姑姑云）夫人，你岂不知“雨里孤村雪里山，看时容易画时难。早知不入时人眼，多买胭脂画牡丹”。夫人，你怎生出的家来！（正旦唱）您道是“看时容易画时难”，便怎生就住不的山，坐不的关，烧不的药，炼不的丹？

（姑姑云）夫人，放着你这一表人物，怕没有中意的丈夫嫁一个去，只管说那出家做甚么！这须了不的你终身之事。（正旦云）嗨！姑姑，这终身之事，我也曾想来：若有似俺男儿知重我的，便嫁他去也罢。（姑姑做咳嗽科）（白士中见旦科，云）祗揖[7]。（正旦回礼科，云）姑姑，兀的不有人来？我索回去也。（姑姑云）夫人，你那里去？我正待与你做个媒人。只他便是你夫主，可不好那！（正旦云）姑姑，这是甚么说话！（唱）

【上马娇】咱则是语话间，有甚干；姑姑也，您便待做了筵席上撮合山[8]。（姑姑云）便与您做个撮合山，也不误了你。（正旦唱）怎把那隔墙花强攀做连枝看？（做走科）（姑姑云）关了门者，我不放你出去。（正旦唱）把门关，将人来紧遮拦[9]。

【胜葫芦】你却便引的人来心恶烦，可甚的“撒手不为奸”！你暗埋伏隐藏着谁家汉？俺和你几年价来往，倾心儿契合，则今日、索分颜[10]。

（姑姑云）你两个成就了一对夫妻，把我这座清安观权做高唐[11]，有何不可？（正旦唱）

【幺篇】姑姑，你只待送下我高唐十二山，枉展污了你这七星坛。（姑姑云）我成就了你锦片也似前程，美满恩情，有甚么不好处？（正旦唱）说甚么锦片前程真个罕！（姑姑云）夫人，你不要这等装幺做势[12]，那个着你到我这观里来？（正旦唱）一会儿甜言热趱，一会儿恶义白赖[13]，姑姑也，只被你直着俺两下做人难。

（姑姑云）兀那君子，谁着你这里来？（白士中云）就是小娘子着我来。（正旦云）你倒将这言语赃诬我来，我至死也不顺随你。（姑姑云）你要官休也私休？（正旦云）怎生是官休？怎生是私休？（姑姑云）你要官休呵，我这里是个祝寿道院，你不守志，领着人来打搅，我告到官中，三推六问，枉打坏了你；若是私休，你又青春，他又年少，我与你做个撮合山媒人，成就了您两口儿，可不省事！（正旦云）姑姑，等我自寻思咱。（姑姑云）可知道来："千求不如一吓！"（正旦云）好个出家的人，偏会放刁！姑姑，他依的我一句话儿，我便随他去罢；若不依着我呵，我断然不肯随他。（白士中云）休道一句话儿，便一百句我也依的。（正旦唱）

【后庭花】你着他休忘了容易间，则这十个字莫放闲。岂不闻："芳槿无终日，贞松耐岁寒。"姑姑也，非是我要拿班[14]，只怕他将咱轻慢。我、我、我，撺断的上了竿[15]；你、你、你，掇梯儿着眼看；他、他、他，把《凤求凰》暗里弹[16]；我、我、我，背王孙去不还。只愿他肯肯肯做一心人，不转关[17]；我和他守守守《白头吟》[18]，非浪侃[19]。

（姑姑云）你两个久后，休忘我做媒的这一片好心儿。（正旦唱）

【柳叶儿】姑姑也，你若提着这桩儿公案，则你那观名儿唤做清安！你道是蜂媒蝶使从来惯，怕有人担疾患，到你行求丸散，你则与他这一服灵丹。姑姑也，你专医那枕冷衾寒！

（云）罢、罢、罢！我依着姑姑，成就了这门亲事罢。（姑姑云）白士中，这桩事亏了我么？（白士中云）你专医人那枕冷衾寒，亏了姑姑！您孩儿只今日，就携着夫人同赴任所，另差人来相谢也。（正旦云）既然相公要上任去，我和你拜辞了姑姑，便索长行也。（姑姑云）白士中，你一路上小心在意者！您两口儿，正是郎才女貌，天然配合，端不枉了也。（正旦唱）

【赚煞尾】这行程则宜疾，不宜晚。休想我着那别人绊翻，不用追求相趁赶，则他这等闲人怎得见我容颜？姑姑也，你放心安，不索恁语话相关。收了缆，撅了桩，踹跳板；挂起这秋风布帆，试看那碧云两岸，落可便轻舟已过万重山[20]。（同白士中下）

（姑姑云）谁想今日成合了我侄儿白士中这门亲事，我心中可煞喜也！（诗云）非是贫姑硬主张，为他年少守空房。观中怕惹风情事，故使机关配俊郎。（下）

注释

[1] 住持：佛家语，指寺观的主僧（道），居住寺中，总持事务。

[2] 逐朝每日：每天。　攀话：交谈。

[3] 正末：元杂剧角色名，通常扮演男主角。

[4] 姑娘：姑母。

[5] 可兀的：语气词，无义。

[6] 到大来：程度副词，十分，非常。　散诞：自由自在。

[7] 祇（zhī）揖：作揖，敬礼。

[8] 撮合山：媒人。

［9］遮拦：阻挡。

［10］分颜：翻脸。

［11］高唐：《文选·宋玉〈高唐赋序〉》："昔者先王尝游高唐，怠而昼寝，梦见一妇人，曰：'妾，巫山之女也，为高唐之客。闻君游高唐，屈荐枕席。'王因幸之。"后借用高唐为男女欢合之所。

［12］装幺做势：装模作样。

［13］恶义白赖：无理取闹。

［14］拿班：装腔作势。

［15］撺断：怂恿。

［16］《凤求凰》：《史记·司马相如列传》："是时卓王孙有女文君新寡，好音……而以琴心挑之。"司马贞《索隐》载相如诗为："凤兮凤兮归故乡，游遨四海求其凰。"后便将凤求凰作为男子求偶之典。

［17］转关：本指机械上可以转动之枢纽，这里引申为变心。

［18］《白头吟》：属乐府《楚调曲》，有"愿得一心人，白头不相离"之句，后用为女子失宠之典。

［19］浪侃：戏言。

［20］落可便：句中衬词，无义。

第二折

（净扮杨衙内引张千上，诗云）花花太岁为第一，浪子丧门世无对；普天无处不闻名，则我是权豪势宦杨衙内。某乃杨衙内是也。闻知有亡故了的李希颜夫人谭记儿，大有颜色。我一心要他做个小夫人。颇奈白士中无理，他在潭州为官，未经赴任，便去清安观中，央道姑为媒，倒娶了谭记儿做夫人。常言道："恨小非君子，无毒不丈夫。"论这情理，教我如何容得他过？他妒我为冤，我妒他为仇。小官今日奏知圣人："有白士中贪花恋酒，不理公事。"奉圣人的命，差人去标了白士中首级。小官就顺着道：此事别人去不中，只除非小官亲自到潭州，取白士中首级复命，方才万无一误。圣人准奏，赐小官势剑金牌。张千，你吩咐李稍驾起小舟，直到潭州，取白士中首级走一遭去来。（诗云）一心要娶谭记儿，教人日夜费寻思；若还夺得成夫妇，这回方是运通时。（下）（白士中上，云）小官白士中。自到任以来，只用清静无事为理，一郡黎民，各安其业，颇得众心。单只一件，我这新娶谭夫人，当日有杨衙内要图他为妾，不期被我娶做夫人，同往任所。我这夫人，十分美貌不消说了，更兼聪明智慧，事事精通，端的是佳人领袖，美女班头[1]，世上无双，人间罕比。闻知杨衙内至今怀恨我，我也恐怕他要来害我，每日悬悬在心。今早坐过衙门，别无勾当[2]，且在这前厅上闲坐片时，休将那段愁怀使我夫人知道。（院公上，诗云）心忙来路远，事急出家门；夜眠侵早起，又有不眠人。老汉是白士中家的一个老院公。我家主人今在潭州为理，被杨衙内暗奏圣人，赐他势剑金牌，标取我家主人首级。俺老夫人得知，差我将着一封家书，先至潭州，报知这个消息，好预做准备。说话之间，可早来到潭州也。不必报复，我自过去。（见科）相公，将息的好也[3]。（白士中云）院公，你来做甚么？（院公云）奉老夫人的吩咐，着我将着这书来，送相公亲拆。（白士中云）有母亲的书呵，将来我看。（院公做递书科，云）书在此。（白士中看书科，云）书中之意，我知道了。嗨！果中此贼之计。院公，你吃饭去。（院公云）理会的。（下）（白士中云）谁想杨衙内为我娶了谭记儿，挟着仇恨，朦胧奏过圣人，要标取我的首级。似此如之奈何？兀的不闷杀我也！（正旦上，云）妾身谭记儿。自从相公理任以来，俺在这衙门后堂居住。相公每日坐罢早衙，便与妾身攀话。今日这早晚不见回来，我亲自望相公走一遭去波。（唱）

【中吕·粉蝶儿】不听的报喏声齐，大古里坐衙来恁时节不退[4]；你便要接新官，也合通报咱知。又无甚紧文书、忙公事，可着我心儿里不会。转过这影壁偷窥，可怎生独自个死临侵地[5]？

（云）我且不要过去，且再看咱。呀，相公手里拿着一张纸，低着头左看右看。我猜着了也！（唱）

【醉春风】常言道"人死不知心"，则他这海深也须见底；多管是前妻将书至，知他娶了新妻，他心儿里悔、悔。你做的个弃旧怜新，他则是见咱有意，使这般巧谋奸计。

（做见科，云）相公。（白士中云）夫人，有甚么勾当，自到前厅上来？（正旦云）敢问相公，为甚么不回后堂中去？敢是你前夫人寄书来么？（白士中云）夫人，并无什么前夫人寄书来。我自有一桩儿摆不下的公事，以此纳闷。（正旦云）相公不可瞒着妾身，你定有夫人在家，今日捎书来也。（白士中云）夫人不要多心，小官并不敢欺心也。（正旦唱）

【红绣鞋】把似你则守着一家一计，谁着你收拾下两妇三妻？你畅好是七八下里不伶俐[6]。堪相守留着相守，可别离与个别离；这公事合行的不在你。

（白士中云）我若无这些公事呵，与夫人白头相守。小官之心，惟天可表！（正旦云）我见相公手中将着一张纸，必然是家中寄来的书；相公休瞒妾身，我试猜这书中的意咱。（白士中云）夫人，你试猜波。（正旦唱）

【普天乐】弃旧的委实难，迎新的终容易。新的是半路里姻眷，旧的是绾角儿夫妻[7]。我虽是个妇女身，我虽是个裙钗辈，见别人眨眼抬头，我早先知来意。不是我卖弄所事精细，（带云）相公，你瞒妾身怎的？（唱）等的恩断意绝，眉南面北，恁时节水尽鹅飞。

（白士中云）夫人，小官不是负心的人，那得还有前夫人来？（正旦云）相公，你说也不说？（白士中云）夫人，我无前夫人，你着我说甚么！（正旦云）既然你不肯说，我只觅一个死处便了。(白士中云) 住、住、住！夫人，你死了，那里发付我那！我说则说，夫人休要烦恼。(正旦云) 相公你说，我不烦恼。(白士中云) 夫人不知，当日杨衙内曾要图谋你为妾，不期我娶了你做夫人。他怀恨小官，在圣人前妄奏，说我贪花恋酒，不理公事。现今赐他势剑金牌，亲到潭州，要标取我的首级。这个是家中老院公，奉我老母之命，捎此书来，着我知会。我因此烦恼。(正旦云) 原来为这般。相公，你怕他做甚么？(白士中云) 夫人休惹他，则他是花花太岁。(正旦唱)

【十二月】你道他是花花太岁，要强逼的我步步相随。我呵怕甚么天翻地覆，就顺着他雨约云期。这桩事你只睁眼儿觑者，看怎生的发付他赖骨顽皮[8]！

【尧民歌】呀，着那厮得便宜翻做了落便宜，着那厮满船空载月明归。你休得便乞留乞良搥跌自伤悲[9]，你看我淡妆不用画蛾眉。今也波日，我亲身到那里，看那厮有备应无备。

(白士中云) 他那里必然做下准备。夫人，你断然去不得。(正旦云) 相公，不妨事。(做耳喑科[10]) 则除是恁的！(白士中云) 则怕反落他彀中。夫人，还是不去的是。(正旦云) 相公，不妨事。(唱)

【煞尾】我着那厮磕着头见一番，恰便似神羊儿忙跪膝；直着他船横缆断在江心里，我可便智赚了金牌，着他去不得。(下)

(白士中云) 夫人去了也！据着夫人机谋见识，休说一个杨衙内，便是十个杨衙内，也出不得我夫人之手。正是：眼观旌节旗，耳听好消息。(下)

注释

[1] 班头：最出色的，第一的。
[2] 勾当：事情。
[3] 将息：将养休息。
[4] 大古：特意、硬要。
[5] 死临侵：呆呆的，毫无生气。
[6] 畅好：正是。　不伶俐：不干净，特指男女间的暧昧关系。
[7] 绾（wǎn）角儿夫妻：即结发夫妻。
[8] 赖骨顽皮：无赖之徒。
[9] 乞留乞良：状哭泣声。
[10] 耳喑（yīn）：耳语。

第三折

(衙内领张千、李稍上) (衙内云) 小官杨衙内是也。颇奈白士中无理，量你到的那里，岂不知我要娶谭记儿为妾？他就公然背了我，娶了谭记儿为妻，同临任所，此恨非浅。如今我亲身到潭州，标取白士中首级。你道别的人为甚么我不带他来？这一个是张千，这一个是李稍。这两个小的，聪明乖觉，都是我心腹之人，因此上则带的这两个人来。（张千去衙内鬓边做拿科）（衙内云）嗯！你做什么？（张千云）相公鬓边一个虱子。（衙内云）这厮倒也说的是。我在这船只上个月期程，也不曾梳篦的头。我的儿，好乖！（李稍去衙内鬓上做拿科）（衙内云）李稍，你也怎的？（李稍云）相公鬓上一个狗鳖。（衙内云）你看这厮！（亲随、李稍同去衙内鬓上做拿科）（衙内云）弟子孩儿[1]，直恁的般多！（李稍云）亲随，今日是八月十五日中秋节令，我每安排些酒果，与大人玩月，可不好？（张千云）你说的是。（张千同李稍做见科，云）大人，今日是八月十五日中秋节令，对着如此月色，孩儿每与大人把一杯酒赏月，何如？（衙内做怒科，云）嗯，这个弟子孩儿！说什么话？我要来干公事，怎么教我吃酒？（张千云）大人，您孩儿每并无歹意，是孝顺的心肠。大人不用，孩儿每一点不敢吃。（衙内云）亲随，你若吃酒呢？（张千云）我若吃一点酒呵，吃血！（衙内云）正是，休要吃酒！李稍，你若吃酒呢？（李稍云）我若吃酒，害疔疮！（衙内云）既是您两个不吃酒，也罢，也罢，我则饮三杯。安排酒果过来。（张千云）李稍，抬果桌过来。（李稍做抬果桌科，云）果桌在此。我执壶，你递酒。（张千云）我儿，酾满着[2]。（做递酒科，云）大人，满饮一杯。（衙内做接酒科）（张千倒退自饮科）（衙内云）亲随，你怎么自吃了？（张千云）大人，这个是摄毒的盏儿，这酒不是家里带来的酒，是买的酒；大人吃下去，若有好歹，药杀了大人，我可怎么了！（衙内云）说的是。你是我心腹人。（李稍做递酒科，云）你要吃酒，弄这等嘴儿！等我送酒，大人满饮一杯。（衙内接科）（李稍自饮科）（衙内云）你也怎的？（李稍云）大人，他吃得，我也吃得。（衙内云）你看这厮！我且慢慢的吃几杯。亲随，与我把别的民船都赶开者。（正旦拿鱼上，云）这里也无人。妾身白士中的夫人谭记儿是也。装扮做个卖鱼的，见杨衙内去。好鱼也！这鱼在那江边游戏，趁浪寻食，却被我驾一孤舟，撒开网去，打出三尺锦鳞，还活活泼泼的乱跳。好鲜鱼也！（唱）

【越调·斗鹌鹑】则这今晚开筵，正是中秋令节；只合低唱浅斟，莫待他花残月缺。见了的珍奇，不消的咱说，则这鱼鳞甲鲜、滋味别。这鱼不宜那水煮油煎，则是那薄批细切。

（云）我这一来，非容易也呵！（唱）

【紫花儿序】俺则待稍关打节，怕有那惯施舍的经商，不请言赊。则俺这篮中鱼尾，又不比案上罗列，活计全别。俺则是一撒网、一蓑衣、一箬笠，先图些打捏[3]；只问那肯买的哥哥，照顾俺也些些[4]。

（云）我缆住这船，上的岸来。（做见李稍云）哥哥万福。（李稍云）这个姐姐，我有些面善。(正旦云) 你道我是谁?(李稍云) 姐姐,你敢是张二嫂么?(正旦云) 我便是张二嫂,你怎么不认的我了?你是谁?(李稍云) 则我便是李阿鳖。(正旦云) 你是李阿鳖?(正旦做打科,云) 儿子,这些时吃得好了,我想你来!(李稍云) 二嫂,你见我亲么?(正旦云) 儿子,我见你可不知亲哩!你如今过去和相公说一声,着我过去切鲙,得些钱钞,养活娘也。(李稍云) 我知道了。亲随,你来!(张千云) 弟子孩儿,唤我做什么?(李稍云) 有我个张二嫂,要与大人切鲙。(张千云) 甚么张二嫂?(正旦见张千科,云) 媳妇孝顺的心肠,将着一尾金色鲤鱼,特来献新。望与相公说一声咱。(张千云) 也得,也得!我与你说去。得的钱钞,与我些买酒吃。你随着我来。(做见衙内科,云) 大人,有个张二嫂,要与大人切鲙。(衙内云) 甚么张二嫂?(正旦见科,云) 相公万福。(衙内做意科,云) 一个好妇人也!小娘子,你来做甚么?(正旦云) 媳妇孝顺的心肠,将着这尾金色鲤鱼,一径的来献新[5]。可将砧板刀子来,我切鲙哩!(衙内云) 难得小娘子如此般用意!怎敢着小娘子切鲙俗了手。李稍,拿了去,与我姜辣煎爨了来[6]。(李稍云) 大人,不要他切就村了[7]。(衙内云) 多谢小娘子来意!抬过果桌来,我和小娘子饮三杯。将酒来,娘子,满饮一杯!(张千做吃酒科)(衙内云) 你怎的?(张千云) 你请他,他又请你;你又不吃,他又不吃,可不这杯酒冷了?不如等亲随乘热吃了,倒也干净。(衙内云) 唗,靠后!将酒来,小娘子满饮此杯。(正旦云) 相公请。(张千云) 你吃便吃,不吃我又来也。(正旦做跪衙内科)(衙内扯正旦科,云) 小娘子请起!我受了你的礼,就做不得夫妻了。(正旦云) 媳妇来到这里,便受了礼,也做得夫妻。(张千同李稍拍桌科,云) 妙、妙、妙!(衙内云) 小娘子请坐。(正旦云) 相公,你此一来何往?(衙内云) 小官有公差事。(李稍云) 二嫂,专为要杀白士中来。(衙内云) 唗,你说什么!(正旦云) 相公,若拿了白士中呵,也除了潭州一害。只是这州里,怎么不见差人来迎接相公?(衙内云) 小娘子你却不知,我恐怕人知道,走了消息,故此不要他们迎接。(正旦唱)

【金蕉叶】相公,你若是报一声着人远接,怕不的船儿上有五十座笙歌摆设;你为公事来到这些,不知你怎生做兀的关节[8]?

(衙内云) 小娘子,早是你来的早;若来的迟呵,小官歇息了也。(正旦唱)

【调笑令】若是贱妾晚来些,相公船儿上黑齁齁的熟睡歇,则你那金牌势剑身旁列。见官人远离一射[9],索用甚从人拦当者?俺只待拖狗皮的、拷断他腰截。

(衙内云) 李稍,我央及你,你替我做个落花媒人。你和张二嫂说:大夫人不许他,许他做第二个夫人;包髻团衫绣手巾,都是他受用的。(李稍云) 相公放心,都在你身上。(做见正旦科,云) 二嫂,你有福也!相公说来:大夫人不许你,许你做第二个夫人;包髻团衫袖腿绷。(正旦云) 敢是绣手巾?(李稍云) 正是绣手巾。(正旦云）我不信，等我自问相公去。（正旦见衙内科，云）相公，恰才李稍说的那话，可真个是相公说来？（衙内云）是小官说来。（正旦云）量媳妇有何才能，着相公如此般错爱也！（衙内云）多谢，多谢！小娘子，就靠着小官坐一坐，可也无伤！（正旦云）妾身不敢。（唱）

【鬼三台】不是我夸贞烈，世不曾和个人儿热；我丑则丑、刁决古懒[10]，不由我见官人便心邪，我也立不的志节。官人你救黎民，为人须为彻；拿滥官，杀人须见血。我呵，只为你这眼去眉来，（正旦与衙内做意儿科，唱）使不着我那冰清玉洁。

（衙内做喜科，云）勿、勿、勿！（张千与李稍做喜科，云）勿、勿、勿！（衙内云）你两个怎的？（李稍云）大家耍一耍。（正旦唱）

【圣药王】珠冠儿怎戴者？霞帔儿怎挂者？这三檐伞怎向顶门遮？唤侍妾簇捧者。我从来打鱼船上扭的那身子儿别，替你稳坐七香车。

（衙内云）小娘子，我出一对与你对：罗袖半翻鹦鹉盏；（正旦云）妾对：玉纤重整凤凰衾。（衙内拍桌科，云）妙、妙、妙！小娘子，你莫非识字么？（正旦云）妾身略识些撇竖点画。（衙内云）小娘子既然识字，小官再出一对：鸡头个个难舒颈；（正旦云）妾对：龙眼团团不转睛。（张千同李稍拍桌科，云）妙、妙、妙！（正旦云）妾身难得遇着相公，乞赐珠玉。（衙内云）哦，你要我赠你什么词赋？有，有，有。李稍，将纸笔砚墨来！（李稍做拿砌末科[11]，云）相公，纸墨笔砚在此。（衙内云）我写就了也！调寄〔西江月〕。（正旦云）相公表白一遍咱。（衙内做念科，云）夜月一天秋露，冷风万里江湖。好花须有美人扶，情意不堪会处。仙子初离月浦，嫦娥忽下云衢。小词仓卒对君书，付与你个知心人物。（正旦云）高才，高才！我也回奉相公一首，词寄〔夜行船〕。（衙内云）小娘子，你表白一遍咱。（正旦做念科，云）花底双双莺燕语，也胜他凤只鸾孤。一霎恩情，片时云雨，关连着宿缘前注。天保今生为眷属，但则愿似水如鱼。冷落江湖，团圞人月，相连着夜行船去。（衙内云）妙、妙、妙！你的更胜似我的！小娘子，俺和你慢慢的再饮几杯。（正旦云）敢问相公，因甚么要杀白士中？（衙内云）小娘子，你休问他。（李稍云）张二嫂，俺相公有势剑在这里。（衙内云）休与他看。（正旦云）这个是势剑？衙内见爱媳妇，借与我拿出治三日鱼好那！（衙内云）便借与他。（张千云）还有金牌哩！（正旦云）这个是金牌？衙内见爱我，与我打戒指儿罢。再有什么？（李稍云）这个是文书。（正旦云）这个便是买卖的合同。（正旦做袖文书科，云）相公再饮一杯。（衙内云）酒够了也！小娘子，休唱前篇，则唱幺篇。（做醉科）（正旦云）冷落江湖，团圞人月，相随着夜行船去。（亲随同李稍做睡科）（正旦云）这厮都睡着了也！（唱）

【秃厮儿】那厮也忒懵懂玉山低趄[12]，着鬼祟醉眼乜斜。我将这金牌虎符都袖褪者，唤相公早醒些，快迭。

【络丝娘】我且回身将杨衙内深深的拜谢，您娘向急飐飐船儿上去也。到家对儿夫尽分说、那一番周折。

（带云）惭愧、惭愧！（唱）

【收尾】从今不受人磨灭，稳情取好夫妻百年喜悦。俺这里美孜孜在芙蓉帐笑春风，只他那冷清清杨柳岸伴残月。（下）

（衙内云）张二嫂！张二嫂那里去了？（做失惊科，云）李稍，张二嫂怎么去了？看我的势剑金牌可在那里！（张千云）就不见了金牌，还有势剑共文书哩！（李稍云）连势剑文书都被他拿去了！（衙内云）似此怎了也？（李稍唱）

【马鞍儿】想着想着跌脚儿叫，（张千唱）想着想着我难熬，（衙内唱）酩子里愁肠酩子里焦[13]。（众合唱）又不敢着旁人知道，则把他这好香烧、好香烧，咒的他热肉儿跳！

（衙内云）这厮每扮南戏那[14]！（众同下）

注释

[1] 弟子孩儿：弟子指妓女，弟子孩儿即妓女所养，是骂人的话。

[2] 釃（shāi）：斟酒。

[3] 打捏：生活费用。

[4] 些些：几许、几分。

[5] 一径：专程，特意。

[6] 煎爁：一种烹饪方式。

[7] 村了：外行了。

[8] 关节：这里是计谋的意思。

[9] 一射：即“一射之地”，一支箭的射程。

[10] 刁决古憋（piē）：凶悍而古怪。

[11] 砌末：道具。

[12] 玉山低趄（qiè）：形容醉态。

[13] 酩子里：暗地里。

[14] 南戏：元明时的一种戏剧。

第四折

（白士中领祇候上，云）小官白士中。因为杨衙内那厮妄奏圣人，要标取小官首级；且喜我夫人施一巧计，将仙势剑金牌智赚了来！今日端坐衙门，看那厮将着甚的好来奈何的我！左右，门首觑者，倘有人来，报复我知道。（衙内同张千、李稍上）

(衙内云) 小官杨衙内是也。如今取白士中的首级去! 可早来到门首,我自过去。(做见白士中科,云) 令人,与我拿下白士中者! (张千做拿科)(白士中云) 你凭着甚么符验来拿我? (衙内云) 我奉圣人的命。有势剑金牌被盗失了,我有文书! (白士中云) 有文书也请来念与我听。(衙内做读文书科,云) 词寄〔西江月〕。(白末做抢科,云) 这个是淫词! (衙内云) 这个不是,还别有哩! (衙内又做读文书科,云) 词寄〔夜行船〕。(白末做抢科,云) 这个也是淫词! (衙内云) 这厮倒挟制我! 不妨事,又无有原告,怕他做甚么! (正旦上,云) 妾身白士中的夫人谭记儿。颇奈杨衙内这厮好无理也呵! (唱)

【双调·新水令】有这等倚权豪贪酒色滥官员,将俺个有儿夫的媳妇来欺骗;他只待强拆开我长搀搀的连理枝,生摆断我颤巍巍的并头莲。其实负屈衔冤,好将俺穷百姓可怜见。

(正旦做见跪科,云) 大人可怜见,有杨衙内在半江心里欺骗我来。告大人与我作主。(白士中云) 司房里责口词去[1]。(正旦云) 理会的。(下)(白士中云) 杨衙内,你可见来,有人告你哩! 你如今怎么说? (衙内云) 可怎么了? 我则索央及他。相公,我自有说的话。(白士中云) 你有甚么话说? (衙内云) 相公,如今你的罪过,我也饶了你,你也饶过我罢。则一件,说你有个好夫人,请出来我见一面。(白士中云) 也罢,也罢! 左右,击云板[2],后堂请夫人出来。(左右云) 夫人,相公有请。(正旦改妆上,云) 妾身白士中的夫人。如今过去,看那厮可认的我来? (唱)

【沉醉东风】杨衙内官高势显,昨夜个说地谈天;只道他仗金牌将夫婿诛,恰原来击云板请夫人见。只听的叫吖吖嚷成一片,抵多少笙歌引至画堂前。看他可认的我? 有些面善!

(与衙内见科)(云) 衙内,恕生面,少拜识。(唱)

【雁儿落】只他那身常在柳陌眠,脚不离花街串。几年闻姓名,今日逢颜面。

【得胜令】呀,请你个杨衙内少埋冤[3]。(衙内云) 这一位夫人,好面熟也。(李稍云) 兀的不是张二嫂! (衙内云) 嗨! 夫人,你使的好见识! 直被你瞒过小官也。(正旦唱) 唬的他半晌只茫然,又无那八棒十枷罪,止不过三交两句言。这一只鱼船,只费得半夜工夫缠;俺两口儿今年,做一个中秋人月圆。

(外扮李秉忠冲上,云) 紧骤青骢马,星火赴潭州。小官乃巡抚湖南都御史李秉忠是也。因为杨衙内妄奏不实,奉圣人的命,着小官暗行体访,但得真情,先自勘问,然后具表申奏。来到此间,正是潭州衙舍。白士中,杨衙内,您这桩事小官尽知了也。(正旦唱)

【锦上花】不甫能择的英贤[4]，配成姻眷；没来由遇着无徒[5]，使尽威权。我只得亲上渔船，把机关暗展；若不沙那势剑金牌，如何得免？
【幺篇】呀，只除非天见怜，奈天天又远。今日个幸对清官，明镜高悬。似他这强夺人妻、公违律典，既然是体察端的[6]，怎生发遣？

（李秉忠云）一行人俱望阙跪者，听我下断：（词云）杨衙内倚势挟权，害良民罪已多年；又兴心夺人妻妾，敢妄奏圣主之前。谭记儿天生智慧，赚金牌亲上渔船；奉敕书差咱体访，为人间理枉伸冤。将衙内问成杂犯，杖八十削职归田；白士中照旧供职，赐夫妻偕老团圆。（白士中夫妻谢恩科）（正旦唱）
【清江引】虽然道今世里的夫妻夙世的缘，毕竟是谁方便？从此无别离，百事长如愿。这多谢你个赛龙图恩不浅[7]！

题目　清安观邂逅说亲
正名　望江亭中秋切鲙

注释

［1］责口词：录口供。
［2］云板：报时报事之器。形状如云朵，故名。
［3］埋冤：即埋怨。
［4］不甫能：好容易。
［5］无徒：无赖之徒。
［6］端的：究竟。
［7］赛龙图：比喻优秀的清官。龙图是指包拯。

新评

在关汉卿所塑造的众多女性形象中，谭记儿是很有个性的一位。她既不同于冤屈十足的窦娥，也不同于风风光光、辣味十足的妓女赵盼儿，更不同于负气使性的杜蕊娘。谭记儿是一个敢爱敢恨，有智有谋有胆识的女中豪杰，她将自己的命运紧紧抓在自己的手中，不失时机地主动出击，去争取属于自己的幸福生活。

作为一个无依无靠的寡妇，谭记儿并没有表现出过分的自怨自艾。当白姑姑有意撮合她和白士中匹配时，她提出了自己对配偶鲜明的要求："若有似俺男儿知重我的，便嫁他去也罢。"并且进一步要求"他肯做一心人，不转关（即变心）"。正是这种自尊、自爱，为她的幸福生活奠定了坚实的基础。

面对来势汹汹的恶势力杨衙内，有知识、有官位的白士中急得一筹莫展，无计可施；谭记儿知晓后，却道："相公，你怕他做甚么？"并且当即就想好了对付杨衙内的计策，信心十足地宣称："看（我）怎生的发付他赖骨顽皮！"

在本剧的高潮第三折中，作者着力描写谭记儿对付杨衙内的方式方法。有备而来的谭记儿借“切鲙献新”之名与杨衙内相见，她抓住对方的特点，投其所好，一张一弛，三下五除二便达到赚取金牌势剑和文书的目的。在突出谭记儿胆识和智慧的同时，生动地揭露了杨衙内的贪婪与愚蠢。谭记儿机智、勇敢的特点，在这一折中得到了淋漓尽致的表现。

毫无疑问，谭记儿这一光彩夺目的女性形象身上，寄托着伟大的戏剧家关汉卿的理想。她的聪明伶俐和智勇，是关汉卿从现实生活中汲取来而加以典型概括的。她能战胜恶势力、与心爱的人白头偕老，也寄寓了关汉卿对普通大众的祝福。

本书所选的关汉卿三部代表作（《感天动地窦娥冤》、《赵盼儿风月救风尘》、《望江亭中秋切鲙》），都是以女性为主角的“旦本”。窦娥、赵盼儿、谭记儿代表了不同阶层的妇女，而关汉卿的同情与关爱之心，总是给予这些受压迫与伤害的妇女，赞美她们的反抗精神，欣赏她们在与恶势力斗争中的聪明才智，让她们最终获得胜利。而对于那些封建官吏及豪强势要，关汉卿又总是予以无情的揭露与深刻的批判，将他们的丑恶嘴脸公诸于众，让读者和观众在欢笑之中得到精神上的满足。

包待制智勘灰阑记

李潜夫　撰

张海棠为生计所迫，沦为暗娼。哥哥张林认为她有辱门风，一气之下出走。当地员外马均卿娶张海棠为妾，婚后生下一子。马员外的正妻外面有情人（赵令史），于是挑拨员外与海棠发生矛盾，乘机用毒药毒死丈夫，嫁祸于海棠。马员外正妻又买通街坊邻居，让他们出面伪证孩子为自己所生，想独霸马家财产。张海棠被屈打成招，押送开封府定罪。海棠在路途中不期与已为开封府祗候的哥哥相遇，求张林相救。到开封府后，包待制用白灰画了一个圈儿，让孩子站在中间，叫海棠和马员外正妻拽孩子。两次三番，都以海棠失败告终（因为海棠担心将孩子拉伤）。包待制认为：律意虽远，人情可推，据此判定孩子为海棠所生。“灰阑扯子”成为一个著名的戏剧情节。

剧中主要人物：

张海棠（正旦）：暗娼出身，后嫁马员外为妾，并生下一子。被马员外正妻算计，枉担药杀丈夫的罪名，并面临亲生孩子被人夺走的可能、幸遇清官包待制，想出“灰阑扯子”的办法，张海棠被判无罪，

马均卿（副末）：又称马员外，娶张海棠为妾后，受正妻的挑拨，误解张海棠，为正妻利用并死于非命。

马均卿妻（搽旦）：马员外的正妻。勾结赵令史谋害死丈夫，又买通证人，企图夺走孩子，独霸家产。其诡计被包待制识破，受到应有的惩罚。

赵令史（净）：郑州衙门令史。与情人（马均卿之妻）设计陷害张海棠，又利用职务之便，将张屈打成招。

张林（冲末）：张海棠之兄，后为开封府祗候。起初与海棠不和，海棠遭难后，则极力相助。

包待制（冲末）：历史上确有其人，姓包名拯（999—1062），北宋人，

曾任天章阁待制、龙图阁直学士。以执法严峻而著称，是有名的“清官”。剧中通过“灰阑扯子”智勘疑案，从一个侧面映射出他的足智多谋。

刘氏（老旦）：张海棠、张林之母。

楔　子

（老旦卜儿上[1]，云）老身郑州人氏。自身姓刘，嫁的夫主姓张，早年亡逝已过。止生下一儿一女。孩儿唤做张林，也曾教他读书写字。女儿唤做海棠，不要说他姿色尽有，聪明智慧，学得琴棋书画，吹弹歌舞，无不通晓。俺家祖传七辈是科第人家，不幸轮到老身，家业凋零，无人养济。老身出于无奈，只得着女儿卖俏求食[2]。此处有一财主，乃是马员外。他在俺家行走，也好几时了。他有心看上俺女孩儿，常常要娶他做妾，俺女孩儿倒也肯嫁他、只是俺这衣食饭碗，如何便割舍得。且待女孩儿到来，慢慢的与他从长计议，有何不可。（冲末扮张林上，云）自家张林的便是。母亲，俺祖父以来都是科第出身，已经七辈，可着小贱人做这等辱门败户的勾当，教我在人前怎生出入也。（卜儿云）你说这般闲话做甚么。既然怕妹子辱没了你呵，你自寻趁钱来养活老身[3]，可不好那。（正旦扮海棠上，见科，云）哥哥你要做好男子，你则养活母亲者。（张林云）泼贱人，你做这等事，你不怕人笑，须怕人笑我。我打不得你个泼贱人那！（做打正旦科）（卜儿云）你不要打他，你打我波！（张林云）母亲不要家烦宅乱，枉惹的人耻笑。我则今日辞了母亲，我往汴京寻我舅舅，自做个营运去[4]。常言道：男儿当自强。我男子汉七尺长的身子，出门去便饿死了不成？兀那小贱人，我去之后，你好生看觑母亲。若有些好歹，我不道的轻轻饶了你哩[5]！（诗云）：匆匆发忿出家门，别寻生理度寒温。男儿有躯长七尺，不信天教一世贫。（下）（正旦云）母亲，似这等唱叫[6]，几时是了？不如将女孩儿嫁与马员外去吧。（卜儿云）儿也说的是。只等马员外来时，我就许下这亲事则便了也。（副末扮马员外上[7]，云）小生姓马，名均卿，祖居郑州人氏。幼习儒业，颇通经史。因家中有几贯资财，人皆以员外呼之。则是我平昔间酷爱风流，耽情花柳。此处有个上厅行首张海棠[8]，与小生作伴年久，两意相投。我要娶他，这不消说了。他也常常许道要嫁我，被他母亲百般板障[9]，只是不肯通口。我想他也无过要多索些财礼意思。闻得海棠近日与他哥哥张林唱叫了一场，那张林离了家门，到汴京寻他舅子去了，料得一时间也未必就回。今日恰好是一个吉日良辰，我不免备些财礼求亲去。若是有缘分得成全这一桩好事，岂不美哉。呀，姐姐正在门首，这也是个彩头。待我见去。（做见正旦行礼科）（正旦云）员外，你来了也。我再四与母亲说，不如趁我哥哥不在家，许了这门亲事。磨了半截舌头，母亲像有许的意思了。我和你见母亲去。(马员外云) 奶奶既有此意，也是我修的缘到了。(做入见科) (卜儿云) 员外，我今日为孩儿张林不孝顺，与老身合气[10]。你讨些砂仁来，送我做碗汤吃。(马员外云) 奶奶，自家孩儿有甚么气。我如今特备白金百两，专求令爱的亲事。过门之后，但是你家缺柴少米，都是我来支持，定不教你愁没钱使。今日是个大好日辰，奶奶，你接了财礼，许了这亲事罢。(卜儿云) 左右我的女儿在家，也受不得这许多气，便等他嫁了人去，倒也静办。员外，只是你家里有个大浑家哩，我女孩儿过门来，倘或受他欺负，又不如在家的好。也要与员外说个明白，一发讲倒了才好许你这亲事[11]。(马员外云) 奶奶放心。莫说我马均卿不是那等人，便是我大浑家也不是那等人。令爱到家时，与我大浑家只是姊妹称呼，并不分甚大小。若是令爱养得一男半子，我的家缘家计，都是他掌把哩。奶奶再不要你忧虑别的。(卜儿云) 员外，只要说定了，我受了你的财礼，我家女儿便是你马家媳妇，只今日便过门去。孩儿，也不是我做娘的割舍得你，你可也做人家媳妇去，再不要当行首了也。(正旦云) 员外，你那大浑家处，凡百事你须与我做主咱！(唱) 【仙吕·赏花时】凭着我皓首苍颜老母亲，待着我尽世今生不嫁人。(云) 员外，我可也不爱你别的，(马员外云) 姐姐你爱我些甚的来？(正旦唱) 我只爱你性儿软意儿真。我今日寻的个前程定准，(带云) 我着那一班姊妹道：张海棠嫁了马员外可也不枉了。(唱) 从此后不教人笑我做辱家门。(同马员外下)

(卜儿云) 今日将俺女孩儿嫁马员外去了也。受着他这一百两财礼，也勾老身下半世快活受用哩。如今别无甚事，寻俺旧时姑姊妹们到茶房中吃茶去来。(下)

注释

[1] 老旦：元剧中角色名，通常扮演老妇人。
[2] 卖俏：这里是指出卖色相。
[3] 寻趁：寻找，寻求。
[4] 营运：营生、生计。
[5] 不道的：岂肯，怎么肯。
[6] 唱叫：大吵大闹。
[7] 副末：元剧角色名，通常扮演次要男角色。
[8] 上厅行（háng）首：出色的妓女。上厅即官厅，行首指承应歌舞时站在最前列的妓女。
[9] 板障：阻挠。
[10] 合气：生气。
[11] 讲倒了：讲定，说清楚。

第一折

(搽旦上[1]，诗云) 我这嘴脸实是欠，人人赞我能娇艳。只用一盆净水洗，下来倒也开的胭脂花粉店。妾身是马员外的大浑家。俺员外娶得一个妇人，叫做什么张海棠。他跟前添了个小厮儿，长成五岁了也。我瞒着员外，这里有个赵令史，他是风流人物，又生得驴子般一头大行货[2]，我与他有些不伶俐的勾当。我一心只要所算了我这员外，好与赵令史久远做夫妻。今日员外不在家，我早使人唤他去了。这早晚敢待来也。(净扮赵令史上，诗云) 我做令史只图醉，又要他人老婆睡。毕竟心中爱者谁，则除脸上花花做一对。自家姓赵，在这郑州衙门做个令史。州里人见我有些才干；送我两个表德：一个叫做赵皮鞋，一个叫做赵哈达。这里有个妇人，他是马均卿员外的大娘子。那一日马员外请我吃酒，偶然看见他大娘子这嘴脸，可可是天生一对，地产一双，都这等花花儿的，甚是有趣。害得我眠里梦里只是想慕着他。岂知他也看上了我，背后瞒着员外，与我做些不伶俐的勾当。今日他使人唤我，不知有甚事，须索去走一遭。来到此间，径自过去。大嫂，你唤我有何计议？(搽旦云) 我唤你来不为别事。想俺两个，偷偷摸摸的，到底不是个了期。我一心要合服毒药，谋杀了马员外，俺两个做永远夫妻，可不好么？(赵令史云) 你那里是我搭识的表子，只当是我的娘！难道你有此心，我倒没此意？这毒药我已备下多时也。(做取药付搽旦科，云) 兀的不是毒药。我交付与你，我自到衙门中办事去也。(下) (搽旦云) 赵令史去了也。我且把这毒药藏在一处，只等觑个空便才好下手。呀，我争些儿忘了[3]。今日却是孩儿的生日，教人请员外来，和他到各寺院烧香，佛面上贴金，走一遭去来。(下)(正旦上云) 妾身张海棠。自从嫁了马员外，可早五年光景。俺母亲也亡化了，连哥哥也不知那里，至今没个消耗[4]。我跟前所生孩儿，叫做寿郎。自生下这孩儿来，就在那褥草之上则在姐姐跟前抬举，如今长成五岁了也。今日是我孩儿的生日，员外和姐姐领着孩儿，到那各寺院烧香，佛面上贴金去了。下次小的每，安排下茶饭，等员外、姐姐来家食用。张海棠也，自从嫁了员外，好耳根清净也呵。(唱)

【仙吕·点绛唇】月户云窗，绣帏罗帐谁承望。我如今弃贱从良，拜辞了这鸣珂巷[5]。

【混江龙】毕罢了浅斟低唱，撇下了数行莺燕占排场。不是我攀高接贵，由他每说短论长。再不去卖笑追欢风月馆，再不去迎新送旧翠红乡[6]。我可也再不怕官司勾唤，再不要门户承当，再不放宾朋出入，再不见邻里推抢，再不愁家私营运，再不管世事商量。每日价喜孜孜一双情意两相投，直睡到暖溶溶三竿日影在纱窗上。伴着个有疼热的夫主，更送着个会板障的亲娘。

（云）怎么这早晚员外、姐姐还不回来？我出门前看波。（张林上，诗云）腹中晓尽世间事，命里不如天下人。我，张林。自从和妹子唱叫了一场，出门去寻俺舅子，谁想他跟着一个什么经略相公种师道到延安府去了。一来投不着主儿，二来又染了一场冻天行的病证[7]。不要说盘缠使尽，连身上的衣服也典卖尽了。走回家来，母亲也亡化了，居房也没了，教我怎么好。闻得妹子嫁了马员外，那员外是好家计。他肯看顾亲眷，要抬举我舅子有何难处。我如今一径的去投托他[8]，问他借些盘缠使用。可早来到马家门首了。可可的我妹子正在门前，待我去相见咱。妹子祗揖。（正旦见云）我道是谁，元来是哥哥。我看你容颜肥胖，倒宜出外。（张林云）妹子，你可早头一句话儿也！（正旦云）哥哥，你敢替母做七来[9]，起坟来，还是吊孝来？（张林云）妹子，你不见我吃的，则看我穿的。自家的嘴也养不过，有什么东西与母亲做七、起坟那？（正旦云）哥哥，俺母亲亡化，一应送终的衣衾棺椁之费，那些儿不亏了马员外来。（张林云）妹子，这虽是马员外把我母亲发送；还是多亏了你，我知道了也。（正旦唱）

【油葫芦】自丧了亲爷撇下个娘，偏你敢不姓张，怎教咱辱门败户的妹子去支当。（张林云）妹子不必敲打我了，我也知道，多多的亏了你也。（正旦唱）到今日你便安排着这一句甜话儿来寻访。（张林云）妹子，我今日特来投托，你怎做下这一个冷脸儿那。（正旦唱）也不是俺便做下的这一个冷脸儿难亲傍。想当日你怒烘烘的挺一身，急煎煎的走四方。（张林云）妹子，这旧话也休提了。（正旦唱）我则道你怎生发迹身荣旺，怎还穿着这蓝蓝缕缕的这样旧衣裳。（张林云）妹子，我和你是一父母生的兄妹，你哥哥便有甚的不是，你也将就些儿，不要记怨了。（正旦唱）

【天下乐】哥哥也你便有甚脸今朝到我行，听说罢这衷也波肠。（张林云）妹子也，我也是出于无奈，特特投奔你来。没奈何，不论多少，赍发些盘缠使用[10]，等我好去。（正旦唱）口声声道是无奈何。哥哥也你既无钱呵怎生走汴梁？（张林云）妹子，你也不必多说了。你不赍发我，教那个赍发我？（正旦唱）你今日投奔我个小妹子，只要我赍发你个大兄长，（带云）你不道来，（唱）可不道是男儿当自强。

（张林云）妹子，你不曾忘了一句儿，也打落的我勾了，你则是赍发我去者。（正旦云）哥哥不知俺这衣服头面，都是马员外与姐姐的，我怎做的主好与人，除这些有甚的盘缠好赍发的你。哥哥，你则回去了吧，休来这门首也。（做不礼入门科）（张林云）妹子你好狠也！你是我同胞亲妹子，我特投奔着你，一文盘缠也不与我，倒花白了我这许多[11]。我如今也不回去，只在这门首等着，待他马员外来，或者有些面情，也不见得。（搽旦上，云）我是马员外的大浑家。领着孩儿烧香，我先回来了。呀，怎么我家解典库门首立着个教化头[12]，你在此有甚么勾当？（张林云）姐姐休骂。小人是张海棠的哥哥，来寻我妹子的。（搽旦云）原来你是张海棠的哥哥，这等是舅舅了。你可认的我么？（张林云）小人不认的那壁姐姐。（搽旦云）则我便是马员外的大浑家。（张林云）我小人眼拙，不认的大娘子，是必休怪。（做揖科）（搽旦云）舅舅你要寻你妹子怎么？（张林云）说也惶恐！因为贫难无以度日，要寻我妹子讨些盘缠使用。（搽旦云）他与你多少？（张林云）他道家私里外都是大娘子掌把着哩，自做不得主，一些没有。（搽旦云）舅舅不知。自从你妹子到我家来，添了一个孩儿，如今也五岁了。这是你的外甥。现今我家大小家私都着他掌把，我是没儿子的。（做敲胸科，云）一些也没分了！你是张海棠的哥哥，便是我亲哥哥一般。我如今过去，问他讨些盘缠与你。若有呵你也休欢喜，若无呵你也休烦恼，只看你的造化。你且在门首待者。（张林云）小人知道。好一个贤慧的妇人也！（正旦见搽旦科，云）姐姐你先回来了，劳动着姐姐哩。（搽旦云）海棠，门首立着的是什么人？（正旦云）是海棠的哥哥。（搽旦云）哦，原来是你的哥哥。他来这里做甚么？（正旦云）他问妹子讨些盘缠使用。（搽旦云）你便与他些不得？（正旦云）我这衣服头面，都是员外和姐姐与我的，教我可什么与他？（搽旦云）这衣服头面，与了你就是你的了，便与你哥哥也何妨。（正旦云）姐姐敢不中么！倘员外查起我这衣服头面，教我说甚的那？（搽旦云）员外查时，我替你说，还再做些与你。快解下来，送与你哥哥去吧。（正旦做解下科，云）既是姐姐许了，我便脱了这衣服，除下这头面，与我哥哥去。（搽旦云）怕我拿了你的！将来，待我送他去。（做取砌末出见科，云）舅舅，则为你这盘缠，连我也替你恼起来。那知道你家妹子这般个狠人，放着许多衣服头面，一些儿不肯与你，只当剐他身上的肉一般。这几领衣服，几件头面，是我爹娘陪嫁我的，送与舅舅权做些儿盘缠使用。舅舅你则休嫌轻道少者。（张林收科，云）多谢大娘子。小人结草衔环，此恩必当重报。（做谢科，搽旦回礼，云）舅舅，员外不在家，不好留的你茶饭，休怪也。（下）（张林云）我则道这衣服头面是我妹子的，那知是他大娘子的。你是我一父母所生的亲妹子，我讨些盘缠使用，并无一文，倒花白我一场。这大娘子我与他是各白世人，赍发我衣服头面。我想他家中大妻小妇必有争差，少不得要告状打官司的。我如今将这头面兑换些银两，买个窝儿[13]，做开封府公人去。妹子，你常拣吉地上行，吉地上坐，休要咱两个轴头儿厮抹着。若告到官中，撞见我时，我一杖子起你一层皮哩！（下）（搽旦见正旦科，云）海棠，你这衣服头面与你哥哥去了也。（正旦谢云）索是生受姐姐来。只怕员外回时，若问起呵，望姐姐与我方便一声。（搽旦云）不妨事，放着我哩。（正旦下）

（搽旦云）海棠也，你哥哥将那衣服头面去，怕不欢喜。只是员外问起时，我倒替你愁哩！（马员外引俫儿上，云）我马均卿。自从娶了张海棠，添了这个孩儿，叫做寿郎，可早五岁也。今日是寿郎的生日，到各寺院烧香去。见子孙娘娘庙有倾颓去处，舍些钱钞与他修理，因此又耽阁了一会。可早来到门首也。（搽旦同正旦迎科）（正旦云）员外回来了，索是辛苦也。我去取茶来者。（下）（马员外云）大嫂，那海棠的衣服头面怎生都不见了那？（搽旦云）员外不问，我也不好说。你因为他生了孩子，十分的宠用着他，谁想他在你背后养着奸夫。常常做这不伶俐的勾当。今日我和员外烧香去了，他把这衣服头面都与奸夫拿去，正要另寻什么衣服头面，胡乱遮掩，被我先回来撞破了。是我不许他再穿衣服，重戴头面，只等员外回来自家整理。这须不是我妒他，是他自做出来的。（马员外云）原来海棠将衣服头面与奸夫去了。可知道来。他是风尘中人，有这等事，兀的不气杀我也！（做唤正旦，打科，云）我打你这不良的贱人！（搽旦撺调科[14]，云）员外打的好！似这等辱门败户的贱人，要他何用，则该打死他吧。（正旦云）我这衣服头面本不肯与俺哥哥将去，都是他再三撺掇我来，谁想到员外跟前又说我与了奸夫，着我有口难分。这都是张海棠自家不是了也！（唱）

【那吒令】我当初自伤别无甚忖量，别无甚忖量。将他来不妨，将他来不妨，可送咱这场。俺越打得手脚儿慌，他越逞着言词儿谤，端的个狠毒世上无双。

（马员外气科，云）你是生儿子的，做这等没廉没耻的事，兀的不气杀我也。（搽旦云）员外你气怎的，只是打杀他便了帐也。（正旦唱）

【鹊踏枝】普天下有的婆娘，谁不待要占些独强。儿曾见这狗行狼心，搅肚蛆肠[15]。（带云）你养着奸夫，倒着我有这屈事也。（唱）倒屈陷我腌臜勾当，（带云）也怪不得他赃埋我来[16]。（唱）也只是我不合自小为娼。（搽旦云）可知道你这贱人旧性复发，把衣服头面与了奸夫去，瞒着夫主做这等勾当哩。（正旦唱）

【寄生草】便是那狠毒的桑新妇[17]，也不似你这个七世的娘[18]，倒说我实心儿主意瞒家长。（搽旦云）谁着你背地里养奸夫，还强嘴那。（正旦唱）他道我共奸夫背地常来往，他道我会支吾对面舌头强。不争将滥名儿揣在我跟前，姐姐也便是将个屎盆儿套住他头上。（马员外做不快科，云）则被这小贱人直气杀我也。大嫂，怎生这一会儿我身子甚是不快，你可煎一碗热汤儿我吃。（搽旦云）这都是海棠这小贱人气出员外病来。海棠，你快些去热热的煎碗汤来与员外吃。（正旦云）理会的。（唱）

【后庭花】恰才我脊梁上捱了棍棒，又索去厨房中煎碗热汤。一任他男子汉多心硬，大刚来则是俺这婆娘每不气长[19]。(做下，捧汤上，云) 姐姐，兀的不是汤。(搽旦云) 拿汤来，我试尝咱。(做尝科，云) 还少些盐酱，快去取来。(正旦应下) (搽旦云) 前日这一服毒药，待我取将来倾在这汤儿里。(做倾药科，云) 海棠快来。(正旦上，唱) 怎这般忒慌张连催盐酱？(云) 姐姐，兀的不是盐酱。(搽旦做调汤科，云) 海棠你将去。(正旦云) 姐姐你将去波，怕员外见了我越气也。(搽旦云) 你不去，员外又道你恼着他哩。(下)(正旦云) 理会得。员外你吃口汤儿波。(员外做接吃科)(正旦唱) 则见他闷沉沉等半晌，苦恹恹口内尝。(员外做死科)(正旦惊云) 员外你放精细者！(唱) 为甚的黄甘甘改了面上[20]，白邓邓丢了眼光[21]？

【青哥儿】呀，唬的我胆飞魂丧，不由不两泪千行。眼见的四体难收一命亡。撇下了多少房廊、几处田庄、两个婆娘、五岁儿郎，从今后无捱无靠、母子每守孤孀，孩儿也你将个谁依仗！

(正旦哭云) 姐姐，员外死了也。(搽旦哭上，云) 我那员外也，忍下的就撇下我去也。海棠，你这小贱人！适才员外是个好好的，怎生吃你这一口汤，便会死了，这不是你药死的是那个弄死的？(正旦云) 姐姐，这汤你也尝过来，偏是你不药死，则药死员外？(做哭科，云) 天那，兀的不苦痛杀我也！(搽旦云) 下次小的每那里，与我高原选地，破木造棺，把员外埋殡了者。(做家僮上，抬员外下科，搽旦云) 海棠，你这小贱人，则等送了员外出去，我慢慢的摆布你，看你好在我家里过得那！(正旦哭云) 姐姐，员外无了，这家私大小我都不要，单则容我领了孩儿去吧。(搽旦云) 孩儿是那个养的？(正旦云) 是我养的。(搽旦云) 你养的，怎不自家乳哺了？一向在我身边，煨干避湿，咽苦吐甜，费了多少辛勤，在手掌儿上抬举长大的，你就来认我养的孩儿，这等好容易！你养了奸夫，合毒药谋死了员外，更待干罢。你要官休还是要私休？(正旦云) 怎生是官休，怎生是私休？(搽旦云) 你要私休，将一应家财房廊屋舍带孩儿都与了我，只把这个光身子走出门去。你要官休呵，你药死亲夫，好小的罪名儿，我和你见官去。(正旦云) 我原不曾药死亲夫，怕做甚么？情愿和你见官。(搽旦云) 明有官防。你不怕告官，我就拿你去。(正旦云) 我不怕，告官去，告官去！(唱)

【赚煞】且休问你真实，休问咱虚谎。现放着剃胎头收生的老娘，则问他谁是亲娘谁是继养。(搽旦云) 我是孩儿的的亲亲的亲娘[22]，这孩儿是我的的亲亲的亲儿，是娘的心肝、娘的肚子、娘的脚后跟，那一个不知道的？(正旦唱) 怎瞒得过看生见长的街坊。(搽旦云) 你合毒药谋死员外，也是我赃埋你的？(正旦云) 这毒药呵，(唱) 你平日里预收藏，暗暗的倾下羹汤。(搽旦云) 明明是你下这毒药在汤儿里，怎赖得我？怕你不去偿命。(正旦唱) 这的是谁药死亲夫可要将性命偿，你畅好是不良[23]，送的人来冤枉。则普天下大浑家那里有你这片歹心肠！(下)

(搽旦云) 如何，中了俺的计也。眼见得这家私大小带孩儿都是我的。(做沉吟科，云) 嗨，事要三思，免劳后悔。你也合寻思波，这孩儿本等不是我养的，他要问那剃胎头收生的老娘，和那看生见长的一起街坊邻舍做证见，若到官呵，他每不向我，可不干着这一番？我想来，人的黑眼珠子，见这白银子，没个不要的。则除预先安顿下他，见人头与他一个银子，就都向着我了。则是衙门官吏也要安置停当。怎得赵令史到来，和他商量告状的事，可也好那。(赵令史上，云) 才说姓赵，姓赵便到。我赵令史。数日不曾去望马大娘子，心里痒痒的，好生想他，只是丢不下。如今到他门首，他家没主人了，怕做甚的，径自入去。(见搽旦科，云) 大娘子，只被你想杀我也。(搽旦云) 赵令史你不知道，马员外被我药死了也。如今和海棠两个打官司，要争这家缘家计，连这小厮。你可去衙门打点，把官司上下布置停当。趁你手里完成这桩事，我好和你做长远夫妻也。(赵令史云) 这个容易。只是那小厮原不是你养的，你要他怎的，不如与他去的干净。(搽旦云) 你也枉做令史，这样不知事的。我若把这小厮与了海棠，倒底马家子孙，要来争这马家的家计，我一分也动他不得了。他无过是指着收生老娘和街坊邻里做证见，我已都用银子买转了。这衙门以外的事，不要你费心。你只替我打点衙门里头的事便了。(赵令史云) 大娘子说的是。这等你早些来告状，我自到衙门打点也去。(下)(搽旦云) 赵令史去了。则今日我封锁了房门，结扭了海棠告状去走一遭。(词云) 常言道：人无害虎心，虎有伤人意。我说道：人见老虎谁敢汤，虎不伤人吃个屁。(下)

注释

[1] 搽旦：元剧角色名，通常扮演刁钻的、次要的女性人物。
[2] 大行货：男性生殖器的隐语。
[3] 争些儿：差点儿。
[4] 消耗：消息。
[5] 鸣珂巷：唐代长安里巷名，为妓女聚居地。后常用鸣珂巷泛称妓女的住所。
[6] 翠红乡：指妓院。
[7] 冻天行的病证：流行病。
[8] 一径的：专程、特意。
[9] 做七：旧时风俗，人死后每隔七日为忌日，亲属要祭奠，直到七七四十九日为止。
[10] 赍（jī）发：资助。
[11] 花白：挖苦，抢白。
[12] 解典库：当铺。
[13] 窝儿：本意是落脚地，这里指差事。

[14] 撺调：怂恿。
[15] 搅肚蛆肠：极言卑鄙污浊。
[16] 赃埋：诬陷。
[17] 桑新妇：恶毒阴险的女人。
[18] 七世的娘：该死的老太婆。元剧中常用“七世”咒人。
[19] 大刚来：大概，多半。
[20] 黄甘甘：形容面色干黄。
[21] 白邓邓：形容翻白眼的样子。
[22] 的的亲亲：嫡嫡亲亲。
[23] 畅好：真正。

第二折

(净扮孤引祗从上[1],云) 小官郑州太守苏顺是也。(诗云) 虽则居官,律令不晓。但要白银,官事便了。可恶这郑州百姓,欺侮我罢软,与我起个绰号,都叫我做模棱手。因此我这苏模棱的名传播远近。我想近来官府尽有精明的,作威作福,却也坏了多少人家。似我这苏模棱,暗暗的不知保全了无数世人,怎么晓得。今日坐起早衙,左右,与我抬放告牌出去。(祗从云) 理会的。(搽旦扯正旦、倈儿上,云) 我和你见官去来。冤屈也! (正旦云) 你且放手者。(唱)

【商调·集贤宾】火匝匝把衣服紧揩着。(搽旦云) 你药死亲夫,该死罪的。我放了你,倒等你逃走去了。(正旦唱) 你道我该死罪怎生逃。(带云) 张海棠也,(唱) 我则道嫁良人十成九稳,今日个越不见末尾三梢[2]。则我这负屈的有口难言,赤紧的原告人见世生苗[3],这一场没揣的罪名除非天地表[4]。(搽旦云) 可知道你药死了亲夫,自有个天理神明鉴察。(正旦唱) 我将这虚空中神灵来祷告,便做道男儿无显迹,可难道天理不昭昭。(搽旦云) 小贱人,这里是开封府门首了,你若经官发落,这绷扒吊拷[5],要桩桩儿捱过,不如认了私休,也还好收拾哩。(正旦云) 便打杀我也说不得,我情愿和你见官去。(唱)

【逍遥乐】你道是经官发落,怎的支吾这场棒拷。我则道人命事须要个归着,怎肯把药死亲夫罪屈招,平白地落人圈套。拚守着七贞九烈,怕甚么六问三推,一任他万打千敲。

(搽旦叫云) 冤屈也! (孤云) 什么人在衙门首叫冤屈? 左右,与我拿过来。(祗从拿进科,云) 当面。(搽旦、正旦、倈儿跪见科) (孤云) 那个是原告? (搽旦云) 小妇人是原告。(孤云) 这等,原告跪在这壁,被告跪在那壁去。(各跪开科) (孤云) 唤原告上来。你说你那词因,等我与你做主。(搽旦云) 小妇人是马均卿员外的大浑家。

(孤做惊起云) 这等,夫人请起。(衹从云) 他是告状的,相公怎么请他起来?(孤云) 他说是马员外的大夫人。(衹从云) 不是什么员外。俺们这里有几贯钱的人,都称他做员外,无过是个土财主,没品职人。(孤云) 这等,着他跪了,你说词因上来。(搽旦云) 这个叫做张海棠,是员外娶的个不中人。(衹从喝科,云) 嗯,敢是个中人[6]。(搽旦云) 正是个中人。他背地里养着奸夫,同谋设计,合毒药药杀了丈夫,强夺我所生的孩儿,又混赖我家私。告大人与小妇人做主咱。(孤云) 这妇人会说话,想是个久惯打官司的。口里必力不剌说上许多[7],我一些也不懂的,快去请外郎出来。(衹从云) 外郎有请。(赵令史上,云) 我赵令史。正在司房里攒造文书,相公呼唤我,必是有告状的又断不下来,请我去帮他哩。(做见科,云) 相公你整理甚么事不下来?(孤云) 令史,有一起告状的在这里。(赵令史云) 待我问他。兀那妇人告甚么?(搽旦云) 告张海棠药杀亲夫,强夺我孩儿,混赖我家私。可怜见与我做主咱!(赵令史云) 拿过那张海棠来。你怎生药杀亲夫,快快从实招来。若不招呵,左右,与我选下大棍子者!(正旦唱)

【梧叶儿】厅阶下,膝跪着,听贱妾说根苗。(赵令史云) 你说,你说!(正旦唱) 狼虎般排着衹从,神鬼般设着六曹[8]。(赵令史云) 你药杀亲夫,这是十恶大罪哩!(正旦唱) 若妾身犯下分毫,相公也我情愿吃那杀丈夫的绷扒吊拷。

(赵令史云) 你当初是什么人家的女子,怎生嫁与那马员外来?你说与我听波。(正旦唱)

【山坡羊】念妾身求食卖笑,本也是旧家风调。则为俺穷滴滴子母每无依靠,捱今宵,到明朝。谢的个马均卿一见投他好,下钱财将妾身娶做小。他莺燕交,咱成就了。(赵令史云) 原来是个娼妓出身,便也不是个好的了。你既然马员外娶到家,可曾生得一男半女么?(正旦,唱)

【金菊香】我与他生男长女受劬劳。(赵令史云) 你家里有什么人,也还往来么?(正旦唱) 俺哥哥因为少吃无穿来投托,曾被我赶离门、恰和他两个厮撞着。(赵令史云) 是你的哥哥,便和他厮见也不妨事。(正旦云) 俺姐姐道:海棠,既是你哥哥来投奔你时,你便没银子,何不解下这衣服头面与他做盘缠使用去。(赵令史云) 这般说也是他好意。(正旦云) 我信了他,将这些衣服头面与哥哥去了。等的员外回来问道:海棠的衣服头面为何不见?他便道:瞒着员外都与奸夫了也。(唱) 岂知他有两面三刀,向夫主厮搬调[9]。

(搽旦云) 哎哟,我是这郑州城里第一个贤慧的,倒说我两面三刀。我搬调你甚的来?(赵令史云) 这都小事,我不问你,只问你为何药死了亲夫,强夺他孩儿,混赖他家私,一一的招来。(正旦唱)

【醋葫芦】俺男儿气中了，丕地倒，醒来时俺姐姐自扶着。(带云) 他道：海棠，员外要汤吃，你去煎来。(唱) 煎的一碗热汤来又道是盐酱少。(带云) 他赚的我取盐酱去呵，(唱) 谁承望暗倾着毒药。(带云) 员外才把这汤吃不的一两口就死了也。相公，你试寻思波，(唱) 怎便登时间火焚了尸首葬在荒郊。(赵令史云) 这毒药明明是你的了。你怎么又要强夺他孩儿，混赖他家私，有何理说？(正旦云) 这孩儿原是我养的。相公，你只唤那收生的刘四婶、剃胎头的张大嫂并邻里街坊问时，便有分晓。(赵令史云) 这个也说的是。左右快去拘唤那老娘街坊来者。(孤做票臂科[10])(祗从出唤，云) 老娘街坊人等，衙门中唤你哩！(二净扮街坊、二丑扮老娘上，净云) 常言道：得人钱财，与人消灾。如今马员外的大娘子告下来了，唤我们做证见哩。这孩儿本不是大娘子养的，我们得过他银子，则说是他养的。你们不要怕打，说的不明白。(净丑等云) 这个知道。(做随祗从入跪科，云) 当面。(赵令史云) 你是街坊么？这孩儿是谁养的？(二净云) 那马员外是个财主，小的每平日也不往来。五年前因他大娘子养了个儿子，小的们街坊邻里，各人三分银子，与他贺喜。那员外也请小的每吃满月酒，看见倒生的一个好哇哇[11]。以后每年儿子生日，那员外同着大娘子领了儿子到各寺院烧香去，这是一城人都看见的，也不只是小的们这几个。(赵令史云) 这等，明明是他大娘子养的了。(正旦云) 相公，这街坊都是他用钱买转了的，听不得他说话。(二净云) 我每买不转的，都是倾心吐胆，说真实的话。若有半句说谎，你嘴上害碗大的疔疮。(正旦唱)

【幺篇】现放着收生的刘四婶，剃胎头的张大嫂，俺孩儿未经满月早问道我十数遭。今日个浪包娄到公庭混赖着[12]，您街坊每常好是不合天道。得这些口含钱直恁般使的坚牢[13]。

(云) 相公则问这两个老娘，他须知道。(赵令史云) 兀那老娘，这个孩儿是谁养的？(刘丑云) 我老娘收生，一日至少也收七个八个。这等年深岁久的事，那里记得。(赵令史云) 这孩儿只得五岁，也不为久远，你只说实是谁养的。(刘丑云) 待我想来：那一日产房里关得黑洞洞的，也不看见人的嘴脸。但是我手里摸去，那产门像是大娘了的。(赵令史云) 嗯，张老娘你说！(张丑云) 这一日他家接我去与小厮剃胎头，是大娘子抱在怀里。则见他白松松两只料袋也似的大奶奶，必定是养儿子的才有这奶食，岂不是大娘子养的？(正旦云) 你两个老娘怎么都这般向着他也！(唱)

【幺篇】老娘也那收生时我将你悄促促的唤到卧房，你将我慢腾腾的扶上褥草。老娘也那剃头时堂前香烛是谁烧？你两个都不为年纪老，怎么的便这般没颠没倒，对官司不分个真假，辨个清浊？

(赵令史云) 何如？两个老娘都说大娘子养的，可不是你强夺他的孩儿了？(正旦云）相公，街坊老娘都是得过他钱买转了的，这孩儿虽则五岁，也省的人事了，你则问我孩儿咱。（搽旦扯俫儿，云）你说我是亲娘，他是奶子。（俫儿云）这个是我亲娘，你是我奶子！（正旦云）可又来，我的乖乖儿哧。（唱）

【幺篇】哎儿也则你那心儿里自想度，自暗约[14]，见您娘苦恹恹皮肉上捱着荆条。则你那出胞胎便将人事晓，须记的您娘亲三年乳抱，怎禁这桑新妇当面闹抄抄。

（赵令史云）这孩子的话也不足信，还以众人为主。只一个孩儿还要强夺他的，这混赖家私一发不消说了。你快把药杀亲夫一事招了者。（正旦云）这药杀亲夫并不干我事。（赵令史云）这顽皮贼骨，不打不招。左右，与我采下去着实打呀[15]！（祗从做打正旦发昏科）（搽旦云）打的好，打的好！打杀了可不干我事。（赵令史云）他要诈死，左右，与我采起来。（祗从做采科）（正旦做醒云）哎哟天那。（唱）

【后庭花】我则见飕飕的棍棒拷，烘烘的脊背上着，扑扑的精神乱，悠悠的魂魄消。他每紧揝住我头梢。（祗从云）嗯，快招了者，不强似这等受苦。（正旦唱）则听的耳边厢大呼小叫。似这般恶令史肯恕饶，狠公人显懆暴。（赵令史云）你招，那奸夫是谁？（孤云）他又不肯招，待我权认了罢。（正旦唱）被官司强逼着，指奸夫要下落。

【双雁儿】我向那鬼门关，寻觅到有两三遭。您这般顺人情有甚好，则我这脓血临身要还报。有钱的容易了，无钱的怎打熬。

（赵令史云）左右，再与我打着者！（正旦云）我也是好人家儿女，怎么捱得这般打拷，只得屈招了吧。相公，是妾身药杀了丈夫，强夺他孩儿，混赖他家私来。天那，兀的不屈杀我也！（赵令史云）我屈千屈万，才屈的你一个儿哩！既是招了，左右，着那张海棠画了字，上了长枷，点两个解子，押送开封府定罪去。（孤云）左右，将那新做的九斤半的大枷与他带。（祗从云）理会的。（做上枷科）（祗从云）犯人上枷。（正旦云）天那！（唱）

【浪里来煞】则您那官吏每忒狠毒，将我这百姓每忒凌虐。葫芦提点纸将我罪名招[16]，我这里哭啼啼告天天又高，几时节盼的个清官来到。（赵令史云）掌嘴！我这衙门里问事，真个官清法正，件件依条律的，还有那个清官清如我老爷的。（正旦哭科，唱）则我这泼残生怎熬出这个死囚牢。（同祗从下）

（赵令史云）这事问成了也。干证人都着宁家去。原告保候，听开封府回文发落。（众叩头同下）（赵令史云）我问了一日事，肚里饥了，回家吃饭去也。（下）（孤云）这一桩虽则问成了，我想起来，我是官人，倒不由我断。要打要放，都凭赵令史做起，

我是个傻厮那！（诗云）今后断事我不嗔，也不管他原告事虚真。笞杖徒流凭你问，只要得的钱财做两分分。（下）

注释

[1] 孤：元剧角色名，一般扮演官员。　祗从：宋代武职名，元剧中谓随从执役的人。

[2] 末尾三梢：三梢本指头梢、脚梢和手梢，即头发、脚趾和手指，这里是喻末尾、归宿。

[3] 赤紧的：真正的。

[4] 没揣的：无端的，凭空的。

[5] 绷扒吊拷：绑捆吊打之类的肉刑。

[6] 中人：即妓女。

[7] 必力不剌：形容说话的声音，是民间口语的特色。

[8] 六曹：唐代各州佐治之官分为六曹，即功曹、仓曹、户曹、兵曹、法曹、士曹。这里是指陪审之官员。

[9] 搬调：搬弄是非。

[10] 票臂科：指用手臂示意拘唤与官司相关者。

[11] 好哇哇：好娃娃。

[12] 浪包娄：骂人的话，犹如浪货、淫妇。

[13] 口含钱：民间风俗，人死后殡葬时含在死者嘴里的铜钱。这里是咒骂的意思。

[14] 暗约：寻思。

[15] 采下去：扯下去。

[16] 葫芦提：糊里糊涂。

第三折

（丑扮店小二上，诗云）我家卖酒十分快，干净济楚没人赛。茅厕边厢埋酒缸，裤子解来做醡袋。自家是个卖酒的，在这郑州城十里铺上开着个酒务儿[1]。但是南来北往经商客旅，都来我这店里吃酒。我今日开开这店门，烧的这镟锅儿里热着[2]，看有什么人来。（二净扮解子同正旦上）（正旦做跌起坐科）（董净云）小子是郑州衙门里有名的公人，叫做董超，这个兄弟叫做薛霸，解这妇人张海棠到开封府定罪去。嗯，兀那妇人，你也行动些儿。你看这般大风大雪哩，肚中饥饿了，有什么盘缠使用也拿些出来，等我们买碗酒吃，好趱路去[3]。（做打科）（正旦做起科，云）哥哥你休打我，我是屈受罪的人，死在旦夕，那讨半分盘缠送你，只望可怜见咱。（董净云）兀那妇人，你当初怎生药杀亲夫，混赖他孩儿来，你慢慢的说与我听波。（正旦云）则我这身上罪何日开除，腹中冤向谁诉与。被他人混赖了我孩儿，更陷我毒杀夫主。吃不过吊拷绷扒，撞不着清廉官府。（薛净云）我兄弟两个曾见你半厘錾口儿[4]，是那个要了你银子，说清廉不清廉！（正旦云）那个是见义当为，肯怜咱这般苦楚。湿浸浸棒疮疼痛，哽噎噎千啼万哭，空荡荡那讨一餐，薄怯怯衣裳蓝缕，沉点点铁锁铜枷，软揣揣婆娘妇女。哎，你个恶狠狠解子怎知，哥哥也，我委实的衔冤负屈！（董净云）便说杀冤屈，须不是我们带累你的，教我怎生可怜你。雪越大了，行动些。（正旦唱）

【黄钟·醉花阴】头上雪何曾住半霎，摧林木狂风乱刮。我这里耽烦恼受嗟呀，走的来力尽筋乏，又加上些脓撼撼的棒疮发。（薛净云）着我们当这等苦差，还不走哩。（做打科）（正旦唱）怎当这嗔忿忿叫吖吖，但走的慢行的迟他可便舍命的打。

（董净云）你当初不招也罢，谁着你招了来。（正旦云）哥哥不嫌烦絮，听我说咱。（唱）

【喜迁莺】遭这场无情的官法，方信道漫漫黄沙，怎当的他家将咱苦打，逼勒得将招伏文状押。到今日有谁来怜见咱。似这等衔冤负屈，空吃尽吊拷绷扒。（董净云）兀那妇人，你打挣些。转过这山坡去，我着你坐一会再走。（正旦唱）

【出队子】早来到山坡直下，冻钦钦的难立扎，（做走跌科，唱）脚稍天腾的吃个仰剌叉[5]。（董净喝云）起来！（正旦唱）哎你个火性紧的哥哥厮觑暇，须是这光出律的冬凌田地滑[6]。（薛净云）千人万人走不滑，偏是你走便滑。待我先走，若是不滑呵，我打折你这腿！（做走跌科，云）真个这里有些滑。（张林上云）自家张林的便是，在这开封府当着个祗候。今有包待制西延边赏军，差着我去迎接回来。好大雪也，天那，也住一住儿波。（正旦做见科，云）这一个走的，好像俺哥哥张林。（唱）

【刮地风】绰见了容颜敢是他[7]，莫不我泪眼昏花？再凝睛仔细观瞻罢，却原来正是无差。我这里挺一挺耸着肩胛，摆一摆摩着腰胯，紧待赶更那堪带锁披枷。（张林做看见云）这一个带锁披枷的妇人是那里解将来的？（正旦叫云）哥哥，（唱）哥哥也且住咱，将妹子怎生提拔！（叫云）哥哥，（唱）你是个洛伽山观世的活菩萨，这里不显出救人心待怎么！

（叫云）哥哥，救你妹子咱。（张林云）你是谁？（正旦云）我是你妹子海棠。（张林做打推科，云）这泼娼根，那一日谢你好赍发我也。（做走科）（正旦做哭赶科，唱）

【四门子】我道他为甚的声声把我娼根骂，似这等无明火难按纳。却原来正是他，见了咱，思量起在前仇恨杀。正是他，见了咱，不邓邓嗔生怒发[8]。

（张林走，正旦赶上，做扯衣服，张林做摔科，正旦叫云）哥哥也！（唱）

【古水仙子】他他他不认咱，我我我舍性命向前赶上他。恰恰恰待扯住他衣服，(董净做扯正旦发科，云) 被这妇人定害杀人也。(正旦唱) 早早早又被揪持了头发。(张林云) 泼娼根放手。(正旦唱) 告告告狠爹爹宁耐吵，来来来听妹子细说根芽。(张林云) 你这泼娼根！你早知今日，当初那衣服头面，把些儿与我做盘缠不得？(正旦唱) 他他他坑杀人机谋狡猾，你你你是将我这头面金钗插，我我我因此上受波查[9]。

(云) 哥哥，你妹子这场天来大祸，都在这衣服头面上起的。你妹子当初不敢便将衣服头面与你做盘缠使用，也则怕那妇人来。岂知他教我解下来，与哥哥将的去，待员外回时，却说我养着奸夫，将衣服头面都送他去了，气的员外成了病，又将毒药暗地谋死，倒把你妹子拖到官司，问了个药杀亲夫混赖孩儿的罪名。天那，可怜冤屈杀人也！(张林云) 这衣服头面是谁的？(正旦云) 是你妹子的。(张林云) 是你的，这歹弟子孩儿说道，是他爷娘陪嫁的。这等，我错怪了你。前面有所酒店，我和你且吃钟酒去来。(同解子到酒店科，云) 卖酒的将酒来。(丑扮店保上，云) 有有有，请里面坐。(张林云) 兀那解子，我是开封府五衙都首领，叫做张林。这个就是我的亲妹子，我如今也接包待制回去，你一路上与我好生看觑咱。(董净云) 哥哥不劳分付，只要到府时，早些打发我批回。(张林云) 这个容易。妹子，那个妇人我只道他贤慧，却原来有这般狠毒，你可怎生放得下他。(正旦唱))

【古寨儿令】那婆娘面子花花，你则道所事贤达。搬调的男儿问咱家。他便逞俐齿，弄伶牙，对面说，三般话。

【古神仗儿】他道我将男儿药杀，又道我将家私来尽把，又道我要混赖他孩儿，拖我去州衙中告发。也不管难捱难熬，只一味屈敲屈打，活断送在剑头刀下。这的是谁做就死冤家，哎，都是那搅蛆扒[10]。

(云) 哥哥你在这里，我要见风去也。(下)(赵令史同搽旦上云) 自家赵令史的便是。如今将张海棠解上开封府去。我想那海棠又无什么亲人讨命，不若到路上结果了他，何等干净。因此特特拣两个能事的公人董超薛霸解去。起身时节，每人与了五两银子，教他不必远去，只在僻静处所便好下手，怎么不见来回话？事有可疑，只得和大嫂亲自打听一遭去来。(搽旦云) 这等雪天，走了这一会，好生寒冷。我们且到酒店中买碗酒吃，暖暖寒再走。(赵令史云) 大嫂说的是。(做进店，正旦见科，云) 好也，他同奸夫赶到这里，待我对哥哥说来。(唱)

【节节高】这婆娘好生心狠，好生胆大。相赶到这里，要干罢如何干罢。(云) 哥哥，奸夫奸妇都在这店里，咱和你拿他去来。(张林云) 兄弟，你撮哺着[11]，我拿那奸夫奸妇去也。(正旦唱) 忙出去，休惊散，快捉拿。这的是谁风情谁当罪法。

(张林同正旦出捉科)(二净做摆手令走科)(正旦扯住搽旦科)(搽旦奔脱,同赵令史走科)(正旦唱)

【挂金索】我这里揝住衣服,则被他撇撒我阶直下。因此上走了婆娘,空做一场话。枉着我哥哥气力有天来大。只恨那摆手的公人倒说道放了奸夫罢。

(张林云)兀那解子,你这精驴禽兽!你和他一衙门中人,你摆着手教他走了。我是开封府五衙都首领,就打你一顿,怕你告了我来。(做打科)(董净云)你是上司弓兵,打得我。这妇人恰是我管的囚人,我可打得他。(做打正旦科)(正旦唱)

【尾声】他是奉命官差将我紧监押,不争你途路上两下争差,(张林揪董净发科)(董净揪正旦发科)(正旦唱)把我个病恹恹的罪囚没乱杀。

(酒保拦住科,云)你们还了酒钱去。(薛净云)哇,有什么酒钱还你。(踢倒科,同下)(酒保云)你看我这晦气!今日在店门首等了半日,等得三四个人来买酒吃,不知为何打将起来,把两个好主儿也打了去,一文钱也不曾卖的。我如今也不开这酒店,另寻个买卖做罢。(诗云)这桩营生不爽快,常常被人欠酒债。我今放倒望竿关上门[12],不如去吊水鸡也有现钱卖。(下)

注释

[1] 酒务儿:小酒馆。

[2] 镟锅儿:热酒用的一种容器。

[3] 趱路:赶路。

[4] 鏨(zàn)口儿:散碎银子。

[5] 仰剌叉:仰面朝天。

[6] 光出律:形容光滑。

[7] 绰见:瞅见。

[8] 不(bō)邓邓:形容怒火上升。

[9] 波查:折磨。

[10] 搅蛆扒:骂人的话,形容卑鄙可恶。

[11] 撮哺:当为啜哺,吃喝之意。

[12] 望竿:悬挂酒旆(pèi,又叫望子)的竿子。

第四折

(冲末扮包待制,引丑张千、祗候上)(张千喝云)喏,在衙人马平安,抬书案!(包待制诗云)当年亲奉帝王差,手揽金牌势剑来。尽道南衙追命府,不须东岳吓魂台。老夫姓包名拯字希文，乃庐州金斗郡四望乡老儿村人氏。为老夫立人心清正，持操坚刚，每皇皇于国家，耻营营于财利，唯与忠孝之人交接，不共谗佞之士往还。谢圣恩可怜，官拜龙图待制天章阁学士，正授南衙开封府府尹之职。敕赐势剑金牌，体察滥官污吏，与百姓伸冤理枉，容老夫先斩后奏。以此权豪势要之家，闻老夫之名，尽皆敛手；凶暴奸邪之辈，见老夫之影，无不寒心。界牌外结绳为栏，屏墙边画地成狱。官僚整肃，戒石上镌御制一通；人从森严，厅阶下书低声二字。绿槐阴里，列二十四面鹊尾长枷；慈政堂前，摆数百余根狼牙大棍。(诗云) 黄堂尽日无尘到[1]，唯有槐阴侵甬道。外人谁敢擅喧哗，便是乌鹊过时不啅噪。老夫昨日见郑州申文，说一妇人唤做张海棠，因奸药死丈夫，强夺正妻所生之子，混赖家私。此系十恶大罪，决不待时的。我老夫想来，药死丈夫，恶妇人也，常有这事。只是强夺正妻所生之子，是儿子怎么好强夺的？况奸夫又无指实，恐其中或有冤枉。老夫已暗地着人吊取原告并干证人等到来，以凭覆勘[2]，这也是老夫公平的去处。张千，抬听审牌出去，各州县解到人犯，着他以次过来，待老夫定罪咱。(正旦同解子、张林上)(张林云) 妹子，你到官中，少不得问你。只要说的冤枉，这包待制就将前案与你翻了。若说不过时，你可努嘴儿，我帮你说。(正旦云) 我这冤枉今日不诉，更待何日也。(董净云) 待制爷爷升厅久了，须要赶牌解到，快进去。(正旦唱)

【双调·新水令】则我这腹中冤枉有谁知，刚余的哭啼啼两行清泪。恨当初见不早，到今日悔何迟。他将我后拥前推，何曾道暂歇气。(张林云) 妹子，这是开封府前了，待我先进，你随解子入来。这包待制是一轮明镜悬在上面，问的事就如亲见一般。你只大着胆自辩去。(正旦云) 哥哥，(唱)

【步步娇】你道他是高悬明镜南衙内，拚的个诉根由直把冤情洗，我可也怕甚的。则为带锁披枷有话难支对，万一个达不着大人机[3]，哥哥也你须是搭救你亲生妹。

(张林做先进科)(正旦同二净跪见科)(董净云) 郑州起解女囚一名张海棠解到。(张千云) 刑案司吏，与解子批文，打发回去。(包待制云) 留下在这里，待审过了，发批回去。(张千云) 理会的。(包待制云) 张海棠，你怎么因奸药杀丈夫，强夺正妻所生之子，混赖他家私，你逐一从头诉与老夫听咱。(正旦做努嘴看张林科)(张林云) 妹子你说么。嗨，他出胞胎可曾见这等官府来，我替你说吧。(跪云) 禀爷，这张海棠是个软弱妇人，并不敢药杀丈夫，做这般歹勾当哩。(包待制云) 你是我衙门里祗候人，怎么替犯人禀事？好打。(张林起科)(包待制云) 兀那妇人，你说那词因来。(正旦再努嘴科)(张林跪云) 禀爷，这张海棠并无奸夫，他不曾药杀丈夫，也不曾强夺孩儿，也不曾混赖家私。都是他大浑家养下奸夫赵令史，告官时又是赵令史掌案，委实是屈打成招的。(包待制云) 兀那厮，谁问你来？张千，拿下去与我打三十者！(张千拿张林打科)(张林叩头云) 这张海棠是小的亲妹子。他从来不曾见大官府，恐怕他惧怯，说不出真情来，小的替他代诉。(包待制云) 可知道为兄妹之情，两次三番，在公厅上胡言乱语的。若不是呵，就把铜铡来切了这个驴头。兀那妇人，你只备细的说那实话[4]，老夫与你做主。(正旦云) 爷爷啊，(唱)

【乔牌儿】妾身在厅阶下忙跪膝，传台旨问详细。怎当这虎狼般恶狠狠排公吏。爷爷也你听我一星星就就里[5]。

(包待制云) 兀那张海棠，你原是什么人家的女子，嫁与马均卿为妾来？(正旦唱)

【甜水令】妾身是柳陌花街，送旧迎新，舞姬歌妓。(包待制云) 哦，你是个妓女。那马均卿也待的你好么？(正旦唱) 与马均卿心厮爱做夫妻。(包待制云) 这张林说是你的哥哥，是么？(张林云) 张海棠是小的妹子。(正旦唱) 俺哥哥只为一载之前，少吃无穿，向我求觅。(包待制云) 这等，你可与他些甚的盘缠么？(正旦唱) 是是是他将去了我这头面衣袂。(张林叩头云) 小的买窝银子就是这头面衣服倒换的。(包待制云) 难道你丈夫不问你这头面衣服到那里去了？(正旦云) 爷爷，俺员外曾问来。就是这大浑家撺掇我与了哥哥将的去，却又对员外说我背地送了奸夫，教员外怎的不气死也。(唱)

【折桂令】气的个亲男儿唱叫扬疾[6]。(包待制云) 既是他气杀丈夫，怎生又告官来？(正旦唱) 没揣的告府经官，吃了些六问三推。(包待制云) 你夫主死了，那强夺孩儿又怎么说？(正旦唱) 一壁厢夫主身亡，更待教生各札子母分离[7]。(包待制云) 这孩儿说是那妇人养的哩？(正旦唱) 信着他歹心肠千般妒嫉。(包待制云) 那街坊老娘都说是他的。(正旦唱) 他买下了众街坊，所事儿依随。(包待制云) 难道官吏每再不问个虚实？(正旦唱) 官吏每更不问一个谁是谁非，谁信谁欺。(包待制云) 你既是这等，也不该便招认了。(正旦唱) 妾身本不待点纸招承，也则是吃不过这棍棒临逼。(包待制云) 那郑州官吏可怎生临逼你来？(正旦唱)

【雁儿落】怎当他官不威牙爪威，也不问谁有罪谁无非。早则是公堂上有对头，更夹着这祗候人无巴壁[8]。

【得胜令】呀，厅阶下一声叫似一声雷，我脊梁上一杖子起一层皮。这壁厢吃打的难捱痛，那壁厢使钱的可也不受亏。打的我昏迷，一下下骨节都敲碎。行杖的心齐，一个个腕头有气力。

(张千禀云) 郑州续解听市人犯一起解到。(包待制云) 着他过来。(搽旦、俫儿并街坊、老娘人跪科)(张千云) 当面。(包待制云) 兀那妇人，这孩儿是谁养的？(搽旦云）是小妇人养的。(包待制云）兀那街坊、老娘，这孩儿是谁养的？（众云）委实大娘子养的。(包待制云）此一桩则除是恁般。唤张林上来。(做票臂，张林做出科，下)(包待制云）张千，取石灰来，在阶下画个栏儿。着这孩儿在栏内，着他两个妇人拽这孩儿出灰栏外来。若是他亲养的孩儿便拽得出来，不是他亲养的孩儿便拽不出来。(张千云）理会的。(做画灰栏，着倈儿站科)(搽旦做拽倈儿出栏科)(正旦拽不出科)(包待制云）可知道不是他所生的孩儿，就拽不出灰栏外来。张千，与我采那张海棠下去打着者。(张千做打正旦科)(包待制云）着两个妇人再拽那孩儿者。(搽旦做拽倈儿出科)(正旦拽不出科)(包待制云）兀那妇人，我看你两次三番，不用一些气力拽那孩儿。张千，选大棒子与我打着。(正旦云）望爷爷息雷霆之怒，罢虎狼之威。妾身自嫁马员外，生下这孩儿。十月怀胎，三年乳哺，咽苦吐甜，煨干避湿，不知受了多少辛苦，方才抬举的他五岁。不争为这孩儿[9]，两家硬夺，中间必有损伤。孩儿幼小，倘或扭折他胳膊，爷爷就打死妇人，也不敢用力拽他出这灰栏外来，只望爷爷可怜见咱！（唱）

【挂玉钩】则这个有疼热亲娘怎下得，(带云）爷爷你试觑波，(唱）孩儿也这臂膊似麻秸细。他是个无情分尧婆管甚的[10]，你可怎生来参不透其中意。他使着侥幸心，咱受着腌臜气。不争俺两硬相夺，使孩儿损骨伤肌。

（包待制云）律意虽远，人情可推。古人有言：视其所以，观其所由，察其所安，人焉廋哉[11]，人焉廋哉！你看这一个灰栏，倒也包藏着十分利害。那妇人本意要图占马均卿的家私，所以要强夺这孩儿。岂知其中真假，早已不辩自明了也。(诗云）本为家私赖子孙，灰栏辨出假和真。外相温柔心毒狠，亲者原来则是亲。我已着张林拘那奸夫去了，怎生这早晚还不到来？（张林拿赵令史上，跪科，云）喏，禀爷，赵令史拿到了也。(包待制云）兀那赵令史，取得这等好公案！你把这因奸药杀马均卿，强夺孩儿，混赖家私，并买嘱街坊老娘，扶同硬证，一桩桩与我从实招来！（赵令史云）哎哟，小的做个吏典，是衙门里人，岂不知法度？都是州官，原叫做苏模棱，他手里问成的。小的无过是大拇指头挠痒——随上随下。取的一纸供状，便有些什么违错，也不干吏典之事。(包待制云）我不问你供状违错，只要问你那因奸药杀马均卿，可是你来？（赵令史云）难道老爷不看见的？那个妇人满面都是抹粉的。若洗下了这粉，成个什么嘴脸？丢在路上也没人要，小的怎肯去与他通奸，做这等勾当？（搽旦云）你背后常说我似观音一般，今日却打落的我成不得个人。这样欺心的！（张林云）昨日大雪里，赵令史和大浑家赶到路上来，与两个解子打话，岂不是奸夫。只审这两个解子，便见分晓。(董净云）早连我两个都攀下来了也。(包待制云）张千，采赵令史下去，选大棒子打着者！（张千云）理会的。(做打赵令

史科)(正旦唱)

【庆宣和】你只想马大浑家做永远妻,送的我有去无归。既不吵你两个赶到中途有何意,咱与你对嘴对嘴。

(赵令史做死科)(包待制云)他敢诈死。张千采起来,喷些水者。(张千喷水,醒科)(包待制云)快招上来。(赵令史云)小的与那妇人往来,已非一日。依条例也只问的个和奸,不至死罪。这毒药的事,虽是小的去买的药,实不出小的本意,都是那妇人自把毒药放在汤里,药死了丈夫。这强夺孩儿的事,当初小的就道:"别人养的,不要他吧。"也是那妇人说:"夺过孩儿来,好图他家缘家计。"小的是个穷吏,没银子使的,买转街坊、老娘,也是那妇人来,买嘱解子,要路上谋死海棠,也是那妇人来。(搽旦云)呸,你这活教化头早招了也,教我说个甚的。都是我来,都是我来,除死无大灾!拚的杀了,我两个在黄泉下做永远夫妻,可不好那。(包待制云)一行人听我下断:郑州太守苏顺,刑名违错,革去冠带为民,永不叙用。街坊、老娘人等,不合接受买告财物,当厅硬证,各杖八十,流三百里。董超、薛霸,依在官人役不合有事受财,比常人加一等,杖一百,发远恶地面充军。奸夫奸妇,不合用毒药谋死马均卿,强夺孩儿,混赖家计,拟凌迟押付市曹,各剐一百二十刀处死。所有家财,都付张海棠执业。孩儿寿郎,携归抚养。张林着与妹同居,免其差身。(词云)只为赵令史卖俏行奸,张海棠负屈衔冤,是老夫灰阑为记,判断出情理昭然。受财人各加流窜,其首恶斩首阶前。赖张林拔刀相助,才得他子母团圆。(正旦同张林叩头科,唱)

【水仙子】街坊也却不道您吐胆倾心说真实,老娘也却不道您岁久年深记不得,孔目也却不道您官清法正依条例[12],姐姐也却不道您是第一个贤慧的。今日就开封府审问出因依,这几个流窜在边荒地,这两个受刑在闹市里。爷爷也这灰阑记传扬得四海皆知。

题目　张海棠屈下开封府
正名　包待制智勘灰阑记

注释

[1] 黄堂:太守办公的厅堂。代指官府。
[2] 覆勘:复审。
[3] 达不着大人机:达不到大人的要求。
[4] 备细:仔细。
[5] 一星星:一些些。
[6] 唱叫扬疾:大吵大闹。

［7］生各札：活生生。

［8］无巴壁：没来由，没办法。

［9］不争：如果。

［10］尧婆：指恶毒的女人。

［11］“视其所以”以下五句：出自《论语》。

［12］孔目：元代官职名。

新评

李潜夫，字行道，一作行甫，绛州（今山西新绛）人。元杂剧前期作家。贾仲明为《录鬼簿》所作的挽词称他：“绛州高隐李公潜，养素读书门镇掩。青山绿水白云占，净红尘无半点。纤小书楼插牙签，研架朱露周易点，恬淡齑盐。”由此可推断，李潜夫是一位一心闭门读书，不问世事，恬淡寡欲的知识分子。

钟嗣成的《录鬼簿》，将李潜夫列在“前辈已死名公才人，有所编传奇行于世者”，名下著录杂剧一种：《包待制智赚灰阑记》。这也是目前所知的李潜夫的唯一杂剧。

李潜夫本人虽然闭户读书，不问世事，但他所创作的《灰阑记》却多方面、多角度地反映了元代的社会现实生活，具有较强的现实意义。如关于妓女（暗娼）的生活方式，妓女的从良，家庭中一夫多妻的婚姻，元代妇女“婚外恋”“养奸夫”以及砒霜杀人、官场昏庸黑暗，等等，剧中均有不同程度的描写。第四折中对包公的塑造，也相当成功，突出了包公正直无私而机智权变的特点。

《灰阑记》早在1832年就已被译成法文，此后还有德、英等多种译本行世。德国戏剧家B.布莱希特在创作《高加索灰阑记》中，还吸取了李潜夫《灰阑记》中“灰阑扯子”的情节。这些都表明，李潜夫和他的《灰阑记》，并不仅仅属于中国人民，而且也属于全世界。

《包待制智勘灰阑记》是以妓女张海棠的生活经历为线索展开戏剧冲突的。

现存元人杂剧，涉及妓女的作品有二十部，其中以妓女为主要角色（正旦）的也有十一部，这是一个不小的数目。在这些作品中，既有赵盼儿抱打不平的侠义形象，也有杜蕊娘、李亚仙等为了爱情与鸨母斗争的形象，还有软弱的不反抗者如谢天香。而典型地代表了妓女从良后遭际的，就是《包待制智勘灰阑记》中的张海棠。

张海棠因家业凋零，不得不“卖俏求食”，沦为暗娼。当被马员外娶为小妾后，她一开始对从良非常称心：“毕罢了浅斟低唱，撇下了数行莺燕占排场。……再不去卖笑追欢风月馆，再不去迎新送旧翠红乡。……伴着个有疼热的夫主，更送着个会板障的亲娘。”（第一折［混江龙］）好像原来所受的屈辱和不平，一下子都消融了，肩上再没有沉重的担子，思想上也消除了压力。可惜好景不长，马员外的妻子出于她个人的卑鄙目的，诬陷张海棠有奸夫。因为有风月生涯的污点，马员外也轻率地信以为真。马妻又用计策将杀夫之罪强加在海棠身上，并买通街坊邻居作伪证，企图强夺海棠所生的儿子。张海棠受尽了屈辱和折磨，若不是碰上秉公办案、足智多谋的包青天，谁能保证她不会像窦娥那样被冤枉死？

张海棠的性格是复杂的。她既为自己的脱离风尘而沾沾自喜，又对落魄的哥哥讽刺挖苦；既有自贱心理，“也怪不得他赃埋我来，也只是我不合自小为娼”（第一折［鹊踏枝］），又理直气壮，“我原不曾药死亲夫，怕做甚么？情愿和你见官”（第一折），并且敢于和马员外妻据理力争。尤其是她对儿子的爱，非常真实，在“灰阑扯子”中，为了不伤害儿子而情愿放弃儿子，符合一个慈母的心理特点。包待制也正是依据这一点来证实“律意虽远，人情可推”，从而判定张海棠无罪的。

戏剧离不开矛盾和冲突，而矛盾和冲突的展开乃至解决，都需要由一个个情节来体现。动人的情节，才能成就伟大的作品。本剧中“灰阑扯子”的情节，可以说是全剧的“点睛之笔”。

唐明皇秋夜梧桐雨

白朴　撰

这是一部以唐明皇和杨贵妃的爱情为题材的历史剧。剧情依据正史和野史、笔记敷衍而成。身为捉生讨击使的安禄山，在征讨奚契丹的反叛中，丧师败归。幽州节度使张守珪将安禄山解送京师，让皇帝处置。唐明皇不听大臣劝谏，不仅未加罪于安禄山，反而赐予杨贵妃作“义子”。后又让安禄山做了渔阳节度使。正当唐明皇与杨贵妃沉浸在“七宝金钗盟厚意，百花钿盒表深情”的恩爱之中时，“安史之乱”爆发，叛军直指京师。无可奈何，唐明皇、杨贵妃一行只好向四川逃奔。行至马嵬驿，六军不发，先杀死贵妃之兄杨国忠，又逼迫唐明皇将杨贵妃赐死。叛乱平定之后，已退位为太上皇的唐明皇无时无刻不在思念杨贵妃。在深秋的夜晚，当淅淅沥沥的雨水滴打在宫中的梧桐叶上时，唐明皇的思念之情达到了高潮。

剧中主要人物：

唐玄宗（正末）（685—762）：即李隆基，又称唐明皇。公元712—756年在位。一代中兴之主，开创了“开元盛世”。晚年沉湎于女色，专宠杨贵妃，导致“安史之乱”。

杨贵妃（旦）：本名杨玉环，初为玄宗之子寿王妃，玄宗爱上她后，先让她当女道士，随即取入宫中，册封贵妃，受到玄宗专宠，“姊妹弟兄皆列土”。“安史之乱”起，在赴蜀避难途中，被逼无奈，自缢身亡。

安禄山（净）：初为失机边将，后被升为渔阳节度使。发动“安史之乱”，使整个社会遭受巨大损失。后为下级刺杀身亡。

杨国忠：杨贵妃之兄，专权误国，在马嵬坡被愤怒的士卒杀死。

陈玄礼（外）：右龙武将军，“安史之乱”发生后，统领禁军护驾西行。是诛杀杨国忠、杨贵妃兄妹的组织者。

张九龄（外）：丞相。曾劝唐玄宗不要留安禄山，不被采纳。

张守珪(冲末):幽州节度使,初为安禄山上级。
高力士:唐玄宗的宦官。

楔 子

(冲末扮张守珪引卒子上,诗云)坐拥貔貅镇朔方[1],每临塞下受降王。太平时世辕门静,自把雕弓数雁行。某姓张,名守珪,现任幽州节度使。幼读儒书,兼通韬略,为藩镇之名臣,受心膂之重寄[2]。且喜近年以来,边烽息警,军士休闲。昨日奚契丹部擅杀公主,某差捉生使安禄山率兵征讨,不见来回话。左右,辕门前觑者,等来时报复我知道。(卒云)理会的。(净扮安禄山上,诗云)躯干魁梧胆力雄,六蕃文字颇皆通。男儿若遂平生志,柱地撑天建大功。自家安禄山是也。积祖以来,为营州杂胡。本姓康氏。母阿史德,为突厥觋者,祷于轧荦山战斗之神而生某。生时有光照穹庐[3],野兽皆鸣,遂名为轧荦山。后母改嫁安延偃,乃随安姓,改名安禄山。开元年间,延偃携某归国,遂蒙圣恩,分隶张守珪部下。为某通晓六蕃言语,膂力过人,现任捉生讨击使。昨因奚契丹反叛,差我征讨。自恃勇力深入,不料众寡不敌,遂致丧师。今日不免回见主帅,别作道理。早来到府门首也。左右,报复去,道有捉生使安禄山来见。(卒报科)(张守珪云)着他进来。(安禄山做见科)(张守珪云)安禄山,征讨胜败如何?(安禄山云)贼众我寡,军士畏怯,遂至败北。(张守珪云)损军失机,明例不宥。左右,推出去,斩首报来。(卒推出科)(安禄山大叫云)主帅不欲灭奚契丹耶?奈何杀壮士!(张守珪云)放他回来。(安禄山回科)(张守珪云)某也惜你骁勇,但国有定法,某不敢卖法市恩。送你上京,取圣断,如何?(安禄山云)谢主帅不杀之恩。(押下)(张守珪云)安禄山去了也。(诗云)须知生杀有旗牌,只为军中惜将才。不然斩一胡儿首,何用亲烦圣断来。(下)(正末扮唐玄宗驾,旦扮杨贵妃,引高力士、杨国忠、宫娥上)(正末云)高祖乘时起晋阳,太宗神武定封疆。守成继统当兢业,万里河山拱大唐。寡人唐玄宗是也。自高祖神尧皇帝,起兵晋阳,全仗我太宗皇帝,灭了六十四处烟尘,一十八家擅改年号,立起大唐天下。传高宗、中宗,不幸有宫闱之变。寡人以临淄郡王,领兵靖难[4],大哥哥宁王让位于寡人。即位以来,二十余年,喜的太平无事。赖有贤相姚元之、宋璟、韩休、张九龄同心致治,寡人得遂安逸。六宫嫔御虽多,自武惠妃死后,无当意者。去年八月中秋,梦游月宫,见嫦娥之貌,人间少有。昨寿邸杨妃,绝类嫦娥,已命为女道士;既而取入宫中,策为贵妃,居太真院。寡人自从太真入宫,朝歌暮宴,无有虚日。高力士,你快传旨排宴,梨园子弟奏乐[5],寡人消遣咱。(高力士云)理会的。(外扮张九龄押安禄山上)(诗云)调和鼎鼐理阴阳,位列鹓班坐省堂。四海承平无一事,朝朝曳履侍君王。老夫张九龄是也，南海人氏，早登甲第，荷圣恩直做到丞相之职。近日边帅张守珪解送失机蕃将一人，名安禄山。我见其身躯肥矮，语言利便，有许多异相。若留此人，必乱天下。我今见圣人，面奏此事。早来到宫门前也。(入见科)(云) 臣张九龄见驾。(正末云) 卿来有何事？(张九龄云) 近日边臣张守珪解送失机蕃将安禄山，例该斩首，未敢擅便，押来请旨。(正末云) 你引那蕃将来我看。(张九龄引安禄山见科，云) 这就是失机蕃将安禄山。(正末云) 一员好将官也。你武艺如何？(安禄山云) 臣左右开弓，一十八般武艺，无有不会；能通六蕃言语。(正末云) 你这等肥胖，此胡腹中何所有？(安禄山云) 惟有赤心耳！(正末云) 丞相，不可杀此人，留他做个白衣将领。(张九龄云) 陛下，此人有异相，留他必有后患。(正末云) 卿勿以王夷甫识石勒[6]，留着怕做甚么？兀那左右，放了他者。(做放科)(安禄山起谢，云) 谢主公不杀之恩。(做跳舞科)(正末云) 这是甚么？(安禄山云) 这是胡旋舞。(旦云) 陛下，这人又矬矮，又会舞旋，留着解闷倒好。(正末云) 贵妃，就与你做义子，你领去。(旦云) 多谢圣恩。(同安禄山下)(张九龄云) 国舅，此人有异相，他日必乱唐室，衣冠受祸不小[7]。老夫老矣，国舅恐或见之，奈何？(杨国忠云) 待下官明日再奏，务要屏除为妙。(正末云) 不知后宫中为什么这般喧笑？左右，可去看来回话。(宫娥云) 是贵妃娘娘与安禄山做洗儿会哩[8]。(正末云) 既做洗儿会，取金钱百文，赐他做贺礼。就与我宣禄山来，封他官职。(宫娥拿金钱下)(安禄山上，见驾科，云) 谢陛下赏赐。宣臣那厢使用？(正末云) 宣卿来不为别，卿既为贵妃之子，即是朕之子。白衣不好出入宫掖，就加你为平章政事者。(安禄山云) 谢了圣恩。(杨国忠云) 陛下，不可，不可！安禄山乃失律边将，例当处斩。陛下免其死足矣，今给事宫庭，已为非宜；有何功勋，加为平章政事？况胡人狼子野心，不可留居左右。望陛下圣鉴。(张九龄云) 杨国忠之言，陛下不可不听。(正末云) 你可也说的是。安禄山，且加你为渔阳节度使，统领蕃汉兵马，镇守边庭，早立军功，不次升擢。(安禄山云) 感谢圣恩。(正末云) 卿休要怨寡人，这是国家典制，非轻可也呵。(唱)

【仙吕·端正好】则为你不曾建甚奇功，便教你做元辅，满朝中都指斥銮舆[9]。眼见的平章政事难停住，寡人待定夺些别官禄。

【幺篇】且着你做节度、渔阳去，破强寇永镇幽都。休得待国家危急才防护，常先事设权谋，收猛将保皇图。分铁券，赐丹书，怎肯便辜负了你这功劳簿。(同下)

(安禄山云) 圣人回宫去了也。我出的宫门来。叵奈杨国忠这厮，好生无礼，在圣人前奏准，着我做渔阳节度使，明升暗贬。别的都罢，只是我与贵妃有些私事，一旦远离，怎生放的下心？罢罢罢！我这一去，到的渔阳，练兵秣马，别作个道理。正是：画虎不成君莫笑，安排牙爪好惊人。(下)

注释

[1] 貔貅（píxiū）：猛兽名。相传上古曾有人驱赶貔貅等猛兽作战，后便用貔貅代指勇猛的军队。

[2] 心膂：心，心脏；膂，脊骨。心和膂均为人体的重要组成部分，故而用以比喻很受信用。

[3] 穹庐：游牧民族居住的毡帐。

[4] 靖难：平定叛乱。

[5] 梨园子弟：梨园是唐玄宗时教练宫廷歌舞艺人的地方，梨园子弟即对歌舞艺人的称谓。

[6] 王夷甫识石勒：石勒是十六国时期后赵的建立者。他小时行贩洛阳，偶然长啸，引起王夷甫的注意，王认为石勒必非等闲之辈，后果应验。

[7] 衣冠：古代士以上戴冠，衣冠连称，是古代士以上的服装。引申为世族、士绅。

[8] 洗儿会：婴儿出生第三天，大人替他洗澡，亲朋前来祝贺，叫作“洗儿会”，又叫“洗三”。

[9] 銮舆：本指皇帝乘坐之车，这里代指皇帝。

第一折

（旦扮贵妃引宫娥上，云）妾身杨氏，弘农人也。父亲杨玄琰，为蜀州司户。开元二十二年，蒙恩选为寿王妃。开元二十八年八月十五日，乃主上圣节，妾身朝贺，圣上见妾貌类嫦娥，令高力士传旨，度为女道士，住内太真宫，赐号太真。天宝四年，册封为贵妃，半后服用，宠幸殊甚。将我哥哥杨国忠加为丞相，姊妹三人封做夫人，一门荣显极矣。近日边庭送一蕃将来，名安禄山。此人猾黠，能奉承人意，又能胡旋舞。圣人赐予妾为义子，出入宫掖。不期我哥哥杨国忠看出破绽，奏准天子，封他为渔阳节度使，送上边庭。妾心中怀想，不能再见，好是烦恼人也。今日是七月七夕，牛女相会，人间乞巧令节。已曾吩咐宫娥，排设乞巧筵在长生殿，妾身乞巧一番。宫娥，乞巧筵设定不曾？（宫娥云）已完备多时了。（旦云）咱乞巧则个。（正末引宫娥挑灯拿砌末上，云）寡人今日朝回无事，一心只想着贵妃；已令在长生殿设宴，庆赏七夕。内使，引驾去来。（唱）

【仙吕·八声甘州】朝纲倦整，寡人待痛饮昭阳，烂醉华清。却是吾当有幸，一个太真妃倾国倾城。珊瑚枕上两意足，翡翠帘前百媚生。夜同寝，昼同行，恰似鸾凤和鸣。

（带云）寡人自从得了杨妃，真所谓“朝朝寒食，夜夜元宵”也。（唱）

【混江龙】晚来乘兴，一襟爽气酒初醒。松开了龙袍罗扣，偏斜了凤带红鞓[1]。侍女齐扶碧玉辇，宫娥双挑绛纱灯。顺风听，一派箫韶令。（内作吹打喧笑科）（正末云）是那里这等喧笑？（宫娥云）是太真娘娘在长生殿乞巧排宴哩。（正末云）众宫娥，不要走的响，待寡人自看去。（唱）多咱是胭娇簇拥，粉黛施呈。

【油葫芦】报接驾的宫娥且慢行，亲自听；上瑶阶，挪步近前楹。悄悄蹙蹙款把纱窗映[2]，扑扑簌簌风飐珠帘影[3]。我恰待行，打个吃挣[4]，怪玉笼中鹦鹉知人性，不住的语偏明。

(内作鹦鹉叫，云) 万岁来了，接驾。(旦惊云) 圣上来了！(做接驾科)(正末唱)

【天下乐】则见展翅忙呼万岁声，惊的那娉婷，将銮驾迎。一个晕庞儿画不就，描不成；行的一步步娇，生的一件件撑[5]，一声声似柳外莺。

(云) 卿在此做甚么？(旦云) 今逢七夕，妾身设瓜果之会，问天孙乞巧哩[6]。(正末看科，云) 排设的是好也。(唱)

【醉中天】龙麝焚金鼎[7]，花萼插银瓶。小小金盆种五生，供养着鹊桥会丹青幀[8]，把一个米来大蜘蛛儿抱定；搀夺尽六宫宠幸，更待怎生般智巧心灵。

(正末与旦砌末科，云) 这金钗一对，钿盒一枚，赐与卿者。(旦接科，云) 谢了圣恩也。(正末唱)

【金盏儿】我着绛纱蒙，翠盘盛，两般礼物堪人敬，趁着这新秋节令赐卿卿。七宝金钗盟厚意，百花钿盒表深情。这金钗儿教你高耸耸头上顶，这钿盒儿把你另巍巍手中擎。

(旦云) 陛下，这秋光可人，妾待与圣驾亭下闲步一番。(正末做同行科)(唱)

【忆王孙】瑶阶月色晃疏棂，银烛秋光冷画屏。消遣此时此夜景；和月步闲庭，苔浸的凌波罗袜冷。

(云) 这秋景与四时不同。(旦云) 怎见的与四时不同？(正末云) 你听我说。(唱)

【胜葫芦】露下天高夜气清，风掠得羽衣轻，香惹丁东环佩声。碧天澄净，银河光莹，只疑是身在玉蓬瀛。

(旦云) 今夕牛郎织女相会之期，一年只是得见一遭，怎生便又分离也？(正末唱)

【金盏儿】他此夕把云路凤车乘，银汉鹊桥平。不甫能今夜成欢庆[9]，枕边忽听晓鸡鸣，却早离愁情脉脉，别泪雨泠泠。五更长叹息，则是一夜短恩情。

(旦云) 他是天宫星宿，经年不见，不知也曾相忆否？(正末云) 他可怎生不想来？(唱)

【醉扶归】暗想那织女分，牛郎命，虽不老，是长生；他阻隔银河信杳冥，经年度岁成孤另。你试向天宫打听，他决害了些相思病。

（旦云）妾身得侍陛下，宠幸极矣。但恐容貌日衰，不得似织女长久也。（正末唱）

【后庭花】偏不是上列着星宿名，下临着尘世生；把天上姻缘重，将人间恩爱轻。各辨着真诚[10]，天心必应，量他每何足称。

（旦云）妾想牛郎织女，年年相见，天长地久，只是如此。世人怎得似他情长也！（正末唱）

【金盏儿】咱日日醉霞觥，夜夜宿银屏；他一年一日见把佳期等。若论着多多为胜，咱也合赢。我为君王犹妄想，你做皇后尚嫌轻。可知道斗牛星畔客，回首问前程。

（旦云）妾蒙主上恩宠无比，但恐春老花残，主上恩移宠衰，使妾有龙阳泣鱼之悲[11]，班姬题扇之怨[12]，奈何？（正末云）妃子，你说那里话？（旦云）陛下，请示私约，以坚终始。（正末云）咱和你去那处说话去。（做行科）（唱）

【醉中天】我把你半亸的肩儿凭[13]，他把个百媚脸儿擎。正是金阙西厢叩玉扃，悄悄回廊静。靠着这招彩凤、舞青鸾、金井梧桐树影；虽无人窃听，也索悄声儿海誓山盟。

（云）妃子，朕与卿尽今生偕老，百年以后，世世永为夫妇。神明鉴护者！（旦云）谁是盟证？（正末唱）

【赚煞尾】长如一双钿盒盛，休似两股金钗另。愿世世姻缘注定，在天呵做鸳鸯常比并，在地呵做连理枝生。月澄澄银汉无声，说尽千秋万古情。咱各办着志诚，你道谁为显证？有今夜度天河相见女牛星。（同下）

注释

[1] 鞓（tīng）：皮带。

[2] 悄悄蹙蹙：寂静无声的样子。

[3] 扑扑簌簌：形容风声。

[4] 吃挣：由于下意识作用而引起的言行，或猛然吃惊作声、发怔，均谓吃挣。

[5] 撑：美丽、漂亮。

[6] 天孙：指传说中的织女。

[7] 龙麝：一种香料。

[8] 丹青幀（zhèng）：用彩色画就的画。幀，张开画幅。

[9] 不甫能：刚才，刚刚。这里的“不”字没有否定义，起加强语气的作用。

[10] 辨着真诚：本着真情和实意。

［11］龙阳泣鱼：《战国策·魏策四》载，魏王与龙阳君共船而钓，龙阳君得十余鱼而泣下。王问其故，龙阳君由自己得大鱼而厌前所得小鱼，联想到自己有被抛弃的可能（龙阳君是魏安釐王之男宠），因而哭泣。后用作喜新厌旧、恩移宠衰之典。

［12］班姬题扇：《玉台新咏·班婕妤〈怨诗序〉》："昔汉成帝班婕妤失宠，供养于长信宫，乃作赋自伤，并为《怨诗》一首。"诗云："新裂齐纨素，皎洁如霜雪。裁为合欢扇，团团似明月。出入君怀袖，动摇微风发。常恐秋节至，凉飙夺炎热。弃捐箧笥中，恩情中道绝。"后便用班姬咏扇作为失宠见弃之典。

［13］亸（duǒ）：下垂。

第二折

（安禄山引众将上，云）某安禄山是也。自到渔阳，操练蕃汉人马，精兵现有四十万，战将千员。如今明皇年已昏眊[1]；杨国忠、李林甫播弄朝政；我今只以讨贼为名，起兵到长安，抢了贵妃，夺了唐朝天下，才是我平生愿足。左右，军马齐备了么？（众将云）都齐备了。（安禄山云）着军政司先发檄一道，说某奉密旨讨杨国忠等；随后令史思明领兵三万，先取潼关，直抵京师。成大事如反掌耳！（众将云）得令。（安禄山云）今日天晚，明日起兵。（诗云）统精兵直指潼关，料唐家无计遮拦[2]。单要抢贵妃一个，非专为锦绣江山。（同下）（正末引高力士，郑观音抱琵琶，宁王吹笛，花奴打羯鼓，黄翻绰执板，捧旦上）（正末云）今日新秋天气，寡人朝回无事。妃子学得霓裳羽衣舞，同往御园中沉香亭下闲耍一番。早来到也。你看这秋来风物，好是动人也呵。（唱）

【中吕·粉蝶儿】天淡云闲，列长空数行征雁，御园中夏景初残。柳添黄，荷减翠，秋莲脱瓣。坐近幽兰，喷清香玉簪花绽。

（带云）早到御园中也。虽是小宴，倒也整齐。（唱）

【叫声】共妃子喜开颜，等闲，等闲，御园中列肴馔。酒注嫩鹅黄，茶点鹧鸪斑。

【醉春风】酒光泛紫金钟，茶香浮碧玉盏；沉香亭畔晚凉多，把一搭儿亲自拣[3]、拣；粉黛浓妆，管弦齐列，绮罗相间。

（外扮使臣上，诗云）长安回望绣成堆，山顶千门次第开。一骑红尘妃子笑，无人知是荔枝来。小官四川道差来使臣。因贵妃娘娘好啖鲜荔枝，遵奉诏旨，特来进鲜。早到朝门外了。宫官，通报一声，说四川使臣来进荔枝！（做报科）（正末云）引他进来。（使臣见驾科，云）四川道使臣进贡荔枝。（正末看科，云）妃子，你好食此果，朕特令他及时进来。（旦云）是好荔枝也！（正末唱）

【迎仙客】香喷喷味正甘，娇滴滴色初绽，只疑是九重天谪来人世间。取时难，得后悭，可惜不近长安，因此上教驿使把红尘践。

(旦云) 这荔枝颜色娇嫩，端的可爱也[4]。(正末唱)

【红绣鞋】不则向金盘中好看，便宜将玉手擎餐，端的个绛纱笼罩水晶寒。为甚教寡人醒醉眼，妃子晕娇颜，物稀也人见罕。

(高力士云) 陛下，酒进三爵，请娘娘登盘演一回霓裳之舞。(正末云) 依卿奏者。(正旦做舞)(众乐擫掇科[5])(正末唱)

【快活三】嘱付你仙音院莫怠慢，道与你教坊司要迭办，把个太真妃扶在翠盘间，快结束，宜妆扮。

【鲍老儿】双撮得泥金衫袖挽，把月殿里霓裳按。郑观音琵琶准备弹，早搭上鲛绡襻[6]。贤王玉笛，花奴羯鼓，韵美声繁；寿宁锦瑟，梅妃玉箫，嘹亮循环。

【古鲍老】疙剌剌撒开紫檀[7]，黄翻绰向前手拈板。低低的叫声玉环，太真妃笑时花近眼。红牙筯趁五音击着梧桐按，嫩枝柯犹未干，更带着瑶琴音泛。卿呵，你则索出几点琼珠汗。

(旦舞科)(正末唱)

【红芍药】腰鼓声干，罗袜弓弯；玉佩丁东响珊珊，即渐里舞弹云鬟[8]。施呈你蜂腰细，燕体翻，作两袖香风拂散。(带云) 卿倦也，饮一杯酒者。(唱) 寡人亲捧杯玉露甘寒，你可也莫得留残，拚着个醉醺醺直吃到夜静更阑。

(旦饮酒科) (净扮李林甫上，云) 小官李林甫是也。现为左丞相之职。今早飞报将来，说安禄山反叛，军马浩大，不敢抵敌，只得见驾。(做见驾科) (正末云) 丞相有何事，这等慌促？(李林甫云) 边关飞报，安禄山造反，大势军马杀将来了。陛下，承平日久，人不知兵，怎生是好？(正末云) 你慌做甚么！(唱)

【剔银灯】止不过奏说边庭上造反，也合看空便，觑迟疾紧慢。等不的俺筵上笙歌散，可不气丕丕冒突天颜[9]！那些个齐管仲郑子产[10]，敢待做假忠孝龙逄比干[11]。

(李林甫云) 陛下，如今贼兵已破潼关，哥舒翰失守逃回，目下就到长安了。京城空虚，决不能守，怎生是好？(正末唱)

【蔓菁菜】险些儿慌杀你个周公旦[12]。(李林甫云) 陛下，只因女宠盛，谗夫昌，惹起这刀兵来了。(正末唱) 你道我因歌舞坏江山，你畅好是占奸[13]。早难道羽扇纶巾笑谈间，破强虏三十万。

（云）既贼兵压境，你众官计议，选将统兵，出征便了。（李林甫云）如今京营兵不满万，将官衰老；如哥舒翰名将，尚且支持不住，那一个是去得的？（正末唱）

【满庭芳】你文武两班，空列些乌靴象简，金紫罗襕；内中没个英雄汉，扫荡尘寰。惯纵的个无徒禄山，没揣的撞过潼关[14]，先败了哥舒翰。疑怪昨宵向晚，不见烽火报平安。

（云）卿等有何计策，可退贼兵？（李林甫云）安禄山部下蕃汉兵马四十余万，皆是一以当百，怎与他拒敌？莫若陛下幸蜀，以避其锋，待天下兵至，再作计较。（正末云）依卿所奏。便传旨，收拾六宫嫔御，诸王百官，明日早起，幸蜀去来。（旦作悲科，云）妾身怎生是好也！（正末唱）

【普天乐】恨无穷，愁无限，争奈仓卒之际，避不得蓦岭登山。銮驾迁，成都盼，更那堪浐水西飞雁，一声声送上雕鞍。伤心故园，西风渭水，落日长安！

（旦云）陛下，怎受的途路之苦？（正末云）寡人也没奈何哩！（唱）

【啄木儿尾】端详了你上马娇，怎支吾蜀道难！替你愁那嵯峨峻岭连云栈，自来驱驰可惯？几程儿捱得过剑门关？（同下）

注释

［1］昏眊（mào）：昏迈。

［2］遮拦：阻挡。

［3］一搭儿：一块，一片。指方位。

［4］端的：果然，真的。

［5］撺掇：这里是古典戏曲乐器演奏上的专门术语。

［6］鲛绡：鲛人所织之丝。　襻（pàn）：系衣服的纽带。

［7］扢刺刺：状声词。

［8］即渐里：逐渐、慢慢。　舞亸（duǒ）云鬟：因舞蹈而使发型下垂。亸，下垂。

［9］气丕丕：气急，气喘。

［10］齐管仲：即管敬仲，名夷吾，春秋初期政治家。他被齐桓公任命为卿，在齐进行改革，帮助齐桓公成为春秋时第一霸主。　郑子产：即公孙侨、公孙成子。春秋时在郑国执政，他曾率军平定乱事，实行改革。

［11］敢待：大概要，将要。　龙逄（páng）：夏桀时贤臣，因直谏而被杀害。　比干：商代贵族。纣王的叔父。相传因屡谏纣王，被剖心致死，

［12］周公旦：西周初年政治家，姬姓，名旦。周文王之子，武王之弟。武王死后，成王年幼，由他摄政。这里用周公旦代指左丞相李林甫。

［13］畅好是：真正是。

［14］没揣的：没有预料到的。

第三折

（外扮陈玄礼上，诗云）世受君恩统禁军，天颜喜怒得先闻。太平武备皆无用，谁料狂胡起战尘。某右龙武将军陈玄礼是也。昨因逆胡安禄山倡乱，潼关失守。昨日宰臣会议，大驾暂幸蜀川，以避其锋。今早飞报，说贼兵离京城不远；圣主令某统领禁军护驾。军马点就多时，专候大驾起行。（正末引旦及杨国忠、高力士并太子、扈驾郭子仪、李光弼上）（正末云）寡人眼不识人，致令狂胡作乱。事出急迫，只得西行避兵。好伤感人也呵！（唱）

【双调·新水令】五方旗招飐日边霞，冷清清半张銮驾。鞭倦袅，镫慵踏，回首京华，一步步放不下。

（带云）寡人深居九重[1]，怎知闾阎贫苦也[2]！（唱）

【驻马听】隐隐天涯，剩水残山五六搭；萧萧林下，坏垣破屋两三家。秦川远树雾昏花，灞桥衰柳风潇洒。煞不如碧窗纱，晨光闪烁鸳鸯瓦。

（众扮父老上，云）圣上，乡里百姓叩头。（正末云）父老有何话说？（众云）宫阙，陛下家居；陵寝，陛下祖墓。今舍此欲何之？（正末云）寡人不得已，暂避兵耳。（众云）陛下既不肯留，臣等愿率子弟，从殿下东破贼，取长安。若殿下与至尊皆入蜀，使中原百姓，谁为之主？（正末云）父老说的是。左右，宣我儿近前来者。（太子做见科）（正末云）众父老说，中原无主，留你东还，统兵杀贼。就令郭子仪、李光弼为元帅，后军分拨三千人，跟你回去。你听我说。（唱）

【沉醉东风】父老每忠言听纳，教小储君专任征伐。你也合分取些社稷忧，怎肯教别人把江山霸？将这颗传国宝你行留下[3]。（太子云）儿子只统兵杀贼，岂敢便登天位？（正末唱）剿除了贼徒，救了国家，更避甚称孤道寡？

（太子云）既为国家重事，儿子领诏旨，率领郭子仪、李光弼回去也。（做辞驾科）（众军呐喊不行科）（正末唱）

【庆东原】前军疾行动，因甚不进发？（众军呐喊科）一行人觑了皆惊怕，嗔忿忿停鞭立马[4]，恶噷噷披袍贯甲[5]，明彫彫掣剑离匣[6]，齐臻臻雁行班排，密匝匝鱼鳞似亚。

（陈玄礼云）众军士说，国有奸邪，以致乘舆播迁；君侧之祸不除，不能敛戢众志。（正末云）这是怎么说？（唱）

【步步娇】寡人呵万里烟尘，你也合嗟讶；就势儿把吾当唬。国家又不曾亏你半掐[7]，因甚军心有争差[8]？问卿咱，为甚不说半句儿知心话？

（陈玄礼云）杨国忠专权误国，今又与吐蕃使者交通[9]，似有反情。请诛之以谢天下。（正末唱）

【沉醉东风】据着杨国忠合该万剐，斗的个禄山贼乱了中华。是非寡人股肱难弃舍，更兼与妃子骨肉相牵挂。断遣尽枉展污了五条刑法[10]，把他削了官职贬做穷民也是阵杀。允不允，陈玄礼将军鉴察！

（众军怒喊科）（陈玄礼云）陛下，军心已变，臣不能禁止。如之奈何？（正末云）随你罢！（众杀杨国忠科）（正末唱）

【雁儿落】数层枪密匝匝，一声喊山摧塌。元来是陈将军号令明，把杨国忠施行罢。

（众军仗剑拥上科）（正末唱）

【拨不断】语喧哗，闹交杂；六军不进屯戈甲，把个马嵬坡簇合沙[11]，又待做甚么？唬的我战钦钦遍体寒毛乍[12]！吃紧的军随印转[13]，将令威严，兵权在手，主弱臣强。卿呵，则你道波，寡人是怕也那不怕？

（云）杨国忠已杀了，您众军不进，却为甚的？（陈玄礼云）国忠谋反，贵妃不宜供奉。愿陛下割恩正法。（正末唱）

【搅筝琶】高力士道与陈玄礼，休没高下，岂可教妃子受刑罚！他现请受着皇后中宫，兼踏着寡人御榻；他又无罪过，颇贤达；须不似周褒姒举火取笑，纣妲己敲胫觑人。早间把他个哥哥坏了，总便有万千不是，看寡人也合饶过他。一地胡拿[14]！

（高力士云）贵妃诚无罪，然将士已杀国忠，贵妃在陛下左右，岂敢自安！愿陛下审思之：将士安则陛下安矣。（正末唱）

【风入松】止不过凤箫羯鼓间琵琶，忽剌剌板撒红牙。假若更添个六幺花十八，那些儿是败国亡家！可知道陈后主遭着杀伐，皆因唱后庭花。

（旦云）妾死不足惜，但主上之恩不曾报得，数年恩爱，教妾怎生割舍！（正末云）妃子，不济事了！六军心变，寡人自不能保。（唱）

【胡十八】似恁地对咱，多应来变了卦。见俺留恋着他，龙泉三尺手中拿；便不将他刺杀，也将他吓杀。更问甚陛下，大古是知重俺帝王家[15]！

（陈玄礼云）愿陛下早割恩正法。（旦云）陛下，怎生救妾身一救！（正末云）寡人怎生是好！（唱）

【落梅风】眼儿前不甫能栽起合欢树，恨不得手掌里奇擎着解语花，尽今生翠鸾同跨。怎生般爱他，看待他，忍下的教横拖在马嵬坡下！

（陈玄礼云）禄山反逆，皆因杨氏兄妹。若不正法，以谢天下，祸变何时得消？

望陛下乞与杨氏，使六军马踏其尸，方得凭信。(正末云) 他如何受的！高力士，引妃子去佛堂中，令其自尽，然后教军士验看。(高力士云) 有白练在此。(正末唱)

【殿前欢】他是朵娇滴滴海棠花，怎做得闹荒荒亡国祸根芽！再不将曲弯弯远山眉儿画，乱松松云鬓堆鸦。怎下的磣磕磕马蹄儿脸上踏[16]！则将细袅袅咽喉掐，早把条长挽挽素白练安排下[17]。他那里一身受死，我痛煞煞独力难加。

(高力士云) 娘娘去罢，误了军行。(旦回望科，云) 陛下好下的也！(正末云) 卿休怨寡人！(唱)

【沽美酒】没乱杀，怎救拔？没奈何，怎留他？把死限俄延了半霎，生各支勒杀[18]，陈玄礼闹交加。

(高力士引旦下)(正末唱)

【太平令】怎的教酩子里题名单骂[19]，脑背后着武士金瓜。教几个鲁莽的宫娥监押，休将那软款的娘娘惊唬。你呀，见他，问咱，可怜见唐朝天下！

(高力士持旦衣上，云) 娘娘已赐死了。六军进来看视。(陈玄礼率众马践科)(正末做哭科，云) 妃子，闪杀寡人也呵！(唱)

【三煞】不想你马嵬坡下今朝化，没指望长生殿里当时话。

【太清歌】恨无情卷地狂风刮，可怎生偏吹落我御苑名花！想他魂断天涯，作几缕儿彩霞。天那！一个汉明妃远把单于嫁，止不过泣西风泪湿胡笳；几曾见六军厮践踏，将一个尸首卧黄沙。

(正末做拿汗巾哭科，云) 妃子不知那里去了？止留下这个汗巾儿。好伤感人也！(唱)

【二煞】谁收了锦缠联窄面吴绫袜，空感叹这泪斑斓拥项鲛绡帕。

【川拨棹】痛怜他不能够水银灌玉匣，又没甚彩嬿宫娃，拽布拖麻，奠酒浇茶；只索浅土儿权时葬下，又不及选山陵将墓打。

【鸳鸯煞】黄埃散漫悲风飒，碧云黯淡斜阳下；一程程水绿山青，一步步剑岭巴峡。畅道感叹情多，恓惶泪洒。早得升遐，休休却是今生罢。这个不得已的官家[20]，哭上逍遥玉骢马。(同下)

注释

[1] 九重：指帝王所居之处。

[2] 闾阎：本为里巷的门，代指平民。

[3] 你行（háng）：你这里。

[4] 嗔忿忿：愤怒的样子。

［5］恶噷噷（yīn）：极端凶恶的样子。
［6］明飐飐（diū）：明晃晃。
［7］半掐：掐用作量词，指拇指和另一手指尖相对握着的数量。半掐即一掐之半，极言其少。
［8］争差：争执。
［9］交通：相互来往。
［10］展污：玷污、弄脏。
［11］簇合沙：包围。沙为语尾词，无义。
［12］战钦钦：战战兢兢。
［13］吃紧的：真正的。
［14］一地胡拿：一味地胡来、胡闹。
［15］大古：多半、大概。
［16］磣磕磕：极言凄惨可怕。
［17］长挽挽：长长的。
［18］生各支：活生生地。
［19］酩子里：平白无故。
［20］官家：谓天子、皇帝。

第四折

（高力士上，云）自家高力士是也。自幼供奉内宫，蒙主上抬举，加为六宫提督太监。往年主上悦杨氏容貌，命某取入宫中，宠爱无比，封为贵妃，赐号太真。后来逆胡称兵，伪诛杨国忠为名，逼的主上幸蜀。行至中途，六军不进，右龙武将军陈玄礼奏过，杀了国忠，祸连贵妃。主上无可奈何，只得从之，缢死马嵬驿中。今日贼平无事，主上还国，太子做了皇帝。主上养老，退居西宫，昼夜只是想贵妃娘娘。今日教某挂起真容，朝夕哭奠，不免收拾停当，在此伺候咱。（正末上，云）寡人自幸蜀还京，太子破了逆贼，即了帝位。寡人退居西宫养老，每日只是思量妃子。教画工画了一轴真容供养着，每日相对，越增烦恼也呵。（做哭科）（唱）

【正宫·端正好】自从幸西川，还京兆，甚的是月夜花朝。这半年来白发添多少？怎打叠愁容貌！

【幺篇】瘦岩岩不避群臣笑[1]，玉叉儿将画轴高挑。荔枝花果香檀卓，目觑了伤怀抱。

（做看真容科）（唱）

【滚绣球】险些把我气冲倒，身谩靠，把太真妃放声高叫，叫不应雨泪嚎啕。这待诏，手段高，画的来没半星儿差错。虽然是快染能描，画不出沉香亭畔回鸾舞，花萼楼前上马娇，一段儿妖娆。

【倘秀才】妃子呵，常记得千秋节华清宫宴乐，七夕会长生殿乞巧。誓愿学连理枝比翼鸟，谁想你乘彩凤，返丹霄，命夭。

（带云）寡人越看越添伤感，怎生是好？（唱）

【呆骨朵】寡人有心待盖一座杨妃庙，争奈无权柄谢位辞朝。则俺这孤辰限难熬，更打着离恨天最高。在生时同衾枕，不能够死后也同棺椁。谁承望马嵬坡尘土中，可惜把一朵海棠花零落了！

（带云）一会儿身子困乏，且下这亭子去，闲行一会咱。（唱）

【白鹤子】挪身离殿宇，信步下亭皋，见杨柳袅翠蓝丝，芙蓉拆胭脂萼。

【幺】见芙蓉怀媚脸，遇杨柳忆纤腰。依旧的两般儿点缀上阳宫，他管一灵儿潇洒长安道。

【幺】常记得碧梧桐阴下立，红牙箸手中敲。他笑整缕金衣，舞按霓裳乐。

【幺】到如今翠盘中荒草满，芳树下暗香消。空对井梧阴，不见倾城貌。

（做叹科，云）寡人也怕闲行，不如回去来。（唱）

【倘秀才】本待闲散心追欢取乐，倒惹的感旧恨天荒地老。怏怏归来凤帏悄，甚法儿、捱今宵？懊恼！

（带云）回到这寝殿中，一弄儿助人愁也[2]。（唱）

【芙蓉花】淡氤氲篆烟袅[3]，昏惨刺银灯照[4]；玉漏迢迢，才是初更报。暗觑清霄，盼梦里他来到。却不道口是心苗，不住的频频叫。

（带云）不觉一阵昏迷上来，寡人试睡些儿。（唱）

【伴读书】一会家心焦躁，四壁厢秋虫闹。忽见掀帘西风恶，遥观满地阴云罩。俺这里披衣闷把帏屏靠，业眼难交。

【笑和尚】原来是滴溜溜绕闲阶败叶飘[5]，疏剌剌落叶被西风扫[6]，忽鲁鲁风闪得银灯爆[7]。厮琅琅鸣殿铎[8]，扑簌簌动朱箔[9]，吉丁当玉马儿向檐间闹[10]。

（做睡科，唱）

【倘秀才】闷打颏和衣卧倒，软兀剌方才睡着[11]。（旦上云）妾身贵妃是也。今日殿中设宴，宫娥，请主上赴席咱。（正末唱）忽见青衣走来报，道太真妃、将寡人邀，宴乐。

（正末见旦科，云）妃子，你在那里来？（旦云）今日长生殿排宴，请主上赴席。（正末云）吩咐梨园子弟齐备着。（旦下）（正末做惊醒科，云）呀，原来是一梦！分明

梦见妃子，却又不见了。（唱）

【双鸳鸯】斜亸翠鸾翘，浑一似出浴的旧风标[12]，映着云屏一半儿娇。好梦将成还惊觉，半襟情泪湿鲛绡。

【蛮姑儿】懊恼，窨约。惊我来的又不是楼头过雁、砌下寒蛩、檐前玉马、架上金鸡，是兀那窗儿外梧桐上雨潇潇。一声声洒残叶，一点点滴寒梢，会把愁人定虐。

【滚绣球】这雨呵，又不是救旱苗，润枯草，洒开花萼；谁望道秋雨如膏。向青翠条，碧玉梢，碎声儿毕剥，增百十倍歇和芭蕉。子管里珠连玉散飘千颗，平白地瀽瓮翻盆下一宵[13]。惹的人心焦！

【叨叨令】一会价紧呵，似玉盘中万颗珍珠落；一会价响呵，似玳筵前几簇笙歌闹；一会价清呵，似翠岩头一派寒泉瀑；一会价猛呵，似绣旗下数面征鼙操。兀的不恼杀人也么哥[14]！兀的不恼杀人也么哥！则被他诸般儿雨声相聒噪。

【倘秀才】这雨一阵阵打梧桐叶凋，一点点滴人心碎了。枉着金井银床紧围绕，只好把泼枝叶、做柴烧[15]，锯倒。

（带云）当初妃子舞翠盘时，在此树下；寡人与妃子盟誓时，亦对此树。今日梦境相寻，又被他惊觉了。（唱）

【滚绣球】长生殿那一宵，转回廊，说誓约，不合对梧桐并肩斜靠，尽言词絮絮叨叨。沉香亭那一朝，按霓裳舞六幺，红牙箸击成腔调，乱宫商闹闹吵吵。是兀那当时欢会栽排下，今日凄凉厮凑着，暗地量度。

（高力士云）主上，这诸样草木，皆有雨声，岂独梧桐？（正末云）你那里知道，我说与你听者。（唱）

【三煞】润濛濛杨柳雨，凄凄院宇侵帘幕；细丝丝梅子雨，妆点江干满楼阁；杏花雨红湿阑干，梨花雨玉容寂寞；荷花雨翠盖翩翻，豆花雨绿叶潇条：都不似你惊魂破梦，助恨添愁，彻夜连宵。莫不是水仙弄娇，蘸杨柳洒风飘？

【二煞】咪咪似喷泉瑞兽临双沼[16]，刷刷似食叶春蚕散满箔；乱洒琼阶，水传宫漏，飞上雕檐，酒滴新槽。直下的更残漏断，枕冷衾寒，烛灭香消。可知道夏天不觉，把高凤麦来漂[17]。

【黄钟煞】顺西风低把纱窗哨，送寒气频将绣户敲。莫不是天故将人愁闷搅！度铃声响栈道，似花奴羯鼓调，如伯牙水仙操。洗黄花，润篱落，渍苍苔，倒墙角，渲湖山，漱石窍，浸枯荷，溢池沼；沾残蝶粉渐消，洒流萤焰不着；绿窗前促织叫，声相近雁影高；催邻砧处处捣，助新凉分外早。斟量来这一宵，雨和人紧厮熬。伴铜壶点点敲；雨更多，泪不少。雨湿寒梢，泪染龙袍，不肯相饶，共隔着一树梧桐直滴到晓。（下）

题目　安禄山反叛兵戈举
　　　　陈玄礼拆散鸾凤侣
正名　杨贵妃晓日荔枝香
　　　　唐明皇秋夜梧桐雨

注释

［1］瘦岩岩：消瘦的样子。
［2］一弄儿：所有的，一股脑儿。
［3］篆烟：香点燃后烟云上升的形状。
［4］昏惨剌：昏暗不明。
［5］滴溜溜：形容树叶飘落、旋转的情状。
［6］疏剌剌：形容风雨声。
［7］忽鲁鲁：形容风声。
［8］厮琅琅：形容物体相敲击而发出的连续清脆的响声。
［9］扑簌簌：形容由于不断振动、摇撼而发出的声音。
［10］吉丁当：形容金属、玉器等物碰击、折断的声音。　玉马儿：古代建筑在房檐下悬挂玉片，风吹时互相撞击成声，以定风力。后来改用铁片，也叫铁马儿。
［11］软兀剌：软瘫无力的样子。
［12］风标：风采、风度。
［13］瀽（jiǎn）瓮翻盆：形容雨量之大。瀽，泼、倒之意。
［14］兀的不：岂不是。
［15］泼枝叶：泼为咒骂之词，泼枝叶是咒骂树枝树叶。
［16］咮咮（chuáng）：本意为不加节制地大吃大喝，这里是形容雨量之大。
［17］把高凤麦来漂：东汉人高凤，专心读书，日夜不辍。一次，他边读书边晒麦子，忽然大雨骤至，把麦子都漂走了，高凤却痴迷于书本，浑然不觉。

浙评

白朴，字仁甫，一字太素，号兰谷。祖籍隩州（今山西河曲）。生于金哀宗正大三年（1226），卒年不详。贾仲明的〔凌波仙〕曲吊之曰："峨冠博带太常卿，娇马轻衫馆阁情，拈花摘叶风诗性。得青楼薄幸名，洗襟怀，剪雪裁冰。闲中趣，物外景，兰谷先生。"朱权《太和正音谱》则评其词"如鹏抟九霄"，"有一举万里之志"。

白朴的创作与其经历有着密切的关系。他七岁时，金国首都汴京被蒙古兵攻陷，一家失散。赖其父白华的好友元好问抚育成长，并教他读书。金亡后，白朴流寓真定（今河北正定），以文学见赏于真定统帅史天泽。真定是当时北方一个重要的戏剧演出地点，仅次于大都和平阳，白朴居此期间，与杂剧作家李文蔚、侯正卿，女演员天然秀、宋寿香等交往，丰富了他的生活阅历。在大都时，他曾和关汉卿共同参加过玉京书会。汴梁、杭州等戏剧演出较盛的地方，也留有他的足迹。晚年寄居金陵，直到暮年，才北返故里，那时已是八十多岁的老人了。

白朴是以文采见长的作家，他和关汉卿、马致远、郑光祖被誉为“元曲四大家”。据《录鬼簿》所列，白朴的剧作达十五种：《唐明皇秋夜梧桐雨》、《董秀英花月东墙记》、《唐明皇游月宫》、《韩翠颦御水流红叶》、《薛琼琼月夜银筝怨》、《汉高祖斩白蛇》、《苏小小月夜钱塘梦》、《祝英台死嫁梁山伯》、《楚庄王夜宴绝缨会》、《崔护谒浆》、《鸳鸯简墙头马上》、《秋江风月凤凰船》、《萧翼智赚兰亭记》、《阎师道赶江江》、《高祖归庄》。而现在仅存《东墙记》、《墙头马上》和《梧桐雨》三剧以及《流红叶》、《箭射双雕》残折。此外尚有词集《天籁集》和四十首散曲。

从白朴的现存剧作和存目可以看出，他是一位擅长书写男女风情的剧作家。其代表作《梧桐雨》和《墙头马上》所表露的思想，是积极而进步的，艺术上也达到了较高的造诣。

《唐明皇秋夜梧桐雨》是白朴的代表作，是一部历史题材的杂剧。

我们知道，“女人即祸水”、“女色亡国”的论调，在封建社会中长期存在并占据主导地位。白朴在剧中交代“安史之乱”的原因时，虽然并未替杨玉环开脱，但重点还是放在封建最高统治者这个方面的。其中朝纲不振、武备不修以及沉湎女色，是最致命的。这其中肯定有金朝灭亡带给白朴的深深思考，或者说白朴是借《梧桐雨》来抒写他对金亡的切身体会的。

剧中主角唐明皇，是个至高无上而又可悲可怜的人。在太平盛世，他一言九鼎，为所欲为。本来是儿媳的杨玉环一旦被他看中，竟然置皇家的体面于不顾，硬是据为己有。宠爱杨贵妃而失去原则，竟然赐失机边将为义子，且允许在宫廷中做所谓的“洗儿会”。而一旦叛贼兵临城下，他只好收起帝王的威严，仓皇落逃。陈玄礼护驾途中要诛杨贵妃，身为帝王的唐明皇竟然可怜巴巴地请求“饶过他（指杨贵妃）”。在贵妃与江山不可兼得的情况下，他又毫不犹豫地选择了江山，可谓“爱美人，更爱江山”。

全剧的高潮是第四折。当叛乱平息，大权旁落之时；在步入暮年，孤苦无依之际；置潇潇秋雨、夜不成寐之境：唐明皇开始了痛苦而沉重的回忆。回忆是一张布满荆棘的床，惭愧和负疚猛啮他生命的根。而滴滴秋雨，不但滴落在那棵曾是他和贵妃山盟海誓见证者的梧桐树上，更打在唐明皇的心头。秋雨是他的泪，是他的悔，是剪不断、理还乱的缠绵悱恻。也许他还在思索，假如有来世，假如生命可以重复，该如何把握。

破幽梦孤雁汉宫秋

马致远　撰

汉元帝时，中大夫毛延寿向皇上建议：尽选天下美貌之女，以充后宫。元帝便责成毛延寿为选择使，处理此事。毛延寿借机大肆纳贿。在成都秭归县，王嫱（字昭君）依恃容貌出众，不肯向毛延寿行贿。毛延寿一怒之下，竟在供皇帝御览的美人图上做手脚，使王昭君看起来很丑，因此入宫之后不曾被宠幸。一个偶然的机会，汉元帝发现了绝色佳人王昭君，大有相见恨晚之慨。而负罪外逃的毛延寿则向北行进，来到番王呼韩耶单于处，极力怂恿番王向汉元帝索要王昭君。汉元帝被逼无奈，只好忍痛割爱，让昭君出塞和亲。昭君行至番汉交界的黑江，投河自杀，以身殉汉。汉元帝则在孤寂的宫中，思念昭君，做了一个与王昭君相见的美梦，又被孤雁的叫声惊破幽梦。

剧中主要人物：

汉元帝（正末）（前75—前33）：本名刘奭（shì），公元前49年至公元前33年在位。汉宣帝之子。爱好儒术。统治期间，赋役繁重，西汉开始由盛而衰。剧中刻画了他性格的多方面：身居九五之尊，却不得不将心爱的妃子送去和番；对文臣武将心怀不满，却又无计可施。尤其是描写他与昭君分离之后的痛苦，十分感人。

王嫱（正旦）：字昭君，成都秭归人。因不肯向毛延寿行贿，画像上被毛画成一只眼瞎，在被选入宫后，退居永巷，不得近君王。偶然为元帝发现后不久，又被迫出塞和番。历史上的昭君并未投江自杀，而是在入匈奴后，被称为宁胡阏氏（yānzhī），为匈奴和汉的友好，曾起了一定的作用。

毛延寿（净）：位为中大夫。在负责刷选室女时，因王昭君不愿行贿于他，故意把王昭君画成瞎眼，打入冷宫。当汉元帝得知真相后，他又投靠番王，怂恿番王索要昭君。番王送归汉宫后，被杀。

呼韩耶单于（冲末）：匈奴部族之王。用武力逼迫汉元帝让王昭君和亲。

楔　子

（冲末扮番王引部落上，诗云）毡帐秋风迷宿草，穹庐夜月听悲笳。控弦百万为君长，款塞称藩属汉家。某乃呼韩耶单于是也[1]。若论俺家世：久居朔漠，独霸北方。以射猎为生，攻伐为事。文王曾避俺东徙[2]，魏绛曾怕俺讲和[3]。獯鬻猃狁，逐代易名；单于可汗，随时称号。当秦汉交兵之时，中原有事；俺国强盛，有控弦甲士百万。俺祖公公冒顿单于，围汉高帝于白登七日。用娄敬之谋，两国讲和，以公主嫁俺国中。至惠帝、吕后以来，每代必循故事，以宗女归俺番家。宣帝之世，我众兄弟争立不定，国势稍弱。今众部落立我为呼韩耶单于，实是汉朝外甥。我有甲士十万，南移近塞，称藩汉室，永为姻娅。昨曾遣使进贡，欲请公主，未知汉帝肯寻盟约否？今日天高气爽，众头目每向沙堤射猎一番，多少是好。正是：番家无产业，弓矢是生涯。（下）（净扮毛延寿上，诗云）为人雕心雁爪，做事欺大压小；全凭谄佞奸贪，一生受用不了[4]。某非别人，毛延寿的便是。见在汉朝驾下，为中大夫之职。因我百般巧诈，一味谄谀，哄的皇帝老头儿十分欢喜，言听计从。朝里朝外，那一个不敬我，那一个不怕我。我又学的一个法儿，只是教皇帝少见儒臣，多昵女色，我这宠幸，才得牢固。道犹未了，圣驾早上。（正末扮汉元帝引内官宫女上，诗云）嗣传十叶继炎刘，独掌乾坤四百州。边塞久盟和议策，从今高枕已无忧。某，汉元帝是也。俺祖高皇帝，奋布衣，起丰沛，灭秦屠项，挣下这等基业，传到朕躬，已是十代。自朕嗣位以来，四海晏然，八方宁静。非朕躬有德，皆赖众文武扶持。自先帝晏驾之后[5]，宫女尽放出宫去了。今后宫寂寞，如何是好？（毛延寿云）陛下，田舍翁多收十斛麦，尚欲易妇；况陛下贵为天子，富有四海，合无遣官遍行天下[6]，选择室女，不分王侯宰相军民人家，但要十五以上，二十以下者，容貌端正，尽选将来，以充后宫，有何不可？（驾云）卿说的是，就加卿为选择使，赍领诏书一通，遍行天下刷选[7]。将选中者各图形一轴送来，朕按图临幸。待卿成功回时，别有区处。（唱）

【仙吕·赏花时】四海平安绝士马，五谷丰登没战伐，寡人待刷室女选宫娃。你避不的驱驰困乏，看那一个合属俺帝王家。（下）

注释

［1］单（chán）于：匈奴最高首领的称号。

［2］文王：即周文王，商末周族领袖。姬姓，名昌。统治期间，国势强盛。在位五十年。

［3］魏绛：即魏庄子。春秋时晋国大夫。初任中军司马，后任新军之佐，旋升为下军之将。曾力主与戎族和好，为晋悼公采纳。

[4] 受用：享受。
[5] 晏驾：皇帝去世的讳称。
[6] 合无：何不，为什么不。
[7] 刷选：挑选。

第一折

(毛延寿上，诗云) 大块黄金任意挝[1]，血海王条全不怕[2]；生前只要有钱财，死后那管人唾骂。某，毛延寿，领着大汉皇帝圣旨，遍行天下，刷选室女，已选勾九十九名；各家尽肯馈送，所得金银，却也不少。昨日来到成都秭归县，选得一人，乃是王长者之女，名唤王嫱，字昭君。生得光彩射人，十分艳丽，真乃天下绝色。争奈他本是庄农人家，无大钱财。我问他要百两黄金，选为第一。他一则说家道贫穷，二则倚着他容貌出众，全然不肯。我本待退了他，(做忖科，云) 不要，倒好了他。眉头一纵，计上心来。只把美人图点上些破绽，到京师必定发入冷宫，教他受苦一世。正是：恨小非君子，无毒不丈夫。(下) (正旦扮王嫱引二宫女上，诗云) 一日承宣入上阳，十年未得见君王；良宵寂寂谁来伴，惟有琵琶引兴长。妾身王嫱，小字昭君，成都秭归人也。父亲王长者，平生务农为业。母亲生妾时，梦月光入怀，复坠于地，后来生下妾身。年长一十八岁，蒙恩选充后宫。不想使臣毛延寿，问妾身索要金银，不曾与他，将妾影图点破，不曾得见君王，现今退居永巷[3]。妾身在家颇通丝竹，弹得几曲琵琶。当此夜深孤闷之时，我试理一曲消遣咱。(做弹科) (驾引内官提灯上，云) 某汉元帝，自从刷选室女入宫，多有不曾宠幸，煞是怨望咱。今日万机稍暇，不免巡宫走一遭，看那个有缘的，得遇朕躬也呵。(唱)

【仙吕·点绛唇】车碾残花，五人月下吹箫罢。未遇宫娃，是几度添白发！

【混江龙】料必他珠帘不挂，望昭阳一步一天涯。疑了些无风竹影，恨了些有月窗纱。他每见弦管声中巡玉辇，恰便似斗牛星畔盼浮槎[4]。(旦做弹科) (驾云) 是那里弹的琵琶响？(内官云) 是。(正末，唱) 是谁人偷弹一曲，写出嗟呀？(内官云) 快报去接驾。(驾云) 不要。(唱) 莫便要忙传圣旨，报与他家。我则怕乍蒙恩把不定心儿怕，惊起宫槐宿鸟，庭树栖鸦。

(云) 小黄门[5]，你看是那一宫的宫女弹琵琶，传旨去教他来接驾，不要惊唬着他。(内官报科，云) 兀那弹琵琶的，是那位娘娘？圣驾到来，急忙迎接者！(旦趋接科)(驾唱)

【油葫芦】恕无罪，吾当亲问咱。这里屈那位下？休怪我不曾来往乍行踏[6]。我特来填还你这泪揾湿鲛绡帕，温和你露冷透凌波袜。天生下这艳姿，合是我宠幸他。今宵画烛银台下，剥地管喜信爆灯花[7]。

（云）小黄门，你看那纱笼内烛光越亮了，你与我挑起来看咱。（唱）

【天下乐】和他也弄着精神射绛纱，卿家，你觑咱，则他那瘦岩岩影儿可喜杀[8]。（旦云）妾身早知陛下驾临，只合远接；接驾不早，妾该万死。（驾唱）迎头儿称妾身，满口儿呼陛下，必不是寻常百姓家。

（云）看了他容貌端正，是好女子也呵。（唱）

【醉中天】将两叶赛宫样眉儿画，把一个宜梳裹脸儿搽，额角香钿贴翠花，一笑有倾城价。若是越勾践姑苏台上见他[9]，那西施半筹也不纳[10]，更敢早十年败国亡家。

（云）你这等模样出众，谁家女子？（旦云）妾姓王名嫱，字昭君，成都秭归县人。父亲王长者，祖父以来，务农为业。闾阎百姓[11]，不知帝王家礼度。（驾唱）

【金盏儿】我看你眉扫黛，鬓堆鸦，腰弄柳，脸舒霞，那昭阳到处难安插，谁问你一犁两耙做生涯[12]。也是你君恩留枕簟，天教雨露润桑麻。既不沙[13]，俺江山千万里，直寻到茅舍两三家。

（云）看卿这等体态，如何不得近幸？（旦云）当初选时，使臣毛延寿索要金银，妾家贫寒无凑，故将妾眼下点成破绽，因此发入冷宫。（驾云）小黄门，你取那影图来看。（黄门取图看科）（驾唱）

【醉扶归】我则问那待诏别无话，却怎么这颜色不加搽？点得这一寸秋波玉有瑕。端的是卿眇目[14]，他双瞎？便宜的八百姻娇比并他，也未必强如俺娘娘带破赚丹青画[15]。

（云）小黄门，传旨说与金吾卫[16]，便拿毛延寿斩首报来。（旦云）陛下，妾父母在成都，见隶民籍，望陛下恩典宽免，量与些恩荣咱。（驾云）这个煞容易。（唱）

【金盏儿】你便晨挑菜，夜看瓜，春种谷，夏浇麻，情取棘针门粉壁上除了差法[17]。你向正阳门改嫁的倒荣华。俺官职颇高如村社长，这宅院刚大似县官衙。谢天地可怜穷女婿，再谁敢欺负俺丈人家！

（云）近前来听寡人旨，封你做明妃者。（旦云）量妾身怎生消受的陛下恩宠！（做谢恩科）（驾唱）

【赚尾】且尽此宵情，休问明朝话。（旦云）陛下明朝早早驾临，妾这里候驾。（驾唱）到明日，多管是醉卧在昭阳御榻。（旦云）妾虽贱微，亦蒙恩宠，怎敢望与陛下同榻？（驾唱）休烦恼，吾当且是耍，斗卿来便当真假。恰才家辇路儿熟滑，怎下的真个长门再不踏[18]？明夜里西宫阁下，你是必悄声儿接

驾；我则怕六宫人攀例拨琵琶。（下）

（旦云）驾回了也。左右，且掩上宫门，我睡些去。（下）

注释

[1] 挝（zhuā）：击，打。

[2] 血海：指关系生死的重大问题。　王条：王法，刑律。

[3] 永巷：宫中的长巷。

[4] 浮槎：晋张华《博物志·杂说下》载，旧说天河与海通。近世有人居海渚者，年年八月有浮槎去来，不失期。有一人立飞阁于槎上，多带干粮，乘槎而去。走了十余日，到达一个地方，有城郭，有屋舍，遥望宫中多织妇，见一丈夫，牵牛饮水。此人回来后至蜀问严君平，严曰："某年月日，有客星犯牵牛宿。"计年月，正是此人到天河时也。

[5] 小黄门：小宦官。

[6] 行踏：行走。

[7] 剥地：哔哔剥剥。指灯花燃爆之声。　管：多半。

[8] 瘦岩岩：形容瘦削。

[9] 越勾践：春秋时越王勾践。他为了打败吴国，卧薪尝胆，选越国美女西施进献给吴王，最终灭吴。

[10] 半筹也不纳：指一筹莫展。

[11] 闾阎：本为里巷的门，借指平民。

[12] 杷："耙"的假借字。

[13] 既不沙：既不然。沙，语尾助词，无义。

[14] 眇目：一只眼睛。

[15] 破赚：义同"破绽"，残缺不全之意。

[16] 金吾卫：掌管皇宫禁卫、扈从等任务的武官。

[17] 差法：徭役赋敛。

[18] 长门：汉武帝陈皇后失宠后，居长门宫。后用为后妃宫女失宠之典。

第二折

（番王引部落上，云）某呼韩单于，昨遣使臣款汉，请嫁公主与俺；汉皇帝以公主尚幼为辞，我心中好不自在。想汉家宫中，无边宫女，就与俺一个，打甚不紧？直将使臣赶回。我欲待起兵南侵，又恐怕失了数年和好。且看事势如何，别做道理。（毛延寿上，云）某毛延寿，只因刷选宫女，索要金银，将王昭君美人图点破，送入冷宫。不想皇帝亲幸，问出端的[1]，要将我加刑。我得空逃走了，无处投奔。左右是左右，将着这一轴美人图，献与单于王，着他按图索要，不怕汉朝不与他。走了数日，来到这里，远远的望见人马浩大，敢是穹庐也[2]。（做问科，云）头目，你启报单于王知道，说汉朝大臣来投见哩。（卒报科）（番王云）着他过来。（见科，云）你是甚么人？（毛延寿云）某是汉朝中大夫毛延寿。有我汉朝西宫阁下美人王昭君，生得绝色。前者大王遣使求公主时，那昭君情愿请行；汉主舍不的，不肯放来。某再三苦谏，说："岂可重女色，失两国之好？"汉主倒要杀我。某因此带了这美人图，献与大王。可遣使按图索要，必然得了也。这就是图样。(进上看科)(番王云) 世间那有如此女人！若得他做阏氏[3]，我愿足矣。如今就差一番官，率领部从，写书与汉天子，求索王昭君，与俺和亲；若不肯与，不日南侵，江山难保。就一壁厢引控甲士，随地打猎，延入塞内，侦候动静，多少是好。(下)(旦引宫女上，云) 妾身王嫱，自前日蒙恩临幸，不觉又旬月。主上昵爱过甚，久不设朝。闻的今日升殿去了，我且向妆台边梳妆一会，收拾齐整，只怕驾来好伏侍。(做对镜科)(驾上，云) 自从西宫阁下得见了王昭君，使朕如痴似醉，久不临朝。今日方才升殿，等不的散了，只索再到西宫看一看去。(唱)

【南吕·一枝花】四时雨露匀，万里江山秀。忠臣皆有用，高枕已无忧。守着那皓齿星眸，争忍的虚白昼。近新来染得些证候[4]，一半儿为国忧民，一半儿愁花病酒。

【梁州第七】我虽是见宰相，似文王施礼余，一头地离明妃[5]，早宋玉悲秋。怎禁他带天香着莫定龙衣袖[6]！他诸馀可爱，所事儿相投；消磨人幽闷，陪伴我闲游；偏宜向梨花月底登楼，芙蓉烛下藏阄[7]。体态是二十年挑剔就的温柔，姻缘是五百载该拨下的配偶[8]，脸儿有一千般说不尽的风流。寡人乞求他左右，他比那落伽山观自在无杨柳，见一面得长寿。情系人心早晚休，则除是雨歇云收。

(做望见科，云) 且不要惊着他，待朕悄地看咱。(唱)

【隔尾】恁的般长门前抱怨的宫娥旧，怎知我西宫下偏心儿梦境熟。爱他晚妆罢，描不成，画不就，尚对菱花自羞。(做到旦背后看科)(唱) 我来到这妆台背后，元来广寒殿嫦娥，在这月明里有。

(旦做见接驾科)(外扮尚书，丑扮常侍上，诗云) 调和鼎鼐理阴阳，秉轴持钧政事堂；只会中书陪伴食，何曾一日为君王。某尚书令五鹿充宗是也。这个是内常侍石显。今日朝罢，有番国遣使来索王嫱和番，不免奏驾。来到西宫阁下，只索进去。(做见科，云) 奏的我主得知：如今北番呼韩单于差一使臣前来，说毛延寿将美人图献与他，索要昭君娘娘和番，以息刀兵；不然，他大势南侵，江山不可保矣。(驾云) 我养军千日，用军一时。空有满朝文武，那一个与我退的番兵！都是些畏刀避箭的，恁不去出力，怎生教娘娘和番？(唱)

【牧羊关】兴废从来有，干戈不肯休。可不食君禄，命悬君手。太平时、卖你宰相功劳，有事处、把俺佳人递流[9]。你们干请了皇家俸，着甚的分破帝王忧？那壁厢锁树的怕弯着手[10]，这壁厢攀栏的怕撷破了头[11]。

(尚书云) 他外国说陛下宠昵王嫱，朝纲尽废，坏了国家。若不与他，兴兵吊伐。臣想纣王只为宠妲己，国破身亡，是其鉴也。(驾唱)

【贺新郎】俺又不曾彻青霄高盖起摘星楼[12]；不说他伊尹扶汤，则说那武王伐纣。有一朝身到黄泉后，若和他留侯留侯厮遘[13]，你可也羞那不羞？您卧重裀，食列鼎，乘肥马，衣轻裘。您须见舞春风嫩柳宫腰瘦，怎下的教他环珮影摇青冢月，琵琶声断黑江秋！

(尚书云) 陛下，咱这里兵甲不利，又无猛将与他相持，倘或疏失，如之奈何？望陛下割恩与他，以救一国生灵之命。(驾唱)

【斗虾蟆】当日个谁展英雄手，能枭项羽头，把江山属俺炎刘？——全亏韩元帅九里山前战斗[14]，十大功劳成就。恁也丹墀里头，枉被金章紫绶；恁也朱门里头，都宠着歌衫舞袖。恐怕边关透漏，央及家人奔骤。似箭穿着雁口，没个人敢咳嗽。吾当僝僽[15]，他也、他也红妆年幼，无人搭救。昭君共你每有甚么杀父母冤仇？休、休，少不的满朝中都做了毛延寿！我呵，空掌着文武三千队，中原四百州；只待要割鸿沟。陡恁的千军易得[16]，一将难求！

(常侍云) 见今番使朝外等宣。(驾云) 罢罢罢！教番使临朝来。(番使入见科，云) 呼韩耶单于差臣南来奏大汉皇帝：北国与南朝自来结亲和好；曾两次差人求公主不与。今有毛延寿，将一美人图，献与俺单于。特差臣来，单索昭君为阏氏，以息两国刀兵。陛下若不从，俺有百万雄兵，刻日南侵，以决胜负，伏望圣鉴不错。(驾云) 且教使臣馆驿中安歇去。(番使下)(驾云) 您众文武商量，有策献来，可退番兵，免教昭君和番。大抵是欺娘娘软善，若当时吕后在日，一言之出，谁敢违拗！若如此，久已后也不用文武，只凭佳人平定天下便了！(唱)

【哭皇天】你有甚事疾忙奏，俺无那鼎镬边滚热油。我道您文臣安社稷，武将定戈矛。您只会文武班头，山呼万岁，舞蹈扬尘，道那声诚惶顿首。如今阳关路上，昭君出塞；当日未央宫里，女主垂旒。文武每，我不信你敢差排吕太后。枉以后，龙争虎斗，都是俺鸾交凤友。

(旦云) 妾既蒙陛下厚恩，当效一死，以报陛下。妾情愿和番，得息刀兵，亦可留名青史。但妾与陛下闱房之情，怎生抛舍也！(驾云) 我可知舍不的卿哩！(尚书云) 陛下割恩断爱，以社稷为念，早早发送娘娘去罢。(驾唱)

【乌夜啼】今日嫁单于，宰相休生受。早则俺汉明妃有国难投。它那里黄云不出青山岫。投至两处凝眸，盼得一雁横秋。单注着寡人今岁揽闲愁。王嫱这运添憔瘦，翠羽冠，香罗绶，都做了锦蒙头暖帽，珠络缝貂裘。

（云）卿等今日先送明妃到驿中，交付番使，待明日朕亲出灞陵桥，送饯一杯去。（尚书云）只怕使不的，惹外夷耻笑。（驾云）卿等所言，我都依着。我的意思，如何不依？好歹去送一送。我一会家只恨毛延寿那厮！（唱）

【三煞】我则恨那忘恩咬主贼禽兽，怎生不画在凌烟阁上头[17]？紫台行都是俺手里的众公侯，有那桩儿不共卿谋，那件儿不依卿奏？争忍教第一夜梦迤逗，从今后不见长安望北斗，生扭做织女牵牛！

（尚书云）不是臣等强逼娘娘和番，奈番使定名索取；况自古以来，多有因女色败国者。（驾唱）

【二煞】虽然似昭君般成败都皆有，谁似这做天子的官差不自由！情知他怎收那膘满的紫骅骝。往常时翠轿香兜，兀自倦朱帘揭绣，上下处要成就。谁承望月自空明水自流，恨思悠悠。

（旦云）妾身这一去，虽为国家大计，争奈舍不的陛下！（驾唱）

【黄钟尾】怕娘娘觉饥时吃一块淡淡盐烧肉，害渴时喝一杓儿酪和粥。我索折一枝断肠柳，饯一杯送路酒。眼见得赶程途，趁宿头[18]，痛伤心，重回首，则怕他望不见凤阁龙楼，今夜且则向灞陵桥畔宿。（下）

注释

[1] 端的：原委。

[2] 穹庐：游牧民族居住的毡帐。

[3] 阏氏（yānzhī）：汉时匈奴单于、诸王之妻的统称。

[4] 证候：病症、病状。

[5] 一头地．　到、及至。

[6] 着莫：纠缠。

[7] 藏阄：古代的一种游戏。

[8] 该拨：注定。

[9] 递流：把罪犯押解到荒远之地。

[10] 锁树的：晋代汉国刘聪欲建一座宫殿，他的臣子陈元达谏阻。刘聪被触怒，要斩陈元达。陈元达将自己锁于堂下树上，别人拉也拉不走。

[11] 攀栏：汉代朱云上书请斩佞臣张禹，触怒皇帝，要杀朱云。朱云攀住殿槛，槛折断。后因别人求情，才免于一死。

[12] 摘星楼：传说商纣王为了行乐，盖造了一座高台，取名摘星楼。

[13] 留侯：张良曾为刘邦谋士，大功告成后，被封为留侯。　厮遘：相遇。

[14] 韩元帅：指韩信。汉朝开国功臣。

[15] 僝僽（chánzhòu）：忧愁、烦恼。

［16］陡恁的：简直是。
［17］凌烟阁：阁名，为唐太宗所建。阁中画二十四位功臣图像，以表扬、纪念他们的功勋。
［18］趁宿头：赶到旅途中住宿之地。

第三折

（番使拥旦上，奏胡乐科，旦云）妾身王昭君，自从选入宫中，被毛延寿将美人图点破，送入冷宫；甫能得蒙恩幸，又被他献与番王形像。今拥兵来索，待不去，又怕江山有失；没奈何将妾身出塞和番。这一去，胡地风霜，怎生消受也！自古道："红颜胜人多薄命，莫怨春风当自嗟。"（驾引文武内官上，云）今日灞桥饯送明妃，却早来到也。（唱）

【双调·新水令】锦貂裘生改尽汉宫妆，我则索看昭君画图模样。旧恩金勒短，新恨玉鞭长。本是对金殿鸳鸯；分飞翼，怎承望！

（云）您文武百官计议，怎生退了番兵，免明妃和番者。（唱）

【驻马听】宰相每商量，大国使还朝多赐赏。早是俺夫妻悒怏，小家儿出外也摇装[1]。尚兀自渭城衰柳助凄凉，共那灞桥流水添惆怅。偏您不断肠，想娘娘那一天愁都撮在琵琶上。

（做下马科）（与旦打悲科）（驾云）左右慢慢唱者，我与明妃饯一杯酒。（唱）

【步步娇】您将那一曲阳关休轻放，俺咫尺如天样，慢慢的捧玉觞。朕本意待尊前捱些时光，且休问劣了宫商[2]，您则与我半句儿俄延着唱[3]。

（番使云）请娘娘早行，天色晚了也。（驾唱）

【落梅风】可怜俺别离重，你好是归去的忙。寡人心先到他李陵台上[4]，回头儿却才魂梦里想，便休题贵人多忘。

（旦云）妾这一去，再何时得见陛下？把我汉家衣服都留下者。（诗云）正是：今日汉宫人，明朝胡地妾；忍着主衣裳，为人作春色！（留衣服科）（驾唱）

【殿前欢】则甚么留下舞衣裳，被西风吹散旧时香。我委实怕宫车再过青苔巷，猛到椒房，那一会想菱花镜里妆，风流相，兜的又横心上[5]。看今日昭君出塞，几时似苏武还乡[6]？

（番使云）请娘娘行罢，臣等来多时了也。（驾云）罢罢罢，明妃，你这一去，休怨朕躬也。（做别科，驾云）我那里是大汉皇帝！（唱）

【雁儿落】我做了别虞姬楚霸王，全不见守玉关征西将。那里取保亲的李左车，送女客的萧丞相？

（尚书云）陛下不必挂念。（驾唱）

【得胜令】他去也不沙架海紫金梁，枉养着那边庭上铁衣郎。您也要左右人扶侍，俺可甚糟糠妻下堂！您但提起刀枪，却早小鹿儿心头撞。今日央及煞娘娘，怎做的男儿当自强！

（尚书云）陛下，咱回朝去罢。（驾唱）

【川拨棹】怕不待放丝缰，咱可甚鞭敲金镫响。你管燮理阴阳，掌握朝纲，治国安邦，展土开疆；假若俺高皇，差你个梅香，背井离乡，卧雪眠霜，若是他不恋恁春风画堂，我便官封你一字王[7]。

（尚书云）陛下，不必苦死留他，着他去了罢。（驾唱）

【七弟兄】说甚么大王、不当，恋王嫱，兀良[8]！怎禁他临去也回头望！那堪这散风雪旌节影悠扬，动关山鼓角声悲壮。

【梅花酒】呀！俺向着这迥野悲凉。草已添黄，兔早迎霜。犬褪得毛苍，人搠起缨枪，马负着行装，车运着糇粮[9]，打猎起围场。他、他、他，伤心辞汉主；我、我、我，携手上河梁。他部从入穷荒，我銮舆返咸阳。返咸阳，过宫墙；过宫墙，绕回廊；绕回廊，近椒房；近椒房，月昏黄；月昏黄，夜生凉；夜生凉，泣寒螀[10]；泣寒螀，绿纱窗；绿纱窗，不思量！

【收江南】呀！不思量，除是铁心肠！铁心肠，也愁泪滴千行。美人图今夜挂昭阳，我那里供养，便是我高烧银烛照红妆。

（尚书云）陛下，回銮罢，娘娘去远了也。（驾唱）

【鸳鸯煞】我则索大臣行说一个推辞谎，又则怕笔尖儿那火编修讲[11]。不见他花朵儿精神，怎趁那草地里风光？唱道伫立多时，徘徊半晌，猛听的塞雁南翔，呀呀的声嘹亮，却原来满目牛羊，是兀那载离恨的毡车半坡里响。（下）

（番王引部落拥昭君上，云）今日汉朝不弃旧盟，将王昭君与俺番家和亲。我将昭君封为宁胡阏氏，坐我正宫。两国息兵，多少是好。众将士，传下号令，大众起行，望北而去。（做行科）（旦问云）这里甚地面了？（番使云）这是黑江，番汉交界去处。南边属汉家，北边属我番国。（旦云）大王，借一杯酒，望南浇奠，辞了汉家，长行去罢。（做奠酒科，云）汉朝皇帝，妾身今生已矣，尚待来生也。（做跳扛科）（番王惊救不及，叹科，云）嗨！可惜，可惜！昭君不肯入番，投江而死。罢罢罢！就葬在此江边，号为青冢者。我想来，人也死了，枉与汉朝结下这般仇隙，都是毛延寿那厮搬弄出来的。把都儿[12]，将毛延寿拿下，解送汉朝处治。我依旧与汉朝结和，永为甥舅，却不是好？（诗云）则为他丹青画误了昭君，背汉主暗地私奔；将美人图又来哄我，要索取出塞和亲。岂知道投江而死，空落的一见消魂。似这等奸邪逆贼，留着他终是祸根；不如送他去汉朝哈喇[13]，依还的甥舅礼，两国长存。（下）

注释

[1] 摇装：一作遥妆。古时出远门前的一种仪式。据明代姜准《岐海琐谈》八：“时俗凡远行者，预期涓吉出门，饮饯江浒，登舟移棹即返，另日启行，谓曰遥妆。”

[2] 宫商：指音调、曲律。

[3] 俄延：拖延。

[4] 李陵台：李陵为西汉名将，与匈奴作战，兵败被俘。李陵台在今内蒙古自治区波罗城附近。

[5] 兜的：猛然。

[6] 苏武：西汉杜陵人，字子卿。奉命出使匈奴，被拘。坚持十九年不屈。后匈奴与汉和好，始回。

[7] 一字王：在封建等级制度中，爵位分为王、公、侯、伯、子、男等。最高的“王”一级，只用一个字为封号，如魏王、赵王等，地位极高。

[8] 兀良：衬词，与文义无关，但是句子中的独立成分。

[9] 糇（hǒu）粮：干粮。

[10] 寒螀（jiāng）：古书上说的一种蝉。

[11] 怕笔尖儿那火编修讲：担心那伙编修（史官）们在正史上据实记录。火，同“伙”。

[12] 把都儿：蒙古语，意为勇士。

[13] 哈喇：蒙古语，杀死的意思。

第四折

（驾引内官上，云）自家汉元帝，自从明妃和番，寡人一百日不曾设朝。今当此夜景萧索，好生烦恼。且将这美人图挂起，少解闷怀也呵。（唱）

【中吕·粉蝶儿】宝殿凉生，夜迢迢六宫人静。对银台一点寒灯，枕席间，临寝处，越显的吾身薄幸[1]。万里龙廷，知他宿谁家一灵真性。

（云）小黄门，你看垆香尽了，再添上些香。（唱）

【醉春风】烧尽御炉香，再添黄串饼[2]。想娘娘似竹林寺[3]，不见半分形；则留下这个影、影。未死之时，在生之日，我可也一般恭敬。

（云）一时困倦，我且睡些儿。（唱）

【叫声】高唐梦[4]，苦难成。那里也爱卿、爱卿，却怎生无些灵圣？偏不许楚襄王枕上雨云情。

（做睡科）（旦上，云）妾身王嫱，和番到北地，私自逃回。兀的不是我主人！陛下，妾身来了也。（番兵上，云）恰才我打了个盹，王昭君就偷走回去了。我急急赶来，进的汉宫，兀的不是昭君！（做拿旦下）（驾醒科，云）恰才见明妃回来，这些儿如何

就不见了？（唱）

【剔银灯】恰才这搭儿单于王使命[5]，呼唤俺那昭君名姓；偏寡人唤娘娘不肯灯前应，却原来是画上的丹青。猛听得仙音院，凤管鸣，更说甚《箫韶》九成[6]。

【蔓青菜】白日里无承应，教寡人不曾一觉到天明，做的个团圆梦境。（雁叫科，唱）却原来雁叫长门两三声，怎知道更有个人孤另！

（雁叫科）（唱）

【白鹤子】多管是春秋高，筋力短；莫不是食水少，骨毛轻？待去后，愁江南网罗宽；待向前，怕塞北雕弓硬。

【幺篇】伤感似替昭君思汉主，哀怨似作薤露哭田横[7]，凄怆似和半夜楚歌声，悲切似唱三叠阳关令。

（雁叫科）（云）则被那泼毛团叫的凄楚人也[8]。（唱）

【上小楼】早是我神思不宁，又添个冤家缠定。他叫得慢一会儿，紧一声儿，和尽寒更。不争你打盘旋，这搭里同声相应，可不差讹了四时节令？

【幺篇】你却待寻子卿、觅李陵。对着银台，叫醒咱家，对影生情。则俺那远乡的汉明妃虽然薄命，不见你个泼毛团，也耳根清净。

（雁叫科）（云）这雁儿呵。（唱）

【满庭芳】又不是心中爱听，大古似林风瑟瑟[9]，岩溜泠泠。我只见山长水远天如镜，又生怕误了你途程。见被你冷落了潇湘暮景，更打动我边塞离情。还说甚雁过留声，那堪更瑶阶夜永，嫌杀月儿明！

（黄门云）陛下省烦恼，龙体为重。（驾云）不由我不烦恼也。（唱）

【十二月】休道是咱家动情，你宰相每也生憎。不比那雕梁燕语，不比那锦树莺鸣。汉昭君离乡背井，知他在何处愁听？

（雁叫科）（唱）

【尧民歌】呀呀的飞过蓼花汀，孤雁儿不离了凤凰城[10]。画檐间铁马响丁丁[11]，宝殿中御榻冷清清，寒也波更，萧萧落叶声，烛暗长门静。

【随煞】一声儿绕汉宫，一声儿寄渭城，暗添人白发成衰病，直恁的吾家可也劝不省。

（尚书上云）今日早朝散后，有番国差使命绑送毛延寿来，说因毛延寿叛国败盟，致此祸衅。今昭君已死，情愿两国讲和。伏候圣旨。（驾云）既如此，便将毛延寿斩首，祭献明妃。着光禄寺大排筵席[12]，犒赏来使回去。（诗云）叶落深宫雁叫时，梦回孤枕夜相思；虽然青冢人何在，还为蛾眉斩画师。

题目 沉黑江明妃青冢恨

正名 破幽梦孤雁汉宫秋

注释

[1] 薄幸：薄情。

[2] 黄串饼：放在香炉内熏烧的饼形的香。

[3] 竹林寺：寺名。相传寺内有塔无影。因而比喻没有消息的人或事。

[4] 高唐梦：宋玉《高唐赋序》："昔者先王尝游高唐，怠而昼寝，梦见一妇人，曰：'妾，巫山之女也，为高唐之客。闻君游高唐，愿荐枕席。'王因幸之。"先王即楚襄王。后用高唐梦指男女欢会或梦境。

[5] 这搭儿：这里。

[6]《箫韶》九成：《箫韶》又叫《大韶》，简称《韶》，周代六舞之一，由九段组成，即所谓"箫韶九成"。

[7] 薤（xiè）露：古时送丧所唱的歌曲名。 田横：秦末狄县人。楚汉战争中自立为齐王，不久为汉军所破。汉朝建立，率徒党五百余人逃亡海岛。因不愿称臣于汉，在去洛阳途中自杀。留居海岛者闻田横死讯，也全部自杀。

[8] 泼毛团：毛团泛指有毛的禽兽，泼毛团是咒骂语，犹云"混账东西"。

[9] 大古：大概、多半。

[10] 凤凰城：这里是指京城。

[11] 铁马：古代建筑上悬于屋檐间的金属小片，风起则相击成声，用以测定风力。

[12] 光禄寺：管理皇家宴会和御膳的机构。

新评

马致远（约1251—1321以后），号东篱，大都（今北京）人。"元曲四大家"之一。曾任江浙行省官吏，加入过"元贞书会"。一生共创作杂剧十五种，现存七种：《破幽梦孤雁汉宫秋》、《马丹阳三度任风子》、《西华山陈抟高卧》、《江州司马青衫泪》、《吕洞宾三醉岳阳楼》、《半夜雷轰荐福碑》、《开坛阐教黄粱梦》（此剧与人合作）。此外还创作套数十七套，小令一百零四首，近人辑为《东篱乐府》。

马致远是以文采见长的作家，贾仲明在其〔凌波仙〕词中盛赞马致远："万花丛里马神仙，百世集中说致远，四方海内皆谈羡。战文场，曲状元，姓名香，贯满梨园。"朱权《太和正音谱》则说："东篱之词，如朝阳鸣凤。其词典雅清丽，可与《灵光》、《景福》而相颉颃；有振鬣长鸣、万里皆喑之意，又若神凤飞鸣于九霄，岂可与凡鸟共语哉？宜列群英之上。"他的代表作《汉宫秋》，就很典型地体现了这些特点。

但是就作品的总体水平而言，马致远的成就似乎与"元曲四大家"的称号尚有距离。在他现存的七种杂剧中，有四本是写"神仙道化"的，缺少现实生活的反映，价值不是很高。

马致远的贡献，在于他作为一个深受汉民族文化熏陶浸润的知识分子，对蒙古贵族霸道的统治表现出深沉的悲愤，而且在作品中普遍流露出这种情绪，代表了大部分知识分子的失意和悲慨。

《汉宫秋》是一部历史剧。昭君出塞和亲的史实，《汉书·元帝本纪》、《汉书·匈奴传》和《后汉书·南匈奴传》均有记载。后世此类题材的文学作品也很多。马致远的《汉宫秋》之所以能够出类拔萃，在同类作品中大放异彩，主要有以下几个原因。

其一，对历史事实进行文学再创造，以便更加适合戏剧这种艺术形式。如王昭君在剧中并没有到匈奴生活，而是自投黑江，以身殉汉；又如毛延寿逃出汉宫且为单于献计，也是虚构的。这些改动和创造为塑造丰富的人物形象奠定了坚实的基础。

其二，以汉元帝为主要角色，通过这位汉室最高统治者的悲剧，反映了整个民族的屈辱。同时也告诉人们，正是以皇帝为中心的朝廷，应该对这场悲剧负责，他们才是民族灾难的罪魁祸首。

其三，优美典雅的曲辞，不仅给人物以鲜活的个性，场面以雄宏的气魄，而且使“将美的东西毁灭给人看”的悲剧，迸发出震撼人心的艺术感染力。如第三折中著名的〔七弟兄〕以下三曲，将别离场景的悲凉刻画得惟妙惟肖，特别是以首尾相接、回环相生的叠句，抒写对别离后凄凉境况的想象，沉痛欲绝，纵是铁石心肠，也不得不动情。

马致远的《汉宫秋》和白朴的《梧桐雨》有相似之处，艺术上则各有千秋。而取于史实又不拘泥于史实，在史实的基础上创造性地融入现实的内容，则是两剧的共性。

赵氏孤儿大报仇

纪君祥　撰

春秋时代，晋国强盛。晋灵公时，大将屠岸贾与文官赵盾不和，搬弄于灵公，将赵盾一家三百口满门良贱，诛尽杀绝。赵盾之子赵朔为驸马，当时其妻（公主）怀孕在身，产下赵氏孤儿。程婴为报主恩，偷偷将赵氏孤儿带出宫中。谁知屠岸贾为了斩草除根，竟下令将晋国之内半岁之下、一月之上的婴儿都要杀死。程婴自己正好刚得一子，于是他与公孙杵臼定计，用自己的孩子替换下赵氏孤儿，让公孙杵臼假装成收留孤儿，被屠岸贾杀死。真的赵氏孤儿存活之后，屠岸贾认为义子，让孩子在他跟前习武，在程婴跟前学文。等到赵氏孤儿长大成人后，程婴用手卷（即连环画）的形式，巧妙地将真相告诉孤儿，赵氏孤儿将屠岸贾送上断头台，完成了替赵家三百口报仇雪恨的任务。

剧中主要人物：

韩厥（正末）：下将军。出于对屠岸贾的义愤和对赵氏的同情，故意让程婴将赵氏孤儿带出府门，并自刎而死。

公孙杵臼（正末）：初为中大夫，后罢职归农。与程婴定计，假装收留赵氏孤儿（实为程婴之子），被屠岸贾杀死。

程勃（正末）：因过继与屠岸贾，又名屠成，也即赵氏孤儿。二十岁时，得知事情的真相，替亲人报仇雪恨。

程婴（外）：驸马赵朔的门人。为救孤儿，献出自己的亲生儿子。又含辛茹苦、忍辱负重将孤儿养大。

屠岸贾（净）：晋国大将。因与赵盾不和，竟设计害死赵家三百馀口。最后被幸存的赵氏孤儿送上断头台。

赵朔（冲末）：赵盾之子，灵公驸马。被逼自杀。其遗腹子即为赵氏孤儿。

公主（旦儿）：灵公之女，赵朔之妻，赵氏孤儿之生母。为打消程婴救孤儿的顾虑，生下孤儿之后，即悬梁自尽。

楔　子

(净扮屠岸贾领卒子上,诗云) 人无害虎心,虎有伤人意;当时不尽情,过后空淘气。某乃晋国大将屠岸贾是也。俺主灵公在位,文武千员,其信任的只有一文一武:文者是赵盾,武者即某矣。俺二人文武不和,常有伤害赵盾之心,争奈不能入手。那赵盾儿子唤做赵朔,现为灵公驸马。某也曾遣一勇士鉏麑,仗着短刀,越墙而过,要刺杀赵盾,谁想鉏麑触树而死。那赵盾为劝农,出到郊外,见一饿夫在桑树下垂死,将酒饭赐他饱餐了一顿,其人不辞而去。后来西戎国进贡一犬,呼曰神獒[1],灵公赐与某家。自从得了那个神獒,便有了害赵盾之计。将神獒锁在净房中,三五日不与饮食。于后花园中扎下一个草人,紫袍玉带[2],象简乌靴[3],与赵盾一般打扮。草人腹中悬一付羊心肺。某牵出神獒来,将赵盾紫袍剖开,着神獒饱餐一顿,依旧锁入净房中。又饿了三五日,复行牵出,那神獒扑着便咬,剖开紫袍,将羊心肺又饱餐一顿。如此试验百日,度其可用,某因入见灵公,只说今时不忠不孝之人,甚有欺君之意。灵公一闻其言,不胜大恼,便向某索问其人,某言西戎国进来的神獒,性最灵异,他便认的。灵公大喜,说:"当初尧、舜之时,有獬豸能触邪人[4],谁想我晋国有此神獒,今在何处?"某牵上那神獒去,其时赵盾紫袍玉带,正立在灵公坐榻之边。神獒见了,扑着他便咬。灵公言:"屠岸贾,你放了神獒,兀的不是谗臣也?"某放了神獒,赶着赵盾,绕殿而走。争奈傍边恼了一人,乃是殿前太尉提弥明,一瓜锤打倒神獒,一手揪住脑杓皮[5],一手扳住下嗑子[6],只一劈,将那神獒分为两半。赵盾出的殿门,便寻他原乘的驷马车[7]。某已使人将驷马摘了二马;双轮去了一轮。上的车来,不能前去。傍边转过一个壮士,一臂扶轮,一手策马,逢山开路,救出赵盾去了。你道其人是谁?就是那桑树下饿夫灵辄。某在灵公跟前说过,将赵盾三百口满门良贱,诛尽杀绝。止有赵朔与公主在府中,为他是个驸马,不好擅杀。某想剪草除根,萌芽不发。乃诈传灵公的命,差一使臣将着三般朝典[8],是弓弦、药酒、短刀,着赵朔服那一般朝典身亡。某已分付他疾去早来,回我的话。(诗云) 三百家属已灭门,止有赵朔一亲人。不论那般朝典死,便教剪草尽除根。(下)(冲末扮赵朔同旦儿扮公主上)(赵朔云) 小官赵朔,官拜都尉之职。谁想屠岸贾与我父文武不和,搬弄灵公,将俺三百口满门良贱,诛尽杀绝了也。公主,你听我遗言:你如今腹怀有孕,若是你添个女儿,更无话说;若是个小厮儿呵,我就腹中与他个小名,唤做"赵氏孤儿"。待他长立成人,与俺父母雪冤报仇也。(旦儿哭科,云) 兀的不痛杀我也!(外扮使命,领从人上,云) 小官奉主公的命,将三般朝典,是弓弦、药酒、短刀,赐与驸马赵朔,随他服那一般朝典,取速而亡,然后将公主囚禁府中。小官不敢久停久住,即刻传命走一遭去。可早来到他府门首也。(见科，云) 赵朔跪者，听主公的命："为你一家不忠不孝，欺公坏法，将您满门良贱，尽行诛戮，尚有余辜。姑念赵朔有一脉之亲，不忍加诛，特赐三般朝典，随意取一而死。其公主囚禁在府，断绝亲疏，不许往来。" 兀那赵朔！圣命不可违慢，你早早自尽者！(赵朔云) 公主，似此可怎了也？(唱)

【仙吕·赏花时】枉了我报主的忠良一旦休，只他那蠹国的奸臣权在手。他平白地使机谋，将俺云阳市斩首[9]，兀的是出气力的下场头！

(旦儿云) 天那，可怜害的俺一家死无葬身之地也。(赵朔唱)

【幺篇】落不的身埋在故丘。(云) 公主，我嘱付你的说话，你牢记者。(旦儿云) 妾身知道了也。(赵朔唱) 分付了腮边雨泪流，俺一句一回愁。待孩儿他年长后，着与俺这三百口，可兀的报冤仇[10]！(死科，下)

(旦儿云) 驸马，则被你痛杀我也！(下) (使命云) 赵朔用短刀身亡了也，公主已囚在府中。小官须回主公的话去来。(诗云) 西戎当日进神獒，赵家百口命难逃。可怜公主犹囚禁，赵朔能无决短刀？(下)

注释

[1] 獒（áo）：大犬，猛犬。

[2] 玉带：用玉装饰的腰带。

[3] 象简：用象牙制成的笏板，官员朝见皇帝时凭此避免直视皇帝，也可在上面书写启奏的内容。

[4] 獬豸（xièzhì）：传说中的一种异兽。能辨曲直，见人斗，即用角触不直者；见人争，即以口咬不正者。

[5] 脑杓皮：即头皮。

[6] 下嗑子：下巴。

[7] 驷马车：古时显贵者的车乘，一车套四匹马。

[8] 朝（cháo）典：朝廷的典章。

[9] 云阳市：戏曲小说中称行刑的地方。

[10] 兀的：这里是加重语气。

第一折

(屠岸贾上，云) 某屠岸贾，只为怕公主他添了个小厮儿，久以后成人长大，他不是我的仇人？我已将公主囚在府中，这些时该分娩了。怎么差去的人去了许久，还不见来回报？(卒子上报科，云) 报的元帅得知，公主囚在府中，添了个小厮儿，唤做赵氏孤儿哩。(屠岸贾云) 是真个唤做赵氏孤儿？等一月满足，杀这小厮，也不为迟。令人，传我的号令去，着下将军韩厥，把住府门；不搜进去的，只搜出来的。若有盗出赵氏孤儿者，全家处斩，九族不留。一壁与我张挂榜文，遍告诸将，休得违误，自取其罪。（词云）不争晋公主怀孕在身，产孤儿是我仇人；待满月钢刀铡死，才称我削草除根。（下）（旦儿抱俫儿上，诗云）天下人烦恼，都在我心头；犹如秋夜雨，一点一声愁。妾身晋室公主，被奸臣屠岸贾将俺赵家满门良贱，诛尽杀绝。今日所生一子，记的驸马临亡之时，曾有遗言：若是添个小厮儿，唤做赵氏孤儿，待他久后成人长大，与父母雪冤报仇。天那，怎能够将这孩儿送出的这府门去，可也好也。我想起来，目下再无亲人，只有俺家门下程婴，在家属上无他的名字。我如今只等程婴来时，我自有个主意。（外扮程婴背药箱上，云）自家程婴是也，元是个草泽医人[1]，向在驸马府门下，蒙他十分优待，与常人不同。可奈屠岸贾贼臣，将赵家满门良贱，诛尽杀绝。幸得家属上无有我的名字，如今公主囚在府中，是我每日传茶送饭。那公主眼下虽然生的一个小厮，取名赵氏孤儿，等他长立成人，与父母报仇雪冤；只怕出不得屠贼之手，也是枉然。闻的公主呼唤，想是产后要什么汤药，须索走一遭去。可早来到府门首。也不必报复，径自过去。（程婴见科，云）公主呼唤程婴，有何事？（旦儿云）俺赵家一门，好死的苦楚也！程婴，唤你来别无甚事。我如今添了个孩儿，他父临亡之时，取下他一个小名，唤做赵氏孤儿。程婴，你一向在俺赵家门下走动，也不曾歹看承你[2]，你怎生将这个孩儿掩藏出去，久后成人长大，与他赵氏报仇。（程婴云）公主，你还不知道，屠岸贾贼臣闻知你产下赵氏孤儿，四城门张挂榜文，但有掩藏孤儿的，全家处斩，九族不留。我怎么掩藏的他出去？（旦儿云）程婴！（诗云）可不道遇急思亲戚，临危托故人。你若是救出亲生子，便是俺赵家留得这条根。（做跪科，云）程婴，你则可怜见俺赵家三百口，都在这孩儿身上哩！（程婴云）公主请起。假若是我掩藏出小舍人去，屠岸贾得知，问你要赵氏孤儿，你说道："我与了程婴也。"俺一家儿便死了也罢，这小舍人休想是活的。（旦儿云）罢，罢，罢！程婴，我教你去的放心。（诗云）程婴心下且休慌，听吾说罢泪千行。他父亲身在刀头死，（做拿裙带缢死科，云）罢，罢，罢，为母的也相随一命亡。（下）（程婴云）谁想公主自缢死了也。我不敢久停久住，打开这药箱，将小舍人放在里面，再将些生药遮住身子。天也，可怜见赵家三百余口，诛尽杀绝，止有一点点孩儿。我如今救的他出去，你便有福，我便成功；若是搜将出来呵，你便身亡，俺一家儿都也性命不保。（诗云）程婴心下自裁划[3]，赵家门户实堪哀；只要你出的九重帅府连环寨，便是脱却天罗地网灾。（下）（正末扮韩厥领卒子上，云）某下将军韩厥是也。佐于屠岸贾麾下，着某把守公主的府门，可是为何？只因公主生下一子，唤做赵氏孤儿，恐怕有人递盗将去，着某在府门上搜出来时，将他全家处斩，九族不留。小校，将公主府门把的严整者！嗨，屠岸贾，都似你这般损坏忠良，几时是了也呵！（唱）

【仙吕·点绛唇】列国纷纷，莫强于晋。才安稳，怎有这屠岸贾贼臣，他则把忠孝的公卿损！

【混江龙】不甫能风调雨顺[4]，太平年宠用着这般人。忠孝的在市曹中斩首[5]，奸佞的在帅府内安身。现如今全作威来全作福，还说甚半由君也半由臣！他，他，他把爪和牙布满在朝门，但违拗的早一个个诛夷尽[6]。多咱是人间恶煞，可什么阃外将军[7]。

（云）我想屠岸贾与赵盾两家儿结下这等深仇，几时可解也！（唱）

【油葫芦】他待要剪草防芽绝祸根，使着俺把府门。俺也是于家为国旧时臣。那一个藏孤儿的便不合将他隐，这一个杀孤儿的你可也心何忍？（带云）屠岸贾，你好狠也！（唱）有一日怒了上苍，恼了下民，怎不怕沸腾腾万口争谈论？天也显着个青脸儿不饶人。

【天下乐】却不道远在儿孙近在身。哎，你个贼也波臣[8]，和赵盾，岂可二十载同僚没些儿义分？便兴心使歹心，指贤人作歹人。他两个细评论，还是那个狠？

（云）令人，门首觑者，看有甚么人出府门来，报复某家知道。（卒子云）理会的。（程婴做慌走上，云）我抱着这药箱，里面有赵氏孤儿。天也可怜，喜的韩厥将军把住府门。他须是我老相公抬举来的。若是撞的出去，我与小舍人性命都得活也。（做出门科）（正末云）小校，拿回那抱药箱儿的人来。你是甚么人？（程婴云）我是个草泽医人，姓程，是程婴。（正末云）你在那里去来？（程婴云）我在公主府内煎汤下药来。（正末云）你下甚么药？（程婴云）下了个益母汤。（正末云）你这箱儿里面甚么物件？（程婴云）都是生药。（正末云）是甚么生药？（程婴云）都是桔梗、甘草、薄荷。（正末云）可有什么夹带？（程婴云）并无夹带。（正末云）这等你去。（程婴做走，正末叫科，云）程婴回来。这箱儿里面是甚么物件？（程婴云）都是生药。（正末云）可有甚么夹带？（程婴云）并无夹带。（正末云）你去。（程婴做走，正末叫科，云）程婴回来。你这其中必有暗昧。我着你去呵，似弩箭离弦[9]；叫你回来呵，便似毡上拖毛[10]。程婴，你则道我不认的你哩！（唱）

【河西后庭花】你本是赵盾家堂上宾，我须是屠岸贾门下人。你便藏著那未满月麒麟种，（带云）程婴你见么？（唱）怎出的这不通风虎豹屯？我不是下将军，也不将你来盘问。（云）程婴，我想你多曾受赵家恩来。（程婴云）是知恩报恩，何必要说？（正末唱）你道是既知恩合报恩，只怕你要脱身难脱身。前和后把住门，地和天那处奔？若拿回审个真，将孤儿往报闻，生不能，死有准。

（云）小校靠后，唤您便来，不唤您休来。（卒子云）理会的。（正末做揭箱子见科，云）程婴，你道是桔梗、甘草、薄荷，我可搜出人参来也。（程婴做慌跪伏科）（正末唱）

【金盏儿】见孤儿额颅上汗津津，口角头乳食喷；骨碌碌睁一双小眼儿将咱认[11]，悄促促箱儿里似把声吞[12]；紧绑绑难展足[13]，窄狭狭怎翻身[14]？他正是成人不自在，自在不成人。

（程婴词云）告大人停嗔息怒，听小人从头分诉：想赵盾晋室贤臣，屠岸贾心生嫉妒；遣神獒扑害忠良，出朝门脱身逃去；驾单轮灵辄报恩，入深山不知何处。奈灵公听信谗言，任屠贼横行独步。赐驸马伏剑身亡，灭九族都无活路。将公主囚禁冷宫，那里讨亲人照顾？遵遗嘱唤做孤儿，子共母不能完聚。才分娩一命归阴，着程婴将他掩护。久以后长立成人，与赵家看守坟墓。肯分的遇着将军[15]，满望你拔刀相助。若再剪除了这点萌芽，可不断送他灭门绝户？（正末云）程婴，我若把这孤儿献将出去，可不是一身富贵？但我韩厥是一个顶天立地的男儿，怎肯做这般勾当！（唱）

【醉中天】我若是献出去图荣进，却不道利自己损别人？可怜他三百口亲丁尽不存，着谁来雪这终天恨？（带云）那屠岸贾若见这孤儿呵，（唱）怕不就连皮带筋，捻成齑粉[16]？我可也没来由立这样没眼的功勋。

（云）程婴，你抱的这孤儿出去。若屠岸贾问呵，我自与你回话。（程婴云）索谢了将军。（做抱箱儿走出，又回跪科）（正末云）程婴，我说放你去，难道要你？可快出去！（程婴云）索谢了将军。（做走又回跪科）（正末云）程婴，你怎生又回来？（唱）

【金盏儿】敢猜着我调假不为真[17]？那知道蕙叹惜芝焚[18]？去不去我儿回家将伊尽[19]，可怎生到门前兜的又回身[20]？（带云）程婴，（唱）你既没包身胆，谁着你强做保孤人？可不道忠臣不怕死，怕死不忠臣。

（程婴云）将军，我若出的这府门去，你报与屠岸贾知道，别差将军赶来，拿住我程婴，这个孤儿万无活理。罢，罢，罢！将军，你拿将程婴去，请功受赏，我与赵氏孤儿情愿一处身亡便了。（正末云）程婴，你好去的不放心也！（唱）

【醉扶归】你为赵氏存遗胤[21]，我于屠贼有何亲？却待要乔做人情遣众军，打一个回风阵。你又忠我可也又信，你若肯舍残生，我也愿把这头来刎。

【青歌儿】端的是一言一言难尽，（带云）程婴，（唱）你也忒眼内眼内无珍[22]。将孤儿好去深山深处隐，那其间教训成人，演武修文；重掌三军，拿住贼臣；碎首分身，报答亡魂，也不负了我和你硬踩着是非门，担危困。

（带云）程婴，你去的放心者。（唱）

【赚煞尾】能可在我身儿上讨明白[23]，怎肯向贼子行捱推问[24]！猛拚着撞阶基图个自尽，便留不得香名万古闻，也好伴钼麑共做忠魂。你，你，你要殷勤，照觑晨昏[25]，他须是赵氏门中一命根。直等待他年长进，才说与从前话本，是必教报仇人，休忘了我这大恩人。（自刎下）

（程婴云）呀，韩将军自刎了也。则怕军校得知，报与屠岸贾知道，怎生是好？我抱着孤儿，须索逃命去来。（诗云）韩将军果是忠良，为孤儿自刎身亡。我如今放心前去，太平庄再做商量。（下）

注释

[1] 元：同“原”。
[2] 歹看承：对不住。
[3] 裁划：思量，斟酌。
[4] 不甫能：刚刚、好容易。
[5] 市曹：市中心。
[6] 诛夷：杀戮。
[7] 阃（kǔn）外：郭门之外。
[8] 也波：唱腔中衬词，无实义。
[9] 弩箭离弦：形容疾逃。
[10] 毡上拖毛：比喻行动迟缓。
[11] 骨碌碌：状声词，这里指孤儿转动眼球。
[12] 悄促促：悄悄地、静静地。
[13] 紧绑绑：十分紧。
[14] 窄狭狭：不宽裕。
[15] 肯分：恰巧。
[16] 齑（jī）粉：细粉，碎屑。这里是粉身碎骨的意思。
[17] 调（diào）假：扯谎，假冒。
[18] 蕙叹惜芝焚：蕙和芝都是香草，常比喻高尚的品德。这里是惺惺相惜的意思。
[19] 几回家将伊尽：好几次让你选择。
[20] 兜的：突然。兜，同“陡”。
[21] 遗胤（yìn）：遗留下的后代。
[22] 忒（tuī）：太。　眼内无珍：指没有眼光。
[23] 能可：宁可。
[24] 贼子行（háng）：贼人那里。　推问：讯问。
[25] 照觑晨昏：早晚照顾。

第二折

（屠岸贾领卒子上，云）事不关心，关心者乱。某屠岸贾，只为公主生下一个小的，唤做赵氏孤儿，我差下将军韩厥，把住府门，搜检奸细；一面张挂榜文，若有掩藏赵氏孤儿者，全家处斩，九族不留。怕那赵氏孤儿会飞上天去？怎么这早晚还不见送到孤儿，使我放心不下。令人，与我门外觑者。（卒子报科，云）报元帅，祸事到了也。（屠岸贾云）祸从何来？（卒子云）公主在府中将裙带自缢而死。把府门的韩厥将军，也自刎身亡了也。（屠岸贾云）韩厥为何自刎了？必然走了赵氏孤儿。怎生是好？眉头一皱，计上心来。我如今不免诈传灵公的命，把普国内但是半岁之下，一月之上，新添的小厮，都与我拘刷将来[1]，见一个剁三剑，其中必然有赵氏孤儿，可不除了我这腹心之害？令人，与我张挂榜文，着普国内但是半岁之下、一月之上新添的小厮，都拘刷到我帅府中来听令。违者全家处斩，九族不留。（诗云）我拘刷尽普国婴孩，料孤儿没处藏埋；一任他金枝玉叶，难逃我剑下之灾。（下）

（正末扮公孙杵臼领家童上，云）老夫公孙杵臼是也。在晋灵公位下，为中大夫之职。只因年纪高大，见屠岸贾专权，老夫掌不得王事，罢职归农。苫庄三顷地，扶手一张锄，住在这吕吕太平庄上。往常我夜眠斗帐听寒角，如今斜倚柴门数雁行，倒大来悠哉也呵[2]。（唱）

【南吕·一枝花】兀的不屈沉杀大丈夫，损坏了真梁栋？被那些腌臜屠狗辈[3]，欺负俺慷慨钓鳌翁[4]。正遇着不道的灵公，偏贼子加恩宠，着贤人受困穷。若不是急流中将脚步抽回，险些儿闹市里把头皮断送。

【梁州第七】他，他，他在元帅府扬威也那耀勇，我，我，我在太平庄罢职归农，再休想鹓班豹尾相随从[5]。他如今官高一品，位极三公，户封八县，禄享千钟，见不平处有眼如矇，听咒骂处有耳如聋。他、他、他，只将那会谄谀的着列鼎重裀[6]，害忠良的便加官请俸，耗国家的都叙爵论功。他，他，他，只贪着目前受用，全不省爬的高来可也跌的来肿。怎如俺守田园学耕种，早跳出伤人饿虎丛，倒大来从容。

（程婴上，云）程婴，你好慌也；小舍人，你好险也；屠岸贾，你好狠也。我程婴虽然担着个死，撞出城来，闻的那屠岸贾见说走了赵氏孤儿，要将普国内半岁之下、一月之上小孩儿每，都拘摄到元帅府里[7]，不问是孤儿不是孤儿，他一个个亲手剁做三段。我将的这小舍人送到那厢去好？有了，我想吕吕太平庄上公孙杵臼，他与赵盾是一殿之臣，最相交厚。他如今罢职归农。那老宰辅是个忠直的人，那里堪可掩藏。我如今来到庄上，就在这芭棚下[8]，放下这药箱。小舍人，你且权时歇息咱，我见了公孙杵臼，便来看你。家童，报复去，道有程婴求见。（家童报科，云）有程婴在于门首。（正末云）道有请。（家童云）请进。（正末见科，云）程婴，你来有何事？（程婴云）在下见老宰辅在这太平庄上，特来相访。（正末云）自从我罢官之后，众宰辅每好么？（程婴云）嗨，这不比老宰辅为官时节。如今屠岸贾专权，较往常都不同了也！（正末云）也该着众宰辅每劝谏劝谏。（程婴云）老宰辅，这等贼臣，自古有之；便是那唐虞之世，也还有四凶哩[9]。（正末唱）

【隔尾】你道是古来多被奸臣弄，便是圣世何尝没四凶，谁似这万人恨、千人嫌、一人重？他不廉不公，不孝不忠，单只会把赵盾全家杀的个绝了种！

（程婴云）老宰辅，幸的皇天有眼，赵氏还未绝种哩。（正末云）他家满门良贱三百余口，诛尽杀绝，便是驸马也被三般朝典短刀自刎了，公主也将裙带缢死了，还有什么种在那里？（程婴云）那前项的事，老宰辅都已知道，不必说了。近日公主囚禁府中，生下一子，唤做孤儿，这不是赵家是那家的种？但恐屠岸贾得知，又要杀坏；若杀了这一个小的，可不将赵家真绝了种也？（正末云）如今这孤儿却在那里？不知可有人救的出来么？（程婴云）老宰辅既有这点见怜之意，在下敢不实说。公主临亡时，将这孤儿交付与了程婴，着好生照觑他，待到成人长大，与父母报仇雪恨。我程婴抱的这孤儿出门，被韩厥将军要拿的去报与屠岸贾；是程婴数说了一场，那韩厥将军放我出了府门，自刎而亡。如今将的这孤儿无处掩藏，我特来投奔老宰辅。我想宰辅与赵盾元是一殿之臣，必然交厚，怎生可怜见救这个孤儿咱！（正末云）那孤儿今在何处？（程婴云）现在芭棚下哩。（正末云）休惊唬着孤儿，你快抱的来！（程婴做取箱开看科，云）谢天地，小舍人还睡着哩。（正末接科）（唱）

【牧羊关】这孩儿未生时绝了亲戚，怀着时灭了祖宗，便长成人也则是少吉多凶。他父亲斩首在云阳，他娘呵死在冷宫，那里是有血腥的白衣相[10]？则是个无恩念的黑头虫[11]。（程婴云）赵氏一家全靠着这小舍人，要他报仇哩。（正末唱）你道他是个报父母的真男子，我道来则是个妨爷娘的小业种[12]！

（程婴云）老宰辅不知，那屠岸贾为走了赵氏孤儿，普国内小的都拘刷将来，要伤害性命。老宰辅，我如今将赵氏孤儿偷藏在老宰辅跟前，一者报赵驸马平日优待之恩，二者要救普国小儿之命。念程婴年已四旬有五，所生一子，未经满月。待假装做赵氏孤儿，等老宰辅告首与屠岸贾去[13]，只说程婴藏着孤儿，把俺父子二人一处身死。老宰辅慢慢的抬举的孤儿成人长大，与他父母报仇，可不好也？（正末云）程婴，你如今多大年纪了？（程婴云）在下四十五岁了。（正末云）这小的算着二十年呵，方报的父母仇恨。你再着二十年，也只是六十五岁；我再着二十年呵，可不九十岁了？其时存亡未知，怎么还与赵家报的仇？程婴，你肯舍的你孩儿，倒将来交付与我；你自首告屠岸贾处，说道太平庄上公孙杵臼藏着赵氏孤儿。那屠岸贾领兵校来拿住，我和你亲儿一处而死。你将的赵氏孤儿，抬举成人，与他父母报仇，方才是个长策。(程婴云) 老宰辅，是则是，怎么难为的你老宰辅？你则将我的孩儿，假装做赵氏孤儿，报与屠岸贾去，等俺父子二人一处而死罢。(正末云) 程婴，我一言已定，再不必多疑了。(唱)

【红芍药】须二十年酬报的主人公，恁时节才称心胸[14]，只怕我迟疾死后一场空。(程婴云) 老宰辅，你精神还强健哩！(正末唱) 我精神比往日难同，闪下这小孩童怎见功？你急切里老不的形容[15]，正好替赵家出力做先锋。(带云) 程婴，你只依着我便了。(唱) 我委实的捱不彻暮鼓晨钟[16]。

(程婴云) 老宰辅，你好好的在家，我程婴不识进退，平白地将着这愁布袋连累你老宰辅，以此放心不下。(正末云) 程婴，你说那里话？我是七十岁的人，死是常事，也不争这早晚。(唱)

【菩萨梁州】向这傀儡棚中[17]，鼓笛搬弄，只当做场短梦。猛回头早老尽英雄。有恩不报怎相逢，见义不为非为勇。(程婴云) 老宰辅既应承了，休要失信。(正末唱) 言而无信言何用！(程婴云) 老宰辅，你若存的赵氏孤儿，当名标青史，万古留芳。(正末唱) 也不索把咱来厮陪奉，大丈夫何愁一命终？况兼我白发蓬松。

(程婴云) 老宰辅，还有一件：若是屠岸贾拿住老宰辅，你怎熬的这三推六问？少不得指攀我程婴下来。俺父子两个死是分内，只可惜赵氏孤儿终归一死，可不把你老宰辅干累了也[18]？(正末云) 程婴，你也说的是。我想那屠岸贾与赵驸马呵，(唱)

【三煞】这两家做下敌头重，但要访的孤儿有影踪，必然把太平庄上兵围拥，铁桶般密不通风。(云) 那屠岸贾拿住了我，高声喝道："老匹夫，岂不见三日前出下榜文？偏是你藏下赵氏孤儿，与俺作对！请波！请波！"(唱) 则说老匹夫请先入瓮，也须知榜揭处天都动；偏你这罢职归田一老农，公然敢剔蝎撩蜂[19]！

【二煞】他把绷扒吊拷般般用，情节根由细细穷；那其间枯皮朽骨难禁痛，少不得从实攀供，可知道你个程婴怕恐。(带云) 程婴，你放心者。(唱) 我从来一诺似千金重，便将我送上刀山与剑峰，断不做有始无终！

(云) 程婴，你则放心前去，抬举的这孤儿成人长大，与他父母报仇雪恨。老夫一死，何足道哉！(唱)

【煞尾】凭着赵家枝叶千年永，晋国山河百二雄。显耀英材统军众，威压诸邦尽伏拱；遍拜公卿诉苦衷。祸难当初起下宫，可怜三百口亲丁饮剑锋；刚留得孤苦伶仃一小童。巴到今朝袭父封，提起冤仇泪如涌，要请甚旗牌下九重，早拿出奸臣帅府中，断首分骸祭祖宗，九族全诛不宽纵。恁时节才不负你冒死存孤报主公，便是我也甘心儿葬近要离路傍冢[20]。(下)

(程婴云) 事势急了，我依旧将这孤儿抱的我家去，将我的孩儿送到太平庄上来。(诗云) 甘将自己亲生子，偷换他家赵氏孤；这本程婴义分应该得，只可惜遗累公孙老大夫。(下)

注释

[1] 拘刷：拘捕。

[2] 倒大来：何等的。

[3] 腌臜（āzā）：肮脏。 屠狗辈：本意为屠夫，借指平庸之辈。

[4] 钓鳌翁：《列子·汤问》载：古代渤海之东有五座山，常随波涛漂流。上帝命十五只巨鳌头顶着山，方才固定。可是龙伯国有一大人，没走几步就到了五座山前，“一钓而连六鳌……”，后便用“钓鳌客”、“钓鳌翁”比喻豪迈的举止或有远大抱负的人。

[5] 鹓（yuān）班豹尾：鹓是凤凰一类的鸟，飞行时很有次序，故用鹓班喻朝臣的行列。又古时皇帝出行的随从车子最后一辆称豹尾车，豹尾即指扈从皇帝的朝官行列。

[6] 列鼎重裀（chóngyīn）：吃饭时排列着丰盛的菜肴，坐卧时铺着两层垫子。形容极其奢华。

[7] 拘摄：拘捕。

[8] 芭棚：用苇或茅等物所搭之棚，以避风雨。

[9] 四凶：传说舜所流放的四人或四族首领。

[10] 白衣相：未出仕的平民样子。

[11] 黑头虫：喻忘恩负义的人。

[12] 业种：骂人之词。

[13] 告首：出首，告发。

[14] 恁（rèn）时节：那时候。

[15] 急切里：匆忙紧促。

[16] 委实的：确实的，实实在在的。 暮鼓晨钟：佛寺中早晚报时的钟鼓。

[17] 傀儡（kuǐlěi）：用土木制成的偶像。

[18] 干累：连累。

[19] 剔蝎撩蜂：招惹是非。

[20] 要离：春秋时吴国刺客。据《吴越春秋·阖闾内传》载，他替吴公子光谋刺庆忌，刺中后，自杀身亡。

第三折

(屠岸贾领卒子上，云) 兀的不走了赵氏孤儿也！某已曾张挂榜文，限三日之内，不将孤儿出首，即将普国内小儿，但是半岁以下、一月以上，都拘刷到我帅府中，尽行诛戮。令人，门首觑者，若有首告之人，报复某家知道。(程婴上，云) 自家程婴是也。昨日将我的孩儿送与公孙杵臼去了，我今日到屠岸贾跟前首告去来。令人，报复去，道有了赵氏孤儿也！(卒子云) 你则在这里，等我报复去。(报科，云) 报的元帅得知，有人来报，赵氏孤儿有了也。(屠岸贾云) 在那里？(卒子云) 现在门首哩。(屠岸贾云) 着他过来。(卒子云) 着过来。(做见科，屠岸贾云) 兀那斯，你是何人？(程婴云) 小人是个草泽医士程婴。(屠岸贾云) 赵氏孤儿今在何处？(程婴云) 在吕吕太平庄上公孙杵臼家藏着哩。(屠岸贾云) 你怎生知道来？(程婴云) 小人与公孙杵臼曾有一面之交。我去探望他，谁想卧房中锦绷绣褥上，躺着一个小孩儿。我想公孙杵臼年纪七十，从来没儿没女，这个是那里来的？我说道："这小的莫非是赵氏孤儿么？" 只见他登时变色，不能答应。以此知孤儿在公孙杵臼家里。(屠岸贾云) 咄[1]！你这匹夫，你怎瞒的过我？你和公孙杵臼往日无仇，近日无冤，你因何告他藏着赵氏孤儿？你敢是知情么？说的是，万事全休；说的不是，令人，磨的剑快，先杀了这个匹夫者。(程婴云) 告元帅，暂息雷霆之怒，略罢虎狼之威，听小人诉说一遍咱。我小人与公孙杵臼原无仇隙，只因元帅传下榜文，要将普国内小儿拘刷到帅府，尽行杀坏。我一来为救普国内小儿之命；二来小人四旬有五，近生一子，尚来满月，元帅军令，不敢不献出来，可不小人也绝后了？我想有了赵氏孤儿，便不损坏一国生灵，连小人的孩儿也得无事，所以出首。(诗云) 告大人暂停嗔怒，这便是首告缘故。虽然救普国生灵，其实怕程家绝户。(屠岸贾笑科，云) 哦，是了！公孙杵臼元与赵盾一殿之臣，可知有这事来。令人，则今日点就本部下人马，同程婴到太平庄上，拿公孙杵臼走一遭去。(同下)(正末公孙杵臼上，云) 老夫公孙杵臼是也。想昨日与程婴商议救赵氏孤儿一事，今日他到屠岸贾府中首告去了。这早晚屠岸贾这斯必然来也呵。(唱)

【双调·新水令】我则见荡征尘飞过小溪桥，多管是损忠良贼徒来到。齐臻臻摆着士卒，明晃晃列着枪刀。眼见的我死在今朝，更避甚痛笞掠[2]。

(屠岸贾同程婴领卒子上，云) 来到这吕吕太平庄上也。令人，与我围了太平庄者！程婴，那里是公孙杵臼宅院？(程婴云) 则这个便是。(屠岸贾云) 拿过那老匹夫来。公孙杵臼，你知罪么？(正末云) 我不知罪。(屠岸贾云) 我知你个老匹夫和赵盾是一殿之臣，你怎敢掩藏着赵氏孤儿？(正末云) 老元帅，我有熊心豹胆，怎敢掩藏着赵氏孤儿？(屠岸贾云) 不打不招。令人，与我拣大棒子着实打者！(卒子做打科，正末唱)

【驻马听】想着我罢职辞朝，曾与赵盾名为刎颈交[3]。(云) 这事是谁见来？(屠岸贾云) 现有程婴首告着你哩。(正末唱) 是那个昧情出告？元来这程婴舌是斩身刀。(云) 你杀了赵家满门良贱三百余口，则剩下这孩儿，你又要伤他性命！

（唱）你正是狂风偏纵扑天雕，严霜故打枯根草。不争把孤儿又杀坏了[4]，可着他三百口冤仇甚人来报？

（屠岸贾云）老匹夫，你把孤儿藏在那里？快招出来，免受刑法。（正末云）我有甚么孤儿藏在那里，谁见来？（屠岸贾云）你不招？令人，与我采下去着实打者[5]！（做打科，屠岸贾云）这老匹夫赖肉顽皮，不肯招承，可恼可恼！程婴，这原是你出首的，就着你替我行杖者！（程婴云）元帅，小人是个草泽医士，撮药尚然腕弱，怎生行的杖？（屠岸贾云）程婴，你不行杖，敢怕指攀出你么？（程婴云）元帅，小人行杖便了。（做拿杖子科，屠岸贾云）程婴，我见你把棍子拣了又拣，只拣着那细棍子，敢怕打的他疼了，要指攀下你来？（程婴云）我就拿大棍子打者。（屠岸贾云）住者。你头里只拣着那细棍子打，如今你却拿起大棍子来，三两下打死了呵，你就做的个死无招对。（程婴云）着我拿细棍子又不是，拿大棍子又不是，好着我两下做人难也。（屠岸贾云）程婴，你只拿着那中等棍子打。公孙杵臼老匹夫，你可知道行杖的就是程婴么？（程婴行杖科，云）快招了者！（三科了）（正末云）哎哟，打了这一日，不似这儿棍子打的我疼。是谁打我来？（屠岸贾云）是程婴打你来。（正末云）程婴，你刬的打我那[6]！（程婴云）元帅，打的这老头儿兀的不胡说哩。（正末唱）

【雁儿落】是那一个实丕丕将着粗棍敲[7]？打的来痛杀杀精皮掉。我和你狠程婴有甚的仇？却教我老公孙受这般虐！

（程婴云）快招了者！（正末云）我招，我招！（唱）

【得胜令】打的我无缝可能逃，有口屈成招，莫不是那孤儿他知道，故意的把咱家指定了？（程婴做慌科）（正末唱）我委实的难熬，尚兀自强着牙根儿闹；暗地里偷瞧，只见他早唬的腿挺儿摇[8]。

（程婴云）你快招罢，省得打杀你。（正末云）有，有，有。（唱）

【水仙子】俺二人商议要救这小儿曹。（屠岸贾云）可知道指攀下来也。你说二人，一个是你了，那一个是谁？你实说将出来，我饶你的性命。（正末云）你要我说那一个？我说我说。（唱）哎，一句话来到我舌尖上却咽了。（屠岸贾云）程婴，这桩事敢有你么？（程婴云）兀那老头儿，你休妄指平人！（正末云）程婴，你慌怎么？（唱）我怎生把你程婴道，似这般有上梢无下梢[9]。（屠岸贾云）你头里说两个，你怎生这一会儿可说无了？（正末唱）只被你打的来不知一个颠倒。（屠岸贾云）你还不说，我就打死你个老匹夫！（正末唱）遮莫便打的我皮都绽，肉尽销，休想我有半字儿攀着。

（卒子抱倈儿上科，云）元帅爷贺喜，土洞中搜出个赵氏孤儿来了也！（屠岸贾笑科，云）将那小的拿近前来，我亲自下手，剁做三段。兀那老匹夫，你道无有赵

氏孤儿，这个是谁？（正末唱）

【川拨棹】你当日演神獒，把忠臣来扑咬。逼的他走死荒郊，刎死钢刀，缢死裙腰，将三百口全家老小尽行诛剿，并没那半个儿剩落，还不厌你心苗[10]？

（屠岸贾云）我见了这孤儿，就不由我不恼也！（正末唱）

【七弟兄】我只见他左瞧右瞧，怒咆哮，火不腾改变了狰狞貌[11]，按狮蛮拽札起锦征袍[12]，把龙泉扯离出沙鱼鞘[13]。

（屠岸贾怒云）我拔出这剑来，一剑，两剑，三剑。（程婴做惊疼科，屠岸贾云）把这一个小业种剁了三剑，兀的不称了我平生所愿也。（正末唱）

【梅花酒】呀，见孩儿卧血泊。那一个哭哭号号，这一个怨怨焦焦，连我也战战摇摇。直恁般歹做作，只除是没天道！呀，想孩儿离褥草，到今日恰十朝，刀下处怎耽饶[14]？空生长枉劬劳，还说甚要防老？

【收江南】呀，兀的不是家富小儿骄。（程婴掩泪科）（正末唱）见程婴心似热油浇，泪珠儿不敢对人抛。背地里揾了，没来由割舍的亲生骨肉吃三刀。

（云）屠岸贾那贼，你试觑者，上有天哩，怎肯饶过的你！我死，打甚么不紧[15]！（唱）

【鸳鸯煞】我七旬死后偏何老？这孩儿一岁死后偏知小？俺两个一处身亡，落的个万代名标。我嘱付你个后死的程婴，休别了横亡的赵朔。畅道是光阴过去的疾[16]，冤仇报复的早。将那厮万剐千刀，切莫要轻轻的索放了[17]。

（正末撞科，云）我撞阶基，觅个死处。（下）（卒子报科，云）公孙杵臼撞阶基身死了也。（屠岸贾笑科）那老匹夫既然撞死，可也罢了。（做笑科，云）程婴，这一桩里多亏了你。若不是你呵，如何杀的赵氏孤儿？（程婴云）元帅，小人原与赵氏无仇。一来救普国内众生，二来小人跟前也有个孩儿，未曾满月，若不搜的那赵氏孤儿出来，我这孩儿也无活的人也。（屠岸贾云）程婴，你是我心腹的人，不如只在我家中做个门客，抬举你那孩儿成人长大，在你跟前习文，送在我跟前演武。我也年近五旬，尚无子嗣，就将你的孩儿与我做个义儿。我偌大年纪了，后来我的官位，也等你的孩儿讨个应袭[18]。你意下如何？（程婴云）多谢元帅抬举。（屠岸贾诗云）则为朝纲中独显赵盾，不由我心中生忿；如今削除了这点萌芽，方才是永无后衅[19]。（同下）

注释

[1] 咄（duō）：呵斥声。
[2] 笞（chī）掠：鞭打。
[3] 刎颈交：同生死的朋友。
[4] 不争：倘使，如果。
[5] 采下去：拉下去。
[6] 刬（chàn）的：怎的、怎么。
[7] 实丕丕：实实在在。
[8] 腿脡（tǐng）：腿肚子。
[9] 有上梢无下梢：有头无尾。
[10] 心苗：心肠，心意。
[11] 火不腾：立即。
[12] 拽札起：束紧。
[13] 龙泉：本为剑名，后泛指剑。
[14] 耽饶：宽恕。
[15] 打甚么不紧：没什么关系。
[16] 畅道是：真正是。
[17] 索放：平白地放过。
[18] 应袭：指袭用官职。
[19] 后衅：后患。

第四折

（屠岸贾领卒子上，云）某屠岸贾。自从杀了赵氏孤儿，可早二十年光景也。有程婴的孩儿，因为过继与我，唤做屠成。教的他十八般武艺，无有不拈，无有不会。这孩儿弓马倒强似我，就着我这孩儿的威力，早晚定计，弑了灵公，夺了晋国，可将我的官位都与孩儿做了，方是平生愿足。适才孩儿往教场中演习弓马去了，等他来时，再做商议。（下）（程婴拿手卷上[1]，诗云）日月催人老，光阴趱少年[2]；心中无限事，未敢尽明言。过日月好疾也，自到屠府中，今经二十年光景，抬举的我那孩儿二十岁，官名唤做程勃。我跟前习文，屠岸贾跟前习武，甚有机谋，熟娴弓马。那屠岸贾将我的孩儿十分见喜，他岂知就里的事？只是一件，连我这孩儿心下也还是懵懵懂懂的。老夫今年六十五岁，倘或有些好歹呵，着谁人说与孩儿知道，替他赵氏报仇？以此踌躇展转，昼夜无眠。我如今将从前屈死的忠臣良将，画成一个手卷，倘若孩儿问老夫呵，我一桩桩剖说前事，这孩儿必然与父母报仇也！我且在书房中闷坐着，只等孩儿到来，自有个理会。（正末扮程勃上，云）某程勃是也。这壁厢爹爹是程婴，那壁厢爹爹可是屠岸贾。我白日演武，到晚习文。如今在教

场中回来，见我这壁厢爹爹走一遭去也呵。（唱）

【中吕·粉蝶儿】引着些本部下军卒，提起来杀人心半星不惧。每日家习演兵书。凭着我快相持、能对垒，直使的诸邦降伏。俺父亲英勇谁如？我拚着个尽心儿扶助。

【醉春风】我则待扶明主晋灵公，助贤臣屠岸贾。凭着我能文善武万人敌，俺父亲将我来许、许，可不道马壮人强，父慈子孝，怕甚么主忧臣辱。

（程婴云）我展开这手卷。好可怜也！单为这赵氏孤儿，送了多少贤臣烈士，连我的孩儿也在这里面身死了也！（正末云）令人，接了马者。这壁厢爹爹在那里？（卒子云）在书房中看书哩。（正末云）令人，报复去。（卒子报科，云）有程勃来了也。（程婴云）着他过来。（卒子云）着过去。（正末做见科，云）这壁厢爹爹，您孩儿教场中回来了也。（程婴云）你吃饭去。（正末云）我出的这门来。想俺这壁厢爹爹，每日见我心中喜欢，今日见我来，心中可甚烦恼，垂泪不止，不知主着何意？我过去问他。谁欺负着你来？对您孩儿说，我不道的饶了他哩。（程婴云）我便与你说呵，也与你父亲母亲做不的主，你只吃饭去。（程婴做掩泪科）（正末云）兀的不奚幸杀我也[3]！（唱）

【迎仙客】因甚的掩泪珠，（程婴做吁气科，正末唱）气长吁？我恰才叉定手向前来紧趋伏。（带云）则俺见这壁厢爹爹呵，（唱）懒支支恶心烦[4]，勃腾腾生忿怒[5]。（带云）是甚么人敢欺负你来？（唱）我这里低首踌躇。（带云）既然没的人欺负你呵，（唱）那里是话不投机处？

（程婴云）程勃，你在书房中看书，我往后堂中去去再来。（做遗手卷虚下）（正末云）哦，元来遗下一个手卷在此。可是甚的文书？待我展开看咱。（做看科，云）好是奇怪。那个穿红的拽着恶犬，扑着个穿紫的，又有个拿瓜锤的打死了那恶犬。这一个手扶着一辆车，又是没半边车轮的。这一个自家撞死槐树之下。可是甚么故事？又不写出个姓名，教我那里知道？（唱）

【红绣鞋】画着的是青鸦鸦几株桑树，闹炒炒一簇田夫，这一个可磕擦紧扶定一轮车[6]，有一个将瓜锤亲手举，有一个触槐树早身殂[7]，又一个恶犬儿只向着这穿紫的频去扑。

（云）待我再看来。这一个将军前面摆着弓弦、药酒、短刀三件，却将短刀自刎死了。怎么这一个将军也引剑自刎而死？又有个医人手扶着药箱儿跪着，这一个妇人抱着个小孩儿，却像要交付医人的意思。呀！元来这妇人也将裙带自缢死了，好可怜人也！（唱）

【石榴花】我只见这一个身着锦襜褕[8]，手引着弓弦、药酒、短刀诛。怎又有个将军自刎血模糊？这一个扶着药箱儿跪伏，这一个抱着小孩儿交付。可怜穿珠带玉良家妇，他将着裙带儿缢死何辜。好着我沉吟半晌无分诉，这画的是奚幸杀我也闷葫芦[9]！

（云）我仔细看来，那穿红的也好狠哩，又将一个白须老儿打的好苦也。（唱）

【斗鹌鹑】我则见这穿红的匹夫，将着这白须的来殴辱，兀的不恼乱我的心肠，气填我这肺腑！（带云）这一家儿若与我关亲呵，（唱）我司也不杀了贼臣不是丈夫，我可便敢与他做主。这血泊中躺的不知是那个亲丁？这市曹中杀的也不知是谁家上祖？

（云）到底只是不明白，须待俺这壁厢爹爹出来，问明这桩事，可也免的疑惑。（程婴上，云）程勃，我久听多时了也。（正末云）这壁厢爹爹，可说与您孩儿知道。（程婴云）程勃，你要我说这桩故事，倒也和你关亲哩。（正末云）你则明明白白的说与您孩儿咱。（程婴云）程勃，你听者：这桩儿故事好长哩。当初那穿红的和这穿紫的，元是一殿之臣，争奈两个文武不和，因此做下对头，已非一日。那穿红的想道：先下手为强，后下手遭殃。暗地遣一刺客，唤做钽麑，藏着短刀，越墙而过，要刺杀这穿紫的。谁想这穿紫的老宰辅，每夜烧香，祷告天地，专一片报国之心，无半点于家之意[10]。那人道：我若刺了这个老宰辅，我便是逆天行事，断然不可；若回去见那穿红的，少不得是死。罢，罢，罢。（诗云）他手携利刃暗藏埋，因见忠良却悔来；方知公道明如日，此夜钽麑自触槐。（正末云）这个触槐而死的是钽麑么？（程婴云）可知是哩。这个穿紫的为春间劝农，出到郊外，可在桑树下，见一壮士，仰面张口而卧。穿紫的问其缘故，那壮士言某乃是灵辄，因每顿吃一斗米的饭，大主人家养活不过，将我赶逐出来。欲待摘他桑椹子吃，又道我偷他的；因此仰面而卧，等那桑椹子掉在口中便吃，掉不在口中，宁可饿死，不受人耻辱。穿紫的说，此烈士也。遂将酒食赐与饿夫，饱餐了一顿，不辞而去。这穿紫的并无嗔怒之心。程勃，这见得老宰辅的德量处。（诗云）为乘春令劝耕初，巡遍郊原日未晡[11]；壶浆箪食因谁下？刚济桑间一饿夫。（正末云）哦，这桑树下饿夫，唤做灵辄。（程婴云）程勃，你紧记者。又一日，西戎国贡进神獒，是一只狗，身高四尺者，其名为獒。晋灵公将神獒赐与那穿红的。那穿红的正要谋害这穿紫的，即于后园中扎一草人，与穿紫的一般打扮，将草人腹中悬一付羊心肺，将神獒饿了五七日，然后剖开草人腹中，饱餐一顿。如此演成百日，去向灵公说道："如今朝中岂无不忠不孝的人，怀着欺君之意？"灵公问道："其人安在？"那穿红的说："前者赐与臣的神獒，便能认的。"那穿红的牵上神獒去，这穿紫的正立于殿上。那神獒认着是草人，向前便扑，赶的这穿紫的绕殿而走。傍边恼了一人，乃是殿前太尉提弥明，举起金瓜，打倒神獒，用手揪住脑杓皮，则一劈，劈为两半。（诗云）贼臣奸计有千条，逼的忠良没处逃；殿前自有英雄汉，早将毒手劈神獒。（正末云）这只恶犬，唤做神獒，打死这恶犬的是提弥明。（程婴云）是。那老宰辅出的殿门，正待上车，岂知被那穿红的把他那驷马车四马摘了二马，双轮摘了一轮，不能前去。傍边转过壮士，一臂扶轮，一手策马，磨衣见皮，磨皮见肉，磨肉见筋，磨筋见骨，磨骨见髓，捧毂推轮[12]，逃往野外。你道这个是何人？可就是桑间饿夫灵辄者是也。（诗云）紫衣逃难出宫门，驷马双轮摘一轮；却是灵辄强扶归野外，报取桑间一饭恩。（正末云）您孩儿记的，元来就是仰卧于桑树下的那个灵辄。（程婴云）是。（正末云）这壁厢爹爹，这个穿红的那厮好狠也！他叫甚么名氏？（程婴云）程勃，我忘了他姓名也。（正末云）这个穿紫的，可是姓甚么？（程婴云）这个穿紫的姓赵，是赵盾丞相。他和你也关亲哩。（正末云）您孩儿听的说有个赵盾丞相，倒也不曾挂意。（程婴云）程勃，我今番说与你呵，你则紧紧记者。（正末云）那手卷上还有哩，你可再说与您孩儿听咱。（程婴云）那个穿红的，把这赵盾家三百口满门良贱诛尽杀绝了，止有一子赵朔，是个驸马。那穿红的诈传灵公的命，将三般朝典赐他，却是弓弦、药酒、短刀，要他凭着取一件自尽。其时公主腹怀有孕，赵朔遗言："我若死后，你添的个小厮儿呵，可名赵氏孤儿，与俺三百口报仇。"谁想赵朔短刀刎死，那穿红的将公主囚禁府中，生下赵氏孤儿。那穿红的得知，早差下将军韩厥，把住府门，专防有人藏了孤儿出去。这公主有个门下心腹的人，唤做草泽医士程婴。（正末云）这壁厢爹爹，你敢就是他么？（程婴云）天下有多少同名同姓的人，他另是一个程婴。这公主将孤儿交付了那个程婴，就将裙带自缢而死。那程婴抱着这孤儿，来到府门上，撞见韩厥将军，搜出孤儿来，被程婴说了两句，谁想韩厥将军也拔剑自刎了。（诗云）那医人全无怕惧，将孤儿私藏出去；正撞见忠义将军，甘身死不教拿住。（正末云）这将军为赵氏孤儿，自刎身亡了，是个好男子，我记着他唤做韩厥。（程婴云）是是是，正是韩厥。谁想那穿红的得知，将普国内半岁之下、一月之上小孩儿每，都拘刷到他府来，每人剁做三剑，必然杀了赵氏孤儿。（正末做怒科，云）那穿红的好狠也！（程婴云）可知他狠哩。谁想这程婴也生的个孩儿，尚未满月，假装做赵氏孤儿，送到吕吕太平庄上公孙杵臼跟前。（正末云）那公孙杵臼却是何人？（程婴云）这个老宰辅，和赵盾是一殿之臣。程婴对他说道："老宰辅，你收着这赵氏孤儿，去报与穿红的，道程婴藏着孤儿，将俺父子一处身死。你抬举的孤儿成人长大，与他父母报仇，有何不可？"公孙杵臼说道："我如今年迈了也，程婴，你舍的你这孩儿，假装做赵氏孤儿，藏在老夫跟前；你报与穿红的去，我与你孩儿一处身亡。你藏着孤儿，日后与他父母报仇才是。"（正末云）他那个程婴肯舍他那孩儿么？（程婴云）他的性命也要舍哩，量他那孩儿，打甚么不紧？他将自己的孩儿假装做了孤儿，送与公孙杵臼处；报与那穿红的得知，将公孙杵臼三推六问、吊拷绷扒，追出那假的赵氏孤儿来，剁做三剑。公孙杵臼自家撞阶而死。这桩事经今二十年光景了也。这赵氏孤儿见今长成二十岁,不能与父母报仇,说兀的做甚?(诗云)他一貌堂堂七尺躯,学成文武待何如;乘车祖父归何处?满门良贱尽遭诛。冷宫老母悬梁缢,法场亲父引刀殂;冤恨至今犹未报,枉做人间大丈夫。(正末云)你说了这一日,您孩儿如睡里梦里,只不省的。(程婴云)元来你还不知哩!如今那穿红的正是奸臣屠岸贾,赵盾是你公公[13],赵朔是你父亲,公主是你母亲。(诗云)我如今一一说到底,你划的不知头共尾。我是存孤弃子老程婴,兀的赵氏孤儿便是你!(正末云)元来赵氏孤儿正是我!兀的不气杀我也!(正末做倒、程婴扶科,云)小主人,苏醒者。(正末云)兀的不痛杀我也!(唱)

【普天乐】听的你说从初,才使我知缘故。空长了我这二十年的岁月,生了我这七尺的身躯。元来自刎的是父亲,自缢的咱老母。说到凄凉伤心处,便是那铁石人也放声啼哭。我拚着生擒那个老匹夫,只要他偿还俺一朝的臣宰,更和那合宅的家属!

(云)你不说呵,您孩儿怎生知道?爹爹请坐,受你孩儿几拜。(正末拜科)(程婴云)今日成就了你赵家枝叶,送的俺一家儿剪草除根了也!(做哭科,正末唱)

【上小楼】若不是爹爹照觑,把您孩儿抬举,可不的二十年前早撄锋刃[14],久丧沟渠?恨只恨屠岸贾那匹夫,寻根拔树;险送的俺一家儿灭门绝户!

【幺篇】他,他,他把俺一姓戮,我,我,我也还他九族屠。(程婴云)小主人,你休大惊小怪的,恐怕屠贼知道。(正末云)我和他一不做,二不休。(唱)那怕他牵着神獒,拥着家兵,使着权术;你只看这一个那一个,都是为谁而卒?岂可我做儿的倒安然如故!

(云)爹爹放心。到明日我先见过了主公,和那满朝的卿相,亲自杀那贼去。(唱)

【耍孩儿】到明朝若与仇人遇,我迎头儿把他当住。也不须别用军和卒,只将咱猿臂轻舒,早提翻玉勒雕鞍辔,扯下金花皂盖车,死狗似拖将去。我只问他:人心安在?天理何如?

【二煞】谁着你使英雄忒使过,做冤仇能做毒?少不的一还一报无虚误。你当初屈勘公孙老,今日犹存赵氏孤。再休想咱容恕。我将他轻轻掷下,慢慢开除。

【一煞】摘了他斗来大印一颗,剥了他花来簇儿套服。把麻绳背绑在将军柱,把铁钳拔出他斓斑舌,把锥子生挑他贼眼珠,把尖刀细剐他浑身肉，把钢锤敲残他骨髓，把铜铡切掉他头颅！

【煞尾】尚兀自勃腾腾怒怎消，黑沉沉怨未复。也只为二十年的逆子妄认他人父，到今日三百口的冤魂方才家自有主！（下）

（程婴云）到明日小主人必然擒拿这老贼，我须随后接应去来。（下）

注释

[1] 手卷：可卷起来的书画长卷。

[2] 趱（zǎn）：逼迫使走。

[3] 奚幸：迷惑不解。

[4] 懒支支：气不顺的样子。

[5] 勃腾腾：喻怒火上升的样子。

[6] 可磕擦：这里指推车时发生的摩擦声。

[7] 身殂（cú）：身亡。

[8] 襜褕（zhānyú）：短衣，便服。

[9] 闷葫芦：喻不可解的哑谜。

[10] 于家之意：为自己谋私之心意。

[11] 晡（bū）：申时，黄昏。

[12] 捧毂（gǔ）：捧着车轮中心的圆木。

[13] 公公：爷爷。

[14] 撄锋刃：被杀。

第五折

（外扮魏绛领张千上，云）小官乃晋国上卿魏绛是也。方今悼公在位，有屠岸贾专权，将赵盾满门良贱尽皆杀绝。谁想赵朔门下有个程婴，掩藏了赵氏孤儿，今经二十年光景，改名程勃。今早奏知主公，要擒拿屠岸贾，雪父之仇。奉主公的命，道屠岸贾兵权太重，诚恐一时激变；着程勃暗暗的自行捉获，仍将他阖门良贱，龆龀不留[1]。成功之后，另加封赏。小官不敢轻泄，须亲对程勃传命去来。（诗云）忠臣受屠戮，沉冤二十年；今朝取奸贼，方知冤报冤。（下）（正末躧马仗剑上[2]，云）某程勃，今早奏知主公，擒拿屠岸贾，报父祖之仇。这老贼是好无礼也呵。（唱）

【正宫·端正好】也不索列兵卒，排军将，动着些阔剑长枪。我今日报仇舍命诛奸党，总是他命尽也合身丧。

【滚绣毬】只在这闹街坊弄一场，我和他决无轻放，恰便似虎扑绵羊。我可也不索慌，不索忙，早把手脚儿十分打当[3]，看那厮怎做堤防。我将这二十年积下冤仇报，三百口亡来性命偿，我便死也何妨。

（云）我只在这闹市中等候着，那老贼敢待来也[4]。（屠岸贾领卒子上，云）今日在元帅府，回还私宅中去。令人，摆开头踏[5]，慢慢的行者。（正末云）兀的不是那老贼来了也！（唱）

【倘秀才】你看那雄赳赳头踏数行，闹攘攘跟随的在两厢。你看他腆着胸脯装些儿势况。我这里骤马如流水，掣剑似秋霜，向前来堵当[6]。

（屠岸贾云）屠成，你来做甚么？（正末云）兀那老贼，我不是屠成，则我是赵氏孤儿。二十年前你将俺三百口满门良贱，诛尽杀绝，我今日擒拿你个老匹夫，报俺家的冤仇也！（屠岸贾云）谁这般道来？（正末云）是程婴道来。（屠岸贾云）这孩子手脚来的，不中，我只是走的干净[7]。（正末云）你这贼走那里去？（唱）

【笑和尚】我、我、我尽威风八面扬，你、你、你怎挣阘[8]，怎拦挡？早、早、早唬的他魂飘荡，休、休、休再口强，是、是、是不商量，来、来、来可匹塔的提离了鞍韂上[9]。

（正末做拿住科）（程婴慌上，云）则怕小主人有失，我随后接应去。谢天地，小主人拿住屠岸贾了也。（正末云）令人，将这匹夫执缚定了，见主公去来。（同下）（魏绛同张千上，云）小官魏绛的便是。今有程勃擒拿屠岸贾去了。令人，门首觑者，若来时，报复某知道。（正末同程婴拿屠岸贾上）（正末云）父亲，俺和你同见主公去来。（见科，云）老宰辅，可怜俺家三百口沉冤，今日拿住了屠岸贾也。（魏绛云）拿将过来。兀那屠岸贾，你这损害忠良的奸贼，今被程勃拿来，有何理说？（屠岸贾云）我成则为王，败则为虏。事已至此，惟求早死而已。（正末云）老宰辅与程勃做主咱。（魏绛云）屠岸贾，你今日要早死，我偏要你慢死。令人，与我将这贼钉上木驴[10]，细细的剐上三千刀。皮肉都尽，方才断首开膛，休着他死的早了。（正末唱）

【脱布衫】将那厮钉木驴推上云阳，休便要断首开膛，直剁的他做一埚儿肉酱，也消不得俺满怀惆怅。

（程婴云）小主人，你今日报了冤仇，复了本姓，则可怜老汉一家儿皆无所靠也！（正末唱）

【小梁州】谁肯舍了亲儿把别姓藏？似你这恩德难忘。我待请个丹青妙手不寻常，传着你真容相，侍奉在俺家堂。

（程婴云）我有什么恩德在那里，劳小主人这等费心。（正末唱）

【幺篇】你则那三年乳哺曾无旷[11]，可不胜怀担十月时光？幸今朝出万死身无恙，便日夕里焚香供养，也报不的你养爷娘。

（魏绛云）程婴、程勃，你两个望阙跪者，听主公的命。（词云）则为屠岸贾损害忠良，百般的挠乱朝纲。将赵盾满门良贱，都一朝无罪遭殃。那其间颇多仗义，岂真谓天道微茫。幸孤儿能偿积怨，把奸臣身首分张。可复姓赐名赵武，袭父祖列爵卿行。韩厥后仍为上将，给程婴十顷田庄。老公孙立碑造墓，弥明辈概与褒扬。普国内从今更始，同瞻仰主德无疆。(程婴、正末谢恩科)(正末唱)

【黄钟尾】谢君恩普国多沾降，把奸贼全家尽灭亡。赐孤儿改名望，袭父祖拜卿相。忠义士各褒奖，是军官还职掌，是穷民与收养；已死丧、给封葬，现生存、受爵赏。这恩临似天广，端为谁，敢虚让？誓捐生在战场，着邻邦并归向。落的个史册上标名，留与后人讲。

题目　　公孙杵臼耻勘问

正名　　赵氏孤儿大报仇

注释

[1] 髫龀（tiáochèn）：髫和龀均指儿童换牙，引申为童年、儿童。

[2] 躧（xǐ）马：拉着马。

[3] 打当：准备。

[4] 敢待：大概，可能。

[5] 头踏：古代官员出行时，走在前面的仪仗。

[6] 堵当：阻拦。

[7] 干净：利索。

[8] 挣阘（chuài）：挣扎。

[9] 可匹塔：形容动作快，突然。

[10] 木驴：封建时代行剐刑前，要将犯人绑在木制的驴形刑具上，游街示众。

[11] 无旷：没有间歇。

新评

纪君祥，一作纪天祥，大都（今北京）人，生平事迹不详。

在钟嗣成《录鬼簿》卷上所著录“前辈已死名公才人，有所编传奇行于世者”中，纪君祥排在第十八位。在他名下的剧作有：《驴皮记》、《错勘赃》、《松阴记》、《赵氏孤儿》、《韩退之》、《贩茶船》。今存全剧者仅《赵氏孤儿》一种，因而有关纪君祥的创作风格、艺术手段、创作水平等，只好通过此剧加以管窥。

《赵氏孤儿》是一部描写忠奸斗争的历史剧。故事最早见于《左传》，但很简略。《史记·赵世家》、《新序》、《说苑》中的记载比较详细，在汉武梁祠石刻中也有这个故事的造像，可见它在汉代很盛行。纪君祥在历史记载的基础上，进行艺术再创造，使之成为元杂剧中很有名气的历史悲剧。对善与恶的较量，正直与奸邪的抗衡，剧中铺洒了大量笔墨，形象地描绘了善良和正义是如何由小变大，由弱变强，最终战胜邪恶的。屠岸贾虽然逞凶一时，但他是孤立的，因而即使经过二十年时间的消磨，仍不能逃脱被孤儿复仇致死的命运。

纪君祥通过杂剧这种艺术形式，将春秋时期的一场复仇悲剧，加以形象而成功的再现，表明他的创作实力颇高。剧中众多人物栩栩如生，形象各异，又表明他塑造人物的功底也相当深厚。

清朝中期，《赵氏孤儿》还被法国人介绍到西欧，1735年巴黎出版的《中国通志》刊登了它的法文节译本。德、奥等国著名作家还曾改编上演过此剧，甚至大文豪歌德、伏尔泰也深受此剧感动。这就又从另一个侧面表明纪君祥《赵氏孤儿》之伟大。

古今中外的文学作品中，“复仇”题材的作品很多，它们有一个共同的特点，那就是“悲”。《赵氏孤儿》也不例外，悲惨、悲壮、悲愤、悲哀笼罩全剧。

当我们手捧剧本，注目它的剧目时，就能被“孤儿”一词引向悲的门槛。楔子给读者交代了这一悲剧最初的惨状：“赵盾三百口满门良贱”，被屠岸贾“诛尽杀绝”；赵朔作为驸马，也难逃劫运，自杀身亡。第一、二、三折集中描写为救赵氏孤儿的一个个悲壮场景：先是公主生下赵朔的遗腹子后，为了坚定程婴救孤儿的信心，悬梁自尽；接着韩厥将军为救孤儿，拔剑自刎；程婴为了瞒过屠岸贾，“甘将自己亲生子，偷换他家赵氏孤”；公孙杵臼为了孤儿则受尽三推六问之刑，最后撞阶自尽——从母亲到将军，从老宰辅到襁褓中的婴儿，为了孤儿，都一一悲壮地付出了自己的生命。

悲愤是第四折的主题。二十年来，程婴强压着失去亲生儿子的悲痛，与赵氏孤儿一起生活在仇人屠岸贾的手下。当报仇雪恨的时机逐渐成熟时，他将事件的来龙去脉才全部告知孤儿，孤儿自然“勃腾腾怒怎消，黑沉沉怨未复”，满腔悲愤，化作复仇行动。第五折中，赵氏孤儿轻而易举地将屠岸贾送上断头台，完成了复仇的历史使命。但悲哀也随之而生：赵氏一门三百馀口的生命，奸贼屠岸贾一人就能偿还？造成这一大悲剧的原因，到底是什么？孤儿虽然“改名望，袭父祖拜卿相”，但这些虚名与失亲之痛又何尝能同日而语呢？

梁山泊李逵负荆

康进之　撰

杏花庄上的老王林，开着一个小小的酒店。因靠近梁山泊，生意不错。有二贼人宋刚与鲁智恩，因为姓名与宋江、鲁智深相谐，便冒充宋、鲁的大名为害一方。在老王林的酒店，竟将老王林的独生女儿满堂娇抢走。李逵闻讯后，不问青红皂白，便上山质问宋江、鲁智深二人，并与宋江就此事的真伪用人头担保。当老王林确定宋江、鲁智深并非抢走女儿的真凶后，李逵又愧又急。他身背荆杖，前去宋江跟前请罪。宋江则执意要遵从先前的约定。正在危急之时，老王林赶到，原来他已将再次光顾酒店的二贼灌醉，请求去捉拿。于是宋江让李逵将功赎罪，把宋刚和鲁智恩擒到梁山泊，为民除害。

剧中主要人物：

李逵（正末）：梁山泊头目，绰号黑旋风。听说宋江、鲁智深抢了民女，义愤填膺，与宋江用人头作保，前去找王林质对。发觉自己确实误会了宋江，身背荆杖，前往宋江跟前请罪。因擒拿真凶有功，将罪责赎回。

宋江（冲末）：梁山泊头领。

吴学究（外）：梁山泊军师。

鲁智深（净）：梁山泊头目。

王林（冲末）：在杏花庄开一酒馆，其女满堂娇被宋江和鲁智深的冒名者抢去。后协助李逵将真凶擒拿归案。

满堂娇（旦儿）：王林之女，被宋刚、鲁智恩二贼人抢去。

宋刚（净）：假扮成宋江，为害一方。

鲁智恩（丑）：假扮成鲁智深，为害一方。

第一折

（冲末扮宋江，同外扮吴学究，净扮鲁智深，领卒子上。宋江诗云）涧水潺潺绕寨门，野花斜插渗青巾。杏黄旗上七个字，替天行道救生民。某，姓宋名江，字公明，绰号顺天呼保义者是也。曾为郓州郓城县把笔司吏，因带酒杀了阎婆惜，迭配江州牢城。路经这梁山过，遇见晁盖哥哥，救某上山。后来哥哥三打祝家庄身亡，众兄弟推某为头领。某聚三十六大伙，七十二小伙，半垓来的小偻㑩[1]，威镇山东，令行河北。某喜的是两个节令：清明三月三，重阳九月九。如今遇这清明三月三，放众弟兄下山，上坟祭扫。三日已了，都要上山，若违令者，必当斩首。(诗云) 俺威令谁人不怕，只放你三日严假；若违了半个时辰，上山来决无干罢。(下)(老王林上，云) 曲律竿头悬草稕[2]，绿杨影里拨琵琶。高阳公子休空过，不比寻常卖酒家。老汉姓王名林，在这杏花庄居住，开着一个小酒务儿[3]，做些生意。嫡亲的三口儿家属，婆婆早年亡化过了，止有一个女孩儿，年长十八岁，唤做满堂娇，未曾许聘他人。俺这里靠着这梁山较近，但是山上头领，都在俺家买酒吃。今日烧的镟锅儿热着[4]，看有甚么人来。(净扮宋刚，丑扮鲁智恩上)(宋刚云) 柴又不贵，米又不贵。两个油嘴，正是一对。某乃宋刚，这个兄弟叫做鲁智恩。俺与这梁山泊较近，俺两个则是假名托姓，我便认做宋江，兄弟便认做鲁智深。来到这杏花庄老王林家，买一钟酒吃。(见王林科，云) 老王林，有酒么？(王林云) 哥哥，有酒有酒，家里请坐。(宋刚云) 打五百长钱酒来[5]。老王林，你认得我两人么？(王林云) 我老汉眼花，不认的哥哥们。(宋刚云) 俺便是宋江，这个兄弟便是鲁智深。俺那山上头领，多有来你这里打搅，若有欺负你的，你上梁山来告我，我与你做主。(王林云) 你山上头领，都是替天行道的好汉，并没有这事。只是老汉不认的太仆[6]，休怪休怪。早知太仆来到，只合远接；接待不及，勿令见罪。老汉在这里，多亏了头领哥哥照顾老汉。(做递酒科，云) 太仆，请满饮此杯。(宋刚饮科)(王林云) 再将酒来。(鲁智恩饮酒科，云) 哥哥，好酒。(宋刚云) 老王，你家里还有甚么人？(王林云) 老汉家中并无甚么人，有个女孩儿，唤做满堂娇，年长一十八岁，未曾许聘他人。老汉别无甚么孝顺，着孩儿出来，与太仆递钟酒儿，也表老汉一点心。(宋刚云) 既是闺女，不要他出来罢。(鲁智恩云) 哥哥怕甚么？着他出来。(王林云) 满堂娇孩儿，你出来。(旦儿扮满堂娇，云) 父亲，唤我做甚么？(王林云) 孩儿，你不知道，如今有梁山上宋公明，亲身在此，你出来递他一钟儿酒。(旦儿云) 父亲，则怕不中么[7]？(王林云) 不妨事。(旦儿做见科)(宋刚云) 我一生怕闻脂粉气，靠后些！(王林云) 孩儿，与二位太仆递一钟儿酒。(旦做递酒科)(宋刚云) 我也递老王一钟酒。(做与王林酒科)(宋刚云) 你这老人家，这衣服怎么破了？把我这红绢褡膊与你[8]，补这破处。(老王林接衣科)(鲁智恩云) 你还不知道，才此这杯酒是肯酒，这褡膊是红定，把你这女孩儿与俺宋公明哥哥做压寨夫人。只借你女孩儿去三日，第四日便送来还你。俺回山去也。(领旦下)(王林云) 老汉眼睛一对，臂膊一双，只看着这个女孩儿，似这般可怎么了也！(做哭科)(正末扮李逵做带醉上，云) 吃酒不醉，不如醒也。

俺，梁山泊上山儿李逵的便是。人见我生得黑，起个绰号，叫俺做黑旋风。奉宋公明哥哥将令，放俺三日假限，踏青赏玩，不免下山，去老王林家，再买几壶酒，吃个烂醉也呵。(唱)

【仙吕·点绛唇】饮兴难酬，醉魂依旧。寻村酒，恰问罢王留[9]。(云) 俺问王留道，那里有酒？那厮不说便走。俺喝道，走那里去？被俺赶上，一把揪住张口毛[10]，恰待要打，那王留道，休打休打，爹爹，有。(唱) 王留道，兀那里人家有。

【混江龙】可正是清明时候，却言风雨替花愁。和风渐起，暮雨初收。俺则见杨柳半藏沽酒市，桃花深映钓鱼舟，更和这碧粼粼春水波纹绉。有往来社燕，远近沙鸥。

(云) 人道我梁山泊无有景致，俺打那厮的嘴！(唱)

【醉中天】俺这里雾锁着青山秀，烟罩定绿杨洲。(云) 那桃树上一个黄莺儿，将那桃花瓣儿唉阿唉阿[11]，唉的下来，落在水中，是好看也。我曾听的谁说来，我试想咱：哦！想起来了也，俺学究哥哥道来。(唱) 他道是"轻薄桃花逐水流"。(云) 俺绰起这桃花瓣儿来[12]，我试看咱，好红红的桃花瓣儿。(做笑科，云) 你看我好黑指头也！(唱) 恰便是粉衬的这胭脂透。(云) 可惜了你这瓣儿，俺放你趁那一般的瓣儿去。我与你赶，与你赶，贪赶桃花瓣儿。(唱) 早来到这草桥店垂杨的渡口。(云) 不中，则怕误了俺哥哥的将令，我索回去也[13]。(唱) 待不吃呵，又被这酒旗儿将我来相迤逗[14]。他、他、他，舞东风在曲律杆头。

(云) 兀那王林，有酒么？不则这般白吃你的，与你一抄碎金子[15]，与你做酒钱。(王林做揣科，云) 要他那碎金子做甚么？(正末笑科，云) 他口里说不要，可揣在怀里。老王，将酒来。(王林云) 有酒，有酒。(做筛酒科)(正末云) 我吃这酒在肚里，则是翻也翻的，不吃，更待干罢。(唱)

【油葫芦】往常时酒债寻常行处有，十欠着九。(带云) 老王也，(唱) 则你这杏花庄压尽他谢家楼。你与我便熟油般造下春醅酒[16]，你与我花羔般煮下肥羊肉[17]。一壁厢肉又熟，一壁厢酒正篘[18]，抵多少锦封未拆香先透，我则待乘兴饮两三瓯[19]。

【天下乐】可正是一盏能消万种愁。(云) 老王也，咱吃了这酒呵，(唱) 把烦恼都也波丢[20]，都丢在脑背后。这些时吃一个没了休。(带云) 我醉了呵，(唱) 遮莫我倒在路边[21]，遮莫我卧在瓮头。(做吐科，云) 老王俫，(唱) 直醉的来在这搭里呕[22]。

(云) 老王，这酒寒，快镟热酒来。(王林云) 老汉知道。(做换酒科，哭云) 我那满堂娇儿也！(正末云) 快釃热酒来[23]。(王林又哭云) 我那满堂娇儿也！(正末云)

老王,我不曾与你酒钱来?你怎么这般烦恼?(王林云)哥哥,不干你事,我自有撇不下的烦恼哩,你则吃酒。(正末唱)

【赏花时】咱两个每日尊前语话投[24],今日呵为甚将咱佯不偢[25]?(王林云)你不知道,我自嫁我的女孩儿,为此着恼。(正末唱)哎!你个呆老子畅好是忒挡搜[26]。(云)比似你这般烦恼,休嫁他不的。(王林哭科,云)哎约!我那满堂娇儿也!(正末唱)你何不养着他到苍颜皓首?(云)你晓的世上有三不留么?(王林云)哥,是那三不留?(正末云)蚕老不中留,人老不中留,(唱)呆老子,常言道:女大不中留。

(云)我问你,那女孩儿嫁了个甚么人?(王林云)哥,我那女孩儿嫁人,我怎么烦恼?则是晦气,被一个贼汉夺将去了。(正末做打科,云)你道是贼汉,是我夺了你女孩儿来?(唱)

【金盏儿】我这里猛睁眸,他那里巧舌头,是非只为多开口。但半星儿虚谬,恼翻我,怎干休!一把火将你那草团瓢烧成为腐炭,盛酒瓮摔做碎瓷瓯。(带云)绰起俺两把板斧来,(唱)砍折你那蟠根桑枣树,活杀您那阔角水黄牛。

(云)兀那老王,你说的是,万事皆休;说的不是,我不道的饶你哩。(王林云)太仆停嗔息怒,听老汉漫漫的说与你听。有两个人来吃酒,他说:我一个是宋江,一个是鲁智深。老汉便道:正是梁山泊上太仆,我无甚孝顺,我只一个十八岁女孩儿,叫做满堂娇,着他出来拜见,与太仆递一杯儿酒,也表老汉的一点心。我叫出我那女孩儿来,与那宋江、鲁智深递了三杯酒,那宋江也回递了我三钟酒,他又把红褡膊揣在我怀里。那鲁智深说:这三钟酒是肯酒,这红褡膊是红定;俺宋江哥哥有一百八个头领,单只少一个人哩。你将这十八岁的满堂娇,与俺哥哥做个压寨夫人,则今日好日辰,俺两个便上梁山泊去也。许我三日之后,便送女孩儿来家。他两个说罢,就将女孩儿领去了。老汉偌大年纪,眼睛一对,臂膊一双,则觑着我那女孩儿。他平白地把我女孩儿强抢将去,哥,教我怎么不烦恼?(正末云)有甚么显证[27]?(王林云)有红绢褡膊便是显证。(正末云)我待不信来,那个士大夫有这东西?老王,你做下一瓮好酒,宰下一个好牛犊儿,只等三日之后,我轻轻的把着手儿,送将你那满堂娇孩儿来家,你意下如何?(王林云)哥,你若送将我那女孩儿来家,老汉莫要说一瓮酒,一个牛犊儿,便杀身也报答大恩不尽。(正末唱)

【赚煞】管着你目下见仇人,则不要口似无梁斗[28],一句句言如劈竹。(带云)宋江睐,(唱)不争你这一度风流倒出了一度丑,誓今番泼水难收。到那里问缘由,怎敢便信口胡呜[29]?则要你肚囊里揣着状本熟[30],不要你将无来作有，则要你依前来依后。（云）我如今回去见俺宋公明，数说他这罪过，就着他辞了三十六大伙，七十二小伙，半垓来小偻啰，同着鲁智深，一径离了山寨，到你庄上。那时节，我若叫你出来，你可休似乌龟一般，缩了头再也不肯出来。（王林云）老汉若不见他，万事休论；我若见了他，我认的他两个，恨不的咬掉他一块肉来，我怎么肯不出见他？（正末云）老王，兀的不是俺宋江哥哥[31]？（王林慌顾科）（正末云）没也。老儿，俺斗你要哩。（唱）你可也休翻做了镴枪头[32]。（下）

（王林云）李逵哥哥去了，我也收拾过铺面，专等三日之后，送满堂娇孩儿来家。满堂娇孩儿，则被你痛杀我也！（下）

注释

[1] 半垓：垓是古代的计数单位，万万为垓。"半垓"形容人数之众。 偻啰：绿林兵卒。
[2] 曲律：曲折，弯曲。 草稕（zhǔn）：用草扎成的草团，悬挂于乡村酒店作为标志。
[3] 酒务儿：小酒店。
[4] 镟锅儿：烫酒用的锅。
[5] 长钱：相对短钱而言，指十足、足数之钱。
[6] 太仆：本为官名，宋元时借以称各色人物，如今天的"先生"。
[7] 不中：不合适。
[8] 褡膊：束衣服的腰带。
[9] 王留：元明杂剧中农村青年的泛称。
[10] 张口毛：胡子。
[11] 啖（dàn）：咬的意思。
[12] 绰（chāo）：通"抄"，抓取。
[13] 索：索性。
[14] 迤逗：逗引，撩拨。
[15] 一抄：一掬，一捧。
[16] 春醅酒：春天酿造的还未过滤的酒。
[17] 花羔：一种蒸食的面食，极白。
[18] 篘（chōu）：过滤酒。
[19] 瓯（ōu）：盆、盂一类的瓦器。
[20] 也波：唱词中的衬字，无义。
[21] 遮莫：拚着。
[22] 这搭里：这里。
[23] 釃（shāi）：斟酒。
[24] 尊：同"樽"，酒杯。
[25] 佯不俫（chǒu）：故意不理睬。
[26] 畅好：真是，正好。 忒抝搜：太顽固。
[27] 显证：充分的证据。
[28] 无梁斗：比喻说话没有凭准。斗是古代盛酒的器皿，上有提梁，可以持拿。

[29] 胡哟（chú）：胡乱呵斥。
[30] 状本：告状的诉状。
[31] 兀的：指示代词，这个。
[32] 镴（là）枪头：比喻中看不中用。镴是铅与锡的合金，性软，故云。

第二折

（宋江同吴学究、鲁智深领卒子上）（宋江诗云）旗帜无非人血染，灯油尽是脑浆熬。鸦衔肝肺扎煞尾[1]，狗咽骷髅抖搜毛[2]。某乃宋江是也。因清明节令，放众头领下山踏青赏玩去了。今日可早三日光景也，在那聚义堂上，三通鼓罢，都要来齐。小偻㑩，寨门首觑者，看是那一个先来。（卒子云）理会得。（正末上，云）自家李山儿的便是。将着这红褡膊，见宋江走一遭来。（唱）

【正宫·端正好】抖搜着黑精神，扎煞开黄髭髬[3]，则今番不许收拾。俺可也磨拳擦掌，行行里[4]，按不住莽撞心头气。

【滚绣球】宋江咪，这是甚所为，甚道理？不知他主着何意，激的我怒气如雷。可不道他是谁，我是谁，俺两个半生来岂有些嫌隙[5]？到今日却做了日月交食[6]。不争几句闲言语，我则怕恶了多年旧面皮，展转猜疑。

（云）小偻㑩报复去，道我李山儿来了也。（卒子做报科，云）喏，报的哥哥得知，有李山儿来了也。（宋江云）着他过来。（卒子云）着过去。（做见科）（正末云）学究哥哥，喏！帽儿光光，今日做个新郎；袖儿窄窄，今日做个娇客[7]。俺宋公明在那里？请出来和俺拜两拜，俺有些零碎金银在这里，送与嫂嫂做拜见钱。（宋江云）这厮好无礼也！与学究哥哥施礼，不与我施礼。这厮胡言乱语的，有甚么说话？（正末唱）

【倘秀才】哎！你个刎颈的知交庆喜[8]！（宋江云）庆什么喜？（正末唱）则你那压寨的夫人在那里？（指鲁智深科，云）秃驴，你做的好事来！（唱）打干净球儿不道的走了你！（宋江云）怎么，智深兄弟，也有你那？（正末唱）强赌当，硬支持，要见个到底。

（宋江云）山儿，你下山去，有什么事，何不就明对我说？（正末做恼不言语科）（宋江云）山儿，既然不好和我说，你就对学究哥哥跟前说波。（正末唱）

【滚绣球】俺哥哥要娶妻，这秃厮会做媒。（宋江云）智深兄弟，说你曾做什么媒来？（鲁智深云）你看这厮，到山下去噇了多少酒[9]，醉的来似踹不杀的老鼠一般，知他"支支"的说甚么哩。（正末唱）元来个梁山泊有天无日[10]。（做拔斧斫旗科）（唱）就恨不斫倒这一面黄旗！（众做夺斧科）（宋江云）你这铁牛，有甚么事，也不查个明白，就提起板斧来，要斫倒我杏黄旗，是何道理？（学究云）山儿，你也忒口快心直哩[11]！（正末唱）你道我忒口快，忒心直，还待要献勤出力。（做喊科，云）众兄弟们，都来！（宋江云）都来做甚么？（正末唱）则不如做个会六亲庆喜的筵席[12]。（宋江云）做甚么筵席？（正末唱）走不了你个撮合山师父唐三藏[13]，更和这新女婿郎君，哎，你个柳盗跖[14]，看那个便宜！

（宋江云）山儿，你下山在那里吃酒，遇着甚人？想必说我些甚么，你从头儿说，则要说的明白。（正末唱）

【倘秀才】不争你抢了他花朵般青春艳质，这其间抛闪杀那草桥店白头老的。（宋江云）这事，其中必有暗昧[15]。（正末唱）这桩事分明甚暗昧！生割舍，痛悲凄，（带云）宋江咪，（唱）他其实怨你。

（宋江云）元来是老王林的女孩儿，说我抢将来了。休道不是我，便是我抢将来，那老子可是喜欢也是烦恼？你说我试听。（正末唱）

【叨叨令】那老儿一会家便哭啼啼在那茅店里，（带云）觑着山寨，宋江，好恨也！（唱）他这般急张拘诸的立[16]。那老儿一会家便怒吽吽在那柴门外，（带云）哭道，我那满堂娇儿也！（唱）他这般乞留曲律的气[17]。（宋江云）他怎生烦恼那？（正末唱）那老儿一会家便闷沉沉在那酒瓮边，（带云）那老儿拿起瓢来，揭开蒲墩[18]，舀一瓢冷酒来，汩汩的咽了[19]。（唱）他这般迷留没乱的醉[20]。那老儿托着一片席头，便慢腾腾放在土炕上，（带云）他出的门来，看一看，又不见来，哭道，我那满堂娇儿也！（唱）他这般壹留兀渌的睡[21]。似这般过不的也么哥[22]，似这般过不的也么哥。（宋江云）这厮怎的？（正末唱）他道俺梁山泊水不甜人不义！

（宋江云）学究兄弟，想必有那依草附木[23]，冒着俺家名姓，做这等事情的，也不可知。只是山儿也该讨个显证，才得分晓。（正末云）有，有，有，这红褡膊不是显证？（宋江云）山儿，我今日和你打个赌赛。若是我抢将他女孩儿来，输我这六阳会首[24]；若不是我，你输些甚么？（正末云）哥，你与我赌头？罢，您兄弟摆一席酒。（宋江云）摆一席酒，倒好了你，须要配得上我的。（正末云）罢罢罢，哥，倘若不是你，我情愿纳这颗牛头。（宋江云）既如此，立下军状，学究兄弟收着。（正末云）难道花和尚就饶了他？（鲁智深云）我这光头不赌他罢，省的你叫不利市[25]。（做立状科）（正末唱）

【一煞】则为你两头白面搬兴废[26]，转背言词说是非，这厮敢狗行狼心[27]，虎头蛇尾[28]。不是我节外生枝，囊里盛锥，谁着你夺人爱女，逞己风流，被咱都知。（宋江云）你看黑牛这村沙样势那[29]。（正末唱）休怪我村沙样势，平地上起孤堆[30]。

(宋江云) 若不是我呵，我不道的饶了你哩！(正末唱)

【黄钟尾】那怕你指天画地能瞒鬼，步线行针待哄谁[31]。又不是不精细，又不是不伶俐。(宋江云) 我和你就下山去。(正末唱) 下山寨，到那里，李山儿，共质对。认的真，觑的实，割你头，塞你嘴。(宋江云) 这铁牛怎敢无礼？(正末唱) 非铁牛，敢无礼，既赌赛，怎翻悔？莫说这三十六英雄，一个个都是弟兄辈。(云) 众兄弟每，都来听着！(宋江云) 你着他听什么？(正末云) 俺如今和宋江、鲁智深同到那杏花庄上，只等那老王林道出一个“是”字儿，你那做媒的花和尚，休要怪，我一斧分开两个瓢，谁着你拐了一十八岁满堂娇！单把宋江一个留将下，待我亲手伏侍哥哥这一遭。(宋江云) 你怎生伏侍我？(正末云) 我伏侍你！我伏侍你！一只手揪住衣领，一只手搭住腰带[32]，滴留扑摔个一字阔脚板[33]，踏住胸脯，举起我那板斧来，觑着脖子上，可叉！(唱) 便跳出你那七代先灵也将我来劝不得[34]。(下)

(宋江云) 山儿去了也，小偻㑩鞴两匹马来[35]，某和智深兄弟，亲下山寨，与老王林质对去走一遭。(诗云) 老王林出乖露丑，李山儿将没做有。如今去杏花庄前，看谁输六阳魁首[36]。(同下)

注释

[1] 扎煞：张开，竖起。

[2] 啃（kěn）：啃，咬。　抖搜：震颤，抖动。宋江的上场诗，是对梁山泊农民起义军消极方面的夸张。

[3] 髭髫（zīlì）：胡须。

[4] 行行（xíngxíng）：走着不停。

[5] 嫌隙：因猜疑或不满而导致的仇怨。

[6] 日月交食：对头，相争斗。

[7] “帽儿光光”以下四句：宋元时代对新郎的祝词。

[8] 刎颈的知交：同生共死的朋友。《史记·廉颇蔺相如列传》：“卒相与欢，为刎颈之交。”

[9] 噇（chuáng）：吃喝无节制。

[10] 有天无日：形容无法无天。

[11] 忒（tuī）：太；过分。

[12] 六亲：六种亲戚，这里指代所有远近亲戚。

[13] 撮合山：媒人。　唐三藏：即唐代僧人玄奘，这里代指鲁智深（鲁也是出家人）。

[14] 柳盗跖：人名，春秋时奴隶起义的领袖，被诬为盗跖。

[15] 暗昧：昏暗，此处有不明白的意思。

[16] 急张拘诸：慌张忙乱而急迫难耐。

[17] 乞留曲律：本意为弯弯曲曲不整齐貌，此处形容老王林气愤的神态。

[18] 蒲墩：酒瓮的盖子，防止酒味挥发。

[19] 汩汩：象声词，喝东西的声音。
[20] 迷留没乱：神情恍惚，烦躁不安。
[21] 壹留兀渌：形容迷糊。
[22] 也么哥：语尾助词，无义。
[23] 依草附木：假冒他人名义行事。
[24] 六阳会首：头颅。按，手三阳，足三阳，是为六阳，六阳经都会于头部，故称"六阳会首"。
[25] 不利市：不吉利。
[26] 白面：不要脸。
[27] 狗行（háng）狼心：比喻狠毒的心肠。
[28] 虎头蛇尾：比喻做事先紧后松，有始而无终。
[29] 村沙样势：粗野、粗莽的样子。
[30] 孤堆：凸起的土堆，喻寒贱。
[31] 步线行针：缝衣的技术，比喻做事缜密，没有破绽。
[32] 揝：同"攥"，握住。
[33] 滴留扑：旋转后再抛掷。
[34] 七代先灵：指祖先。
[35] 鞴（bèi）：装备车马。
[36] 六阳魁首：即六阳会首，见本折注［24］。

第三折

（王林做哭上，云）我那满堂娇儿也，则被你想杀我也！老汉王林，被那两个贼汉将我那女孩儿抢将去了，今日又是三日也。昨日有那李逵哥哥，去梁山上寻那宋江、鲁智深，要来对证这一桩事哩。老汉如今收拾下些茶饭，等候则个。（做哭科，云）我那满堂娇儿，说道今日第三日，送他来家，不知来也是不来，则被你想杀我也！（宋江同智深、正末上）（宋江云）智深兄弟，咱行动些[1]。你看那山儿，俺在头里走[2]，他可在后面；俺在后面走，他可在前面：敢怕我两个逃走了那？（正末云）你也等我一等波[3]，听见到丈人家去，你好喜欢也。（宋江云）智深兄弟，你看他那厮迷言迷语的[4]，到那里认的不是，山儿，我不道的饶了你哩！（正末唱）

【商调·集贤宾】过的这翠巍巍一带山崖脚，遥望见滴溜溜的酒旗招。想悲欢不同昨夜，论真假只在今朝。（云）花和尚，你也小脚儿，这般走不动！多则是做媒的心虚，不敢走哩。（鲁智深云）你看这厮！（正末唱）鲁智深似窟里拔蛇[5]。（云）宋公明，你也行动些儿，你只是拐了人家女孩儿害羞，也不敢走哩？（宋江云）你看他波（正末唱）宋公明似毡上拖毛[6]。则俺那周琼姬，你可甚么王子高[7]，玉人在何处吹箫[8]？我不合蹬翻了莺燕友，拆散了这凤鸾交[9]。

(云) 我今日同你两个来这杏花庄上呵,(唱)

【逍遥乐】倒做了逢山开道。(鲁智深云) 山儿,我还要你遇水搭桥哩。(正末唱) 你休得顺水推船,偏不许我过河拆桥。(宋江做前走科)(正末唱) 当不的他纳胯挪腰[10]。(宋江云) 山儿,你不记得上山时,认俺做哥哥,也曾有八拜之交哩。(正末唱) 哥也! 你只说在先时有八拜之交,元来是花木瓜儿外看好[11],不由咱不回头儿暗笑,待和你争甚么头角[12],辩甚的衷肠,惜甚的皮毛!

(云) 这是老王林门首。哥也,你莫言语,等我去唤门。(宋江云) 我知道。(正末叫门科) 老王,老王,开门来! (王林做打盹)(正末又叫科)(云) 老王! 开门来! 我将你那女孩儿送来了也。(王林做惊醒科,云) 真个来了! 我开开这门。(做抱正末科,云) 我那满堂娇儿也! 呸! 原来不是。(正末唱)

【醋葫芦】这老儿外名唤做半槽[13],就里带着一杓。是则是去了你那一十八岁这个满堂娇,更做你家年纪老。(云) 俺叫了两三声不开门,第三声道,送将你那满堂娇女孩儿来了。他开开门,搂着俺那黑膊子,叫道:我那满堂娇儿也! (唱) 老儿也,似这般烦恼的无颠无倒,越惹你揉眵抹泪哭嚎啕[14]。

(云) 哥也,进家里来坐着。(宋江、鲁智深做入坐科)(正末云) 他是一个老人家,你可休唬他[15]。我如今着他认你也。老王,你过去认波! (王林云) 老汉正要认他哩。(宋江云) 兀那老子,你近前来,我就是宋江。我与你说,那个夺将你那女孩儿去? 则要你认的是者。我与山儿赌着六阳会首哩。(正末云) 老王,你认去,可正是他么? (王林做认科,云) 不是他,不是他。(宋江云) 可如何? (正末云) 哥也,你等他好好认咱,怎么先睁着眼吓他? 这一吓,他还敢认你那? 兀的老王[16],只为你那女孩儿,俺弟兄两个赌着头哩! 老王,兀那个不是你那女婿[17],拐了满堂娇孩儿的宋江? (王林做再认摇头科,云) 不是,不是。(宋江云) 可何如? (正末唱)

【幺篇】你则合低头就坐来,谁着你睁睛先去瞧? 则你个宋公明威势怎生豪,刚一瞅,早将他魂灵吓掉了。这便是你替天行道,则俺那无情板斧肯担饶[18]!

(云) 老王,你来。兀那秃厮,便是做媒的鲁智深。你再去认咱! (鲁智深云) 你快认来。(王林做再认科,云) 不是,不是。那两个,一个是青眼儿长子,如今这个是黑矮的;那一个是稀头发腊梨,如今这个是剃头发的和尚。不是,不是。(鲁智深云) 山儿,我可是哩? (正末云) 你这秃厮,由他自认,你先幺喝一声怎么[19]? (唱)

【幺篇】谁不知你是镇关西鲁智深,离五台山才落草。便在黑影中摸索也应着,只被你爆雷似一声先唬倒。那呆老子怕不知名号? (带云) 适才间他也待认来,(唱) 只见他摇头侧脑费量度。

(宋江云) 既然认的不是,智深兄弟,我们先回山去,等铁牛自来支对[20]。(正末云) 老王,我的儿,你再认去。(王林云) 哥,我说不是他,就不是他了,教我再认怎的?(正末做打王林科)(王林云) 可怜见,打杀老汉也!(正末唱)

【后庭花】打这老子没肚皮揽泻药[21],偏不的我敦葫芦摔马杓[22]。(宋江云) 小偻㑩,将马来,俺与鲁家兄弟先回去也。(正末云) 你道是弟兄每将马来,先回山寨上去;我道哥也,你再坐一坐,等那老子再细认波。(唱) 哥哥道鞴马来还山寨,(带云) 哎!哥也,羞的你兄弟,(唱) 恰便似牵驴上板桥[23]。恼的我怒难消,踹扁了盛浆铁落[24],辘轳上截井索,芭棚下瀽副槽[25]。掷碎了舀酒瓢,砍折了切菜刀。

【双雁儿】就恨不一把火,刮刮搜搜烧了你这草团瓢[26],将人来险中倒,气得咱一似那鲫鱼跳。可不道家有老敬老,家有小敬小。

(宋江云) 智深兄弟,咱和你回山寨去。(诗云) 堪笑山儿忒慕古,无事空将头共赌。早早回来山寨中,舒出脖子受板斧。(同鲁智深下)(正末做叹科,云) 嗨!这的是山儿不是了也!(唱)

【浪里来煞】方信道人心未易知,灯台不自照。从今后开眼见个低高。没来由共哥哥赌赛着,使不的三家来便厮靠。则这三寸舌是俺斩身刀。(下)

(王林云) 李逵哥哥去了也。他今日果然领将两个人来,着我认道是也不是。元来一个是真宋江,一个是真鲁智深,都不是拐我女孩儿的。不知被那两个天杀的拐了我满堂娇儿去。则被你想杀我也!(宋刚做打嚏,同鲁智恩、旦儿上,云) 打嚏耳朵热,一定有人说。可早来到杏花庄也。我那泰山在那里?我每原许三日之后,送你女孩儿回家,如今来也。(王林做相见抱旦哭科,云) 我那满堂娇儿也!(宋刚云) 泰山,我可不说谎,准准三日,送你令爱还家。(王林云) 多谢太仆抬举!老汉只是家寒,急切里不曾备的喜酒,且到我女儿房里吃一杯淡酒去。待明日宰个小小鸡儿请你。(鲁智恩云) 老王,我那山寨上有的是羊酒,我教小偻㑩赶二三十个肥羊,抬四五十担好酒送你,(王林云) 多谢太仆!只是老汉没的谢媒红送你[27]。惶恐杀人也[28]!(宋刚云) 俺们且到夫人房里去吃酒来。(下)(王林云) 这两个贼汉,元来不是梁山泊上头领。他拐了我女孩儿,左右弄做破罐子,倒也罢了。只可惜那李逵哥哥,一片热心,赌着头来,这须不是耍处。我如今将酒冷一碗,热一碗,劝那两个贼汉吃的烂醉。到晚间等他睡了,我悄悄蓦上梁山[29],报与宋公明知道,搭救李逵,有何不可。(诗云) 做甚么老王林夜走梁山道,也则为李山儿恩义须当报。但愁他一涌性杀了假宋江,连累我满堂娇要带前夫孝。(下)

注释

[1] 行动些：快点。
[2] 头里：前面。
[3] 波：语尾助词，无义。
[4] 迷言迷语：胡言乱语。
[5] 窟里拔蛇：形容动作缓慢。
[6] 毡上拖毛：比喻行动迟缓。
[7] 周琼姬、王子高：宋代王迥字子高，传说他曾与仙女周琼姬相爱，同游仙境芙蓉城，百余日才返。
[8] “玉人”句：传说萧史善吹箫，能作鸾凤之音。秦穆公的女儿弄玉也好吹箫，穆公就将她嫁给萧史。数年后，弄玉乘凤，萧史乘龙，升天而去。
[9] 莺燕友、鸾凤交：均指有情人。
[10] 纳胯挪腰：装腔作势，摆臭架子。
[11] 花木瓜：木瓜味苦涩，不能吃，花木瓜喻中看不中吃。
[12] 头角：高低。
[13] 半槽：不够数，犹言“二百五”。
[14] 揉眵（chī）抹泪：揉眼屎抹眼泪。
[15] 唬：吓。
[16] 兀的：加重语气，无义。
[17] 兀那个：即那个。兀为发语词，无义。
[18] 担饶：宽容，饶恕。
[19] 幺喝：高声喊叫。
[20] 支对：应对，对付。
[21] 没肚皮揽泻药：形容自不量力。
[22] 敦：用力摔打。　马杓：装有柄的用来舀食物的一种厨具。
[23] 牵驴上板桥：形容勉为其难。
[24] 铁落：一种容器。
[25] 芭棚：用苇、茅等所搭成的棚子，用以避雨。　瀽（jiǎn）：倒、泼散。
[26] 刮刮拶拶：火烧杂物的声音。
[27] 谢媒红：致谢媒人的礼物。
[28] 惶恐：惭愧，不好意思。
[29] 蓦（mò）：大步跨越。

第四折

（宋江同吴学究、鲁智深领卒子上，云）某乃宋江是也。学究兄弟，颇奈李山儿无礼[1]，我和他打下赌赛，到那里，果然认的不是。我与鲁家兄弟先回来了。只等山儿来时，便当斩首。小偻㑩，踏着山岗望者，这早晚山儿敢待来也。（正末做负荆上，云）黑旋风，你好是没来由也！为着别人，输了自己。我今日无计所奈，砍了这一束荆杖，负在背上，回山寨见俺公明哥哥去也呵。（唱）

【双调·新水令】这一场烦恼可也奔人来，没来由共哥哥赌赛。袒下我这红纳袄，跌绽我这旧皮鞋[2]。心下量猜：（带云）到山寨上，哥哥不打，则要头，（唱）怎发付脖项上这一块[3]？

【驻马听】有心待不顾形骸[4]，（带云）这碧湛湛石崖，不得底的深涧，我待跳下去，休说一个，便是十个黑旋风，也不见了。（唱）两三番自投碧湛崖。敬临山寨，行一步如上吓魂台[5]。我死后墓顶头谁定远乡牌[6]？灵位边谁咒生天界[7]？怎擘划[8]，但得个完全尸首，便是十分采[9]。

【搅筝琶】我来到辕门外，见小校雁行排。（带云）往常时我来呵，（唱）他这般退后趋前，（带云）怎么今日的，（唱）他将我佯呆不睬[10]？（做偷瞧科，云）哦！元来是俺宋公明哥哥和众兄弟都升堂了也。（唱）他对着那有期会的众英才，一个个稳坐抬颏[11]。我说的明白，道莽撞的廉颇请罪来[12]，死也应该。

（见科）（宋江云）山儿，你来了也，你背着甚么哩？（正末云）哥哥，恁兄弟山涧直下[13]，砍了一束荆杖，告哥哥打几下。您兄弟一时间没见识，做这等的事来。（唱）

【沉醉东风】呼保义哥哥见责[14]，我李山儿情愿餐柴[15]。第一来看着咱兄弟情，第二来少欠他脓血债。休道您兄弟不伏烧埋[16]，由你便直打到梨花月上来，若不打这顽皮不改。

（宋江云）我元与你赌头，不曾赌打。小偻㑩，将李山儿踹下聚义堂，斩首报来。（正末云）学究哥，你劝一劝儿！智深哥，你也劝一劝儿！（学究同鲁智深劝科）（宋江云）这是军状。我不打他，则要他那颗头！（正末云）哥，你道甚么哩？（宋江云）我不打你，则要你那颗头。（正末云）哥哥，你真个不肯打？打一下，是一下疼；那杀的，只是一刀，倒不疼哩。（宋江云）我不打你。（正末云）不打？谢了哥哥也！（做走科）（宋江云）你走那里去？（正末云）哥哥道是不打我。（宋江云）我和你打赌赛，我则要你那六阳会首。（正末云）罢罢罢，他杀不如自杀。借哥哥剑来，待我自刎而亡。（宋江云）也罢，小偻㑩将剑来递与他。（正末做接剑科，云）这剑可不元是我的。想当日跟着哥哥打围猎射，在那官道傍边，众人都看见一条大蟒蛇拦路，我走到跟前，并无蟒蛇，可是一口太阿宝剑。我得了这剑，献与俺哥哥悬带。数日前，我曾听得"支楞楞"的剑响，想杀别人，不想道杀害自己也。（唱）

【步步娇】则听得宝剑声鸣使我心惊骇，站的个风团快[17]。似这般好器械，一柞来铜钱[18]，恰便似砍麻秸。(带云) 想您兄弟十载相依，那般恩义，都也不消说了。(唱) 还说甚旧情怀，早砍取我半壁天灵盖[19]。

(王林冲上叫科，云) 刀下留人！告太仆，那个贼汉送将我那女孩儿来了，我将他两个灌醉在家里，一径的来报知。太仆，与老汉做主咱。(宋江云) 山儿，我如今放你去。若拿得这两个棍徒[20]，将功折罪；若拿不得，二罪俱罚。你敢去么？(正末做笑科，云) 这是揉着我山儿的痒处，管教他瓮中捉鳖，手到拿来。(学究云) 虽然如此，他有两副鞍马，你一个如何拿的他住？万一被他走了，可不输了我梁山泊上的气概？鲁家兄弟，你帮山儿同走一遭。(鲁智深云) 那山儿开口便骂我秃厮会做媒，两次三番要那王林认我，是甚主意？他如今有本事，自去拿那两个，我鲁智深决不帮他。(学究云) 你只看"聚义"两个字，不要因这小忿，坏了大体面。(宋江云) 这也说的是。智深兄弟，你就同他去，拿那两个顶名冒姓的贼汉来。(鲁智深云) 既是哥哥分付，您兄弟敢不同去？(同下)(宋刚、鲁智恩上，云) 好酒，俺们昨夜都醉了也。今早日高三丈，还不见泰山出来，敢是也醉倒了？(正末同鲁智深、王林上，云) 贼汉！你泰山不在这里？(做见就打科，宋刚云) 兀那大汉，你也通个名姓，怎么动手便打？(正末云) 你要问俺名姓，若说出来，直唬的你尿流屁滚。我就是梁山泊上黑爹爹李逵，这个哥哥是真正花和尚鲁智深。(做打科)(唱)

【乔牌儿】你顶着鬼名儿会使乖，到今日当天败。谁许这满堂娇压你那莺花寨，也不是我黑爹爹忒性歹。

(宋刚云) 这是真命强盗[21]，我们打他不过，走走走！(做走科)(正末云) 这厮走那里去？(做追上再打科)(唱)

【殿前欢】我打你这吃敲材，直著你皮残骨断肉都开。那怕你会飞腾，就透出青霄外，早则是手到拿来。你你你，好一个鲁智深不吃斋，好一个呼保义能贪色！如今去亲身对证休嗔怪，须不是我倚强凌弱，还是你自揽祸招灾。

(做拿住二贼科)(正末云) 这贼早拿住了也。(王林同旦儿做拜科)(鲁智深云) 兀那老头儿不要拜，明日你同女儿到山寨来，拜谢宋头领便了。(同正末押二贼下)(王林云) 他们拿这两个贼汉去了也，今日才出的俺那一口臭气。我儿，等待明日牵羊担酒，亲上梁山去，拜谢宋江头领走一遭。(旦儿做打战科，王林云) 我儿，不要哭，这样贼汉，有甚么好处？等我慢慢的拣一个好的，嫁他便了。(同下)(宋江同吴学究领卒子上，云) 学究兄弟，怎生李山儿同鲁智深到杏花庄去了许久，还不见来。俺山上该差人接应他么？(学究云) 这两个贼子到的那里，不必差人接应，只早晚敢待来也。(卒子做报科，云) 喏，报的哥哥得知，两位头领得胜回来了也。(正末同鲁智深押二贼上，云) 那两个贼汉擒拿在此，请哥哥发落。(宋江云) 好宋江！

好鲁智深！你怎么假名冒姓，坏我家的名目？小偻㑩，将他绑在那花标树上，取这两副心肝，与咱配酒。枭他首级，悬挂通衢警众。（卒子云）理会的。（拿二贼下）（正末唱）

【离亭宴煞】蓼儿洼里开筵待[22]，花标树下肥羊宰，酒尽呵拚当再买。涎邓邓眼睛剜[23]，滴屑屑手脚卸，磣可可心肝摘，饿虎口中将脆骨夺，骊龙颔下把明珠握[24]，生担他一场利害。（带云）智深哥哥，（唱）我也则要洗清你这强打挣的执柯人[25]，（带云）公明哥哥，（唱）出脱你这干风情的画眉客[26]。

（宋江云）今日就聚义堂上，设下赏功筵席，与李山儿、鲁智深庆喜者。（诗云）宋公明行道替天，众英雄聚义林泉。李山儿拔刀相助，老王林父女团圆。

题目　杏花庄王林告状

正名　梁山泊李逵负荆

注释

[1] 颇奈：可恨。

[2] 跌绽：破裂开。

[3] 脖项上这一块：指头颅。

[4] 形骸：人的躯体、躯壳。

[5] 吓魂台：迷信认为能惊吓掉灵魂的地方。

[6] 墓顶头：坟墓前面。　远乡牌：客死他乡者的墓碑。

[7] 咒：祝告。

[8] 擘划：安排。

[9] 十分采：十分幸运。

[10] 佯呆不睬：故意不理睬。

[11] 抬颏：器宇轩昂。

[12] 廉颇请罪：《史记·廉颇蔺相如列传》载：廉颇得知自己错怪了蔺相如后，主动负荆请罪，表示悔过。

[13] 恁（nín）：同“您”。

[14] 呼保义：宋江的绰号。

[15] 餐柴：指受荆杖责打。

[16] 不伏烧埋：不服气。

[17] 风团：旋风，喻极快。

[18] 一柞：同“一拃”，张开大拇指和中指两端间的距离。

[19] 天灵盖：头盖骨。

[20] 棍徒：恶棍。

[21] 真命强盗：真正的强盗。

［22］蓼儿洼：梁山泊中的一个地名。

［23］涎邓邓：形容眼神呆滞。

［24］“骊龙”句：《庄子·列御寇》：“河上有家贫恃纬萧而食者，其子没于渊，得千金之珠。其父谓其子曰：‘取石来锻之。夫千金之珠，必在九重之渊，而骊龙颔下，子能得珠者，必遭其睡也。使骊龙而寤，子尚奚微之有哉？’”此处是指李逵自命不凡。

［25］执柯人：媒人。

［26］画眉客：《汉书·张敞传》说张敞经常为妻子画眉，后便用“画眉”形容夫妻相爱。此处“强打挣的执柯人”和“干风情的画眉客”，是指鲁智深做媒、宋江强夺民女，均徒有其名。

新评

康进之，棣州（今山东惠民）人。元朝初期杂剧作家。钟嗣成《录鬼簿》卷上所著录“前辈名公乐章传于世者”五十六人中，康进之排在第二十五位。贾仲明的〔凌波仙〕曲则曰：“编集《鬼簿》治安时，收得贤人康进之，偕朋携友莺花市。编《老收心》李黑厮，负荆是，小斧头儿。行于世，写上纸，费骚人，和曲填词。”由此可知，康进之是当时戏剧界的知名人士，且交游颇广。朱权的《太和正音谱·古今群英乐府格势》将康进之列入“其词势非笔舌可能拟，真词林之英杰”的一百五十人中。可见康进之戏剧创作的水平颇高。其他生平事迹，俱不可考。

康进之的作品，我们现在知道的，只有两种：《老收心》和《杏花庄》。前者剧本已佚，仅存剧目。《杏花庄》的剧名见于钟嗣成的《录鬼簿》，《太和正音谱》和孟称舜刊本《录鬼簿》以简名《黑旋风负荆》称之；臧晋叔《元曲选》本则称为《梁山泊李逵负荆》，简名《李逵负荆》；曹栋亭刊本《录鬼簿》与姚燮《今乐考证》则用《梁山泊黑旋风负荆》剧名；黄文旸《曲海总目提要》沿用钟嗣成《录鬼簿》里的《杏花庄》剧名，但在其后注明：“即《李逵负荆》杂剧。”现行的整理本多以《李逵负荆》为名。

由于康进之仅存此一剧，故而有关他的创作风格、艺术手段、表现水平等，只能通过此剧加以管窥。现存元代杂剧以“水浒故事”为题材的作品共有三十六种，其中散佚者二十六种，今存者共十种，除康进之的《梁山泊李逵负荆》外，尚有高文秀的《黑旋风双献功》、李文蔚的《同乐院燕青博鱼》、无名氏的《鲁智深喜赏黄花峪》、《争报恩三虎下山》、《大妇小妻还牢末》、《梁山五虎大劫牢》、《梁山七虎闹铜台》、《王矮虎大闹东平府》、《宋公明排九宫八卦阵》。在这十种剧作中，康进之的《李逵负荆》无论是从结构布局、人物塑造看，还是从曲文宾白、情节发展看，都是最优秀的。《李逵负荆》是一部因误会而引出的幽默喜剧。两个冒名者抢夺民女，引起了老王林和宋江之间的误会，通过李逵的介入，这一误会又发展为李逵和宋江之间的更大的误会。全剧就是在小误会发展成大误会，大误会解除之后带动小误会的解除这个过程中，安排喜剧关目，展开一系列的喜剧性故事情节的。

全剧成功地塑造了农民起义英雄李逵的形象。他忠于梁山泊“替天行道”的伟大事业，一旦发现有人给这一事业抹黑，便义无反顾地挺身而出，并且信心十足地保证：“只等三日之后，我轻轻的把着手儿，送将你那满堂娇孩儿来家……”虽然宋江是起义军的头领，是自己的“顶头上司”，虽然与自己私交颇好，但是这些都不足以成为李逵嫉恶如仇的障碍，不足以妨碍他坚持大是大非的原则。

粗心和知错即改是李逵的另外两个特点。仅凭一个“红褡膊”，不作任何调查（哪怕起码问一下老王林那两个恶棍的长相），就坚信是宋江和鲁智深抢了满堂娇——粗心之至矣。而当三方对证，知道确实是冤枉了宋、鲁二人后，李逵的心情颇为复杂。铸成大错，无颜面对宋江及众兄弟；想一死了之，又下不了决心。最后只好选择负荆请罪这个虽属折中但却能补救错误的办法。

《李逵负荆》的故事情节，还被吸收到小说《水浒传》的第七十三回“梁山泊双献头”中。但小说中这一节的情节布局和人物刻画，都比较平淡，比不上杂剧。这又从另外一个方面表明康进之的高明。

误会——矛盾——冲突——解决，这是戏剧作品惯用的手段，但是像《李逵负荆》这样将各个环节安排得如此恰贴、自然、不露破绽，却不多见。可以毫不夸张地宣称，《李逵负荆》的结构布局是现存水浒故事题材元杂剧的经典之作。

迷青琐倩女离魂

郑光祖 撰

张倩女与王文举指腹为婚。成人之后，王文举父母双亡，无力婚娶，于是前往张家，准备看望岳母和未婚妻之后，上京应举。为情所迷的倩女不忍与王文举分别，精诚所至，灵魂与躯体分离——灵魂随王文举上京，一如正常之人，而躯体则留在家中，卧病在床，成天迷迷糊糊，如同行尸走肉。王文举状元及第后，写信给岳母报喜，并声称“授官之后，文举同小姐一时回家”。孰料家中的倩女闻知王文举已有夫人，病情更加严重，奄奄一息。不久，王文举带领灵魂的倩女回到张家，灵魂与躯体合二为一，变成一个生龙活虎的倩女，有情人终团圆。

剧中主要人物：

倩女（正旦）：尚未出生时，即由父亲做主，与王文举指腹成婚。十七岁时，见到未婚夫婿王文举，为情所困，精神与肉体分离。灵魂跟随王文举上京赴试，得官后又回家与肉体合二为一。

王文举（正末）：倩女的未婚夫。上京应试，状元及第，授官后衣锦还乡，夫妻团圆。

夫人（旦）：倩女之母。

梅香：倩女的贴身丫鬟。

张千（净）：王文举的下人。曾代王文举送信。

楔　子

（旦扮夫人引从人上，诗云）花有重开日，人无再少年。休道黄金贵，安乐最值钱。老身姓李，夫主姓张，早年间亡化已过[1]。止有一个女孩儿，小字倩女，年长一十七岁。孩儿针指女工[2]，饮食茶水，无所不会。先夫在日，曾与王同知家指腹成亲[3]，王家生的是男，名唤王文举。此生年纪今长成了，闻他满腹文章，尚未娶妻。老身也曾数次寄书去，孩儿说要来探望老身，就成此亲事。下次小的每[4]，门首看者，若孩儿来时，报的我知道。（正末扮王文举上，云）黄卷青灯一腐儒，三槐九棘位中居[5]。世人只说文章贵，何事男儿不读书。小生姓王，名文举。先父任衡州同知，不幸父母双亡。父亲存日，曾与本处张公弼指腹成亲，不想先母生了小生，张宅生了一女，因伯父下世，不曾成此亲事。岳母数次寄书来问。如今春榜动[6]，选场开，小生一者待往长安应举，二者就探望岳母，走一遭去。可早来到也。左右，报复去，道有王文举在于门首。(从人报科，云) 报的夫人知道：外边有一个秀才，说是王文举。(夫人云) 我语未悬口[7]，孩儿早到了。道有请。(做见科) (正末云) 孩儿一向有失探望，母亲请坐，受你孩儿几拜。(做拜科)(夫人云) 孩儿请起，稳便[8]。(正末云) 母亲，你孩儿此来，一者拜候岳母，二者上朝进取去。(夫人云) 孩儿请坐。下次小的每，说与梅香，绣房中请出小姐来，拜哥哥者。(从人云) 理会的。后堂传与小姐，老夫人有请。(正旦引梅香上，云) 妾身姓张，小字倩女，年长一十七岁。不幸父亲亡逝已过。父亲在日，曾与王同知指腹成亲，后来王宅生一子是王文举，俺家得了妾身。不想王生父母双亡，不曾成就这门亲事。今日母亲在前厅上呼唤，不知有甚事，梅香，跟我见母亲去来。(梅香云) 姐姐行动些。(做见科)(正旦云) 母亲，唤您孩儿有何事？(夫人云) 孩儿，向前拜了你哥哥者。(做拜科)(夫人云) 孩儿，这是倩女小姐。且回绣房中去。(正旦出门科，云) 梅香，咱那里得这个哥哥来？(梅香云) 姐姐，你不认的他？则他便是指腹成亲的王秀才。(正旦云) 则他便是王生？俺母亲着我拜为哥哥，不知主何意也呵？(唱)

【仙吕·赏花时】他是个矫帽轻衫小小郎，我是个绣帔香车楚楚娘，恰才貌正相当。俺娘向阳台路上[9]，高筑起一堵雨云墙。

【幺篇】可待要隔断巫山窈窕娘，怨女鳏男各自伤。不争你左使着一片黑心肠[10]。你不拘箝我可倒不想[11]，你把我越间阻越思量。(同梅香下)

(夫人云) 下次小的每，打扫书房，着孩儿安下，温习经史，不要误了茶饭。(正末云) 母亲，休打扫书房，您孩儿便索长行，往京师应举去也。(夫人云) 孩儿，且住一两日，行程也未迟哩。(诗云) 试期尚远莫心焦，且在寒家过几朝。(正末诗云) 只为禹门浪暖催人去[12]，因此匆匆未敢问桃夭[13]。(同下)

注释

[1] 亡化：去世。

[2] 针指女工：指女子所从事的纺织、刺绣、缝纫等。

[3] 同知：官名。自宋朝开始，府、州均设同知，辅佐地方长官办事。

[4] 小的每：对仆人的称呼。

[5] 三槐九棘：封建时代在皇帝的外朝栽种槐树和棘树，作为大臣朝见皇帝时位置之标志。后用以代称三公、九卿等重臣。

[6] 春榜：科举时代春天举行会试，春榜即会试中及第的榜。

[7] 语未悬口：犹言话还没说完。悬口，出口。

［8］稳便：请自便。

［9］阳台：传说楚襄王游高唐时，曾于梦中和巫山神女欢会于阳台。神女离去的时候说："妾在巫山之阳，高丘之阻，朝为行云，暮为行雨，朝朝暮暮，阳台之下。"后来阳台、云雨便成为男女欢会之典。

［10］不争：只因为。　左使：错使。

［11］拘箝（qián）：拘束，管教。

［12］禹门浪暖：指考期临近。禹门即龙门，在山西省河津市西北。传说黄河中的鲤鱼只要跳过龙门就可变成龙，后便用跃龙门比喻科举考试。

［13］桃夭：《诗经·周南》篇名。全诗以盛开的桃花起兴，赞美青年男女婚姻的美满幸福。这里代指婚事。

第一折

（正旦引梅香上，云）妾身倩女，自从见了王生，神魂驰荡。谁想俺母亲悔了这亲事，着我拜他做哥哥，不知主何意思？当此秋景，是好伤感人也呵！（唱）

【仙吕·点绛唇】捱彻凉宵[1]，飒然惊觉，纱窗晓。落叶萧萧，满地无人扫。

【混江龙】可正是暮秋天道，尽收拾心事上眉梢。镜台儿何曾览照，绣针儿不待拈着。常恨夜坐窗前烛影昏，一任晚妆楼上月儿高。俺本是乘鸾艳质[2]，他须有中雀丰标[3]。苦被煞尊堂间阻，争把俺情义轻抛。空误了幽期密约，虚过了月夕花朝。无缘配合，有分煎熬。情默默难解自无聊，则怕娘知道。窥之远天宽地窄，染之重梦断魂劳。（梅香云）姐姐，你省可里烦恼[4]。（正旦云）梅香，似这等，几时是了也？（唱）

【油葫芦】他不病倒，我猜着敢消瘦了。被拘箝的不忿心，教他怎动脚？虽不是路迢迢，早情随着云渺渺，泪洒做雨潇潇。不能勾傍阑干数曲湖山靠，恰便似望天涯一点青山小。（带云）秀才他寄来的诗，也埋怨俺娘哩。（唱）他多管是意不平[5]，自发扬，心不遂，闲缀作。十分的卖风骚，显秀丽，夸才调。我这里详句法，看挥毫。

【天下乐】只道他读书人志气高，元来这凄凉甚日了。想俺这孤男寡女忒命薄！我安排着鸳鸯宿锦被香；他盼望着鸾凤鸣琴瑟调[6]。怎做得蝴蝶飞，锦树绕。（梅香云）姐姐，那王秀才生的一表人物，聪明浪子，论姐姐这个模样，正和王秀才是一对儿。姐姐，且宽心，省烦恼。（正旦云）梅香，似这般，如之奈何也！（唱）

【那吒令】我一年一日过了，团圆日较少；三十三天觑了，离恨天最高[7]。

四百四病害了，相思病怎熬。（带云）他如今待应举去呵！（唱）千里将风阙攀，一举把龙门跳，接丝鞭，总是妖娆。（梅香云）姐姐，那王生端的内才外才相称也[8]。（正旦唱）

【鹊踏枝】据胸次，那英豪；论人品，更清高。他管跳出黄尘，走上青霄。又不比闹清晓茅檐燕雀，他是掣风涛混海鲸鳌。（带云）梅香，那书生呵！（唱）

【寄生草】他拂素楮鹅溪茧[9]，蘸中山玉兔毫[10]。不弱如骆宾王夜作论天表[11]，也不让李太白醉写平蛮稿[12]，也不比汉相如病受征贤诏[13]。他辛勤十年书剑洛阳城，决峥嵘一朝冠盖长安道。

（梅香云）姐姐，王生今日就要上朝应举去，老夫人着俺折柳亭与哥哥送路哩。（正旦云）梅香，咱折柳亭与王生送路去来。（同下）（正末同夫人上，云）母亲，今日是吉日良辰，你孩儿便索长行，往京师进取去也。（夫人云）孩儿，你既是要行，我在这折柳亭上与你饯行。小的每，请小姐来者。（正旦引梅香上，云）母亲，孩儿来了也。（夫人云）孩儿，今日在这折柳亭与你哥哥送路，你把一杯酒者。（正旦云）理会的。（把酒科，云）哥哥，满饮一杯。（正末饮科，云）母亲，你孩儿今日临行，有一言动问：当初先父母曾与母亲指腹成亲，俺母亲生下小生，母亲添了小姐。后来小生父母双亡，数年光景，不曾成此亲事。小生特来拜望母亲，就问这亲事。母亲着小姐以兄妹称呼，不知主何意？小生不敢自专，母亲尊鉴不错。（夫人云）孩儿，你也说的是。老身为何以兄妹相呼？——俺家三辈儿不招白衣秀士[14]。想你学成满腹文章，未曾进取功名。你如今上京师，但得一官半职，回来成此亲事，有何不可。（正末云）既然如此，索是谢了母亲，便索长行去也。（正旦云）哥哥，你若得了官时，是必休别接了丝鞭者！（正末云）小姐但放心，小生得了官时，便来成此亲事也。（正旦云）好是难分别也呵！（唱）

【村里迓鼓】则他这渭城朝雨，洛阳残照，虽不唱阳关曲本；今日来祖送长安年少[15]。兀的不取次弃舍，等闲抛掉，因而零落！（做叹科，云）哥哥！（唱）恰楚泽深，秦关杳，泰华高。叹人生离多会少！（正末云）小姐，我若为了官呵，你就是夫人县君也。（正旦唱）

【元和令】杯中酒，和泪酌；心间事，对伊道，似长亭折柳赠柔条。哥哥，你休有上梢没下梢[16]。从今虚度可怜宵，奈离愁不了！（正末云）往日小生也曾挂念来！（正旦云）今日更是凄凉也！（唱）

【上马娇】竹窗外响翠梢，苔砌下深绿草，书舍顿萧条，故园悄悄无人到。恨怎消，此际最难熬！

【游四门】抵多少彩云声断紫鸾箫，今夕何处系兰桡[17]，片帆休遮，西风恶，雪卷浪淘淘。岸影高，千里水云飘。

【胜葫芦】你是必休做了冥鸿惜羽毛[18]。常言道好事不坚牢。你身去休教心去了。对郎君低告，恰梅香报道，恐怕母亲焦。(夫人云) 梅香，看车儿着小姐回去。(梅香云) 姐姐，上车儿者。(正末云) 小姐请回，小生便索长行也。(正旦唱)

【后庭花】我这里翠帘车先控着，他那里黄金镫懒去挑。我泪湿香罗袖，他鞭垂碧玉梢。望迢迢恨堆满西风古道，想急煎煎人多情人去了，和青湛湛天有情天亦老。俺气氲氲喟然声不定交，助疏剌剌动羁怀风乱扫，滴扑簌簌界残妆粉泪抛，洒细濛濛浥香尘暮雨飘。

【柳叶儿】见淅零零满江干楼阁[19]，我各剌剌坐车儿懒过溪桥[20]，他矻蹬蹬马蹄儿倦上皇州道[21]。我一望望伤怀抱，他一步步待回镳[22]，早一程程水远山遥。(正末云) 小姐放心，小生得了官，便来取你。小姐请上车儿回去罢。(正旦唱)

【赚煞】从今后只合题恨写芭蕉，不索占梦揲蓍草[23]。有甚心肠，更珠围翠绕。我这一点真情魂缥缈，他去后，不离了前后周遭。厮随着司马题桥[24]，也不指望驷马高车显荣耀。不争把琼姬弃却，比及盼子高来到[25]，早辜负了碧桃花下凤鸾交。(同梅香下)

(正末云) 你孩儿则今日拜别了母亲，便索长行也。左右，将马来，则今日进取功名，走一遭去。(下) (夫人云) 王秀才去了也，等他得了官回来，成就这门亲事，未为迟哩。(下)

注释

[1] 捱彻：熬过。

[2] 乘鸾艳质：极言美丽。传说唐玄宗游月宫时，见有仙女十数人，乘白鸾往来，在桂树下跳舞。

[3] 中雀丰标：隋末窦毅为女择婿，在门屏上画二孔雀，求婚者须两箭射中雀目，方能中选。结果被唐高祖李渊射中。“雀屏中选”便成为择婚之典。中雀丰标形容男子风度不凡。

[4] 省可里：休要，不要。

[5] 多管：大概。

[6] 鸾凤鸣：指男女成婚。　琴瑟调：《诗经·小雅·棠棣》：“妻子好合，如鼓琴瑟。”比喻夫妻感情好。

[7] 离恨天：佛经说，天上分好多层，最高一层叫“三十三天”，民间传说称“三十三天”为“离恨天”。

[8] 端的：确实。

[9] 素楮（chǔ）：纸的代称。　鹅溪茧：四川省盐亭县鹅溪出产的茧很有名，可用于书画，故鹅溪茧便成为纸的代称。

[10] 中山玉兔毫：中山是地名，以产兔毛笔而闻名。后来兔毫便成为笔的代称。

[11] 骆宾王：初唐文学家，徐敬业起兵反武则天，他代徐写《讨武曌檄》，一时轰动。

[12] 李太白：即李白，盛唐诗人。曾奉唐玄宗之命，草答蛮书。

[13] 汉相如：即汉代文学家司马相如。他因写《子虚赋》而受到汉武帝的赏识，被授予官职。

[14] 白衣秀士：无官职和功名的读书人。

[15] 祖送：饯行。

[16] 有上梢没下梢：即有始无终。

[17] 兰桡（ráo）：本为木兰桨，常借指船。

[18] 冥鸿惜羽毛：冥鸿即大雁，古代有鸿雁传书之说，冥鸿惜羽毛即中断书信的意思。

[19] 江干：江岸。

[20] 各剌剌：形容车轮的声音。

[21] 砣蹬蹬：形容马蹄的声音。　皇州道：上京城的道路。

[22] 回镳（biāo）：勒转马头。镳为马嚼子。

[23] 揲蓍（shéshì）草：古代占卜时的动作。蓍草是古时占卜所用的一种草。占卜时从五十根蓍草中先拿出一根，其余四十九根分成两部分，四根一数，最后以单、双数来决定阴爻或阳爻。

[24] 司马题桥：司马相如去长安时，路过成都城北的升仙桥，曾在桥柱上题“不乘高车驷马，不过此桥”。

[25] 琼姬、子高：北宋王子高，貌美，与周琼姬私下相爱。后因迫于言论，王子高便中断了和琼姬的关系。

第二折

（夫人慌上，云）欢喜未尽，烦恼又来。自从倩女孩儿在折柳亭与王秀才送路，辞别回家，得其疾病，一卧不起。请的医人看治，不得痊可，十分沉重，如之奈何？则怕孩儿思想汤水吃，老身亲自去绣房中探望一遭去来。（下）（正末上，云）小生王文举，自与小姐在折柳亭相别，使小生切切于怀，放心不下。今夜舣舟江岸[1]，小生横琴于膝，操一曲以适闷咱。（做抚琴科）（正旦别扮离魂上，云）妾身倩女，自与王生相别，思想的无奈，不如跟他同去，背着母亲，一径的赶来[2]。王生也，你只管去了，争知我如何过遣也呵[3]！（唱）

【越调·斗鹌鹑】人去阳台，云归楚峡。不争他江渚停舟[4]，几时得门庭过马[5]。悄悄冥冥，潇潇洒洒，我这里踏岸沙，步月华。我觑这万水千山，都只在一时半霎。

【紫花儿序】想倩女心间离恨，赶王生柳外兰舟，似盼张骞天上浮槎[6]。汗溶溶琼珠莹脸，乱松松云髻堆鸦，走的我筋力疲乏。你莫不夜泊秦淮卖酒家，向断桥西下，疏剌剌秋水菰蒲，冷清清明月芦花。（云）走了半日，来到江边，听的人语喧闹，我试觑咱。（唱）

【小桃红】蓦听得马嘶人语闹喧哗，掩映在垂杨下。唬的我心头丕丕那惊怕[7]，原来是响珰珰鸣榔板捕鱼虾[8]。我这里顺西风悄悄听沉罢[9]，趁着这厌厌露华，对着这澄澄月下，惊的那呀呀呀寒雁起平沙。

【调笑令】向沙堤款踏，莎草带霜滑。掠湿湘裙翡翠纱，抵多少苍苔露冷凌波袜。看江上晚来堪画，玩冰壶潋滟天上下[10]，似一片碧玉无瑕。

【秃厮儿】你觑远浦孤鹜落霞，枯藤老树昏鸦。听长笛一声何处发，歌欸乃[11]，橹咿哑。（云）兀那船头上琴声响，敢是王生？我试听咱。（唱）

【圣药王】近蓼洼，望蘋花，有折蒲衰柳老蒹葭。近水凹，傍短槎[12]，见烟笼寒水月笼沙，茅舍两三家。（正末云）这等夜深，只听得岸上女人音声，好似我倩女小姐，我试问一声波。（做问科，云）那壁不是倩女小姐么？这早晚来此怎的？（魂旦相见科，云）王生也，我背着母亲，一径的赶将你来，咱同上京去罢。（正末云）小姐，你怎生直赶到这里来？（魂旦唱）

【麻郎儿】你好是舒心的伯牙[13]，我做了没路的浑家。你道我为甚么私离绣榻？待和伊同走天涯。（正末云）小姐是车儿来？是马儿来？（魂旦唱）

【幺】险把咱家走乏[14]。比及你远赴京华，薄命妾为伊牵挂，思量心几时撇下。

【络丝娘】你抛闪咱比及见咱，我不瘦杀多应害杀。（正末云）若老夫人知道，怎了也？（魂旦唱）他若是赶上咱待怎么？常言道做着不怕！（正末做怒科，云）古人云：聘则为妻，奔则为妾。老夫人许了亲事，待小生得官，回来谐两姓之好，却不名正言顺。你今私自赶来，有玷风化，是何道理？（魂旦云）王生！（唱）

【雪里梅）你振色怒增加，我凝睇不归家。我本真情，非为相唬，已主定心猿意马。（正末云）小姐，你快回去罢！（魂旦唱）

【紫花儿序】只道你急煎煎趱登程路[15]，元来是闷沉沉困倚琴书，怎不教我痛煞煞泪湿琵琶。有甚心着雾髻轻笼蝉翅，双眉淡扫宫鸦。似落絮飞花，谁待问出外争如只在家。更无多话，愿秋风驾百尺高帆，尽春光付一树铅华。（云）王秀才，赶你不为别，我只防你一件。（正末云）小姐，防我那一件来？（魂旦唱）

【东原乐】你若是赴御宴琼林罢，媒人每拦住马，高挑起染渲佳人丹青画，卖弄他生长在王侯宰相家：你恋着那奢华，你敢新婚燕尔在他门下？（正末云）小生此行，一举及第，怎敢忘了小姐！（魂旦云）你若得登第呵，（唱）

【绵搭絮】你做了贵门娇客[16]，一样矜夸。那相府荣华，锦绣堆压，你还想飞入寻常百姓家？那时节似鱼跃龙门播海涯，饮御酒，插宫花；那其间占鳌头、占鳌头登上甲。（正末云）小生倘不中呵，却是怎生？（魂旦云）你若不中呵，妾身荆钗裙布，愿同甘苦。（唱）

【拙鲁速】你若是似贾谊困在长沙[17]，我敢似孟光般显贤达[18]。休想我半星儿意差，一分儿抹搭[19]。我情愿举案齐眉傍书榻，任粗粝淡薄生涯，遮莫戴荆钗[20]，穿布麻。（正末云）小姐既如此真诚志意，就与小生同上京去，如何？（魂旦云）秀才肯带妾身去呵，（唱）

【幺篇】把稍公快唤咱，恐家中厮捉拿。只见远树寒鸦，岸草汀沙，满目黄花，几缕残霞。快先把云帆高挂，月明直下，便东风刮，莫消停，疾进发。（正末云）小姐，则今日同我上京应举去来。我若得了官，你便是夫人县君也。（魂旦唱）

【收尾】各剌剌向长安道上把车儿驾，但愿得文苑客当时奋发。则我这临邛市沽酒卓文君，甘伏侍你濯锦江题桥汉司马。（同下）

注释

[1] 舣（yǐ）舟：附船着岸。

[2] 一径的：径直、一直。

[3] 过遣：生活。

[4] 不争：如果。

[5] 门庭过马：指做官后衣锦还乡，门前有车骑相随。

[6] 张骞天上浮槎：张骞是西汉人，他曾奉武帝之命出使西域，相传他曾于黄河源头乘木筏上天河。

[7] 丕丕：形容心跳的声音。

[8] 榔板：渔民捕鱼时驱赶鱼的工具。

[9] 听沉：听。

[10] 冰壶：这里指月亮。

[11] 欸（ǎi）乃：形容划桨摇橹之声。

[12] 短槎：钓鱼用的小木筏。

[13] 伯牙：春秋时著名琴师。

[14] 崄：同“险”。

[15] 趱（zǎn）：赶路，急走。

[16] 娇客：女婿。

[17] 贾谊：汉代人。很受汉文帝的赏识。后因上书，为大臣嫉恨，遭排挤，任长沙王太傅。

[18] 孟光：东汉梁鸿之妻。孟光给梁鸿送饭时，总是高举盛饭菜的盘子，以示恭敬。

[19] 抹搭：改变，变化。

[20] 遮莫：拚着，大不过。

第三折

(正末引祗从上,云) 小官王文举,自到都下,撺过卷子,小官日不移影,应对万言,圣人大喜,赐小官状元及第。夫人也随小官至此。我如今修一封平安家书,差人岳母行报知。左右的,将笔砚来。(做写书科,云) 写就了也,我表白一遍咱:“寓都下小婿王文举拜上岳母座前:自到阙下,一举状元及第。待授官之后,文举同小姐一时回家。万望尊慈垂照,不宣。”书已写了,左右的,与我唤张千来。(净扮张千上)(诗云) 我做伴当实是强,公差干事多的当。一日走了三百里,第二日刚刚捱下炕。自家张千的便是。状元爷呼唤,须索走一遭去。(做见科,云) 爷唤张千那厢使用?(正末云) 张千,你将这一封平安家信,直至衡州,寻问张公弼家投下。你见了老夫人,说我得了官也。你小心在意者!(净接书云) 张千知道了。我将着这一封书,直至衡州走一遭去。(同下)(老夫人上,云) 谁想倩女孩儿,自与王生别后,卧病在床,或言或笑,不知是何症候[1]。这两日不曾看他,老身须亲看去。(下)(正旦抱病,梅香扶上,云) 自从王秀才去后,一卧不起,但合眼便与王生在一处,则被这相思病害杀人也呵!(唱)

【中吕·粉蝶儿】自执手临岐,空留下这场憔悴,想人生最苦别离。说话处少精神,睡卧处无颠倒[2],茶饭上不知滋味:似这般废寝忘食,折挫得一日瘦如一日[3]。

【醉春风】空服遍瞑眩药不能痊[4],知他这腤臜病何日起[5]?要好时直等的见他时,也只为这症候因他上得、得。一会家缥缈呵,忘了魂灵;一会家精细呵,使着躯壳;一会家混沌呵,不知天地。(云) 我眼里只见王生在面前,原来是梅香在这里!梅香,如今是甚时候了?(梅香云) 如今春光将尽,绿暗红稀,将近四月也。(正旦唱)

【迎仙客】日长也愁更长,红稀也信尤稀,(带云) 王生,你好下的也[6]!(唱) 春归也奄然人未归[7]。(梅香云) 姐姐,俺姐夫去了未及一年,你如何这等想他?(正旦唱) 我则道相别也数十年,我则道相隔着几万里,为数归期,则那竹院里刻遍琅玕翠[8]。

【红绣鞋】去时节杨柳西风秋日,如今又过了梨花暮雨寒食[9]。(梅香云) 姐姐,你可曾卜一卦么?(正旦唱) 则兀那龟儿卦无定准、枉央及,喜蛛儿难凭信,灵鹊儿不诚实,灯花儿何太喜。

(夫人上,云) 来到孩儿房门首也。梅香,您姐姐较好些么?(正旦云) 是谁?(梅

香云）是奶奶来看你哩。（正旦云）我每日眼界只见王生，那曾见母亲来？（夫人见科，云）孩儿，你病体如何？（正旦唱）

【普天乐】想鬼病最关心[10]，似宿酒迷春睡。绕晴雪杨花陌上，趁东风燕子楼西。抛闪杀我年少人，辜负了这韶华日。早是离愁添萦系，更那堪景物狼藉。愁心惊一声鸟啼，薄命趁一春事已，香魂逐一片花飞。（正旦昏科）（夫人云）孩儿，你挣挫些儿[11]！（正旦醒科）（唱）

【石榴花】早是俺抱沉疴添新病发昏迷。也则是死限紧相催，病膏肓，针灸不能及。（夫人云）我请个良医来调治你。（正旦唱）若是他来到这里，煞强如请扁鹊卢医[12]。（夫人云）我如今着人请王生去。（正旦唱）把似请他时[13]，便许做东床婿。到如今，悔后应迟。（夫人云）王生去了，再无音信寄来。（正旦唱）他不寄个报喜的信息缘何意，有两件事我先知。

【斗鹌鹑】他得了官别就新婚，剥落呵羞归故里[14]。（夫人云）孩儿休过虑，且将息自己。（正旦唱）眼见的千死千休，折倒的半人半鬼。为甚这思竭损的枯肠不害饥，苦恹恹一肚皮。（夫人云）孩儿吃些汤粥？（正旦云）母亲，（唱）看肯成就了燕尔新婚，强如吃龙肝凤髓。

（云）我这一会昏沉上来，只待睡些儿哩。（夫人云）梅香，休要炒闹，等他歇息，我且回去咱。（夫人同梅香下）（正旦睡科）（正末上见旦科，云）小姐，我来看你哩！（正旦云）王生，你在那里来？（正末云）小姐，我得了官也！（正旦唱）

【上小楼】则道你辜恩负德，你原来得官及第。你直叩丹墀，夺得朝章，换却白衣。觑面仪，比向日，相别之际，更有三千丈五陵豪气。

（正末云）小姐，我去也。（下）（正旦醒科，云）分明见王生，说得了官也，醒来却是南柯一梦[15]！（唱）

【幺篇】空疑惑了大一会，恰分明这搭里[16]。俺淘写相思[17]，叙问寒温，诉说真实。他紧摘离[18]，我猛跳起，早难寻难觅，只见这冷清清半竿残日。

（梅香上，云）姐姐，为何大惊小怪的？（正旦云）我恰才梦见王生，说他得了官也。（唱）

【十二月】元来是一枕南柯梦里，和二三子文翰相知。他访四科，习五常典礼，通六艺，有七步才识，凭八韵、赋纵横大笔，九天上得遂风雷。

【尧民歌】想十年身到凤凰池，和九卿相八元辅劝金杯。则他那七言诗六合里少人及，端的个五福全四气备，占抡魁震三月春雷。双亲行先报喜，都为这一纸登科记。

(净上，云) 自家张千的便是。奉俺王相公言语，差来衡州下家书。寻问张公弼宅子，人说这里就是。(做见梅香科，云) 姐姐，唱喏哩！(梅香云) 兀那厮，你是甚么人？(净云) 这里敢是张相公宅子么？(梅香云) 则这里就是，你问怎的？(净云) 我是京师来的。俺王相公得了官也，着我寄书来，与家里夫人知道。(梅香云) 你则在这里，我和小姐说去。(见正旦科，云) 姐姐，王秀才得了官也！着人寄家书来，见在门首哩！(正旦云) 着他过来！(梅香见净云) 兀那寄书的，过去见小姐。(净见正旦惊科，背云) 一个好夫人也！与我家奶奶生的一般儿！(回云) 我是京师王相公差我寄书来与夫人。(正旦云) 梅香，将书来我看。(梅香云) 兀那汉子，将书来。(净递书科)(正旦念书科，云)“寓都下小婿王文举，拜上岳母座前：自到阙下，一举状元及第。待授官之后，文举同小姐一时回家。万望尊慈垂照，不宣。”他原来有了夫人也！兀的不气杀我也！(气倒科)(梅香救科，云) 姐姐，苏醒者！(正旦醒科)(梅香云) 都是这寄书的！(做打净科)(正旦云) 王生，则被你痛杀我也！(唱)

【哨遍】将往事从头思忆，百年情只落得一口长吁气。为甚么把婚聘礼不曾题？恐少年堕落了春闱。想当日在竹边书舍，柳外离亭，有多少徘徊意。争奈匆匆去急，再不见音容潇洒，空留下这词翰清奇。把山错认做望夫石，将小简帖联做断肠集。恰微雨初阴，早皓月穿窗，使行云易飞。

【耍孩儿】俺娘把冰绡剪破鸳鸯只，不忍别远送出阳关数里。此时有意送征帆，无计住雕鞍，奈离愁与心事相随。愁萦遍、垂杨古驿丝千缕，泪添满、落日长亭酒一杯。从此去，孤辰限[19]，凄凉日，忆乡关愁云阻隔，着床枕鬼病禁持[20]。

【四煞】都做了一春鱼雁无消息[21]；不甫能一纸音书盼得，我则道春心满纸墨淋漓，原来比休书多了个封皮。气的我痛如泪血流难尽，争些魂逐东风吹不回。秀才每心肠黑，一个个贫儿乍富，一个个饱病难医。

【三煞】这秀才则好谒僧堂三顿斋，则好拨寒炉一夜灰[22]，则好教偷灯光凿透邻家壁[23]，则好教一场雨淹了中庭麦[24]，则好教半夜雷轰了荐福碑[25]。不是我闲淘气，便死呵死而无怨；待悔呵悔之何及！

【二煞】倩女呵病缠身，则愿的天可怜。梅香呵我心事则除是你尽知。望他来表白我真诚意，半年甘分耽疾病，镇日无心扫黛眉。不甫能捱得到今日，头直上打一轮皂盖，马头前列两行朱衣。

【尾煞】并不闻琴边续断弦，倒做了山间滚磨旗。划地接丝鞭，别娶了新妻室。这是我弃死忘生落来的！(梅香扶正旦下)

(净云) 都是俺爷不是了！你娶了老婆便罢，又着我寄纸书来做什么？我则道是平安家信，原来是一封休书，把那小姐气死了，梅香又打了我一顿。想将起来，都是俺爷不是了！(诗云) 想他做事没来由，寄的书来惹下愁。若还差我再寄信，只做乌龟缩了头。(下)

注释

［1］症候：病症。

［2］无颠倒：《诗经·齐风·东方未明》："东方未明，颠倒衣裳。"意思是因光线不明，将上下衣裳颠倒穿了。这里的"无颠倒"则是指和衣而卧，夜不成寐。

［3］折挫：折磨。

［4］腼（tiǎn）眩药：一种麻醉药，先使病人服药昏迷，而后治病。

［5］腤臜（ānzā）病：难治愈的疾病。

［6］下的：犹言忍心。

［7］奄然：长期逗留。

［8］琅玕翠：绿色的竹子。

［9］寒食：寒食节，一般在清明的前一天。

［10］鬼病：指倩女难以治愈的疾病。

［11］挣挫：挣扎。

［12］扁鹊卢医：扁鹊是战国时著名医生，姓秦，名越人。因他家住卢国，因而又称卢医。

［13］把似：如果，假如。

［14］剥落：会试落第。

［15］南柯一梦：唐李公佐《南柯太守传》记载，淳于棼梦中做了大槐安国南柯太守，享尽荣华富贵。醒后方才知道大槐安国就是住所南面大槐树下的蚁穴。后借指梦境。

［16］这搭里：这儿。

［17］淘写：发泄。

［18］摘离：分离。

［19］孤辰：封建迷信活动中星相方士的术语，据说若命里犯了孤辰，结婚就不吉利。限：这里有命中注定的意思。

［20］禁持：折磨。

［21］鱼雁：代指书信。

［22］谒僧堂、拨寒炉：传说宋代吕蒙正贫困时，常常到寺庙里赶斋求食。他曾写有"拨尽寒炉一夜灰"的诗句。

［23］偷灯光凿透邻家壁：汉代匡衡因家贫，凿穿墙壁，借邻居家灯光读书。

［24］一场雨淹了中庭麦：传说后汉高凤，因专心读书，晒在中庭的麦子被雨水冲走都不知道。

［25］雷轰了荐福碑：荐福碑在江西鄱阳的荐福山，碑文为欧阳询书写，拓本很名贵。宋代范仲淹在鄱阳为官时，准备拓印碑文出售，用以帮助一个穷书生，可在拓印之前，碑石毁于雷击。后常借此指坎坷失意。

第四折

（正末上，云）欢来不似今朝，喜来那逢今日。小官王文举，自从与夫人到于京师，可早三年光景也。谢圣恩可怜，除小官衡州府判，着小官衣锦还乡。左右，收拾行装，辆起细车儿[1]，小官同夫人往衡州赴任去。则今日好日辰，便索长行也。（魂旦上，云）相公，我和你两口儿衣锦还乡，谁想有今日也呵！（唱）

【黄钟·醉花阴】行李萧萧倦修整，甘岁月淹留帝京。只听的花外杜鹃声，催起归程。将往事从头省，我心坎上犹自不惺惺，做了场弃业抛家恶梦境。

【喜迁莺】据才郎心性，莫不是向天公买拨来的聪明？那更内才外才相称，一见了不由人不动情。忒志诚，兀的不倾了人性命！引了人魂灵！（正末云）小姐兜住马慢慢的行将去。（魂旦唱）

【出队子】骑一匹龙驹畅好口硬[2]，恰便似驮张纸不恁般轻。腾腾腾收不住玉勒常是虚惊，火火火坐不稳雕鞍划地眼生，撒撒撒挽不定丝缰则待撺行。

【刮地风】行了些这没撒和的长途有十数程[3]，越恁的骨瘦蹄轻。暮春天景物撩人兴，更见景留情。怪的是满路花生，一攒攒绿杨红杏，一双双紫燕黄莺，一对蜂、一对蝶，各相比并。想天公知他是怎生，不肯教恶了人情。

【四门子】中间里列一道红芳径，教俺美夫妻并马儿行。咱如今富贵还乡井，方信道耀门闾昼锦荣[4]。若见俺娘，那一会惊，刚道来的话儿不中听。是这等门厮当，户厮撑，怎教咱做妹妹哥哥答应？

【古水仙子】全不想这姻亲是旧盟，则待教祆庙火刮刮匝匝烈焰生，将水面上鸳鸯忒楞楞腾分开交颈，疏剌剌沙鞴雕鞍撒了锁鞓，厮琅琅汤偷香处喝号提铃，支楞楞争弦断了不续碧玉筝，吉丁丁珰精砖上摔破菱花镜，扑通通冬井底坠银瓶。

（正末云）早来到家中也。小姐，我先过去。（做见跪云）母亲，望饶恕你孩儿罪犯则个！（夫人云）你有何罪？（正末云）小生不合私带小姐上京，不曾告知。（夫人云）小姐现今染病在床，何曾出门？你说小姐在那里？（魂旦见科）（夫人云）这必是鬼魅！（魂旦唱）

【古寨儿令】可怜我伶仃也那伶仃，阁不住两泪盈盈，手拍着胸脯自招承，自感叹，自伤情，自懊悔，自由性。

【古神仗儿】俺娘他毒害的有名[5]，全无那子母面情。则被他将一个痴小冤家，送的来离乡背井。每日价烦烦恼恼，孤孤另另。少不得厌煎成病，断送了泼残生。(正末云) 小鬼头，你是何处妖精，从实说来！若不实说，一剑挥之两段。(做拔剑砍科，魂旦惊科，云) 可怎了也！(唱)

【么篇】没揣的一声狠似雷霆[6]，猛可里唬一惊，丢了魂灵。这的是俺娘的弊病，要打灭丑声，佯做个㦬挣[7]。妖精也甚精？男儿也，看我这旧恩情，你且放我去，与夫人亲折证[8]。(夫人云) 王秀才，且留人，他道不是妖精，着他到房中看，那个是伏侍他的梅香？(梅香扶正旦昏睡科)(魂旦见科，唱)

【挂金索】蓦入门庭，则教我立不稳行不正。望见首饰妆奁，志不宁心不定。见几个年少丫环，口不住手不停；拥着个半死佳人，唤不醒呼不应。

【尾声】猛地回身来合并，床儿畔一盏孤灯。兀良[9]，早则照不见伴人清瘦影。(魂旦附正旦体科，下)

(梅香做叫科，云) 小姐！小姐！王姐夫来了也！(正旦醒科，云) 王郎在那里？(正末云) 小姐在那里？(梅香云) 恰才那个小姐，附在俺小姐身上，就苏醒了也。(旦、末相见科)(正末云) 小生得官后，着张千曾寄书来。(正旦唱)

【侧砖儿】哎！你个辜恩负德王学士，今日也有称心时。不甫能盼得音书至，倒揣与我个闷弓儿[10]！

【竹枝歌】打听为官折了桂枝，别取了新婚甚意思？着妹妹目下恨难支，把哥哥闲传示。则问这小妮子，被我都揿揿的扯做纸条儿[11]。(正末云) 小姐分明在京，随我三年，今日如何合为一体？(正旦唱)

【水仙子】想当日暂停征棹饮离尊，生恐怕千里关山劳梦频。没揣的灵犀一点潜相引，便一似生个身外身，一般般两个佳人：那一个跟他取应，这一个淹煎病损。母亲，则这是倩女离魂。

(夫人云) 天下有如此异事！今日是吉日良辰，与你两口儿成其亲事。小姐就受五花官诰，做了夫人县君也。一面杀羊造酒，做个大大庆喜的筵席。(诗云) 凤阙诏催征举子，阳关曲惨送行人。调素琴王生写恨，迷青琐倩女离魂[12]。

题目　调素琴王生写恨

正名　迷青琐倩女离魂

注释

[1] 辆起：驾起。

[2] 畅好：真好。 口硬：指牲口年轻健壮。

[3] 撒和：喂骡马草料。

[4] 昼锦荣：宋代宰相韩琦，因项羽曾言“富贵不归故乡如衣锦夜行”，于是在故乡建堂，名为“昼锦堂”。

[5] 毒害：狠心。

[6] 没揣的：想不到的。

[7] 癔（yì）挣：即“呓挣”。打寒战。

[8] 折证：对证。

[9] 兀良：句中衬词，无义。

[10] 闷弓儿：即闷葫芦，指猜不透的事。

[11] 捻捻（chī）：撕纸的声音。

[12] 青琐：古时皇宫、富贵人家建筑中门窗上刻有连环纹，上涂青色，叫作“青琐”。

新评

郑光祖，字德辉，平阳襄陵（今在山西临汾）人。元杂剧后期重要作家，“元曲四大家”之一。钟嗣成《录鬼簿》卷下载：(郑光祖)“以儒补杭州路吏。为人方直，不妄与人交，故诸公多鄙之，久则见其情厚，而他人莫之及也。病卒，火葬于西湖之灵芝寺，诸吊送各有诗文。公之所作，不待备述，名香天下，声振闺阁，伶伦辈称‘郑老先生’，皆知其为德辉也。惜乎所作，贪于俳谐，未免多于斧凿，此又别论焉。”〔凌波仙〕词则曰：“乾坤膏馥润肌肤，锦绣文章满肺腑，笔端写出惊人句。番腾今共古，占词场老将伏输。《翰林风月》,《梨园乐府》，端的是曾下功夫。”由此可知，郑光祖确实是关汉卿之后，元杂剧的又一大家。

郑光祖的杂剧，今知有十八种，现存者八种：《迷青琐倩女离魂》、《㑳梅香翰林风月》、《醉思乡王粲登楼》、《辅成王周公摄政》、《虎牢关三战吕布》、《钟离春智勇定齐》、《立成汤伊尹耕莘》、《程咬金斧劈老君堂》。其中《倩女离魂》和《㑳梅香》是郑光祖成功的爱情剧，《王粲登楼》根据王粲的《登楼赋》虚构而成，抒发了游子飘零、怀才不遇的感情。其他取材于历史故事的五部历史剧，或写贤臣的精忠尽职，或写战将的出生入死，总体水平都不及其爱情剧。较有特色的是《智勇定齐》，此剧写无盐的采桑女钟离春貌虽奇丑，但却有超人的智慧和胆略。齐公子以她为后，在她的辅佐下，齐国国力大增，战胜秦燕，成为上国。这位颇有政治头脑和政治手腕的巾帼英雄，在众多的杂剧人物形象中，独树一帜。

郑光祖爱情剧的风格颇类王实甫，《倩女离魂》同《西厢记》一样，歌颂了自由纯真的爱情，使有情人终成眷属。而郑的另一爱情剧《㑳梅香》简直就是《西厢记》的仿作，被称为“小《西厢》”。

纵观郑光祖的作品可以发现，词曲清丽、情调凄婉是其特色，王国维曾把他比作“词中秦观”，也是基于这一点而言的。

《倩女离魂》是根据唐代陈玄祐的传奇《离魂记》而创作的，是一部充满浪漫主义色彩的爱情剧，也是郑光祖的代表作。

此剧情节并不复杂，无非是郎才女貌，心心相印，经过磨难，双双团圆的格式。但在这种传统的格式化的约束下，郑光祖又另辟蹊径，走出新的天地。

剧中的女主角倩女一片痴情，她禁不住与王文举分手后离愁的煎熬，精诚所至，灵魂与肉体竟然一分为二，灵魂随王文举“私奔”，肉体却在家中卧床，一病不起。灵魂在外飘荡，与心爱的人日夜厮守；躯壳在家受难，如同行尸。灵与肉彼此映衬，代表了封建社会中大家闺秀在礼教的束缚下，性格的双重性：一方面对自由的爱情和美好的生活有着强烈的向往；另一方面又有所顾忌，精神负担太重。剧终时倩女灵与肉的合二为一，体现了作家郑光祖的理想：礼与情统一和谐，让有情人终成眷属。

包待制陈州粜米

无名氏　撰

北宋某年间，陈州大旱三年，六料不收，黎民苦楚。皇上令开仓粜米，钦定五两白银一石细米。权豪势要刘衙内在朝廷上推荐自己的儿子小衙内和女婿杨金吾前往陈州，办这件公差。小衙内与杨金吾到任后，不仅擅自将售价改为十两银子一石米，而且米里掺杂糠秕，斗是八升的斗，秤是加三的秤，千方百计克扣灾民。张𢔟古看不服，顶撞了几句，竟被他们用御赐的紫金锤活活打死。张𢔟古之子小𢔟古听从父亲的临终遗言，前往开封府找包龙图告状。包拯受朝廷的委派，前往陈州查验。他微服私访，掌握了小衙内与杨金吾的种种罪证，而后秉公执法，让小𢔟古用紫金锤打死小衙内。朝中的刘衙内预感到形势不妙，于是向皇上讨了一道敕书，“则敕活的，不敕死的”，谁知等他赶到，儿子已成锤下之鬼（“不敕死的”），反而给小𢔟古办了好事（“则敕活的”）。

剧中主要人物：

包待制（正末）：即包拯。由范学士等举荐，前往陈州考察官吏，安抚黎民。他微服私访，掌握了大量证据，终于将恶人绳之以法。

张𢔟古（正末）：陈州百姓，为人耿直。因看不惯小衙内的胡作非为，据理力争，被活活打死。

小𢔟古（冲末）：张𢔟古之子。父亲死后，先到开封府申冤，后在包拯的主持下，替父报仇。

刘衙内（冲末）：权豪势要。在朝廷极力推荐儿子、女婿前往陈州，企图谋私利。

小衙内（净）：名叫刘得中，刘衙内之子，因父亲推荐，前去陈州粜米，极尽盘剥灾民之能事，还打死张𢔟古。后被小𢔟古打死。

杨金吾（丑）：刘衙内之婿，小衙内的妹夫和帮凶。

范学士（冲末）：即范仲淹，官拜户部尚书，召集公卿商议救灾之事。

韩魏公（外）：即韩琦，官拜平章政事，加封魏国公。参与商议救灾之事。

吕夷简(外):官拜中书同平章事之职。参与商议救灾之事。

张千(冲末):包待制的随从。

王粉莲(搽旦):风尘女子,卖俏求食。刘衙内和杨金吾常到她家来往。包待制正是从她的口中得知刘、杨二人为非作歹的证据的。

楔 子

(冲末扮范学士领祇候上,诗云) 博览群书贯九经[1],凤凰池上显峥嵘[2];殿前曾献升平策,独占鳌头第一名。老夫姓范,名仲淹,字希文,祖贯汾州人氏。自幼习儒,精通经史,一举进士及第。随朝数十载,谢圣恩可怜,官拜户部尚书,加授天章阁大学士之职。今有陈州官员申上文书来,说陈州亢旱三年[3],六料不收,黎民苦楚,几至相食。是老夫入朝奏过,奉圣人的命,着老夫到中书省召集公卿商议,差两员清廉的官,直至陈州,开仓粜米,钦定五两白银一石细米。老夫早间已曾遣人将众公卿都请过了。令人,你在门外觑者,看有那一位老爷下马,便来报咱知道。(祇候云) 理会的。(外扮韩魏公上,云) 老夫姓韩名琦,字稚圭,乃相州人也。自嘉祐中,某方二十一岁,举进士及第,当有太史官奏曰:"日下五色云现。"是以朝廷将老夫重任,官拜平章政事,加封魏国公。今日早朝而回,正在私宅中少坐,有范学士令人来请,不知有甚事?须索走一遭去。可早来到了。令人,报复去,道有韩魏公在于门首。(祇候做报科,云) 报的相公得知,有韩魏公来了也。(范学士云) 道有请。(见科)(范学士云) 老丞相请坐。(韩魏公云) 学士请老夫来,有何公事?(范学士云) 老丞相,等众大人来了时,有事商量。令人,门首再觑者。(祇候云) 理会的。(外扮吕夷简上,云) 老夫姓吕名夷简,自登甲第以来[4],累蒙迁用,谢圣恩可怜,官拜中书同平章事之职。今早有范天章学士令人来请,不知有甚事?须索走一遭去。可早来到也。令人,报复去,道有吕夷简下马也。(祇候报科,云) 报的相公得知,有吕平章来了也。(范学士云) 道有请。(见科)(吕夷简云) 呀,老丞相先在此了。学士,今日请小官来,有何事商议?(范学士云) 老丞相请坐,待众大人来全了呵,有事计议。(净扮刘衙内上,诗云) 花花太岁为第一,浪子丧门世无对;闻着名儿脑也疼,则我是有权有势刘衙内。小官刘衙内是也。我是那权豪势要之家,累代簪缨之子[5],打死人不要偿命,如同房檐上揭一个瓦。我正在私宅中闲坐,有范天章学士令人来请,不知有甚事?须索走一遭去。说话中间,可早来到也。令人,报复去,说小官来了也。(祇候报科,云) 报的相公得知,有刘衙内在于门首。(范学士云) 道有请。(见科)(刘衙内云) 众老丞相都在此,学士唤俺众官人每来,有何事商议?

(范学士云) 衙内请坐。小官请众位大人，别无甚事，今有陈州官员申将文书来，说陈州亢旱不收，黎民苦楚。老夫入朝奏过，奉圣人的命，着差两员清廉的官，直至陈州，开仓粜米，钦定五两白银一石细米。老夫请众大人来商议，可着谁人去陈州为仓官粜米者？(韩魏公云) 学士，此乃国家紧急济民之事，须选那清忠廉干之人，方才去的。(吕夷简云) 老丞相道的极是。(范学士云) 衙内，你可如何主意？(刘衙内云) 众大人在上，据小官举两个最是清忠廉干的人，就是小官家中两个孩儿，一个是女婿杨金吾，一个是小衙内刘得中。着他两个去，并无疏失，大人意下如何？(范学士云) 老丞相，衙内保举他两个孩儿，一个是小衙内，一个是女婿杨金吾，到陈州粜米去。老夫不曾见衙内那两个孩儿，就烦你唤将那两个来，老夫试看咱。(刘衙内云) 令人，与我唤将两个孩儿来者。(祗候云) 理会的。两个舍人安在[6]？(净扮小衙内，丑扮杨金吾上)(小衙内诗云) 湛湛青天则俺识，三十六丈零七尺；踏着梯子打一看，原来是块青白石。俺是刘衙内的孩儿，叫做刘得中；这个是我妹夫杨金吾。俺两个全仗俺父亲的虎威，拿粗挟细，揣歪捏怪，帮闲钻懒，放刁撒泼，那一个不知我的名儿！见了人家的好玩器，好古董，不论金银宝贝，但是值钱的，我和俺父亲的性儿一般，就白拿白要，白抢白夺。若不与我呵，就踢就打就挦毛[7]，一交别番倒，剁上几脚。拣着好东西揣着就跑，随他在那衙门内兴词告状，我若怕他，我就是癞虾蟆养的。今有父亲呼唤，不知有甚事？须索走一遭去。(杨金吾云) 哥哥，今日父亲呼唤，要着俺两个那里办事去，管请就做下了[8]。可早来到也。令人，报复去，道有我刘大公子同妹夫杨金吾下马也。(祗候报科，云) 报的相公得知，有二位舍人来了也。(范学士云) 着他过来。(祗候云) 着过去。(小衙内同杨金吾做见科，云) 父亲唤我二人来有何事？(刘衙内云) 您两个来了也，把体面见众大人去咱[9]。(范学士云) 衙内，这两个便是你的孩儿？老夫看了这两个模样动静，敢不中去么？(刘衙内云) 众大人和学士听我说，难道我的孩儿我不知道？小官保举的这两个孩儿，清忠廉干，可以粜米去的。(韩魏公云) 学士，这两个定去不的。(刘衙内云) 老丞相，岂不闻"知子莫若父"，他两个去的。(吕夷简云) 此事只凭天章学士主张。(刘衙内云) 学士，小官就立下一纸保状，保我这两个孩儿粜米去；若有差迟，连着小官坐罪便了。(范学士云) 既然衙内保举，您二人望阙跪者，听圣人的命：因为陈州亢旱不收，黎民苦楚，差您二人去陈州开仓粜米，钦定五两白银一石细米，则要你奉公守法，束杖理民[10]。今日是吉日良辰，便索长行，望阙谢了天恩者。(小衙内同杨金吾做拜科，云) 多谢了众位大老爷抬举！我这一去，冰清玉洁，干事回还，管着你们喝彩也。(做出门科)(刘衙内背云) 孩儿也，您近前来。论咱的官位，可也勾了；止有家财略略少些。如今你两个到陈州去，因公干私，将那学士定下的官价五两白银一石细米，私下改做十两银子一石米，里面再插上些泥土糠秕，则还他个数儿吧。斗是八升的斗，秤是加三的秤。随他有什么议论到学士跟前，现放着我哩，你两个放心的去。(小衙内云) 父亲,我两个知道,你何须说,我还比你乖哩。则一件,假似那陈州百姓每不伏我呵,我可怎么整治他?(刘衙内云) 孩儿,你也说的是,我再和学士说去。(做见学士科,云) 学士,则一件,两个孩儿陈州粜米去,那里百姓刁顽,假若不伏我这两个孩儿,却怎生整治他?(范学士云) 衙内,投至你说时[11],老夫先在圣人跟前奏过了也。若陈州百姓刁顽呵,有敕赐紫金锤[12],打死勿论。令人,快捧过来。衙内,兀的便是紫金锤,你将去交付那个孩儿,着他小心在意者。(小衙内云) 则今日领着大人的言语,便往陈州开仓跑一遭去来。(诗云) 议定五两粜一石,改做十两落他些;父亲保举无差谬,则我两人原是恶赃皮。(同杨金吾下)(刘衙内云) 学士,两个孩儿去了也。(范学士云) 刘衙内,你两个孩儿去了也。(唱)

【仙吕·赏花时】只为那连岁灾荒料不收,致使的一郡苍生强半流[13],因此上粜米去陈州。你将着孩儿保奏,不知他可也分得帝王忧?

(云) 令人,将马来,老夫回圣人的话去也。(同刘下) (韩魏公云) 老丞相,看这两个到的陈州,那里是济民,必然害民去也。异日若本州具奏将来,老夫另有个主意。(吕夷简云) 全仗老丞相为国救民。(韩魏公云) 范学士已入朝回圣人的话去了,咱和你且归私宅中去来。(诗云) 赈济饥荒事不轻,须凭廉干救苍生。(吕夷简诗云) 他时若有风闻入,我和你一一还当奏圣明。(同下)

注释

[1] 九经:儒家的九种经典著作。
[2] 凤凰池:魏晋时中书省掌管机要,接近皇帝,因而称“凤凰池”。
[3] 亢旱:大旱。
[4] 甲第:科举等第中的第一等。
[5] 累代簪缨:簪和缨都是古代达官贵人的冠饰,累代簪缨指世代为官。
[6] 舍人:宋元以来对显贵子弟的俗称,犹言“公子”。
[7] 挦(xián)毛:拔毛。
[8] 管请:肯定。
[9] 体面:礼节。
[10] 束杖理民:不用刑杖就能治理百姓,指要对百姓施恩。
[11] 投至:等到,及至。
[12] 敕赐:皇帝所赐。
[13] 苍生强半流:老百姓大半流亡了。

第一折

(小衙内同杨金吾引左右捧紫金锤上,诗云) 我做衙内真个俏,不依公道则爱钞；有朝事发丢下头，拚着帖个大膏药。小官刘衙内的孩儿小衙内，同着这妹人杨金吾两个来到这陈州，开仓粜米。父亲的言语，着俺二人粜米，本是五两银子一石，改做十两银子一石；斗里插上泥土糠秕，则还他个数儿；斗是八升小斗，秤是加三大秤。如若百姓们不服，可也不怕，放着有那钦赐的紫金锤哩。左右，与我唤将斗子来者[1]。(左右云) 本处斗子安在？(二丑斗子上，诗云) 我做斗子十多罗[2]，觅些仓米养老婆；也非成担偷将去，只在斛里打鸡窝[3]。俺两个是本处仓里的斗子，上司见我们本分老实，一颗米也不爱，所以积年只用俺两个。如今新除将两个仓官来，说道十分利害，不知叫我们做甚么？须索见他走一遭去。(做见科，云) 相公，唤小人有何事？(小衙内云) 你是斗子，我分付你：现有钦定价是十两银子一石米，这个数内，我们再克落一毫不得的；只除非把那斗秤私下换过了，斗是八升的小斗，秤是加三的大秤。我若得多的，你也得少的，我和你四六家分。(大斗子云) 理会的。正是这等，大人也总成俺两个斗子[4]，图一个小富贵。如今开了这仓，看有甚么人来？(杂扮籴米百姓三人同上，云) 我每是这陈州的百姓，因为我这里亢旱了三年，六料不收，俺这百姓每好生的艰难。幸的天恩，特地差两员官来这里开仓卖米。听的上司说道，钦定米价是五两白银粜一石细米，如今又改做了十两一石，米里又插上泥土糠秕。出的是八升的小斗，入的又是加三的大秤。我们明知这个买卖难和他做，只是除了仓米，又没处籴米，教我们怎生饿得过！没奈何，只得各家凑了些银子，且买些米去救命。可早来到了也。(大斗子云) 你是那里的百姓？(百姓云) 我每是这陈州百姓，特来买米的。(小衙内云) 你两个仔细看银子，别样假的也还好看，单要防那“四堵墙”[5]，休要着他哄了。(二斗子云) 兀那百姓，你凑了多少银子来籴米？(百姓云) 我众人则凑得二十两银子。(大斗子云) 拿来上天平弹着。少少少，你这银子则十四两。(百姓云) 我这银子还重着五钱哩。(小衙内云) 这百姓每刁泼，拿那金锤来打他娘。(百姓云) 老爷不要打，我每再添上些便了。(大斗子云) 你趁早儿添上，我要和官四六家分哩。(百姓做添银科，云) 又添上这六两。(二斗子云) 这也还少些儿，将就他罢。(小衙内云) 既然银子足了，打与他米去。(二斗子云) 一斛，两斛，三斛，四斛。(小衙内云) 休要量满了，把斛放趄着[6]，打些鸡窝儿与他。(大斗子云) 小人知道，手里赶着哩。(百姓云) 这米则有一石六斗，内中又有泥土糠皮，舂将来则勾一石多米。罢罢罢，也是俺这百姓的命该受这般磨灭！正是：“医的眼前疮，剜却心头肉！”(同下)(正末扮张撇古同孩儿小撇古上，诗云) 穷民百补破衣裳，污吏春衫拂地长；稼穑不知谁坏却，可教风雨损农桑。老汉陈州人氏，姓张，人见我性儿不好，都唤我做张撇古。我有个孩儿张仁。为因这陈州缺少米粮，近日差的两个仓官来。传闻钦定的价是五两白银一石细米，着赈济俺一郡百姓；如今两个仓官改做十两银子一石细米，又使八升小斗，加三大秤。庄院里攒零合整，收拾的这几两银子，籴米走一遭去来。(小撇古云) 父亲，则一件，你平日间是个性儿古憋的人[7]，倘若到的那买米处，你休言语则便了也。（正末云）这是朝廷救民的德意，他假公济私，我怎肯和他干罢了也呵。（唱）

【仙吕·点绛唇】则这官吏知情，外合里应，将穷民并。点纸连名，我可便直告到中书省。

（小懒古云）父亲，咱遇着这等官府也，说些甚么！（正末唱）

【混江龙】做的个上梁不正，只待要损人利己惹人憎。他若是将咱刁蹬[8]，休道我不敢掀腾[9]。柔软莫过溪涧水，到了不平地上也高声。他也故违了皇宣命，都是些吃仓廒的鼠耗，咂脓血的苍蝇。

（云）可早来到也。（做见斗子科）（大斗子云）兀那老子，你来籴米，将银子来我秤。（正末做递银子科，云）兀的不是银子？（大斗子做秤银子科，云）兀那老的，你这银子则八两。（正末云）十二两银子，则秤的八两，怎么少偌多？（小懒古云）哥，我这银子是十二两来，怎么则秤八两？你也放些心平着。（二斗子云）这厮放屁！秤上现秤八两，我吃了你一块儿那？（正末云）嗨！本是十二两银子，怎生秤做八两？（唱）

【油葫芦】则这攒典哥哥休强挺[10]，你可敢教我亲自秤？（大斗子云）这老的好无分晓，你的银子本少，我怎好多秤了你的？只头上有天哩。（正末唱）今世人那个不聪明。我这里转一转如上思乡岭，我这里步一步似入琉璃井。（大斗子云）则这般秤，八两也还低哩。（正末唱）秤银子秤得高，（做量米科）（二斗子云）我量与你米，打个鸡窝，再挖了些。（小懒古云）父亲，他那边又挖了些米去了。（正末唱）哎！量米又量的不平。元来是八升斝小斗儿加三秤[11]，只俺这银子短二两，怎不和他争？（大斗子云）我这两个开仓的官，清耿耿不受民财，干剥剥则要生钞，与民做主哩。（正末云）你这官人是甚么官人？（二斗子云）你不认的，那两个便是仓官。（正末唱）

【天下乐】你比那开封府包龙图少四星[12]。（大斗子云）兀那老子，休要胡说，他两个是权豪势要的人，休要惹他。（正末唱）卖弄你那官清，法正行，多要些也不到的担罪名。（二斗子云）这米还尖，再挖了些者。（小懒古云）父亲，他又挖了些去了。（正末唱）这壁厢去了半斗，那壁厢挖了几升，做的一个轻人来还自轻。

（二斗子云）你挣着口袋，我量与你么。（正末云）你怎么量米哩？俺不是私自来籴米的。（大斗子云）你不是私自来籴米，我也是奉官差，不是私自来粜米的。（正末唱）

【金盏儿】你道你奉官行，我道你奉私行。俺看承的一合米，关着八九个人的命，又不比山麋野鹿众人争。你正是饿狼口里夺脆骨，乞儿碗底觅残羹。我能可折升不折斗[13]，你怎也图利不图名？

(大斗子云) 这老子也无分晓，你怎么骂仓官？我告诉他去来。(大斗子做禀科)(小衙内云) 你两个斗子有甚么话说？(大斗子云) 告的相公得知，一个老子来籴米，他的银子又少，他倒骂相公哩。(小衙内云) 拿过那老子来。(正末做见科)(小衙内云) 你这个虎剌孩作死也[14]。你的银子又少，怎敢骂我？(正末云) 你这两个害民的贼！于民有损，为国无益。(大斗子云) 相公，你看小人不说谎，他是骂你来么？(小衙内云) 这老匹夫无礼，将紫金锤来打那老匹夫。(做打正末科)(小㒶古做拴头科[15]，云) 父亲，精细者。我说甚么来？我着你休言语；你吃了这一金锤，父亲，眼见的无那活的人也。(杨金吾云) 打的还轻。依着我性，则一下打出脑浆来，且着他包不成网儿。(正末做渐醒科)(唱)

【村里迓鼓】只见他金锤落处，恰便似轰雷着顶，打的来满身血迸，教我呵怎生扎挣。也不知打着的是脊梁，是脑袋，是肩井。但觉的刺牙般酸，剜心般痛，剔骨般疼。哎哟，天那！兀的不送了我也这条老命！(云) 我来买米，如何打我？(小衙内云) 把你那性命则当根草，打甚么不紧！是我打你来，随你那里告我去。(小㒶古云) 父亲也，似此怎了？(正末唱)

【元和令】则俺个籴米的有甚罪名，和你这粜米的也不干净。(小衙内云) 是我打你来，没事没事，由你在那里告我。(正末唱) 现放着徒流笞杖，做下严刑，却不道家家门外千丈坑，则他这得填平处且填平，你可也被人推更不轻。

(杨金吾云) 俺两个清似水，白如面，在朝文武，谁不称赞我的？(正末唱)

【上马娇】哎，你个萝卜精，头上青[16]。(小衙内云) 看起来我是野菜，你怎么骂我做萝卜精？(正末唱) 坐着个爱钞的寿官厅[17]，面糊盆里专磨镜[18]。(杨金吾云) 俺两个至一清廉有名的。(正末唱) 哎，还道你清，清赛玉壶冰。

(小衙内云) 怕不是皆因我二人至清，满朝中臣宰举保将我来的。(正末唱)

【胜葫芦】都只待遥指空中雁做羹，那个肯为朝廷？(杨金吾云) 你那老匹夫，把朝廷来压我哩。我不怕，我不怕。(正末唱) 有一日受法餐刀正典刑，恁时节钱财使罄，人亡家破，方悔道不廉能。

(小衙内云) 我见了那穷汉似眼中疔，肉中刺，我要害他，只当捏烂柿一般，值个甚的？(正末云) 噤声！(唱)

【后庭花】你道穷民是眼内疔，佳人是颏下瘿[19]。(带云) 难道你家没王法的？(唱) 便容你酒肉摊场吃，谁许你金银上秤秤？(云) 孩儿，你也与我告去。

（小懒古云）父亲，你看他这般权势，只怕告他不得么。（正末唱）儿也，你快去告，不须惊。（小懒古云）父亲，要告他，指谁做证见？（正末唱）只指着紫金锤，专为照证。（小懒古云）父亲，证见便有了，却往那里告他去？（正末唱）投词院直至省，将冤屈叫几声，诉出咱这实情。怕没有公与卿？必然的要准行。（小懒古云）若是不准，再往那里告他？（正末唱）任从他贼丑生，百般家着智能，遍衙门告不成，也还要上登闻将怨鼓鸣[20]。

【青哥儿】虽然是输赢输赢无定，也须知报应报应分明。难道紫金锤就好活打杀人性命？我便死在幽冥，决不忘情，待告神灵，拿到阶庭，取下招承，偿俺残生，苦恨才平。若不沙，则我这双儿鹘鸰也似眼中睛应不瞑。

（云）孩儿，眼见得我死了也，你与我告去。（小懒古云）您孩儿知道。（正末云）这两个害民的贼，请了官家大俸大禄，不曾与天子分忧，倒来苦害俺这里百姓，天那！（唱）

【赚煞尾】做官的要了钱便糊突，不要钱方清正，多似你这贪污的，枉把皇家禄请。（带云）你这害民的贼，也想一想，差你开仓粜米是为着何来？（唱）兀的赈济饥荒，你也该自省，怎倒将我一锤儿打坏天灵？（小懒古云）父亲，我几时告去？（正末唱）则今日便登程，直到王京，常言道厮杀无如父子兵。拣一个清耿耿明朗朗官人每告整，和那害民的贼徒折证[21]。（小懒古云）父亲，可是那一位大衙门告他去？（正末叹云）若要与我陈州百姓除了这害呵，（唱）则除是包龙图那个铁面没人情。（下）

（小懒古哭科，云）父亲亡逝已过，更待干罢！我料着陈州近不的他，我如今直至京师，拣那大大的衙门里告他去。（诗云）尽说开仓为救荒，反教老父一身亡；此生不是空桑出[22]，不报冤仇不姓张。（下）（小衙内云）斗子，那老子要告俺去，我算着就告到京师，放着我老了在哩。况那范学士是我老子的好朋友，休说打死一个，就打死十个，也则当五双。俺两个别无甚事，都去狗腿湾王粉头家里喝酒去来。一了说仓廒府库[23]，抹着便富；王粉头家，不误主顾。（下）

注释

[1] 斗子：管理官仓的差人。

[2] 多罗：梵语眼睛的音译。元杂剧以“睛”谐“精”，引申为“精明”之意。

[3] 打鸡窝：俗语，指量粮食时，使量器留有空隙。

[4] 总成：成全。

[5] “四堵墙”：一种假银子，四面是银，中间是铅。

［6］趄：斜。
［7］性儿古撇：性情古怪、倔强。
［8］刁蹬：刁难。
［9］掀腾：意即斗争，对着干。
［10］攒典：对管理粮仓官吏的尊称。
［11］呀（yā）：语助词，无义。
［12］四星：古代衡量中，以二分半为一星，四星即十分。
［13］能可：宁可。
［14］虎剌孩：蒙古语，强盗的意思。
［15］拴头：整理头发。
［16］萝卜精，头上青：宋代俗语。讽刺官吏如萝卜一样，只有上半截是青（清）的，表里不一。
［17］寿官厅：本为衙门中的厅堂，引申为官府。此处指官员。
［18］面糊盆里专磨镜：比喻越磨越糊涂。以此形容官吏的昏庸。
［19］颏下瘿：长在下巴上的瘤子。
［20］登闻：即登闻鼓，设在朝堂外面，百姓可击鼓鸣冤。
［21］折证：对证。
［22］空桑出：传说商代政治家伊尹是从空桑树里长出来的，后被采桑女抚养成人。
［23］一了：一向。

第二折

(范学士领祗候上，云) 老夫范仲淹。自从刘衙内保举他两个孩儿去陈州开仓粜米，谁想那两个到的陈州，贪赃坏法，饮酒非为。奉圣人的命，着老夫再差一员正直的去陈州，结断此一桩公事，就敕赐势剑金牌，先斩后闻。今日在此议事堂中与众公卿聚议，怎么这早晚还不见来？令人，门首觑着，若来时，报复我知道。(祗候云) 理会的。(韩魏公上，云) 老夫韩魏公。今有范天章学士，在于议事堂，令人来请，不知有甚事？须索去走一遭。可早来到这门首也。(祗候报云) 韩魏公到。(范学士云) 道有请。(韩魏公做见科)(范学士云) 老丞相来了也，请坐。(吕夷简上，云) 老夫吕夷简，正在私宅闲坐，有范学士在于议事堂，令人来请，须索去走一遭。不觉早来到了也。(祗候报云) 吕平章到。(范学士云) 道有请。(吕夷简见科，云) 老丞相在此，学士今日请老夫来有何事？(范学士云) 二位老丞相：则因为前者陈州粜米一事，刘衙内举保他那两个孩儿做仓官去，如今在那里贪赃坏法，饮酒非为。奉圣人的命，教老夫在此聚会众多臣宰，举一个正直的官员，前去陈州结断此事。只等众大人来全了时，同举一位咱。(韩魏公云) 想学士必已得人，某等便当举荐。(小懒古上，云) 自家小懒古。俺和父亲同去籴米，不想被两个仓官将俺父亲打死了。俺父亲临死之时，着我告包待制去。见说是个白髭须的老儿，我来到这大街上等着，看有甚么人来。(刘衙内上,云) 小官刘衙内。自从两个孩儿去陈州粜米,至今音信皆无。早间有范学士着人来请我,不知又是甚么事? 须索走一遭去者。(小懒古云) 这个白髭须的老儿,敢是包待制? 我试迎着告咱。(做跪科)(刘衙内云) 兀那小的,你有甚么冤枉的事? 我与你做主。(小懒古云) 我是陈州人氏,俺爷儿两个,将着十二两银子籴米去,被那仓官将俺父亲则一金锤打死了。那里无人敢近他,爷爷敢是包待制么? 与小的每做主咱。(刘衙内云) 兀那小的,则我便是包待制,你休去别处告,我与你做主,你且一壁有者。(小懒古起科,云) 理会的。(刘衙内背云) 嗨! 我那两个小丑生敢做下来也! 令人,报复去,道有刘衙内在于门首。(祗候云) 刘衙内到。(刘衙内做见科)(范学士云) 衙内,你保举的两个好清官也。(刘衙内云) 学士,我那两个孩儿果然是好清官,实不敢欺。(范学士云) 衙内,老夫打听的你两个孩儿到的陈州,则是饮酒非为,不理正事,贪赃坏法,苦害百姓,你知么? (衙内云) 老丞相,休听人的言语,我保举的人,并无这等勾当。(范学士云) 二位老丞相,他还不信哩。(小懒古问祗候云) 哥哥,恰才那进去的,敢是包待制爷爷么? (祗候云) 则他是刘衙内,你要问包待制,还不曾来哩。(小懒古云) 天那! 我要告这刘衙内,谁想正投在老虎口里,可不我死也! (正末扮包待制领张千上,云) 老夫姓包名拯,字希文,本贯金斗郡四望乡老儿村人氏,官拜龙图阁待制,正授南衙开封府尹之职。奉圣人的命,上五南采访已回,须索到议事堂中见众公卿走一遭去来。(张千云) 想老相公为官,多早晚升厅? 多早晚退衙? 老相公试说一遍,与您孩儿听咱。(正末唱)

【正宫·端正好】自从那云滚滚卯时初,直至日淹淹的申牌后,刚则是无倒断簿领埋头[1]。更被那紫襕袍拘束的我难抬手,我把那为官事都参透。

【滚绣球】待不要钱呵怕违了众情,待要钱呵又不是咱本谋。只这月俸钱做咱每人情不够。(张千云) 老相公平日是个不避权豪势要之人也。(正末唱) 我和那权豪每结下些山海也似冤仇:曾把个鲁斋郎斩市曹,曾把个葛监军下狱囚,剩吃了些众人每毒咒。(张千云) 老相公如今虽然年老,志气还在哩。(正末唱) 到今日一笔都勾。从今后不干己事休开口,我则索会尽人间只点头,倒大来优游[2]。

(云) 可早来到议事堂门首也。张千,接下马者。(小懒古云) 我问人来,说这个便是包待制。(做跪叫科,云) 冤屈也! 爷爷与孩儿每做主咱! (正末云) 兀那小的,你那里人氏? 有甚么冤枉事? 你实说来,老夫与你做主。(小懒古云) 孩儿每陈州人氏,嫡亲的父子二人。父亲是张懒古。今有两个官人,在陈州开仓粜米,钦定五两银子一石,他改做十两一石。俺一家儿苦凑得十二两银子买米,他则秤的八两；俺父亲向前分辨去，他着那紫金锤一锤打死。孩儿要去声冤告状，尽道他是权豪势要之家，人都近不的他。俺父亲临死之时曾说道："孩儿，等我命终，你直至京师，寻着包待制爷爷那里告去。"我投至的见了爷爷，就是拨云见日，昏镜重磨，须与孩儿每做主咱。(诗云) 本待将衷情细数，奈哽咽吞声莫吐；紫金锤打死亲爷，委实是含冤受苦。(正末云) 你且一壁有者。(小懒古扯正末科，云) 爷爷不与孩儿做主，谁做主咱？(正末云) 我知道了也。(三科了[3])(正末云) 令人，报复去，道有包待制在于门首。(祗候报云) 有包待制来了也。(范学士云) 好好，包龙图来了，快有请。(正末做见科)(韩魏公云) 待制五南采访初回，鞍马上劳神也。(正末云) 二位老丞相和学士治事不易。(刘衙内云) 老府尹远路风尘。(正末云) 衙内恕罪。(衙内背云) 这老子怎么瞅我那一眼，敢是见那个告状的人来？我则做不知道。(正末云) 老夫上五南采访回来，昨日见了圣人，今日特特的拜见二位老丞相和学士来。(范学士云) 不知待制多大年纪为官，如今可多大年纪？请慢慢的说一遍，某等敬听。(正末云) 学士问老夫多大年纪为官，如今有多大年纪，学士不嫌絮烦，听老夫慢慢的说来。(唱)

【倘秀才】我从那及第时三十五六，我如今做官到七十也那八九，岂不闻人到中年万事休。我也曾观唐汉，看春秋，都是俺为官的上手。(范学士云) 待制做许多年官也，历事多矣。(吕夷简云) 待制为官尽忠报国，激浊扬清，如今朝里朝外，权豪势要之家，闻待制大名，谁不惊惧，诚哉，所谓古之直臣也。(正末云) 量老夫何足挂齿；想前朝有几个贤臣，都皆屈死，似老夫这等粗直，终非保身之道。(范学士云) 请待制试说一遍咱。(正末唱)

【滚绣球】有一个楚屈原在江上死[4]，有一个关龙逄刀下休[5]，有一个纣比干曾将心剖[6]，有一个未央宫屈斩了韩侯[7]。(吕夷简云) 待制，我想张良坐筹帷幄之中，决胜千里之外，辅佐高祖定了天下，见韩信遭诛，彭越被醢，遂辞去侯爵，愿从赤松子游[8]，真有先见之明也。(正末唱) 那张良呵若不是疾归去，(韩魏公云) 那越国范蠡扁舟五湖，却也不弱。(正末唱) 那范蠡呵若不是暗奔走，这两个都落不的完全尸首。我是个漏网鱼怎再敢吞钩？不如及早归山去，我则怕为官不到头，枉了也干求[9]。(云) 二位老丞相和学士，老夫年迈不能为官，到来日见了圣人，就告致仕闲居也[10]。(范学士云) 待制，你差了也。如今朝中似待制这等清正的，能有几人；况年纪尚未衰迈，正好为官，因何便告致仕那？(正末云) 学士，老夫自有说的事。(刘衙内云) 老府尹说的是，年纪老了，如今弃了官告致仕闲居，倒快活也。(范学士云) 老相公有甚么事要说？老夫听咱。(正末唱)

【呆骨朵】老夫有件事向君王陈奏，只说那权豪每是俺敌头。(范学士云)

那权豪的，老相公待要怎么？（正末唱）他便似打家的强贼，俺便似看家的恶狗。他待要些钱和物，怎当的这狗儿紧追逐。只愿俺今日死，明日亡，惯的他千自在，百自由。

（范学士云）待制，你且回私宅中去者。老夫在此，别有商议。（正末做辞科，云）二位老丞相和学士恕罪，老夫告回也。（做出门科）（小懒古在门首跪叫科，云）爷爷与孩儿做主咱。（正末云）我险些儿忘了这一件事。兀那小的，你先回去，我随后便来也。（小懒古谢科，云）既然今日见了包待制，必然与我做主。他教我先回去，则今日不敢久停久住，便索先上陈州等他去来。（诗云）我今日得见龙图，告父亲屈死无辜；转陈州等他来到，也把紫金锤打那囚徒。（下）（正末做回身再入科）（范学士云）待制去了，为何又回来也？（正末云）老夫欲要回去，听的陈州一郡滥官污吏，甚是害民。不知老相公曾差甚么能事官员陈州去也不曾？（韩魏公云）学士先曾委了两员官去了。（正末云）可是那两员官去来？（范学士云）待制不知，自你上五南采访去了，朝中一时乏人，差着刘衙内的儿子刘得中、女婿杨金吾到陈州粜米去，好久不见来回话哩。（正末云）见说陈州一郡官吏贪污，黎民顽鲁，须再差一员去陈州考察官吏，安抚黎民，可不好也。（韩魏公云）待制不知，今日聚集俺多官，正为此事。（范学士云）奉圣人的命，着老夫再差一员清正的官去陈州，一来粜米，二来就勘断这桩事。老夫想别人去可也干不的事，就烦待制一行，意下如何？（正末云）老夫去不的。（吕夷简云）待制去不的，可着谁去？（范学士云）待制坚意不肯去，刘衙内，你让待制这一遭。他若不去，你便去。（衙内云）小官理会的。老府尹到陈州走一遭去，打甚么不紧？（正末云）既然衙内着老夫去，我看衙内的面皮。张千，准备马，便往陈州走一遭去来。（刘衙内做惊科，背云）哎哟！若是这老子去呵，那两个小的怎了也？（正末唱）

【脱布衫】我从来不劣方头[11]，恰便似火上浇油，我偏和那有势力的官人每卯酉[12]，谢大人向朝中保奏。（刘衙内云）我并不曾保奏你哩。（正末唱）

【小梁州】我一点心怀社稷愁，（云）张千，将马来。（张千云）理会的。（正末唱）则今日便上陈州，既然心去意难留。他每都穿连透，我则怕关节儿枉生受。（云）二位老丞相和学士听者：老夫去则去，倘有权豪势要之徒，难以处治，着老夫怎么？（范学士云）待制再也不必过虑，圣人的命，敕赐与你势剑金牌，先斩后闻。请待制受了势剑金牌，便往陈州去。（正末唱）

【幺篇】谢圣人肯把黎民救。这剑也，到陈州怎肯干休，敢着你吃一会家生人肉。哎！看那个无知禽兽，我只待先斩了逆臣头。

（刘衙内云）老府尹若到陈州，那两个仓官可是我家里小的，看我分上看觑咱。（正末做看剑云）我知道，我这上头看觑他。（做三科）（衙内云）老府尹好没面情，我两次三番与你陪话，你看着这势剑，说这上头看觑他。你敢杀了我两个小的！论官职我也不怕你，论家财我也受用似你！（正末云）我老夫怎比得你来？（唱）

【耍孩儿】你积趱的金银过北斗，你指望待天长地久。看你那于家为国下场头，出言语不识娘羞。我须是笔尖上挣闽来的千钟禄[13]，你可甚剑锋头博换来的万户侯？（衙内云）老府尹，我也不怕你。（正末唱）你那里休夸口，你虽是一人为害，我与那陈州百姓每分忧。（刘衙内云）老府尹，你不知这仓官也不好做。（正末云）仓宫的弊病，老夫尽知。（衙内云）你知道时，你说仓官的弊病咱。（正末唱）

【煞尾】河涯边趱运下些粮，仓廒中囤塌下些筹。只要肥了你私囊，也不管民间瘦。（带云）我如今到那里呵，（唱）敢着他收了蒲蓝罢了斗[14]。（同张千下）

（刘衙内云）列位老相公，这桩事不好了。这老子到那里时，将俺这两个小的肯干罢了也。（韩魏公云）衙内，不妨事，你只与学士计较，老夫和吕丞相先回去也。（诗云）衙内心中莫要慌，天章学士慢商量。（吕夷简诗云）凤凰飞上梧桐树，自有傍人道短长。（同下）（范学士云）刘衙内，你放心。老夫就到圣人跟前说过，着你亲身为使命，告一纸文书，则赦活的，不赦死的，包你没事便了。（衙内云）既如此，多谢了学士。（范学士云）你跟着老夫见圣人走一遭去来。（诗云）莫愁包待制，先请赦书来。（刘衙内诗云）全凭半张纸，救我一家灾。（同下）

注释

［1］无倒断：没有间歇。　簿领埋头：处理日常公文。
［2］倒大来：多么。
［3］三科了：舞台动作提示。指前面的动作重复三次。
［4］屈原：战国时楚国人，因不受重用，忧国忧民，最后投江而死。
［5］关龙逄（páng）：夏桀时贤臣，因直谏被杀。
［6］纣比干：商纣时忠臣，因屡谏纣王被剖心。
［7］韩侯：即韩信，汉初功臣，后被吕后杀害。
［8］赤松子：传说中的仙人。
［9］干求：指追求功名利禄。
［10］致仕：辞官退休。
［11］不劣：句中助词，无义。　方头：性格耿直。
［12］卯酉：古代星相家认为卯酉、子午相冲犯，此处是作对的意思。
［13］挣闽：挣扎、挣得。
［14］蒲蓝：又叫笸箩，一种盛放粮食的器具。

第三折

(小衙内同杨金吾上)(小衙内诗云)日间不做亏心事，半夜敲门不吃惊。自家刘衙内孩儿。俺二人自从到陈州开仓粜米，依着父亲改了价钱，插上糠土，尅落了许多钱钞，到家怎用得了？这几日只是吃酒要子。听知圣人差包待制来了，兄弟，这老儿不好惹，动不动先斩后闻。这一来，则怕我们露出马脚来了。我们如今去十里长亭接老包走一遭去。(诗云)老包姓儿㐌[1]，荡他活的少[2]；若是不容咱，我每则一跑。(同下)(张千背剑上)(正末骑马做听科)(张千云)自家张千的便是。我跟着这包待制大人，上五南路采访回来，如今又与了势剑金牌，往陈州粜米去。他在这后面，我可在前面，离的较远。你不知这个大人清廉正直，不爱民财。虽然钱物不要，你可吃些东西也好；他但是到的府州县道，下马升厅，那官人里老安排的东西，他看也不看。一日三顿，则吃那落解粥[3]。你便老了吃不得，我是个后生家。我两只脚伴着四个马蹄子走，马走五十里，我也跟着走五十里；马走一百里，我也走一百里。我这一顿落解粥，走不到五里地面，早肚里饿了。我如今先在前面，到的那人家里，我则说："我是跟包待制大人的，如今往陈州粜米去，我背着的是势剑金牌，先斩后闻，你快些安排下马饭我吃。"肥草鸡儿，茶浑酒儿；我吃了那酒，吃了那肉，饱饱儿的了，休说五十里，我咬着牙直走二百里则有多哩。嗨！我也是个傻弟子孩儿[4]！又不曾吃个，怎么两片口里劈溜扑刺的[5]。猛可里包待制大人后面听见，可怎了也！(正末云)张千，你说甚么哩？(张千做怕科，云)孩儿每不曾说甚么。(正末云)是甚么"肥草鸡儿"？(张千云)爷，孩儿每不曾说甚么"肥草鸡儿"。我才则走哩，遇着个人，我问他："陈州有多少路？"他说道："还早哩。"几曾说甚么"肥草鸡儿"？(正末云)是甚么"茶浑酒儿"？(张千云)爷，孩儿每不曾说甚么"茶浑酒儿"。我走着哩，见一个人，问他："陈州那里去？"他说道："线也似一条直路，你则故走[6]。"孩儿每不曾说甚么"茶浑酒儿"。(正末云)张千，是我老了，都差听了也。我老人家也吃不的茶饭，则吃些稀粥汤儿。如今在前头有的尽你吃，尽你用，我与你那一件厌饫的东西[7]。(张千云)爷，可是甚么厌饫的东西？(正末云)你试猜咱。(张千云)爷说道："前头有的尽你吃，尽你用。"又与我一件儿厌饫的东西，敢是苦茶儿？(正末云)不是。(张千云)萝卜简子儿？(正末云)不是。(张千云)哦！敢是落解粥儿？(正末云)也不是。(张千云)爷，都不是，可是甚么？(正末云)你脊梁上背着的是甚么？(张千云)背着的是剑。(正末云)我着你吃那一口剑。(张千怕科，云)爷，孩儿则吃些落解粥儿倒好。(正末云)张千，如今那普天下有司官吏，军民百姓，听的老夫私行，也有那欢喜的，也有那烦恼的。

(张千云) 爷不问,孩儿也不敢说;如今百姓每听的包待制大人到陈州粜米去,那个不顶礼,都说:"俺有做主的来了!"这般欢喜可是为何?(正末云) 张千也,你那里知道,听我说与你咱。(唱)

【南吕·一枝花】如今那当差的民户喜,也有那干请俸的官人每怨。急切里称不了包某的心,百般的纳不下帝王宣。我如今暮景衰年,鞍马上实劳倦。如今那普天下人尽言,道一个包龙图暗暗的私行,唬得些官吏每兢兢打战。

【梁州第七】请俸禄五六的这万贯,杀人到三二十年,随京随府随州县。自从俺仁君治世,老汉当权,经了这几番刷卷,备细的究出根源。都只是庄农每争竞桑田,弟兄每分另家缘。俺俺俺宋朝中大小官员,他他他剩与你财主每追征了些利钱,您您您怎知道穷百姓苦恹恹叫屈声冤!如今的离陈州不远,便有人将咱相凌贱,你也则诈眼儿不看见;骑着马揣着牌自向前,休得要捋袖揎拳[8]。

(云) 张千,离陈州近也,你骑着马,揣着牌,先进城去,不要作践人家。(张千云) 理会的。爷,我骑着马去也。(正末云) 张千,你转来。我再分付你。我在后面,如有人欺负我打我,你也不要来劝,紧记者。(张千云) 理会的。(张千做去科)(正末云) 张千,你转来。(张千云) 爷,有的说,就马上说了罢。(正末云) 我分付的紧记者。(张千云) 爷,我先进城去也。(下)(搽旦王粉莲赶驴上,云) 自家王粉莲的便是。在这南关里狗腿湾儿住,不会别的营生买卖,全凭着卖笑求食。俺这此处有上司差两个开仓粜米官人来,一个是杨金吾,一个是刘小衙内。他两个在俺家里使钱,我要一奉十,好生撒镘[9]。他是权豪势要,一应闲杂人等,再也不敢上门来。俺家尽意的奉承他,他的金银钱钞可也都使尽俺家里。数日前,将一个紫金锤当在俺家,若是他没钱取赎,等我打些钗儿戒指儿,可不受用。恰才几个姊妹请我吃了几杯酒,他两个差人牵着个驴子来取我。三不知我骑上那驴子[10],忽然的叫了一声,丢了个撅子,把我直跌下来,伤了我这杨柳细[11],好不疼哩。又没个人扶我,自家挣得起来,驴子又走了。我赶不上,怎么得人来替我拿一拿住也好那?(正末云) 这个妇人,不像个良人家的妇女;我如今且替他笼住那头口儿[12],问他个详细,看是怎么?(旦儿做见正末科,云) 兀那个老儿,你与我拿住那驴儿者。(正末做拿住驴子科)(旦儿做谢科,云) 多生受你老人家也。(正末云) 姐姐,你是那里人家?(旦儿云) 正是个庄家老儿,他还不认的我哩。我在狗腿湾儿里住。(正末云) 你家里做甚么买卖?(旦儿云) 老儿,你试猜咱。(正末云) 我是猜咱。(旦儿云) 你猜。(正末云) 莫不是油磨房?(旦儿云) 不是。(正末云) 解典库[13]?(旦儿云) 不是。(正末云) 卖布绢段匹?(旦儿云) 也不是。(正末云) 都不是,可是甚么买卖?(旦儿云) 俺家里卖皮鹌鹑儿[14]。老儿，你在那里住？(正末云) 姐姐，老汉只有一个婆婆，早已亡过，孩儿又没，随处讨些饭儿吃。(旦儿云) 老儿，你跟我去，我也用的你着。你只在我家里，有的好酒好肉，尽你吃哩。(正末云) 好波，好波！我跟将姐姐去，那里使唤老汉？(旦儿云) 好老儿，你跟我家去，我打扮你起来：与你做一领硬挣挣的上盖[15]，再与你做一顶新帽儿，一条茶褐绦儿，一对干净凉皮靴儿。一张凳儿，你坐着在门首，与我家照管门户，好不自在哩。(正末云) 姐姐，如今你跟前可有什么人走动？姐姐，你是说与老汉听咱。(旦儿云) 老儿，别的郎君子弟，经商客旅，都不打紧。我有两个人，都是仓官，又有权势，又有钱钞，他老子在京师现做着大大的官。他在这里粜米，是十两一石的好价钱，斗又是八升的小斗，秤是加三大秤，尽有东西，我并不曾要他的。(正末云) 姐姐不曾要他钱，也曾要他些东西么？(旦儿云) 老儿，他不曾与我甚么钱，他则与了我个紫金锤，你若见了就唬杀你。(正末云) 老汉活偌大年纪，几曾看见什么紫金锤。姐姐，若与我见一见儿，消灾灭罪，可也好么？(旦儿云) 老儿，你若见了，好消灾灭罪，你跟我家去来，我与你看。(正末云) 我跟姐姐去。(旦儿云) 老儿，你吃饭也不曾？(正末云) 我不曾吃饭哩。(旦儿云) 老儿，你跟将我去来，只在那前面，他两个安排酒席等我哩。到的那里，酒肉尽你吃。扶我上驴儿去。(正末做扶旦儿上驴子科)(正末背云) 普天下谁不知个包待制正授南衙开封府尹之职；今日到这陈州，倒与这妇人笼驴，也可笑哩。(唱)

【牧羊关】当日离豹尾班多时分[16]，今日在狗腿湾行近远，避甚的马后驴前？我则怕按察司迎着，御史台撞见。本是个显要龙图职，怎伴着烟月鬼狐缠。可不先犯了个风流罪，落的价葫芦提罢俸钱[17]。(旦儿云) 老儿，你跟将我去来，我把那紫金锤与你看者。(正末云) 好好，我跟将姐姐去，则与老汉紫金锤看一看，消灾灭罪咱。(唱)

【隔尾】听说罢气的我心头颤，好着我半晌家气堵住口内言。直将那仓库里皇粮痛作践，他便也不怜，我须为百姓每可怜。似肥汉相博，我着他只落的一声儿喘。(同旦儿下)

(小衙内、杨金吾领斗子上)(小衙内诗云) 两眼梭梭跳，必定悔气到；若有清官来，一准屋梁吊。俺两个在此接待老包，不知怎么，则是眼跳。才则喝了几碗投脑酒[18]，压一压胆，慢慢的等他。(正末同旦儿上，正末云) 姐姐，兀的不是接官厅？我这里等着姐姐。(旦儿云) 来到这接官厅，老儿，你扶下我这驴儿来。你则在这里等着我，我如今到了里面，我将些酒肉来与你吃；你则与我带着这驴儿者。(做见小衙内、杨金吾科)(小衙内笑科，云) 姐姐，你来了也。(杨金吾云) 我的乖，你偌远的到这里来。(旦儿云) 该杀的短命！你怎么不来接我？一路上把我掉下驴来，险不跌杀了我。那驴子又走了，早是撞见个老儿，与我笼着驴子。嗨！我争些儿可忘了那老儿；他还不曾吃饭，先与他些酒肉吃咱。(杨金吾云) 兀那斗子，与我拿些酒肉与那牵驴的老儿吃。(大斗子做拿酒肉与正末科，云) 兀那牵驴的老儿，你来，与你些酒肉吃。(正末云) 说与你那仓官去，这酒肉我不吃，都与这驴子吃了。(大斗子做怒科，云) 嗯！这个村老子好无礼！(做见小衙内科，云) 官人，恰才拿将酒肉，赏那牵驴的老儿，那老儿一些不吃，都请了这驴儿也。(小衙内云) 斗子，你与我将那老儿吊在那槐树上，等我接了老包，慢慢的打他。(大斗子云) 理会的。(做吊起正末科)(正末唱)

【哭皇天】那刘衙内把孩儿荐，范学士怎也就将敕命宣？只今个贼仓官享富贵，全不管穷百姓受熬煎，一划的在青楼缠恋[19]。那厮每不依钦定，私自加添，盗粜了仓米，干没了官钱，都送与泼烟花、泼烟花王粉莲。早被俺亲身儿撞见，可便肯将他来轻轻的放免。

【乌夜啼】为头儿先吃俺开荒剑，则他那性命不在皇天。刘衙内也，可怎生着我行方便？这公事体察完全，不是流传；那怕你天章学士有夤缘[20]，就待乞天恩走上金銮殿。只我个包龙图元铁面，也少不得着您名登紫禁，身丧黄泉。

(张千云) 受人之托，必当终人之事。大人的分付，着我先进城去，寻那杨金吾刘衙内。直到仓里寻他，寻不着一个。如今大人也不知在那里？我且到这接官厅试看咱。(做看见小衙内、杨金吾科，云) 我正要寻他两个，原来都在这里吃酒。我过去唬他一唬，吃他几盅酒，讨些草鞋钱儿。(见科，云) 好也！你还在这里吃酒哩！如今包待制爷要来拿你两个，有的话都在我肚里。(小衙内云) 哥，你怎生方便，救我一救，我打酒请你。(张千云) 你两个真傻厮，岂不晓得求灶头不如求灶尾[21]？(小衙内云) 哥说的是。(张千云) 你家的事，我满耳朵儿都打听着，你则放心，我与你周旋便了。包待制是坐的包待制，我是立的包待制。都在我身上。(正末云) 你好个"立的包待制"，张千也！(唱)

【牧羊关】这厮马头前无多说，今日在驿亭中夸大言。信人生不可无权！哎！则你个祗候王乔诈仙也那得仙[22]？(张千奠酒科，云) 我若不救你两个呵，这酒就是我的命。(做见正末怕科，云) 兀的不唬杀我也！(正末唱) 唬的来面色如金纸，手脚似风颠。老鼠终无胆，猕猴怎坐禅。

(张千云) 您两个傻厮，到陈州来粜米，本是钦定的五两官价，怎么改做十两？那张𢢽古道了几句，怎么就将他打死了？又要买酒请张千吃，又擅吊了牵驴子的老儿。如今包待制私行，从东门进城也，你还不去迎接哩。(小衙内云) 怎了，怎了！既是包待制进了城，咱两个便迎接去来。(同杨金吾、斗子下)(张千做解正末科)(旦儿云) 他两个都走了也，我也家去。兀那老儿，你将我那驴儿来。(张千骂旦儿科，云) 贼弟子,你死也! 还要老爷替你牵驴儿哩。(正末云) 嗯! 休言语。姐姐,我扶上你驴儿去。(正末做扶旦儿上驴科)(旦儿云) 老儿,生受你。你若忙便罢,你若得那闲时,到我家来看紫金锤咱。(下)(正末云) 这害民贼好大胆也呵。(唱)

【黄钟·煞尾】不忧君怨和民怨,只爱花钱共酒钱。今日个家破人亡立时见,我将你这害民的贼鹰鹯[23],一个个拿到前,势剑上性命捐,莫怪咱不矜怜[24]。你只问王家的那泼贱,也不该着我笼驴儿步行了偌地远。

(同张千下)

注释

[1] 㑇(zhōu):固执、厉害。

[2] 荡:接近,接触。

[3] 落解(xiè)粥:将粥饭煮熟后,再用凉水浸泡。

[4] 傻弟子孩儿:骂人的话。弟子指妓女。

[5] 劈溜扑剌:形容吃东西的声音。

[6] 则故:只管。

[7] 厌饫(yù):吃饱。

[8] 捋袖揎拳:挽起袖子,露出拳头,做出准备动武的架势。

[9] 撒镘:挥霍。镘,钱。制钱的正面叫“字”,反面叫“镘”。

[10] 三不知:本意指对事情的开头、中间和结尾都不知道,俗语中引申为突然、想不到。

[11] 杨柳细:即杨柳细腰。

[12] 头口儿:即牲口。

[13] 解典库:当铺。

[14] 卖皮鹌鹑儿:卖淫的隐语。

[15] 上盖:上身的外衣。

[16] 豹尾班:随从皇帝的朝官行列。古代皇帝出行,最后一辆车子称豹尾车,车上载朱漆竿,竿首缀豹尾。

[17] 葫芦提:糊里糊涂。

[18] 投脑酒:用甜酒与肉汁、调料等煮成的一种食物。

[19] 一刬(chǎn)的:一味地、一个劲儿地。

[20] 夤缘:本指草藤等攀附他物生长,这里是比喻攀附权贵。

[21] 求灶头不如求灶尾:俗语,意为与其求官员,还不如求他的手下人。

[22] 王乔:传说中的仙人。

[23] 鹰鹯(zhān):鹰和鹯都是凶猛的飞禽,常用以比喻凶狠的害民贼。

[24] 矜怜:可怜。

第四折

(净扮州官同外郎上[1]) (州官诗云) 我做个州官不歹,断事处摇摇摆摆。只好吃两件东西：酒煮的团鱼螃蟹。小官姓蓼名花，叨任陈州知州之职。今日包待制大人升厅坐衙，外郎，你与我将各项文卷打点停当，等佥押者。(外郎云) 你与我这文卷，教我打点停当，我又不识字，我那里晓的？(州官云) 好，打这厮！你不识字可怎么做外郎那？(外郎云) 你不知道，我是雇将来的顶缸外郎[2]。(州官云) 哇！快把公案打扫的干净，大人敢待来也。(张千排衙上[3]，云) 喏！在衙人马平安。(正末上，云) 老夫包拯，因为陈州一郡滥官污吏，损害黎民，奉圣人的命，着老夫考察官吏，安抚黎民，非轻易也呵。(唱)

【双调·新水令】叩金銮亲奉帝王差，到陈州与民除害。威名连地震，杀气和霜来。手执着势剑金牌，哎，你个刘衙内且休怪。

(云) 张千，将那刘得中一行人，都与我拿将过来。(张千云) 理会的。(做拿刘衙内、杨金吾并二斗子跪见科，云) 当面。(正末云) 您知罪么？(小衙内云) 俺不知罪。(正末云) 兀那厮，钦定的米价是多少银子粜一石来？(小衙内云) 父亲说道："钦定的价是十两一石。"(正末云) 钦定的价元是五两一石，你私自改做十两；又使八升小斗，加三大秤。你怎做的不知罪那！(唱)

【驻马听】你只要钱财，全不顾百姓每贫穷，一味的刻。今遭杻械[4]，也是你五行福谢做了半生灾。只见他向前呵如上吓魂台，往后呵似入东洋海。投至的分尸在市街[5]，我着你一灵儿先飞在青霄外。

(云) 张千，南关去拿将那王粉莲，就连着紫金锤一齐解来。(张千云) 现会的。(做拿王粉莲跪科，云) 王粉莲当面。(正末云) 兀那王粉莲，你认的我么？(王粉莲云) 我不认的你。(正末唱)

【雁儿落】难道你王粉头直恁呆，偏不知包待制多谋策；你道是接仓官有大钱，怎么的见府尹无娇态？

(云) 兀那王粉莲，这金锤是谁与你来？(王粉莲云) 是杨金吾与我来。(正末云) 张千，选大棒子将王粉莲去裈决打三十者。(打科) (正末云) 打了抢出去。(抢出科) (王粉莲下) (正末云) 张千，将杨金吾采上前来[6]。(做采杨金吾上科) (正末云) 这金锤上有御书图号，你怎生与了王粉莲？(杨金吾云) 大人可怜见，我不曾与他，我则当的几个烧饼儿吃哩。(正末云) 张千，先拿出杨金吾去，在市曹中枭首报来。(张千云) 理会的。(正末唱)

【得胜令】呀，你只待钱眼里狠差排，今日个刀口上送尸骸。你犯了萧何律[7]，难宽纵；便自有蒯通谋[8]，怎救解。你死也休捱，则俺那势剑如风快；你死也应该，谁着你金锤当酒来。

(张千拿杨金吾杀科) (正末云) 张千，拿过那小懒古来。(张千云) 小懒古当面。(做拿小懒古跪科) (正末云) 兀那厮，你父亲被那个打死了？(小懒古云) 是这小衙内把紫金锤打死我父亲来。(正末云) 张千，拿过刘得中来，就着小懒古也将那金锤将这厮打死者。(张千云) 理会的。(正末唱)

【沽美酒】小衙内做事歹，小懒古且宁奈，也是他自结下冤仇怎得开。非咱忒煞，须偿还你这亲爷债。

【太平令】从来个人命事关连天大，怎容他杀生灵似虎如豺。紫金锤依然还在，也将来敲他脑袋。登时间肉拆、血洒，受这般罪责，呀，才平定陈州一带。

(小懒古做打衙内科)(正末云) 张千，打死了么？(张千云) 打死了也。(正末云) 张千，与我拿下小懒古者。(张千云) 理会的。(张千做拿小懒古科)(外扮刘衙内赍赦书慌上，诗云) 心忙来路远，事急出家门。小官刘衙内是也。我圣人跟前说过，告了一纸赦书，则赦活的，不赦死的。星夜到陈州，救我两个孩儿。左右，留人者，有赦书在此，则赦活的，不赦死的。(正末云) 张千，死了的是谁？(张千云) 死了的是杨金吾、小衙内。(正末云) 活的是谁？(张千云) 是小懒古。(刘衙内云) 呸！恰好赦别人也！(正末云) 张千，放了小懒古者。(唱)

【殿前欢】猛听的叫赦书来，不由我不临风回首笑咍咍[9]。想他父子每倚势挟权大，到今日也运蹇时衰。他指望着赦来时有处裁，怎知道赦未来先杀坏。这一番颠倒把别人贷，也非是他人谋不善，总见的个天理明白。

(云) 张千，将刘衙内拿下者，听老夫下断。(词云) 为陈州亢旱不收，穷百姓四散飘流。刘衙内原非令器[10]，杨金吾更是油头。奉敕旨陈州粜米，改官价擅自征收；紫金锤屈打良善，声冤处地惨天愁。范学士岂容奸蠹，奏君王不赦亡囚。今日个从公勘问，遣小懒手报亲仇。方才见无私王法，留传与万古千秋。

题目　范天章政府差官
正名　包待制陈州粜米

注释

[1] 外郎：宋元时称衙门的书吏为外郎。
[2] 顶缸：假冒，顶替。
[3] 排衙：封建时代长官升座，僚属依次排列参见，分立两旁，叫“排衙”。
[4] 杻械：手铐脚镣。
[5] 投至：等到，及至。
[6] 采：扯。
[7] 萧何律：汉初萧何为相时，制定一系列律令制度，后便用萧何律代指法律。

［8］蒯通：汉代人，以足智多谋著称。

［9］咍咍（hāi）：嬉笑，欢乐。

［10］令器：美材。

新评

《包待制陈州粜米》是元杂剧包公戏中的代表作，因为此剧成功地塑造了包拯的艺术形象。

包拯（999–1062），北宋人，曾任天章阁待制、龙图阁直学士。知开封府时，虽以执法严峻而著称，但他在正史上的地位并不是很高的。元杂剧不少公案戏中往往以包公的摘奸发覆为关目，将他作为理想的清官加以塑造，把伸张正义和为民申冤的希望，寄托于“开封府南衙”。这样，历史上的包拯已与具有浓厚虚构色彩的艺术形象“包龙图”相差甚远。直至今天，包龙图的艺术形象仍活跃于京剧及其他剧种的舞台上。

本剧中的包拯一出场，就流露出消沉的、悲观的情绪，他参透世情，牢骚满腹：“我把那为官事都参透。”“待不要钱呵怕违了众情，待要钱呵又不是咱本谋。只这月俸钱做咱每人情不够。”并且声称：“从今后不干己事休开口，我则索会尽人间只点头，倒大来优游。”这种常人心态的显露，非但无损包公铁面无私的正直形象，反而使其更具真实性，更贴近人民。在赴陈州取证、审理案件的过程中，包拯也不是一味地疾言厉色，一本正经，而是寓正直无私、嫉恶如仇于诙谐幽默之中，使观众（读者）在轻松愉悦的气氛中，领略包公对付奸贼的高超手段。甚至老年人所特有的健忘、耳背等特点，剧作者也在看似不经意之中恰到好处地点到，丰富了老年包拯形象的内蕴。

总之，本剧中包拯的形象已脱“扁形”（其他元杂剧中的包公戏大致如此），而成为“圆形”。

附　录

元杂剧研究主要文献

1. （明）臧晋叔编《元曲选》（一百种），中华书局1958年版。
2. 隋树森编《元曲选外编》，中华书局1959年版。
3. 徐沁君点校《新校元刊杂剧三十种》，中华书局1980年版。
4. 顾肇仓选注《元人杂剧选》，作家出版社1956年版。
5. 王季思主编《全元戏曲》，人民文学出版社1990年版。
6. 王季思等选注《元杂剧选注》，北京出版社1980年版。
7. 胡忌选注《元代戏曲选注》，上海古籍出版社1983年版。
8. 胡忌《宋金杂剧考》，中华书局1959年版。
9. 钱南扬《宋元戏文辑佚》，上海古典文学出版社1956年版。
10. 王国维《宋元戏曲史》，《王国维戏曲论文集》所收本，中国戏剧出版社1984年版，上海古籍出版社1998年版。
11. 青木正儿（日）《元人杂剧概说》，隋树森译，中国戏剧出版社1957年版。
12. 盐谷温（日）《元曲概说》，隋树森译，上海商务印书馆1959年版。
13. 谭正璧《元曲六大家略传》，古典文学出版社1957年版。
14. 严敦易著《元剧斟疑》，中华书局1960年版。
15. 孙楷第《元曲家考略》，上海古籍出版社1981年版。
16. 工文才编著《元曲纪事》，人民文学出版社1985年版。
17. 黄士吉著《元杂剧作法论》，青海人民出版社1983年版。
18. 梁乙真《元明散曲小史》，商务印书馆1934年版。
19. 徐扶明《元代杂剧艺术》，上海文艺出版社1981年版。
20. 《元杂剧鉴赏集》，人民文学出版社1983年版。
21. 陈俊山编著《元代杂剧赏析》，天津人民出版社1983年版。
22. 李修生《元杂剧史》，江苏古籍出版社1996年版。
23. 邵曾祺选注《元人杂剧》，春明出版社1955年版。
24. 赵景深辑《元人杂剧钩沉》，中华书局1959年版。
25. 顾学颉、王学奇《元曲释词》，中国社会科学出版社1981年版。
26. 袁世硕主编《元曲百科辞典》，山东教育出版社1989年版。
27. 朱居易著《元剧俗语方言例释》，商务印书馆1956年版。

28. 徐调孚编著《现存元人杂剧书录》，上海文艺联合出版社1955年版。
29. 傅惜华著《元代杂剧全目》，作家出版社1957年版。
30. 王季烈校《孤本元明杂剧》，中国戏剧出版社1957年版。
31. 徐子方《关汉卿研究》，台湾文津出版社1994年版。
32. 吴晓铃等编校《关汉卿戏剧集》，中国戏剧出版社1958年版。
33. 曾永义主编《关汉卿国际学术研讨会论文集》，台湾大学文学院1994年版。
34. 王文才校注《白朴戏曲集校注》，人民文学出版社1984年版。
35. 李修生、李真瑜、侯光复编校《乔吉集》，山西人民出版社1988年版。
36. 冯俊杰校注《郑光祖戏曲集》，山西人民出版社1992年版。
37. 黄竹三校注《石君宝戏曲集》，山西人民出版社1992年版。
38. 延保全校注《李行道孔文卿罗贯中集》，山西人民出版社1992年版。
39. 景李虎校注《李寿卿狄君厚集》，山西人民出版社1992年版。
40. 张继红校注《吴昌龄刘唐卿于伯渊集》，山西人民出版社1992年版。
41. 刘靖之著《元人水浒杂剧研究》，三联书店（香港）有限公司1990年版。
42.《首届元曲国际研讨会论文集》，河北教育出版社1994年版。

《元杂剧精选》名言警句

△天若是知我情由，怕不待和天瘦。（《感天动地窦娥冤》第一折）（第004页）

△地也，你不分好歹何为地？天也，你错勘贤愚枉做天！（《感天动地窦娥冤》第三折）（第013页）

△浮云为我阴，悲风为我旋，三桩儿誓愿明题遍。（《感天动地窦娥冤》第三折）（第014页）

△衙门从古向南开，就中无个不冤哉。（《感天动地窦娥冤》第四折）（第019页）

△不信好人言，必有恓惶事。（《赵盼儿风月救风尘》第二折）（第028页）

△雨里孤村雪里山，看时容易画时难。（《望江亭中秋切鲙》第一折）（第040页）

△芳槿无终日，贞松耐岁寒。（《望江亭中秋切鲙》第一折）（第041页）

△眼观旌节旗，耳听好消息。（《望江亭中秋切鲙》第二折）（第044页）

△从此无别离，百事长如愿。（《望江亭中秋切鲙》第四折）（第050页）

△头上雪何曾住半霎，摧林木狂风乱刮。（《包待制智勘灰阑记》第三折）（第066页）

△厅阶下一声叫似一声雷，我脊梁上一杖子起一层皮。（《包待制智勘灰阑记》第四折）（第070页）

△律意虽远，人情可推。（《包待制智勘灰阑记》第四折）（第071页）

△画虎不成君莫笑，安排牙爪好惊人。(《唐明皇秋夜梧桐雨》楔子)(第077页)

△珊瑚枕上两意足，翡翠帘前百媚生。夜同寝，昼同行，恰似鸾凤和鸣。(《唐明皇秋夜梧桐雨》第一折)(第078页)

△七宝金钗盟厚意，百花钿盒表深情。(《唐明皇秋夜梧桐雨》第一折)(第079页)

△长如一双钿盒盛，休似两股金钗另。愿世世姻缘注定，在天呵做鸳鸯常比并，在地呵做连理枝生。月澄澄银汉无声，说尽千秋万古情。(《唐明皇秋夜梧桐雨》第一折)(第080页)

△天淡云闲，列长空数行征雁，御园中夏景初残。柳添黄，荷减翠，秋莲脱瓣。坐近幽兰，喷清香玉簪花绽。(《唐明皇秋夜梧桐雨》第二折)(第081页)

△伤心故园，西风渭水，落日长安！(《唐明皇秋夜梧桐雨》第二折)(第083页)

△秦川远树雾昏花，灞桥衰柳风潇洒。(《唐明皇秋夜梧桐雨》第三折)(第084页)

△一会价紧呵，似玉盘中万颗珍珠落；一会价响呵，似玳筵前几簇笙歌闹；一会价清呵，似翠岩头一派寒泉瀑；一会价猛呵，似绣旗下数面征鼙操。(《唐明皇秋夜梧桐雨》第四折)(第089页)

△度铃声响栈道，似花奴羯鼓调，如伯牙水仙操。洗黄花，润篱落，渍苍苔，倒墙角，渲湖山，漱石窍，浸枯荷，溢池沼；沾残蝶粉渐消，洒流萤焰不着；绿窗前促织叫，声相近雁影高；催邻砧处处捣，助新凉分外早。斟量来这一宵，雨和人紧厮熬。(《唐明皇秋夜梧桐雨》第四折)(第089页)

△四海平安绝士马，五谷丰登没战伐。(《破幽梦孤雁汉宫秋》楔子)(第093页)

△且尽此宵情，休问明朝话。(《破幽梦孤雁汉宫秋》第一折)(第095页)

△四时雨露匀，万里江山秀。忠臣皆有用，高枕已无忧。(《破幽梦孤雁汉宫秋》第二折)(第097页)

△兴废从来有，干戈不肯休。(《破幽梦孤雁汉宫秋》第二折)(第097页)

△如今阳关路上，昭君出塞；当日未央宫里，女主垂旒。(《破幽梦孤雁汉宫秋》第二折)(第098页)

△旧恩金勒短，新恨玉鞭长。(《破幽梦孤雁汉宫秋》第三折)(第100页)

△看今日昭君出塞，几时似苏武还乡？(《破幽梦孤雁汉宫秋》第三折)(第100页)

△返咸阳，过宫墙；过宫墙，绕回廊；绕回廊，近椒房；近椒房，月昏黄；月昏黄，夜生凉；夜生凉，泣寒螀；泣寒螀，绿纱窗；绿纱窗，不思量！(《破幽梦孤雁汉宫秋》第三折)(第101页)

△伤感似替昭君思汉主，哀怨似作薤露哭田横，凄怆似和半夜楚歌声，悲切似唱三叠阳关令。(《破幽梦孤雁汉宫秋》第四折)(第103页)

△遇急思亲戚，临危托故人。(《赵氏孤儿大报仇》第一折)(第109页)

△忠臣不怕死，怕死不忠臣。(《赵氏孤儿大报仇》第一折)(第111页)

△有恩不报怎相逢，见义不为非为勇。(《赵氏孤儿大报仇》第二折)(第115页)
△甘将自己亲生子，偷换他家赵氏孤。(《赵氏孤儿大报仇》第二折)(第116页)
△暂息雷霆之怒，略罢虎狼之威。(《赵氏孤儿大报仇》第三折)(第117页)
△狂风偏纵扑天雕，严霜故打枯根草。(《赵氏孤儿大报仇》第三折)(第118页)
△光阴过去的疾，冤仇报复的早。(《赵氏孤儿大报仇》第三折)(第119页)
△先下手为强，后下手遭殃。(《赵氏孤儿大报仇》第四折)(第122页)
△杨柳半藏沽酒市，桃花深映钓鱼舟，更和这碧粼粼春水波纹绉。有往来社燕，远近沙鸥。(《梁山泊李逵负荆》第一折)(第131页)
△雾锁着青山秀，烟罩定绿杨洲。(《梁山泊李逵负荆》第一折)(第131页)
△人心未易知，灯台不自照。(《梁山泊李逵负荆》第三折)(第139页)
△落叶萧萧，满地无人扫。(《迷青琐倩女离魂》第一折)(第148页)
△窥之远天宽地窄，染之重梦断魂劳。(《迷青琐倩女离魂》第一折)(第148页)
△不能勾傍阑干数曲湖山靠，恰便似望天涯一点青山小。(《迷青琐倩女离魂》第一折)(第148页)
△又不比闹清晓茅檐燕雀，他是掣风涛混海鲸鳌。(《迷青琐倩女离魂》第一折)(第149页)
△恰楚泽深，秦关杳，泰华高。叹人生离多会少！(《迷青琐倩女离魂》第一折)(第149页)
△望迢迢恨堆满西风古道，想急煎煎人多情人去了，和青湛湛天有情天亦老。(《迷青琐倩女离魂》第一折)(第150页)
△看江上晚来堪画，玩冰壶潋滟天上下，似一片碧玉无瑕。(《迷青琐倩女离魂》第二折)(第152页)
△远树寒鸦，岸草汀沙，满目黄花，几缕残霞。(《迷青琐倩女离魂》第二折)(第153页)
△恰微雨初阴，早皓月穿窗，使行云易飞。(《迷青琐倩女离魂》第三折)(第156页)
△柔软莫过溪涧水，到了不平地上也高声。(《包待制陈州粜米》第一折)(第167页)
△饿狼口里夺脆骨，乞儿碗底觅残羹。(《包待制陈州粜米》第一折)(第168页)
△虽然是输赢输赢无定，也须知报应报应分明。(《包待制陈州粜米》第一折)(第169页)
△日间不做亏心事，半夜敲门不吃惊。(《包待制陈州粜米》第三折)(第175页)
△老鼠终无胆，猕猴怎坐禅。(《包待制陈州粜米》第三折)(第178页)
△威名连地震，杀气和霜来。(《包待制陈州粜米》第四折)(第180页)

图书在版编目（CIP）数据

元杂剧精选 / 王薇评注．—2 版．—太原：三晋出版社，2008. 10（2024.5 重印）
（中国家庭基本藏书·戏曲小说卷）
ISBN 978－7－5457－0012－1－01

Ⅰ. 元… Ⅱ. 王… Ⅲ. 杂剧—剧本—作品集—中国—元代 Ⅳ. I237.1

中国版本图书馆 CIP 数据核字（2008）第 157722 号

元杂剧精选

著　　者：（元）关汉卿 等　　评 注 者：王　薇

责任编辑：吕文玲　　审 订 者：吕文玲
封面设计：敬人工作室　　版式设计：敬人工作室
责任校对：吕文玲　　责任印制：李佳音

出版发行：山西出版集团·三晋出版社
地　　址：太原市建设南路 21 号
电　　话：（0351）4956036（咨询）　4922268（邮购）
传　　真：（0351）4922102
网　　址：www.sxskcb.com
邮　　编：030012

印刷装订：山西新华印业有限公司
（本书如有破损、缺页、装订错误，请与本社联系调换）

开　　本：787mm×960mm　1/16
字　　数：220 千字
印　　张：13.5
版　　次：2008 年 10 月第 2 版
印　　次：2024 年 5 月第 2 次印刷
书　　号：ISBN 978－7－5457－0012－1－01
定　　价：52.00 元